Rose Philipps

Annas Rückkehr

Roman

Bookspot

1. Auflage 2019

Lektorat: Renate Novak
Korrektorat: Thilo Fahrtmann
Satz/Layout: Martina Stolzmann
Covergestaltung: Martina Stolzmann

Druck: CPI – Clausen & Bosse, Leck
Made in Germany
ISBN 978-3-95669-116-4
www.bookspot.de

Für Manfred
Mein Fels in der Brandung

Kapitel 1

Berlin, Herbst 1955

Bereit?«, fragte John und bedachte Anna mit einem fürsorglichen Blick.

Sie nickte fast unmerklich. »Ich hätte auf dich hören sollen«, seufzte sie.

»Diese Worte aus deinem Mund! Allein deswegen hat sich die Reise nach Berlin gelohnt«, sagte er.

»Ich habe es mir nicht so grauenhaft vorgestellt«, antwortete sie. »Das Bild des prachtvollen Berlins, das ich immer in meinem Herzen getragen habe, ist genauso zerstört wie die Stadt. Wenn diese Trümmerlandschaft von oben schon so schlimm aussieht, wie wird es dann sein, wenn ich ...« Sie stockte, wischte sich eine Träne von der Wange und senkte ihren Blick.

Ihr Manager und väterlicher Freund tätschelte beruhigend ihren Arm. »Der Krieg ist erst zehn Jahre vorbei, selbst die fleißigen Deutschen können eine zerbombte Stadt nicht so schnell wieder aufbauen. Ich habe jedenfalls sehr viele Baukräne gesehen. Aber im Land der Dichter und Denker weiß man Prioritäten zu setzen: Die Staatsoper erstrahlt in neuem Glanz! Und dass eine amerikanische Opernsängerin zur Eröffnungswoche eingeladen wurde, ist doch ein gutes Zeichen, oder?«

Anna nickte. »Die Berliner nannten sie ›Lindenoper‹. Es ist eine eigenartige Vorstellung, dass ein Teil Deutschlands jetzt eine sozialistische, kommunistische Regierung hat.«

Sie warf erneut einen verzagten Blick auf das Rollfeld. Sie hatte den von der Opernintendanz vorgeschlagenen Empfang mit rotem Teppich und Zeitungsreportern abgelehnt und darauf bestanden, dass sie ohne Aufsehen zu ihrem Hotel gebracht wurde.

»Ich hoffe, Sie hatten einen angenehmen Flug, Mr. Wilson«, erkundigte sich die Stewardess.

»Wie immer in der ersten Klasse«, bestätigte John. »Komfort, Speisen, Getränke und die zuvorkommende Betreuung lassen keine Wünsche offen.«

Eine leichte Röte überzog das Gesicht der Stewardess, während sie John und Anna Erfrischungstücher reichte.

Anna gab ihr die versprochene Autogrammkarte. Die zierliche Blondine bedankte sich überschwänglich und betonte nochmals ihre Begeisterung für Opernaufführungen und für Annas Stimme, die sie bisher lediglich aus Radiosendungen kannte.

Da Annas und Johns großes Gepäck bereits vorausgeschickt worden war, durchquerten sie zügig das Gebäude. Anna hielt Ausschau nach dem Chauffeur, der sie in der Ankunftshalle erwarten sollte. Sie sah einige Livrierte, die Schilder in die Höhe streckten, entdeckte ihren Namen jedoch nicht.

Als sie vor das Gebäude traten, erblickte Anna eine Gruppe junger Männer. Sie musterte deren Gesichter. Während sie überlegte, wie Anton wohl heute aussehen würde, schalt sie sich sentimental.

Eine Mercedes-Limousine hielt mit quietschenden Reifen direkt vor ihnen. Der Fahrer stieg aus, fragte, ob sie Anna Miller und John Wilson seien und entschuldigte sich für die Verspätung.

John und Anna nahmen im Fond des Wagens Platz und Anna blickte schweigend aus dem Fenster.

»Der Breitscheidplatz«, rief sie plötzlich. »Wenn ich daran denke, wie oft ich mit ...« Sie brach ab und wisperte: »Es kommt mir alles so unwirklich vor. Trotz all der Häuserlücken sehe ich immer noch das Berlin, wie es in meiner Kindheit war.«

Sie verstummte erneut. John legte seine Hand auf ihre, während Anna mit ausdrucksloser Miene aus dem Fenster starrte.

John begleitete sie ins Hotel *Kempinski*. Der Hoteldirektor persönlich bemühte sich und brachte sie in eine Suite im oberen Stockwerk des Hauses.

»Als Kind träumte ich immer davon, im Hotel *Adlon* zu übernachten. Das war für mich der Inbegriff an Vornehmheit und Reichtum. Aber auch das existiert nun nicht mehr«, seufzte Anna.

John legte den Arm um ihre Schulter. »Am liebsten würde ich die Termine mit meinen Schweizer Geschäftspartnern absagen. Ich lasse dich nur ungern allein zurück.«

»Ich komme zurecht«, versicherte Anna. »Mach dir um mich keine Sorgen. Ich schwelge hier im Luxus. Ich bin gespannt, ob die Wasserhähne im Badezimmer aus Gold sind«, scherzte sie.

John lächelte. »Du versuchst wie immer vom Thema abzulenken, wenn du darüber nicht weiter sprechen möchtest.« Er reichte ihr ein Blatt Papier. »Hier sind alle Hotels nach Datum aufgelistet, falls du mich kontaktieren willst.«

»Danke, John«, sagte sie.

»In drei Wochen bin ich wieder in Berlin, dann fliegen wir zusammen nach New York zurück.«

Sie nickte und er gab ihr einen sanften Kuss auf die Wange und verließ mit festen Schritten ihr Zimmer.

Anna fröstelte. Sie schob es auf die Anstrengung des langen Fluges und beschloss, sofort zu Bett zu gehen. Das dezente Licht der Nachttischlampe spendete die notwendige Helligkeit, die sie für ihr Wohlbefinden brauchte. Sie mochte es nicht, in vollkommener Dunkelheit zu liegen. Sie schloss die Augen und dachte an Anton.

»Nein«, rief sie laut. »Nein! Damals wurde ich ohne Erklärung fortgeschickt und heute habe ich kein Interesse mehr an dieser Familie.«

Dennoch hielten sie die Gedanken an die Vergangenheit lange wach und sie ärgerte sich darüber.

Einen Tag später

»Probleme mit den Stimmbändern?«, blaffte die matronenhafte Krankenschwester. »Und das fällt Ihnen am Sonntag ein? Wieso haben Sie sich nicht gestern in einer Arztpraxis behandeln lassen? Sie sehen doch, was bei uns los ist. Nein, wegen so einer Lappalie hole ich keinen Doktor.«

Anna schnappte empört nach Luft. Bevor sie etwas entgegnen konnte, eilte eine andere Schwester auf sie zu und rief: »Du liebe Güte! Ich kenne Sie, Ihr Bild war in der Zeitung. Sie sind die Opernsängerin Anna Miller, nicht wahr?«

Anna nickte erfreut und krächzte: »Der lange Flug von Amerika nach Deutschland hat wohl meine Stimmbänder angegriffen. Ich hoffe, dass mir ein Arzt helfen kann, sonst muss ich den Auftritt absagen.«

»Das wäre aber sehr schade«, sagte die nette Schwester bedauernd. »Ich bin Schwester Edeltraud. Kommen Sie bitte mit mir.«

Anna folgte ihr in einen großzügig gestalteten Untersuchungsraum.

»Setzen Sie sich bitte«, sagte Schwester Edeltraud. »Ach, Sie sind es tatsächlich! Ich kann es gar nicht fassen. Ehrlich gesagt, ich bin nicht an Opernaufführungen interessiert, aber mein Vater. Er hat ...« Sie biss sich auf die Lippe und fuhr dann fort: »Also vor dem Krieg hatte er eine umfangreiche Schallplattensammlung. Bei den wenigen Platten, die er in den letzten Jahren kaufen konnte, ist eine Aufnahme von Ihnen dabei.« Sie hielt die Hand vor den Mund und stöhnte. »Ich rede wieder viel zu viel. Ich gehe jetzt und versuche, einen Doktor ausfindig zu machen. Wird jedoch ein Weilchen dauern.«

»Schon gut«, flüsterte Anna. »Danke für Ihr Verständnis und Ihre Hilfe.«

»Aber eines muss ich noch loswerden«, rief die junge Frau. »Sie sind so elegant und schön wie ein Filmstar. Wenn ich es nicht gelesen hätte, würde ich niemals denken, dass Sie bereits dreißig Jahre alt sind.«

Die Schwester eilte davon, die Tür fiel ins Schloss und Anna ließ ihren Blick durch den Raum schweifen. Nach einiger Zeit hörte sie ein Rumoren vor der Tür, die gleich darauf einen Spaltbreit geöffnet wurde.

Sie vernahm Schwester Edeltrauds Stimme: »Herr Professor, wäre es nicht besser, einen HNO-Arzt hinzuzuziehen?«

»Ach ja? Dann nehmen Sie die Untersuchung doch selbst vor, wenn Sie so schlau sind«, schnauzte eine männliche Stimme.

Die Tür wurde aufgestoßen und ein groß gewachsener, hagerer, grauhaariger Mann stand vor ihr.

»Wie ich höre, haben wir eine Berühmtheit im Haus. Sie sind Fräulein Miller?«, fragte er.

Sie nickte beklommen, während sie seine Hand ergriff, die er ihr entgegengestreckte.

»Professor Harlander«, schnarrte er. »Dann wollen wir uns das Hälschen mal genauer ansehen. Wird alles gut, ganz entspannt bleiben, Sie müssen keine Angst haben.« Er stieß ein meckerndes Gelächter aus.

Anna dachte, sie müsse jeden Augenblick ersticken. Angstvoll rang sie nach Luft, doch ihre Kehle schien wie zugeschnürt. Sie spürte, dass ihr der Schweiß ausbrach. Ein unerklärliches Angstgefühl übermannte sie, während ihr Herz zu rasen begann und sie sich einer Ohnmacht nahe fühlte. Sie kannte dieses eigentümliche Lachen, das dem Meckern einer Ziege ähnelte!

»Wird alles gut, ganz entspannt bleiben, ... keine Angst haben.«

Sie hatte das schon einmal gehört. Wann? Wo? Und dieser spezielle Geruch! Dann kam urplötzlich, wie aus dem Nichts, die Erinnerung zurück. Mit einer Wucht, die ihr den Magen umdrehte, griff sie zu. Sie unterdrückte ein Würgen, als die Beklemmung sie wie eine eiserne Faust umschloss. Die Erinnerung an einen Krankensaal tauchte auf und ließ sie augenblicklich frösteln. Die Todesangst, die sie in einem Krankenbett liegend verspürt hatte, kroch erneut hervor und aus ihrer Kehle entwich ein halb unterdrückter Schrei. Das grauenhafte Gefühl der Verlassenheit und des hilflosen Ausgeliefertseins griff erneut nach ihr. Streckte die dunklen Fühler aus, packte sie, zog sie fort.

»Wird alles gut, ganz entspannt bleiben, musst keine Angst haben.«

Genau die gleichen Worte, die der Arzt damals gesagt hatte, als er sie vor der Operation abgetastet hatte. Die schmerzhafte Untersuchung hatte ihre Seele und ihren Körper gequält. Der Doktor hatte seine Hände an Stellen ihres Unterleibs geführt, die ihr als dreizehnjährigem Mädchen selbst neu und fremd gewesen waren.

Anna konnte ein Stöhnen nicht unterdrücken. Das Gefühl der Scham und des physischen Schmerzes kehrten in einer Heftigkeit zurück, die ihr den Boden unter den Füßen wegzog.

Ich muss hier raus, dachte sie und stand auf. Schwankend, gegen den Schwindel ankämpfend, tappte sie zur Tür.

»Aber was ist denn los?«, fragte der Professor und blickte sie verblüfft an.

»Sie, Sie, Sie sind ...«, stieß sie hervor.

Anna schleppte sich mit kleinen Schritten vorwärts. Langsam, viel zu langsam. Er würde sie aufhalten, einholen, wieder quälen ... Die Panik ergriff Besitz von ihr, unaufhaltsam, gnadenlos. Ihre Beine gaben nach und bevor sie zu Boden sackte, dachte sie: Das ist das Ende.

»Nein, nein, nein«, wimmerte Anna und versuchte mit ungelenken Bewegungen die Hand abzuwehren, die ihre Wange tätschelte.

»Miss Miller, can you hear me?«, fragte eine männliche Stimme besorgt. »Open your eyes.«

Mühsam versuchte sich Anna, zurechtzufinden. Was wird von mir verlangt?, dachte sie orientierungslos. Sie zwang sich, die

Augenlider zu heben und blickte in das freundliche Gesicht von Schwester Edeltraud.

Neben der Krankenschwester stand ein junger Arzt, der sich erkundigte: »Wie fühlen Sie sich?«

»Was ist passiert?«, fragte Anna verwundert.

»Der Professor wollte Sie untersuchen«, erklärte Schwester Edeltraud.

Besorgt blickte Anna um sich und stellte erleichtert fest, dass er den Raum verlassen hatte.

»Ich bin Doktor Walter, der HNO-Arzt. Sie sind gerade eben kollabiert. Geschieht das öfter?«, wollte er wissen.

»Nein«, antwortete Anna. »Aber ich ...« Sie presste die Lippen zusammen und schwieg. Was würde es ihr nützen, auf eine vage Kindheitserinnerung hin einem Unbekannten ihr Herz auszuschütten?

Der Arzt untersuchte die Stimmbänder und diagnostizierte eine Reizung. Er empfahl ihr, ihre Stimme zu schonen und eine Woche lang überhaupt nicht zu singen und gab ihr ein Elixier zum Gurgeln.

»Am liebsten würde ich Sie ein paar Tage zur Beobachtung hierbehalten«, sagte Dr. Walter. »Ein Schwächeanfall kann vielerlei organische Ursachen haben.«

»Auf gar keinen Fall bleibe ich hier«, entgegnete Anna heftiger als beabsichtigt.

»Dann schonen Sie sich bitte«, riet der Arzt. »Soviel ich weiß, stammen Sie aus Berlin. Haben Sie Angehörige hier?«

Anna schüttelte verneinend den Kopf und erhob sich. Das hatte diesen Fremden nicht zu interessieren! Sie hatte nicht vor, den abgebrochenen Kontakt zu ihren Verwandten wieder aufzunehmen.

Der Gedanke an ihre Familie trieb ihr Tränen in die Augen und sie ärgerte sich darüber. Sie war hierhergekommen, um einen Liederabend zu geben, der nun nicht stattfinden würde, weil ihre Stimmbänder versagten. Lag es wirklich an der trockenen Luft in der Flugzeugkabine oder schlug ihr etwas anderes auf die Stimme?

Vom Flieger aus hatte sie auf Berlin geblickt, die vom Bombenhagel zerstörte Stadt. Sie hatte in einem New Yorker Kino einen Film über die in Trümmer liegenden deutschen Städte gesehen. Aber die Wirklichkeit war so viel schlimmer! Das Gerippe des ehemals stolzen Baues des Anhalter Bahnhofs. Ausgebrannte Ruinen mit rußgeschwärzten Mauern. Durchlöcherte graubraune Fassaden, aus deren fensterlosen Öffnungen manchmal ein zerfetzter Vorhang wehte.

Zitternd stand sie auf, ihre Füße tasteten über den Fußboden. Sie tat einige vorsichtige Schritte und verabschiedete sich von dem Arzt.

Anna ging durch den Krankenhausflur nach draußen, stieg in ein Taxi und ließ sich ins Hotel fahren. Eine bleierne Müdigkeit breitete sich in ihrem Körper aus. Sie fühlte sich zerschlagen, erschöpft, verwundet. Dennoch zwang sie ihr Pflichtgefühl, das Betriebsbüro des Opernhauses über ihre Erkrankung in Kenntnis zu setzen. Mühsam beherrscht nahm sie das Bedauern über ihre Absage und die Genesungswünsche entgegen.

Fast mechanisch entkleidete sie sich, nahm ein starkes Schlafmittel ein, ließ sich ins Bett fallen und schlief kurz darauf ein.

Um Mitternacht schreckte Anna schweißüberströmt hoch und spürte die Tränen, die ihr über die Wangen liefen. Sie wankte zum Kleiderschrank, zog ein frisches Nachthemd heraus und ging ins Badezimmer. Als sie endlich im lauwarmen Wasser der Badewanne lag und das Zittern und Beben ihres Körpers allmählich nachließ, konnte sie sich – wie immer nach diesem wiederkehrenden Albtraum – lange Zeit nicht beruhigen.

Wie Regentropfen rannen die Tränen über ihr Gesicht und sie sah sich als kleines Mädchen, kaum älter als acht Jahre, in einem roten Sommerkleidchen den Kurfürstendamm entlanghetzen, verfolgt von einer Kindermeute.

»Du bist so hässlich. Du bist so blässlich. Du bist dumm, wir wissen nicht, warum«, skandierten sie, während Anna verzweifelt versuchte, zu entkommen.

Sie rannte und als sie sich kurz umsah, packte sie ein Mann, der einen weißen Kittel trug. Entsetzt schrie sie auf, als er sie fortzog und ihren Verfolgern zurief: »Sie gehört mir, ich habe sie zuerst erwischt!«

Anna schlug um sich, der Mann flog mit ihr durch die Lüfte, hoch hinauf zur Turmspitze der Gedächtnis-Kirche. »Neeeeiiinnn«, kreischte Anna, während die Panik über ihr zusammenschlug, doch da ließ er sie bereits los und sie fiel und fiel und fiel.

Normalerweise erwachte sie an dieser Stelle des Traumes, doch der Albtraum hatte eine Erweiterung erfahren: Sie landete in einem Krankenhausbett und der Professor begrüßte sie mit seinem meckernden Lachen. Während er eine Schere heranschleppte, die so groß war wie er, schrie er: »Musst keine Angst haben, gleich schneide ich dich auf!«

Anna wischte mit beiden Händen über ihr tränennasses Gesicht und wisperte: »Es war ein Fehler, nach Berlin zu kommen.«

Sie stieg aus der Wanne, trocknete sich sorgfältig ab, genoss den Lavendelduft, der dem neuen Nachthemd anhaftete und sie an ihre Heimat in Amerika erinnerte. Sie verwarf den Gedanken, John anzurufen, da sie ihn nicht in Unruhe versetzen wollte.

Grübelnd lag sie die halbe Nacht wach und fiel erst im Morgengrauen in einen dämmrigen Schlaf.

Anna schreckte hoch, als sie an der Zimmertür ein Poltern vernahm.

»Was ist denn hier los?«, schimpfte sie und öffnete die Tür einen Spaltbreit.

Ein barfüßiges Mädchen zuckte erschrocken zurück und fing laut an zu heulen. Sie gab langgezogene, klagende Töne von sich, die Anna durch und durch gingen.

»Rosemarie, Rosemarie«, schallte es über den Gang. Aufgeregt näherte sich eine ältere Dame. Das Kind verstummte augenblicklich und stürzte mit dem Ruf »Großmutter« auf die Frau zu.

»Bitte verzeihen Sie, falls Rosemarie Sie geweckt hat. Manchmal schleicht sie morgens einfach aus dem Zimmer und findet nicht mehr zurück.«

Die ältere Dame, die einen eleganten Morgenmantel mit Leopardenmuster trug, seufzte. »Kinder! Was will man machen? Wissen Sie, meine Tochter und mein Schwiegersohn werkeln Tag und Nacht in ihrem Malerbetrieb. Es gibt ja unendlich viel zu tun. Da schicken sie mich öfter mit Rosemarie zusammen in die Ferien. Manchmal ist es anstrengend mit dem lebhaften Kind, aber Sie wissen ja, wie das ist, man unterstützt sich doch gerne innerhalb der Familie.«

»Ja«, sagte Anna kurz angebunden.

Während sie die Tür schloss, dachte sie, dass sie keine Ahnung hatte, wie sich das anfühlte. Die Traurigkeit legte sich wie ein schwerer, dunkler Mantel über sie. Sie kroch ins Bett zurück, zog die Bettdecke über den Kopf und als sie die Augen schloss, tauchte das Bild eines blonden Jungen vor ihr auf.

»Vielleicht sind Mutter und Vater im Krieg umgekommen«, murmelte sie und verstand gleichzeitig, dass das die einfachste Lösung für sie wäre. Aber würde sie dann die Schatten der Vergangenheit jemals loswerden? Unerklärliche Vorkommnisse, die sich in schrecklichen, wiederkehrenden Träumen Bahn brachen?

»Anna, es muss sein!«, rief sie entschlossen.

Kapitel 2

Anna bestellte ein Frühstück aufs Zimmer, konnte aber außer einigen Schlucken Kaffee nichts zu sich nehmen. Nachdem sie aus dem Elixier ein Gurgelwasser bereitet hatte, spülte sie sorgfältig ihren Hals und schützte ihn dann mit einem wärmenden Wolltuch. Sie zog das leichte dunkelbraune Jerseykleid mit dem dazu passenden Mantel an. Um nicht zu elegant zu wirken, wählte sie flache Schuhe und verzichtete auf einen Hut. Als sie vor das Hotelgebäude trat, umfing sie morgendliche Kühle und erst jetzt fiel ihr ein, dass es zu früh sein könnte für einen überraschenden Besuch.

»Neun Uhr«, murmelte sie mit einem Blick auf ihre Armbanduhr. Sie zögerte kurz, dachte daran, dass sie später vielleicht der Mut verlassen würde, und riss hastig die Tür eines Taxis auf, das vor dem Hotel auf Fahrgäste wartete.

»He, he«, schreckte der Fahrer von der Zeitungslektüre hoch. »Immer langsam mit den jungen Pferden, ick bin ein schreckhafter alter Veteran.«

»Verzeihen Sie«, flüsterte Anna. »Ich möchte zur Reinickendorfer Straße. Wissen Sie, ob es dort große Kriegsschäden gab?«

Der glatzköpfige Mann meinte: »Schwer zu sagen, das kommt auf den Straßenabschnitt an. Habe auch schon erlebt, dass alle Häuser futsch waren, aber eines noch kerzengerade stand.«

»Dann fahren wir jetzt dorthin«, sagte Anna bestimmt.

Er musterte sie und warnte: »Det is weit!«

Anna zog einen 10-Dollar-Schein aus ihrer Geldbörse. »Reicht das?«

»Ick werd verrückt, heut is mein Glückstag!«, rief der Mann und griff schnell nach dem Geldschein. »Gnädigste, damit fahr ick Sie mit meiner Taxe den ganzen Tag kreuz und quer durch Berlin, wohin Sie auch immer wollen.«

Als sie in die Reinickendorfer Straße einbogen, bat Anna den Fahrer, anzuhalten. »Ich gehe das letzte Stück zu Fuß.«

»Wie Sie möchten«, grummelte der Taxifahrer. Er zog seine Zeitung hervor und sagte: »Ick steh hier jut, gnädiges Fräulein.«

Anna öffnete die Wagentür und stieg aus. Sie blickte eine Weile die Häuserzeile entlang, deren Zustand der Schilderung des Taxifahrers entsprach. Das Haus an der Ecke war unbeschädigt. Das daneben schien einen Treffer abbekommen zu haben. Der eingestürzte Dachstuhl hatte die oberen Stockwerke mit in die Tiefe gerissen und ein gewaltiges Trümmerfeld hinterlassen. Anna erinnerte sich an die Fassade mit den Engelsköpfen über der Eingangstür. Eine Hausnummer weiter erspähte sie auf einem freigeräumten Grundstück zwei Baracken. Auf einer Leine, die zwischen den Verschlägen gespannt war, hingen schäbige Wäschestücke. Im nächsten Steinhaufen glaubte Anna, die Überreste der Stammkneipe ihres Vaters zu erkennen. In der *Laterne* hatten viele Männer des Viertels ihr Feierabendbier getrunken, bevor sie nach Hause gingen.

Einige Frauen liefen an ihr vorbei und musterten sie misstrauisch. Das verwunderte Anna nicht, denn ihre Aufmachung stand im krassen Gegensatz zu den fadenscheinigen, abgetragenen Kleidern der Berlinerinnen. Sie schaute ihnen nach und sah, dass sie ins Reiter'sche Lebensmittelgeschäft gingen.

Auch Anna hatte dort oft die täglichen Einkäufe erledigt. Damals. Früher. In einer anderen Zeit. Sie folgte ihnen, spähte in das Geschäft hinein, um zu sehen, ob die freundliche Frau Reiter den Krieg überlebt hatte und immer noch hinter dem Tresen stand. Überrascht blickte Anna auf das umfangreiche Warenangebot. Sie merkte, wie wenig sie über die derzeitige Lebenssituation in ihrer ehemaligen Heimat wusste. Natürlich hatte sie gehört, dass es in Deutschland aufwärtsging, dennoch wunderte sie sich über die übervollen Regale des Lebensmittelladens.

Als eine Katze um ihre Beine strich, erschrak Anna und stieß einen heiseren Schrei aus.

Die Frauen drehten sich zu ihr um, beäugten sie neugierig und eine blaffte: »Wat glotzen Sie denn so? Schickt der Ami oder Iwan Sie zum Spionieren? Ick wees, es is viel Ware vorhanden, aber wir können uns nich alles koofen, was wir gerne hätten. Is doch so, Frau Reiter, oder?«

Erschrocken wich Anna zurück und verstand nicht mehr, was ihr Frau Reiter nachrief. Anna mochte jetzt keine Fragen beantworten. Sie beschleunigte ihren Schritt.

»Für fünf Pfennig Brausepulver«, murmelte sie. Unvergessen die besonderen Festtage ihrer Kindheit, an denen sie stolz und voller Vorfreude diese Bestellung an Frau Reiter hatte richten können. Anna konnte förmlich spüren, wie sie damals das Brausepulver auf ihre Zunge rieseln ließ. Es knisterte erst, dann zischte es und der Mund füllte sich langsam mit dem sauren Schaum. Man durfte nicht zu lange mit dem Hinunterschlucken warten, sonst quoll die Brause zwischen den Lippen durch und der Genuss war dahin.

Anna straffte die Schultern und schalt sich rührselig. Sie ging weiter, da kam ihr ein Junge mit einem sommersprossigen Gesicht entgegen.

»Anton!«, rief Anna spontan.

Der Steppke blieb stehen, musterte die elegante Dame und erwiderte: »Nö, ick heiße Wolfi. Aber ick kenne einige Antons hier in der Straße.«

»Anton Künke?«, fragte Anna, während ihr Herz schneller schlug und sie sich melodramatisch schalt, weil sie diesen kleinen Jungen für Anton gehalten hatte. Sie spürte, wie ihr Herz hämmernd gegen den Brustkorb schlug.

»Nummer 41, Hinterhaus«, riss Wolfi sie aus ihren Überlegungen. »Soll ick Sie hinbringen?«

Ihr Bruder lebte! Der kleine Funken freudiger Erwartung wurde jedoch von der Angst vor dieser Begegnung überschattet.

»Du bist ja ein Kavalier«, lobte Anna. »Aber ich weiß, wo das ist, ich habe als kleines Mädchen hier gewohnt.«

»Wirklich?« Wolfi musterte sie skeptisch.

Anna deutete auf das Einkaufsnetz, das er in der rechten Hand hielt. »Gehste zu Reiter einholen?«

»Meine Schwester ist krank, die macht das sonst«, murmelte Wolfi mit einem verlegenen Grinsen.

Anna lächelte und versicherte ihm, dass es für einen Jungen keine Schande sei, einkaufen zu gehen.

»Hat meine Mutti Sie geschickt?«, fragte er misstrauisch. »Die behauptet das auch immer.«

Anna musste lachen. Nachdem sie glaubhaft beteuert hatte, dass dem nicht so sei, fragte sie den Jungen: »Darfst du dir Brause kaufen?«

Traurig verneinte Wolfi. »Mein Vati ist im Krieg gefallen, ick hab noch drei Geschwister und Mutti sagt, dass wir sparen müssen.«

Wie erwachsen dieses Kind wirkte! Dennoch konnte er nicht älter als acht Jahre sein, so dünn und klein, wie er vor Anna stand. Der Krieg war seit zehn Jahren vorbei, irgendwie passte das nicht zusammen.

»Wie alt bist du denn?«, fragte Anna.

»Zwölf«, antwortete Wolfi.

Fassungslos starrte ihn Anna an und versuchte, ihr Erschrecken zu verbergen. »Weißt du was«, sagte sie schließlich. »Hier hat sich doch einiges verändert. Ich bin mir jetzt gar nicht mehr sicher, ob ich das Haus finde. Es ist vielleicht besser, wenn du mich hinbringst. Aber ich möchte nicht, dass du Ärger bekommst, weil du so lange ausbleibst.«

»Schon gut, Mutti ist gewöhnt, dass ich trödle«, antwortete er und schob seine Hand in Annas.

Diese Geste rührte Anna derart, dass sie mit den Tränen kämpfte. Sie empfand es als tröstlich, zusammen mit Wolfi auf das Haus zuzugehen. Je näher sie kamen, umso mehr überlegte Anna, wie die erste Begegnung nach so vielen Jahren wohl ausfallen würde. Sollte sie doch lieber umkehren? Sie war dankbar für Wolfis unbefangenes Geplauder, mit dem er verhinderte, dass sie ganz ins Grübeln verfiel.

»Da wird Mutti sich freuen, wenn ich ihr erzähle, dass Sie mich einen Kavalier genannt haben!«, hörte sie ihn sagen. Stolz schwang in seiner Stimme mit und entlockte Anna ein Lächeln.

»Hier isses!«, stellte Wolfi nach einer Weile fest.

Anna blickte die herrschaftliche Fassade des Bürgerhauses hoch.

»Gucken Sie mal, im ersten und im zweiten Stock sieht man noch die schwärzlichen Einschusslöcher.« Wolfi deutete auf einige Stellen an der Fassade. »Das Dach, die vierte und fünfte Etage, das war alles weg, aber das ist bereits repariert. Jetzt ist das Haus halt ein wenig kürzer. Das Hinterhaus hat nichts abbekommen.«

Wolfi schlug mit der Hand gegen seine Stirn und rief: »Hoffentlich wohnt hier der Anton Künke, den Sie suchen. Der ist sehr alt, bestimmt fünfundzwanzig oder so.«

»Das kommt hin«, sagte Anna. »Aber er sah als kleiner Junge genauso aus wie du.«

»Na denn, ich muss los«, meinte Wolfi.

Anna öffnete ihre Geldbörse und nahm zwei 1-Dollar-Scheine heraus. »Danke für die Hilfe«, sagte sie und gab Wolfi das Geld.

»Ick gloob es nicht!«, rief er überrascht und seine Augen strahlten. »Zwei Dollar! Kommen Sie aus Amerika?«

Anna nickte, und Wolfi musterte sie fasziniert. Er verbeugte sich tief und sagte: »Danke für die Dollars!«

Bevor Anna antworten konnte, flitzte er davon.

Dann drehte er sich noch mal um, winkte und schrie: »Ick kauf mir Brause und den Geschwistern auch! Die grüne mögen wir am liebsten.«

»Wir mochten die rote sehr gerne«, murmelte Anna, während sie die schwere Eingangstür aufstieß, um zum Hinterhaus zu gelangen.

Im Hausflur empfing sie ein vertrauter Geruch. Wie konnte

das sein, nach all den Jahren? Sie schalt sich töricht und sentimental. Was sollte sich an der modrigen Ausdünstung des Kellers, die sich bis in den ersten Stock zog, geändert haben? Mit schnellen Schritten ging sie weiter und fand sich im düsteren Hinterhof wieder. Wie als kleines Mädchen galt ihr erster Blick dem Himmel, der sich als winziger Ausschnitt präsentierte. Sie beäugte die Fassade. So schäbig hatte sie das Haus nicht in Erinnerung.

Die Eingangstür des Hinterhauses stand offen. Zögernd trat sie näher, ging hinein und überlegte, ob sie nicht doch umkehren sollte. Noch war es nicht zu spät.

Jemand polterte die Treppe hinunter. Zwei Stufen auf einmal nehmend, am Ende des Absatzes mit beiden Beinen aufstampfend. Das klang nach ...

Dann tauchte er vor ihr auf. Ja, er war es!

»Anton«, hauchte Anna.

Er verharrte bewegungslos am Ende der Treppe und starrte sie entgeistert an.

Sie erwiderte seinen Blick und dachte voller Zärtlichkeit an den kleinen blonden Jungen, den sie so sehr geliebt hatte. Jetzt stand er vor ihr – hochgewachsen und gut aussehend. Aus meinem kleinen Bruder ist ein Mann geworden, dachte sie.

Sie trat einen Schritt näher, streckte ihm die Hand entgegen, räusperte sich und brachte mit belegter Stimme hervor: »Guten Tag, Anton.«

Er musterte sie und fragte unsicher: »Sie wünschen?«

»Erkennst du denn deine Schwester nicht mehr?«, fragte sie.

Als würde er aus einem Traum erwachen wollen, fuhr er sich mit beiden Händen über das blasse Gesicht. Verwunderung stand darin. Dann taumelte er, hielt sich am Handlauf der Treppe fest und hauchte: »Bist du das? Igelchen? «

Anna nickte und er wisperte: »Du bist es tatsächlich ... Igelchen!«

Sie versuchte, den dicken Kloß, der sich in ihrem Hals bildete, zu ignorieren. Doch als Anton seine Hand fest um die ihre schloss, liefen ihr die Tränen über die Wangen.

»So viele Jahre!«, schluchzte sie.

»Igelchen!«

Die Zärtlichkeit, mit der er dieses Wort aussprach, raubte ihr den letzten Rest ihrer mühsam aufrechterhaltenen Selbstbeherrschung. »Anton!« Mehr brachte sie nicht hervor.

Er zog sie in seine Arme und wiegte sie sanft, so wie er es früher immer getan hatte, wenn er sie trösten wollte.

Lange standen sie so da, bis er sich von ihr löste und sagte: »Mutter wird Augen machen, wenn sie sieht, welch elegante Dame aus dir geworden ist. Du musst mir alles von dir erzählen. Ach, Igelchen!« Die Worte sprudelten nur so aus seinem Mund.

Um Zeit zu gewinnen, suchte Anna mit zitternden Händen in ihrer Handtasche nach einem Taschentuch. Während sie ihre Wangen abtupfte, senkte sie den Blick und sagte mit banger Stimme: »Mutter hat also den Krieg überlebt?«

»Ja«, erwiderte er.

Anna presste die Lippen zusammen. Um ihre Erregung zu verbergen, nestelte sie an den Griffen ihrer Handtasche. »Und Vater?«

»In Russland geblieben«, antwortete Anton.

Anna schämte sich ein wenig, dass sie Erleichterung verspürte, ihrem Vater nicht gegenübertreten zu müssen. Vor dieser Begegnung hatte sie sich noch mehr gefürchtet als vor der Begegnung mit der Mutter. Der Groll auf die Eltern wollte nicht versiegen. Sie stand hier in diesem Hausflur mit den schmutzigen Wänden, und ihr Mut sank.

Sie zögerte und sagte dann: »Ich glaube, es ist besser, wenn ich wieder gehe.«

»Mama ist sehr krank«, erklärte Anton. »Ich weiß, dass sie überglücklich wäre, wenn sie dich in ihre Arme schließen könnte.«

Anna zog die Augenbrauen nach oben und fuhr ihren Bruder an: »Willst du, dass ich mich schuldig fühle?«

Er bedachte sie mit einem erstaunten Blick. »Auf gar keinen Fall. Aber ich finde, du solltest wissen, wie sehr Mama die vergangenen Jahre zugesetzt haben.«

»Glaubst du denn, mir nicht?«, wisperte Anna.

Anton schwieg.

Anna überlegte, horchte in sich hinein. Schalt sich kindisch. Sie hatte beschlossen, sich der Vergangenheit zu stellen und als erwachsene Frau würde sie das jetzt auch tun.

Sie nickte Anton zu, ging zur Treppe und spürte, dass sie weiche Knie bekam. Mit einer Hand hielt sie sich am Treppengeländer fest und begann, die Stufen hochzusteigen.

Anton ergriff ihre freie Hand. »Ich bin bei dir«, versicherte er und schenkte ihr ein aufmunterndes Lächeln.

»Hat Mutter dir jemals gesagt, warum sie mich fortgeschickt hat?«

Anton schüttelte den Kopf. »Sie spricht nicht gerne über die Vergangenheit.«

Als sie den ersten Stock des Hauses passiert hatten, sagte Anton: »In der Wohnung ist alles unverändert. Vielleicht noch etwas ärmlicher und schäbiger als früher, aber Mama und ich kommen gerade so über die Runden.«

Sie legte ihren Zeigefinger auf seinen Mund. »Ich kann mir vorstellen, dass du alles tust, was möglich ist. Vor mir brauchst du dich nicht zu rechtfertigen.«

»Wir müssen nicht mehr hungern, das ist das Allerwichtigste«, erklärte Anton. »Wir sind mehr schlecht als recht durchgekommen. Doch bald werde ich eine Stelle als Handelsreisender antreten, dann muss Mama endlich nicht mehr putzen gehen. Denn ihr Rücken ist kaputt und sie bezieht Invalidenrente. Na ja, es lag nicht nur am Rücken. Ihre Nerven sind seit dem Krieg sehr angegriffen. Und das Herz macht auch nicht mehr so richtig mit.«

Anna schwieg und verlangsamte ihre Schritte. Das flaue Gefühl im Magen verstärkte sich und sie rang mühsam nach Luft.

Anton drückte ihre Hand und fragte mit besorgtem Blick: »Kann ich etwas für dich tun?«

Sie schüttelte den Kopf und flüsterte: »Ich bin doch jetzt ein großes Mädchen.«

»Ach, Igelchen«, seufzte er. »Ich laufe besser voraus und bereite Mama auf deinen Besuch vor.«

»Ja«, meinte Anna und blieb stehen, während er zögernd nach oben schritt.

»Nicht weggehen«, flehte er leise.

»Ich bleibe«, versprach Anna.

Als Anna vor der Wohnungstür stand und über dem Briefkastenschlitz den Namen »Künke« las, wurde ihr noch flauer im Magen. Sie holte tief Luft und versuchte sich mit dem Gedanken zu trösten, bald Antworten auf ihre drängendsten Fragen zu bekommen.

Sie hörte gedämpfte Stimmen aus der Wohnung. Nach einiger Zeit öffnete Anton die Tür und forderte sie auf, einzutreten. Sie folgte ihm durch den schmalen Flur in die Küche.

Verwundert blickte Anna auf die grauhaarige Frau, die am Küchentisch kauerte. Ihr Gesicht war von Falten durchzogen. Mit glanzlosen Augen fixierte sie Anna.

Diese warf Anton einen irritierten Blick zu.

Er nickte unmerklich und erst jetzt drang in Annas Bewusstsein, dass sie vor ihrer Mutter stand. Es gelang Anna mit Mühe, ihr Erschrecken zu verbergen. Ihre Mutter war kaum sechzig Jahre alt und sah aus wie eine Greisin.

Anna ging auf sie zu und sagte: »Guten Tag.«

Obwohl sich in ihrem tiefsten Innern ein Funken Mitleid mit der alten Frau regte, brachte Anna das Wort »Mama« nicht über die Lippen. Sie hatte sich fest vorgenommen, unverbindlich, distanziert und gleichgültig zu bleiben. Sie wollte keine Gefühle aufkommen lassen, um der Mutter nicht die Möglichkeit zu geben, sie erneut zu verletzen.

Grete stand mühsam auf und fasste mit der Hand an ihren Rücken, während sie das Gesicht vor Schmerz verzog. Als sie sich endlich aufgerichtet hatte, wankte sie auf Anna zu und wisperte: »Mein Mädchen, ich bin so glücklich, dass du gekommen bist!«

Anna wich erschrocken zurück, als ihre Mutter versuchte, sie zu umarmen.

Grete ließ die Arme sinken, sie baumelten neben ihrem Körper, als würden sie nicht zu ihr gehören. Anna registrierte, dass ihre Mutter feuchte Augen hatte. Auch sie rang um Fassung.

Grete sackte auf den Stuhl, den ihr Anton hingeschoben hatte. Sie vergrub ihr Gesicht in den Händen und Anna sah, dass ihre Schultern bebten.

Anton streichelte sanft über Gretes Rücken und bat seine Schwester: »Setz dich.«

Schweigend starrte Anna auf ihre Mutter. All die Worte, die sie sich in den zahllosen schlaflosen Nächten der letzten Jahre zurechtgelegt hatte, erschienen nun unpassend. Der Zorn, der jahrelang ihr Leben bestimmt hatte, wallte nicht mehr auf.

Sie beobachtete verwirrt diese weinende, gebrochene Frau, die sie als stark und zupackend in Erinnerung hatte. Anna fielen die rissigen, roten Hände der Mutter auf und sie schaute in Antons besorgtes Gesicht. Sie schwieg und wartete darauf, dass die Mutter sich beruhigte.

Anna blickte in der Küche umher, die ihr unverändert schien. Das weiße Küchenbuffet, der Kohleherd, das Spülbecken und das Sofa. Die kleinen Kissen, ordentlich an der Rückenlehne platziert, mit Sinnsprüchen, die Mutter mit geschickter Hand aufgestickt hatte: »Trautes Heim, Glück allein« und »An Gottes Segen ist alles gelegen«. Der Esstisch in der Mitte des Raumes mit den vier Stühlen und der Holzdielenboden. All das erkannte Anna wieder.

Sie stutzte, als sie an der Wand ein Ölgemälde bemerkte, das so gar nicht zu der einfach eingerichteten Küche passen wollte. Auf welche Art und Weise ihre Mutter wohl zu diesem Bild gekommen war? Es zeigte das Porträt einer fröhlich dreinblickenden braunhaarigen jungen Frau.

Irritiert von ihren Gedanken, musterte Anna ihre Mutter und hielt deren scheuem Blick stand.

Stumm sah Anna, wie Grete die Tränen aus den Augen rannen, die sie mit dem Handrücken aus dem Gesicht wischte. Sie betrachteten sich schweigend. Nun konnte auch Anna ihre Tränen nicht mehr zurückhalten, als ihre Mutter wisperte: »Ich habe dich geliebt, mein Mädchen. Immer. Es verging kein Tag, an dem ich nicht an dich gedacht habe.«

»Du hast mich weggeschickt«, schluchzte Anna.

»Ich hatte keine andere Wahl«, flüsterte Grete.

»Wieso wolltest du mich nicht mehr in deiner Nähe haben? Was glaubst du, wie es sich anfühlt, in einer Anstalt zu leben und dann plötzlich auf sich allein gestellt zu sein? Mit wildfremden Leuten unterwegs zu einem unbekannten Ziel ...«

»Bestimmt ganz furchtbar«, antwortete Grete.

»Es war entsetzlich! Und ich frage mich, was damals im Krankenhaus mit mir passiert ist. Ich wollte mich gestern dort behandeln lassen. Die Stimme und das Lachen des Arztes, der mich untersuchen sollte, haben in mir die Erinnerung an eine Operation geweckt. Es war ein schrecklich beklemmendes Gefühl, ähnlich den Angstträumen, die mich nachts heimsuchen. Du musst mir unbedingt sagen, was damals geschehen ist!«

Grete griff mit einer Hand an ihr Herz und Anton schrie entsetzt: »Mama!«

Aus einem Röhrchen nestelte er eine Tablette und reichte sie seiner Mutter mit einem Glas Wasser.

»Das ist zuviel Aufregung für Mama«, stellte Anton fest.

Grete winkte ab und murmelte: »Die Operation ... Es ist lange her. Du solltest die Vergangenheit ruhen lassen und nach vorne schauen!«

»Das ist mir nicht möglich«, brüllte Anna, sodass Grete erschrocken zusammenzuckte. »Ich habe schlaflose Nächte, Albträume und soviel Wut in mir, dass ich manchmal nur schreien möchte!«

Anna fing an, haltlos zu weinen. Diese fremde Frau – ihre Mama – tat ihr wieder weh. Sie sah nicht ihre Qual. Wie in früheren Zeiten. Zu den alten Verletzungen kamen jetzt neue dazu. Alles in Anna krampfte sich zusammen. Sie fühlte sich traurig und erschöpft, das Mitleid verschwand, der alte Zorn stieg wieder hoch. Sie öffnete den Mund, wollte all die zurechtgelegten Worte nun doch herausschreien.

Die Mutter kam ihr zuvor und sagte mit heiserer Stimme: »Dein Papa ist tot.«

»Er hat es verdient«, stieß Anna hervor. »Wenn ich daran denke, wieviel Angst ich vor seinen Tobsuchtsanfällen und vor seinen Schlägen hatte, wird mir heute noch übel. Wie oft habe ich Anton getröstet, als unser sogenannter Vater dich geschlagen hat und mein kleiner Bruder in Panik geriet und um dein Leben fürchtete.«

»So schlimm war das für euch?«, erwiderte Grete bestürzt und wandte sich an Anton. »Junge, sag doch etwas! Stimmt das?«

Anton nickte.

»Das tut mir leid«, sagte Grete erschüttert. »So habe ich das nicht wahrgenommen.«

»Das wundert mich, wo Anton doch immer dein Lieblingskind war«, schleuderte Anna ihr entgegen. »Ich bin gekommen, um endlich die Wahrheit über meine Kindheit zu erfahren.«

»Du hast dich zu einer eleganten und bildschönen Frau entwickelt«, versuchte Grete, abzulenken.

»Ich bin Opernsängerin geworden«, antwortete Anna. »Eigentlich sollte ich bei der Eröffnungsgala der Lindenoper singen, aber meine Stimme ...« Sie brach ab, fasste mit ihrer Hand an den Hals und merkte erst jetzt, dass er schmerzte.

»So berühmt bist du?«, sagte Grete verwundert. »Ich bin erleichtert, dass du jetzt ein gutes Leben hast. Das hast du doch, oder?«

»Hörst du mir überhaupt zu?«, keuchte Anna heiser.

Anton schlang die Arme um seine Mutter und fragte: »Mama, warum fällt es dir so schwer, über frühere Zeiten zu sprechen?«

Sie winkte ab. »Ach, Anton, die alten Geschichten, du kennst sie alle.«

»Nein, das glaube ich nicht«, erwiderte er. »Aber im Gegensatz zu Anna habe ich auch viele gute Erinnerungen an meine Kindheit.«

»Oder du hältst das, was man dir darüber erzählt hat, für deine eigenen Eindrücke«, stieß Anna bitter hervor.

Grete bedachte sie mit einem nachdenklichen Blick und es schien, als schaute sie weit zurück in die Vergangenheit.

Kapitel 3

Berlin, Herbst 1933

Ich muss los«, rief Grete. »Frau Rubinstein erwartet pünktliches Erscheinen. Die Kartoffeln sind in zwanzig Minuten fertig, du brauchst sie nur abzugießen. Frische Butter steht in der Speisekammer.«

Die achtjährige Erna, die neben ihrem Bruder Anton am Esstisch saß, sagte: »Auf Wiedersehen, Mama!« Dann beugte sie den Kopf über ein Schulbuch. Der dreijährige Anton kritzelte mit Kreide auf einer Schiefertafel herum.

»Gibt es schon wieder Kartoffeln mit Butter zum Abendbrot?«, nörgelte Gustav, Gretes Ehemann. Er lehnte am weiß gestrichenen Küchenbuffet und beobachtete Grete, die gerade eine leichte Strickjacke überzog.

»Sei dankbar, dass wir überhaupt etwas zu essen haben«, sagte sie zu ihm.

»Mir reicht's! Immer Kartoffeln oder Kohl«, schimpfte er.

»In unserem Hinterhaus zieht der Kohlgeruch durch alle Etagen«, bestätigte Grete. »Manchmal fürchte ich, dass meine Kleidung danach riecht.«

Gustav verzog den Mund zu einem schiefen Grinsen und maulte: »Ist mir nicht recht, dass du für eine jüdische Familie Näharbeiten erledigst.«

»Rede keinen Unsinn«, entgegnete Grete. »Die Rubinsteins sind ein Glücksfall für uns. Ich bin froh, dass ich etwas dazuverdienen kann, nachdem du …«

Er fiel ihr ins Wort und vollendete den Satz: »Arbeitslos bist.«

»So ist es«, sagte Grete.

Er nickte und verteidigte sich: »Ich versuche ja, Arbeit zu finden!«

»Ich mache dir keinen Vorwurf, aber hör auf, zu meckern. Sei lieber dankbar, dass ich die Haushaltskasse ein wenig aufstocken kann.«

»Geldverdienen ist Männersache«, schleuderte er ihr verbittert entgegen, während er mit der Hand durch sein dichtes schwarzes Haar fuhr. »Es kränkt mich, dass ich vom Geld meiner Frau leben muss.«

Grete schüttelte den Kopf und rollte mit den Augen. »Ach, Gustav, du mit deinen Sprüchen«, stöhnte sie.

»Adolf Hitler sagt auch, dass die Frau dazu geboren ist, Mutter zu werden und im Haus zu bleiben.«

»So, ist sie das?«, spottete Grete. »Dann lade doch Herrn Hitler in unsere feuchte Hinterhauswohnung ein. Vierte Etage, sommers wie winters nie ein Strahl Sonne. Alles dunkel und düster. Wir stottern noch den Kaufpreis der Möbel ab und die Arbeitslosenstütze reicht hinten und vorne nicht. Falls die Frauen Herrn Hitlers Aufruf folgen und wieder mehr Kinder in die Welt setzen, wäre das allerdings gut für mich.«

»Wie meinst du das?«, wollte Gustav wissen.

Grete seufzte. »Du weißt doch, dass ich von Jahr zu Jahr zu immer weniger Geburten hinzugezogen werde. Die Frauen gehen zur Entbindung lieber ins Krankenhaus. Da ich als Hebamme nur in dem mir zugeteilten Bezirk tätig sein darf, kann ich in meinem Beruf eben nicht mehr genug verdienen und muss Näharbeiten annehmen. Aber nun will Herr Hitler ja, dass die Frauen wieder mehr Kinder bekommen und dass sie diese zu Hause auf die Welt bringen. Das kommt die Volksgemeinschaft billiger als eine Geburt in einer Klinik.«

»Wenigstens nimmst du als Hebamme keinem Mann die Arbeit weg«, grummelte Gustav.

Sie schüttelte verständnislos den Kopf. »Wenn das deine einzige Sorge ist ...«

Grete interessierte sich nicht für Politik. Aber wenn alles, was Adolf Hitler versprach, tatsächlich in Erfüllung ginge, würde Deutschland einer glänzenden Zukunft entgegengehen. Was ihr überhaupt nicht gefiel, war die Idee, die Frauen wieder an den Herd und ins traute Heim zu verbannen. Grete konnte sich nicht vorstellen, den ganzen Tag zu Hause zu verbringen. Obwohl ihr Gustav ihren Lohn meistens abnahm, erzeugte es ein gutes Gefühl in ihr, eigenes Geld zu verdienen. Außerdem arbeitete sie sehr gerne als Hebamme. Daher war sie sich noch nicht sicher, was sie vom »Führer« halten sollte.

Als sie zur Tür ging, sagte Gustav: »Ich gehe gleich mit nach unten, die Kohle für den Ofen ist zu Ende.«

Grete strich Anton und Erna liebevoll über die Köpfe, richtete mit beiden Händen ihr blondes, mittellanges Haar und stieg mit Gustav die Treppen hinunter.

Als sie an der Toilette im Zwischengeschoss vorbeigingen, rümpfte Gustav die Nase und schimpfte: »Dieser Gestank ist eine Schweinerei. Ist es wirklich zuviel verlangt, nach dem Kacken das Klofenster zu öffnen?«

»Gustav!«, rief Grete.

»Stimmt doch«, grummelte er.

»Gustav hat wirklich recht«, hörten sie eine weibliche Stimme rufen. »Vorsicht, rutscht nicht aus! Ich habe gerade frisch gebohnert.«

»Ach, Luise, wir hatten uns doch darauf geeinigt, dass ich das für dich übernehme«, tadelte Grete.

Luise lachte und strich sich eine Strähne ihres grauen Haares aus der Stirn. »Du hast es angeboten, aber das nenne ich keine Einigung. Ne, ne, auch wenn ich über sechzig bin, das schaffe ich mit links.«

»Ich möchte einmal die Gelegenheit bekommen, dir etwas zurückzugeben. Du hilfst uns so oft!«

»Ach was«, rief Luise. »Ich mag die Kinder und die Kleinen mögen mich. Das ist Vergnügen und keinerlei Anstrengung. Ich hocke sowieso einsam in der Wohnung rum, seit mein Erwin von der Elektrischen über den Haufen gefahren wurde.«

»Schöner Tod, besoffen von der Straßenbahn überfahren

werden«, grummelte Gustav, nur für Grete hörbar. Sie versetzte ihm einen Stoß in die Rippen.

»Ich muss los«, meinte Grete und stieg vorsichtig die Stufen hinunter.

»Soll ich nach den Kindern sehen?«, rief ihr Luise hinterher.

»Danke, Luise, Gustav ist heute zu Hause«, antwortete Grete.

Als Grete sich an der Haustür von Gustav verabschiedete, sagte sie: »Bitte, Gustav, versprich mir, dass du bei Erna und Anton bleibst!«

»Was du immer hast«, stöhnte er.

»Na ja, in der Vergangenheit hast du schon so manches Versprechen gebrochen. Anton muss unbedingt noch inhalieren«, fuhr sie fort. »Du brauchst nur die Paste in …«

Schroff unterbrach er sie: »Ich bin ohne Arbeit, aber ich bin nicht blöd!«

»Bitte wälze die Verantwortung keinesfalls auf Erna ab. Sie kümmert sich rührend um Anton, dennoch ist sie erst acht Jahre alt.«

»Du solltest jetzt gehen, sonst kommst du wirklich zu spät zu deinem Judenpack«, wiegelte er ab und gab Grete einen Kuss auf die Wange.

Ein Fußball klatschte an die Hauswand und Gustav ergriff ihn mit einer geschickten Drehung.

»Ballspielen im Hinterhof ist verboten!«, schimpfte er. »Ist viel zu eng hier. Wenn wieder eine Fensterscheibe zu Bruch geht, will es keiner gewesen sein. Wem gehört der Ball?«

Ein Dreikäsehoch mit schmutzigen Knien hob die Hand. Gustav gegenüber zeigten alle Kinder einen Heidenrespekt. Aufgrund seiner körperlichen Präsenz nannten sie ihn »den Riesen«.

Gustav winkte den Jungen heran, gab ihm den Ball zurück und brüllte: »Letzte Warnung. Falls ich euch noch einmal im Innenhof erwische, ist das Ding für immer weg, verstanden?«

Die Kinderschar nickte eingeschüchtert und stob an ihm

vorbei und an Grete, die bereits die Tür zum Durchgang des Vorderhauses geöffnet hatte. Sie ließ die Rasselbande durch und bedachte Gustav mit einem Kopfschütteln.

»Was?«, blaffte er. »Ist in mir halt so drin – auch ein arbeitsloser Hausmeister bleibt eben ein Hausmeister!«

Grete stand immer noch in der Tür, als Frido durch den Flur auf sie zukam. Sie stöhnte innerlich auf. Wenn Gustav mit seinem Kumpan Frido zusammen war, kam meistens nichts Gutes dabei heraus.

»Tach, Grete«, rief Frido fröhlich.

Grete nickte ihm zu, musterte ihn und bemerkte die Illustrierten, die er lässig in der Hand hielt. Sie drehte sich noch mal zu ihrem Mann um und sagte eindringlich: »Gustav, bitte sei vernünftig. Keine Pferdewetten, hörst du? Du weißt, dass wir knapp bei Kasse sind.«

»Hör auf, mir auf die Nerven zu gehen«, knurrte Gustav. »Ich blättere mit meinem Freund Fridolin in den Zeitschriften. Man muss doch informiert sein, was es Neues gibt.«

Grete bedachte ihn mit einem skeptischen Blick, gab ihm einen Kuss auf die Wange und lief eilig davon.

Mit beiden Händen rieb sich Grete den schmerzenden Nacken. Zufrieden mit dem heutigen Abend, stieg sie langsam die Stufen zur Wohnung hinauf. Sie hatte einen gewaltigen Berg Flickwäsche abgearbeitet und Frau Rubinsteins Lieblingskleid gerettet. Die acht Schwangerschaften hatten bei ihrer Arbeitgeberin deutliche Spuren hinterlassen und sie klagte, dass sie ihr Abendkleid nicht mehr tragen könne. Durch Gretes handwerkliches Geschick fiel die vorgenommene Änderung kaum auf. Als Dank hatte Frau Rubinstein eine Tafel Schokolade spendiert. Grete plante, das wertvolle Geschenk für Antons Geburtstag aufzubewahren.

Sie arbeitete gerne für Frau Rubinstein, die sie großzügig entlohnte und immer zu einer Mahlzeit einlud. Trotz der vielen hausfraulichen Pflichten tauschte Frau Rubinstein mit Grete regelmäßig den neuesten Tratsch rund um ihre beiden Familien aus. Die Frauen verstanden sich gut und Grete hatte nie das Gefühl, von oben herab behandelt zu werden.

Grete schloss die Wohnungstür auf und streifte im Flur die Schuhe ab. Sie schlich in die Küche, um nach den Kindern zu sehen. Da es in der Wohnung nur ein Schlafzimmer gab, in das zwei Bettgestelle und ein Kleiderschrank passten, war Ernas und Antons Schlafstatt in der Küche. Die beiden schliefen gemeinsam auf dem Küchensofa. Wie immer brannte die matte Stehlampe, da Erna die nächtliche Dunkelheit fürchtete. Gustav nannte es Stromverschwendung und schimpfte, Grete würde die Gören verweichlichen.

Verärgert registrierte Grete, dass noch Essensreste und das Geschirr vom Abendbrot auf dem Küchentisch standen. Sie wunderte sich, dass Erna, die sonst fleißig mithalf, den Abwasch nicht erledigt hatte.

Als Grete erschöpft auf den Küchenstuhl sinken wollte, hielt sie inne. Vom Sofa her drang ein verhaltenes Weinen herüber.

»Erna? Was ist passiert?«, raunte Grete und trat zu ihr.

Das Mädchen hob ihr tränennasses Gesicht und fiel Grete um den Hals. »Ma-Mama, wie gut, dass du kommst«, stotterte Erna. »Ich hatte solche Angst um Anton!«

Grete strich der zitternden Erna beruhigend über den Rücken und warf gleichzeitig einen Blick auf Anton, der tief und fest schlummerte.

»Leise«, mahnte Grete. »Wir wollen deinen Bruder nicht aufwecken. Was ist los? Lass dir Zeit, meine Kleine, dann geht es mit dem Sprechen besser.« Mitleidig legte sie den Arm um das Kind. Es war zum Verzweifeln! Obwohl Grete mit ihr von Arzt zu Arzt lief, hatte bisher keiner einen Ansatz gefunden, Erna zu einer vernünftigen Sprechweise zu verhelfen. Vor allem, wenn sie sich aufregte, fiel ihr eine flüssige Aussprache schwer.

»Pa-Pa-Pa-Papa«, krächzte Erna und hielt inne. Grete merkte, dass sie versuchte, das Stottern in den Griff zu bekommen. Schließlich wisperte Erna: »Papa ist mit Onkel Frido weggegangen, obwohl Anton nicht inhaliert hatte.« Sie schluchzte auf. »Anton schnappte nach Luft und ich hatte furchtbare Angst, dass er erstickt.«

Zorn wallte in Grete auf und sie verfluchte ihren gleichgültigen Gatten. Sie strich Erna übers Haar und fragte: »Und dann?«

Erna flüsterte: »Du hast es verboten, doch ich bin auf die Fußbank gestiegen. Ich habe auf dem Ofen Wasser erhitzt und etwas von der Paste hineingedrückt. Den schweren Topf konnte ich nicht herunterheben. Ich stellte Anton auf die Fußbank und hielt sein Köpfchen über den Dampf. Der Husten ließ nach, aber ...« Sie verstummte und schniefte. »Sein Gesicht lief rot an und er schrie furchtbar. Hoffentlich ist es nicht verbrannt.«

Grete zog es das Herz zusammen, während ihre Wut auf Gustav zunahm. Sie drehte Anton sanft in den Lichtkegel und atmete erleichtert auf, als sie sah, dass er die übliche blasse Gesichtsfarbe aufwies.

»Ernachen, du hast alles richtig gemacht«, lobte Grete. »Durch den Dampf schwillt das Gesicht an und wird rot, aber wichtig ist, dass Anton genug Luft bekommt! Diese Bronchitis will und will nicht besser werden. Weißt du, wo Papa hin ist?«

Erna schüttelte den Kopf.

»Schlaf, mein Mädchen, du musst morgen zur Schule«, sagte Grete. Gerührt sah sie, wie Erna vorsichtig einen Arm um Antons Oberkörper schlang.

Erna hauchte: »Gute Nacht, Mama, hast du mich lieb?«

»Für immer und ewig! Aber jetzt wird geschlafen.«

Ernsthaft stellte Erna fest: »Morgen ist die Nacht vorbei.«

Grete zog die Küchentür zu und ging ins Schlafzimmer. Sie sank müde ins Bett und schlief sofort ein.

Ein unüberhörbares Poltern ließ sie hochschrecken. Sie lauschte und hörte Männerstimmen im Flur. Die Schlafzimmertür knallte krachend gegen den Kleiderschrank.

»Mein Sohn ist verweichlicht und krank«, lallte Gustav und Grete sah mit Schrecken, dass er volltrunken war.

»Entschuldige, Grete, ich konnte ihn nicht aufhalten«, sagte Frido, der ihr wesentlich nüchterner vorkam.

»Mein Sohn«, brüllte Gustav und wankte auf die Küchentür zu.

Grete sprang aus dem Bett, um ihm den Weg in die Küche zu versperren. »Lass den Jungen in Ruhe!«, zischte sie.

Er hielt inne und kniff seine rot unterlaufenen Augen zusammen. »Halt dein Maul, ich bin der Herr im Haus«, donnerte er.

Anton und Erna, durch den Lärm wach geworden, begannen laut zu weinen und riefen nach Grete.

Gustav taumelte auf Grete zu und gab ihr eine Ohrfeige. »Du hast meinen Sohn aufgeweckt, du Rabenmutter«, keifte er.

»Sei ruhig und leg dich hin«, sagte Grete mit energischer Stimme, während sie ihre Hand auf die schmerzende Wange legte.

»Ich bin der Herr im Haus«, lallte Gustav und holte zu einem erneuten Schlag aus. Blind vor Tränen wich Grete erschrocken zurück.

Sie sah Frido hinter Gustav stehen. Er packte dessen Arm und sagte: »Hör auf, Gustav, lass deine Frau in Ruhe!«

Grete warf Frido einen dankbaren Blick zu.

»Geh zu den Kindern«, riet Frido.

»Mein Sohn«, krakeelte Gustav.

»Komm mit«, drängte Frido, dem es tatsächlich gelang, Gustav aus dem Flur ins Schlafzimmer zu bugsieren. Als er einige Zeit später zu Grete und den Kindern in die Küche kam, bedankte sie sich bei ihm. Frido druckste herum, seufzte und erklärte: »Er war wie von Sinnen, als er erfuhr, dass die Rennbahn Grunewald abgerissen wird. Ich kann gar nicht begreifen, wieso er sich so aufgeregt hat, denn es gibt ja noch andere Rennstrecken in Berlin. Er hat ein schönes Sümmchen gewonnen, dann aber alles wieder verloren. Seinen Kummer hat er mit einigen Bierchen in der ›Laterne‹ ertränkt und die Zeche anschreiben lassen.«

»Danke, dass du Gustav nach Hause gebracht hast«, sagte Grete.

Frido winkte ab. »Das ist das Mindeste, was ich tun konnte.« Er ging zur Tür und verabschiedete sich: »Tschüss, Grete. Ist schon spät, ich bekomme sicher auch Ärger mit meiner Holden. Schlaf besser bei den Gören in der Küche und sperr die Tür ab! Wer weiß, was Gustav noch alles einfällt in seinem Suff.«

Grete brauchte lange, bis es ihr gelang, die Kinder zu beruhigen. Sie flüsterte beschwichtigende Worte, bis sie endlich wieder eingeschlafen waren. Sie selbst setzte sich auf einen Stuhl, legte auf den anderen ihre Beine und dämmerte in dieser unbequemen Position bis zum Tagesanbruch vor sich hin.

Als Grete am anderen Morgen Erna und Anton weckte, rieben die Kinder müde ihre Augen. Gustav schlurfte geräuschvoll gähnend herein.

Er sprach Grete nicht an und auch sie richtete nicht das Wort an ihn. Stattdessen erwärmte sie Milch für die Kinder und rührte einen Malzkaffee an, von dem sie Gustav schweigend eine Tasse hinschob. Erna und Anton teilten sich ein Stück Brot, das sie vorsichtig in die Milch tunkten.

»Und ich?«, empörte sich Gustav.

»Das war die letzte Scheibe Brot«, erklärte Grete. »Ich wollte heute einkaufen. Ich gehe davon aus, dass du auch das Haushaltsgeld in Grunewald gelassen hast? Von was sollen wir bis Ende der Woche leben? Ich kann bei Reiters keinesfalls mehr anschreiben lassen.«

»Schick Erna, die weisen sie nicht ab.«

»Was bist du nur für ein Mensch?«, wisperte Grete.

Gustav senkte schuldbewusst den Kopf und meinte zerknirscht: »Es tut mir leid. Das Herumsitzen macht mich verrückt, ich brauche einfach wieder Arbeit.«

Grete schlug mit der Faust auf den Tisch, dass die Tassen wackelten und schrie: »Und ich brauche einen zuverlässigen Ehemann, der seine Kinder nicht im Stich lässt.«

»Bald wird alles besser, du wirst sehen«, sagte Gustav. »Ich wollte dich überraschen. Die Wohnungsbaugenossenschaft sucht einen Hausmeister. Heute Nachmittag gehe ich hin und stelle mich vor.«

Grete musterte ihn skeptisch. Wie oft hatte er schon großspurig von irgendwelchen Bewerbungen berichtet, die dann im Sand verliefen! Sie hatte die Hoffnung längst verloren.

Gustav stand auf und sagte: »Komm, Erna, ich begleite dich zur Schule. Auf dem Rückweg gucke ich mal bei Reiters vorbei.« Er nickte Grete aufmunternd zu und verließ mit Erna das Haus.

»Ich will Erna winken«, rief Anton.

Grete stellte ihn auf die Fußbank, damit er hinausschauen konnte, und lehnte mit ihm am Fenster, als aus dem Hinterhof Mädchenstimmen ertönten: »E-E-E-E-Erna, Erna kann nix lerna, Erna stottert und ist dumm.«

Grete sah, wie die Kinder sofort auseinanderstoben, als sie merkten, dass Gustav hinter Erna aus dem Haus kam. Er rannte der Bande hinterher und erwischte ein dickliches Mädchen am Schulranzen.

»Sag deinen Freundinnen, sie sollen aufhören, Erna zu ärgern! Wenn ich dich noch einmal dabei erwische, dass du bei so etwas mitmachst, setzt es Hiebe. Verstanden?«

Das Mädchen nickte erschrocken und als Gustav sie losließ, preschte sie eilig davon.

»Passiert das öfter?«, fuhr Gustav seine Tochter an, dass es bis zu Grete und Anton nach oben schallte.

Erna nickte.

Grete rief: »Wartet, ich komme herunter.« Hastig lief sie mit Anton im Schlepptau in den Hof.

Als sie durch die Tür trat, hörte sie Gustav schimpfen: »Was für eine freche Rotzgöre! Ach, Erna, wieso tust du dich so schwer mit dem Lernen?«

Erna schniefte stotternd: »Die Buchstaben sehen alle gleich aus – und bei den Zahlen ist es noch viel schlimmer.«

Grete wischte mit einem Taschentuch die Tränen aus Ernas Gesichtchen und gab ihr einen Kuss. »Das wird schon noch«, versuchte sie das Kind zu trösten.

Anton jedoch umklammerte seine Schwester und rief: »Ich mag dich ganz, ganz dolle! Egal, ob du lesen und schreiben kannst.«

Kapitel 4

Berlin, Sommer 1935

»Alles Gute zum Geburtstag, Ernachen«, sagte Grete liebevoll und stellte den Butterkuchen auf den Küchentisch.

Erna starrte mit großen Augen darauf und blieb bewegungslos im Türrahmen stehen.

»Na komm, meine Kleene, blas die Kerzen aus!«, lockte Grete. »Schau doch, zehn Stück hab ich auf den Kuchen gesteckt – für jedes Lebensjahr eine.«

Erna flüsterte beeindruckt: »Wie schön!«

Gustav drängte: »Beeil dich mit dem Auspusten. Wäre schade, wenn das Wachs auf die Streusel tropft.«

Erna kam näher und blies eine Kerze aus, dann die zweite, die dritte.

»Halt«, rief Gustav. »Du musst sie alle auf einmal ausblasen.«

»Warum?«, fragte Erna.

»Weil man das so macht«, blaffte Gustav. »Dieses Kind bringt mich zur Weißglut«, schimpfte er. »Immerzu will sie alles anders machen und stellt dumme Fragen.«

Grete warf ihm einen tadelnden Blick zu und sagte zu der erschrocken dreinblickenden Erna: »Es bringt mehr Glück, wenn man alle Kerzen auf einmal auspustet.«

Erna nickte und folgte Gretes Rat.

»Du darfst den Kuchen anschneiden«, sagte Grete betont munter, um die Missstimmung aufzuheben.

»Das ist keine gute Idee«, brummte Gustav. »Das schafft Erna nicht, die zermatscht bloß alles.«

»Schafft sie doch«, protestierte Anton empört. »Erna kann das.«

Gustav zischte: »Ganz schön vorlaute Klappe für einen Fünfjährigen! Willst du dir eine Backpfeife einfangen?« Er wandte sich Grete zu, maß sie mit abschätzigem Blick und stieß verächtlich hervor: »Deine Erziehung.«

Grete ignorierte ihn und umschloss mit ihrer Hand die Hand des Kindes. »Komm, Erna, wir machen das zusammen.«

Sie fand es herzlos von Gustav, dass er Erna ihr Unvermögen immer wieder vor Augen führte. Grete machte sich auch Sorgen wegen Ernas tollpatschiger Art, aber das musste er ihr doch nicht dauernd unter die Nase reiben. Vorsichtig senkte Grete das Messer in den Butterkuchen, schnitt das erste Stück heraus und legte es auf Ernas Teller.

Nachdem jeder ein Kuchenstück vor sich stehen hatte, schenkte Grete Malzkaffee ein. Sie fummelte die dünne Haut ab, die sich über Ernas warmer Milch gebildet hatte. Dann sagte Grete: »Lasst es euch gut schmecken.«

»Danke«, brachte Erna schüchtern hervor und stieß mit der Gabel in den Kuchen. Sie erwischte dabei den Tellerrand. Mit der rechten Hand umklammerte sie die Kuchengabel und mit der linken reagierte sie nicht schnell genug, um den kippenden Teller zu halten. Das ganze Kuchenstück landete mit Schwung auf ihrer Schürze.

Gustav gab ihr eine Ohrfeige und schrie: »Pass doch auf, du ungeschickte Göre!«

»Gustav!«, rief Grete entsetzt aus.

»So dusslig kann man unmöglich sein«, schimpfte er.

Erna hielt die Hand an die Wange und sprang erschrocken auf. Der Kuchen fiel auf den Boden, was einen erneuten Zornesausbruch Gustavs nach sich zog.

Grete schnitt Ernas todtrauriger Blick ins Herz. Hastig griff sie zur Kehrschaufel und beseitigte das Malheur. »Komm, Erna, wir ziehen eine neue Schürze über«, sagte sie zu dem weinenden Kind.

»Was ist nur los mit Erna?«, seufzte Gustav resigniert. »Ich fürchte, sie ist eine Idiotin.«

Grete schob Erna aus dem Zimmer. »Geh ins Schlafzimmer, ich bin gleich bei dir.« Dann wandte sie sich Gustav zu und flüsterte: »Wie kannst du so etwas sagen? Sie hat es doch schon schwer genug.«

Gustav verzog das Gesicht zu einem verächtlichen Grinsen und raunte: »Die Lehrerin hat mir erklärt, dass Erna eine Gefahr für die Volksgesundheit darstellt. Sie ist außerstande, dem Unterricht zu folgen. Lesen und schreiben kann sie wie eine Sechsjährige. Daher wird sie im nächsten Schuljahr auf die Hilfsschule für Blöde kommen. Also ist sie nun eine Idiotin oder nicht?«

»Du bist herzlos«, wisperte Grete.

Als sie das Zimmer verließ, hörte sie Anton empört rufen, dass Erna keine Idiotin sei.

Grete zog der erstarrten Erna eine frische Schürze über und sagte aufmunternd zu ihr: »Keine Angst, Erna, Papa beruhigt sich schon wieder.«

Sie gingen in die Küche zurück und Grete stellte Erna einen neuen Teller hin. Erna saß schluchzend am Esstisch, stocherte in dem Kuchen herum und auch Anton hatte noch keinen Bissen gegessen.

Grete blickte in die traurigen Gesichter der Kinder und ärgerte sich, dass Gustav ihnen die Freude an diesem Tag gründlich verdorben hatte. Verzweifelt bemüht, die gedrückte Stimmung aufzulockern, sagte sie betont munter: »Ihr mögt doch Butterkuchen so gerne, jetzt esst schön auf, dann darf Erna ihr Geschenk auspacken.«

»Habt ihr gehört, was eure Mutter gesagt hat?«, blaffte Gustav.

»Darf ich das Kuchenstück in die Hand nehmen?«, fragte Anton artig.

»Ja«, sagte Grete, »und Erna auch, wenn sie möchte.«

Es ist so rührend, wie er seine Schwester in Schutz nimmt, dachte Grete. Ernas Tränen versiegten langsam,und sie begann, den Kuchen zu essen.

»Alles verputzt«, rief Anton nach einigen Minuten und fuhr

mit der Hand über seinen Bauch. Er sah zu Gustav hin, der mit düsterer Miene vor sich hin starrte.

Grete gelang es, zu lächeln, und Erna, die erst zur Hälfte aufgegessen hatte, warf ihrer Mutter einen Hilfe suchenden Blick zu. Grete wusste, dass Erna unendlich lange für jede Mahlzeit brauchte und wie sehr das Gustav in Rage brachte. Daher schob sie Ernas Teller zur Seite und sagte: »Du kannst das später fertig essen, nachdem du das Geburtstagsgeschenk ausgepackt hast.«

Erna gelang ein zaghaftes Lächeln, als Grete ihr eine Schachtel überreichte, und sie entfernte langsam und bedächtig das Geschenkpapier.

»Oh, eine Puppe mit echten Haaren!«, rief sie erstaunt. »Bitte, bitte, die möchte ich in die Schule mitnehmen. Die anderen Kinder müssen unbedingt sehen, wie schön sie ist.« Erna presste das wertvolle Geschenk an sich und strahlte. »Sie ist wunderschön. Ich werde ihr eine gute Mama sein.«

»Woher hast du das Ding?«, flüsterte Gustav.

»Von einer Kollegin«, sagte Grete kurz angebunden. »Ihre Tochter spielt nicht mehr damit.«

»Sieht aus wie neu«, stellte Gustav misstrauisch fest.

Grete zuckte mit den Schultern. Sie würde ihm keinesfalls auf die Nase binden, dass sie im Kaufhaus *Wertheim* auf Kredit eingekauft hatte. Sie konnte den Betrag in kleinen Raten zurückzahlen. Grete arbeitete nämlich trotz Gustavs Verbot weiterhin für die Rubinsteins. Auf diese Art und Weise hatte sie wenigstens ein bisschen Geld für sich zur Verfügung, da Gustav auch ihren kargen Hebammenlohn für seine Zwecke beanspruchte.

»Ich werde noch mal weggehen«, verkündete Gustav.

»Etwa schon wieder nach Hoppegarten?«, entfuhr es ihr empört. »Denk an deine Familie. Ich flehe dich an, verspiel nicht wieder den gesamten Lohn!«

Er hob drohend die Hand und Grete zuckte erschrocken zurück, doch er schlug nicht zu, sondern brüllte: »Hör auf, mich herumzukommandieren!« Er fingerte aus seiner Lohntüte einen

Geldschein und warf ihn ihr vor die Füße. »Da hast du«, schrie er. »Spar dir künftig deine blöden Sprüche!«

Grete blieb schweigend stehen. Sie bückte sich erst nach dem Schein, als Gustav die Wohnung verlassen hatte. Sie fühlte sich ausgebrannt und leer und hatte keine Tränen mehr.

»Oma Luise«, rief Erna freudig.

»Alles Gute zum Geburtstag, meine Kleene!«, gratulierte die Nachbarin, die den Kindern ein Omaersatz und Grete eine Freundin geworden war.

»Setz dich doch«, bat Grete.

Luise nahm am Küchentisch Platz und Grete stellte ihr einen Teller mit einem Stück Kuchen hin. Bevor Luise zu essen anfing, gab sie Erna ein kleines Päckchen.

»Anton, schau, rote Brause!«, jubelte Erna. »Danke, Oma Luise!«

»Gern geschehen, meine Kleene.«

Erna zeigte Luise freudestrahlend ihr Puppenkind und Luise bewunderte es gebührend. Dann stach Luise mit der Gabel in den Kuchen, schob sich ein Stückchen in den Mund und bemerkte, während sie kaute: »Grete, du bäckst den besten Butterkuchen Berlins! Siehst du deswegen so erschöpft aus?«

Grete winkte ab und flüsterte: »Gustav hat ...«

Luise unterbrach sie und fragte die Kinder: »Wollt ihr das Kanarienvöglein besuchen?«

»Ja«, riefen die beiden.

»Die Wohnungstür ist offen«, sagte Luise und schon stürmten Anton und Erna davon. Sie liebten es, den kleinen gelben Vogel, der auf den Namen »Jocki« hörte, zum Trällern zu animieren.

»Es ist so praktisch, dass du nebenan wohnst«, meinte Grete.

»Lenk nicht ab! Erzähl lieber, was mit dir los ist«, forderte Luise.

Grete seufzte tief. »Es wird immer schlimmer mit Gustav.«

Luise musterte sie mit Bedauern im Blick und sagte: »Ach ja, die Männer!«

»Gustav trägt viel zu viel Geld zur Rennbahn und in die Kneipe. Es ist zum Verzweifeln.«

»Ach, Kindchen!« Luise tätschelte ihren Arm. »Ist einer wie der andere. Glaub es mir. Schau dich doch mal in der Nachbarschaft um.«

Grete schlug mit der flachen Hand auf den Tisch. »Aber es ist ungerecht! Jetzt hat Gustav endlich eine feste Anstellung als Hausmeister – und trotzdem reicht es wieder hinten und vorne nicht. Er ist neuerdings Mitglied in der Hitlerpartei. Einmal die Woche geht er in die *Laterne* zur Parteiversammlung. Da träumt er mit anderen Begeisterten von einem neuen, starken Deutschland. Und sie schwärmen vom Führer, der die Arbeitslosigkeit beseitigt hat und auch alle Juden aus dem Land werfen wird.«

»Ja«, stimmte Luise zu. »Sie feiern Hitler als Heilsbringer.«

Grete nickte. »Ich bin furchtbar enttäuscht. Meine Hoffnung, dass unser Leben besser wird, wenn Gustav wieder eine feste Anstellung hat, ist dahin. Er ist noch mürrischer geworden und schlägt immer noch zu, sobald ihm etwas nicht in den Kram passt.«

Grete ließ mutlos den Kopf auf die Tischplatte sinken und Luise strich ihr sanft über die bebenden Schultern. »Weine ruhig«, wisperte sie. »Das muss manchmal sein.«

»Ich habe mir gedacht, dass ich nicht mehr weinen kann«, schluchzte Grete. »Aber dieser Mistkerl hat Erna den Geburtstag verdorben. Das ist so ...«

Luise schwieg und beschränkte sich darauf, Grete beruhigend zu streicheln.

»Gustav übt mit Anton, wie man richtig marschiert, damit er ein guter Soldat wird. Dass er überhaupt auf die Idee kommt, aus unserem zarten, sensiblen Anton einen Soldaten zu machen, bringt mich um! Manchmal hasse ich Gustav aus tiefstem Herzen.«

Erschrocken sah Grete zu Luise auf, doch diese nickte verständnisvoll und sagte: »Ich kenne das, was denkst du denn, wie es mir während meiner dreißigjährigen Ehe ergangen ist?«

Grete fuhr fort: »Nachdem die von Gustav geliebte Grunewald-Rennbahn geschlossen wurde, weil an der Stelle das Olympiastadion gebaut wird, hat er in Hoppegarten schnell eine neue Heimat gefunden. Er verspielt jetzt dort seinen und meinen Wochenlohn. Das wäre für Herrn Hitler doch mal ein sinnvolles Betätigungsfeld. Warum befiehlt er den Männern nicht, dass sie aufhören, ihr Geld zu verspielen und zu versaufen und ihre Frauen zu schlagen?«

»Gute Idee«, bestätigte Luise. »Schreib Adolf einen Brief!«

Obwohl in ihren Augen Tränen schimmerten, huschte ein Lächeln über Gretes Gesicht. »Ach, Luise«, ächzte sie.

»Ach, Grete«, seufzte die andere.

»Sehe ich schlimm aus?«, wollte Grete wissen. »Ich muss heute Abend zu den Rubinsteins.«

Luise stand auf, befeuchtete ein Küchentuch und reichte es der Freundin. »Leg es eine Zeit lang auf die Augen, dann wird das schon wieder. Ich behalte die Kinder gleich bei mir, ich gebe ihnen später das Abendbrot und bringe sie ins Bett.«

»Ich danke dir aus tiefstem Herzen«, sagte Grete.

Luise winkte ab. »Klingt echt theatralisch«, feixte sie. »Ich tu es für dich – und ich tu es gerne!«

Kapitel 5

Grete hielt überrascht inne, als sie in die Sechszimmerwohnung der Rubinsteins trat. Im Flur standen Koffer und Kisten.

Die füllige Frau Rubinstein kam aus einem der hinteren Räume geeilt und rief: »Ach, Frau Künke, wie gut, dass Sie gekommen sind. Heute gibt es nichts zu flicken. Sie können mir beim Packen helfen.«

»Ziehen Sie um?«, fragte Grete verblüfft.

Frau Rubinstein, die im letzten Monat ihren vierzigsten Geburtstag gefeiert hatte, zog Grete in die Küche und flüsterte: »Seit 1933 lässt man uns deutlich spüren, dass wir in Deutschland unerwünscht sind. Dieses Gefühl der Unsicherheit, das mein Mann und ich empfinden, wurde immer stärker. Wir dachten schon länger darüber nach, die Heimat zu verlassen. Unzählige Berliner sind dem Aufruf nachgekommen, jüdische Ärzte zu meiden. Außerdem wurde meinem Mann die Krankenkassenzulassung entzogen. Von den Einnahmen durch die wenigen Patienten, die ihm treu geblieben sind, ist die Praxis unmöglich aufrechtzuerhalten.«

Grete schwieg erschüttert, als Frau Rubinstein fortfuhr: »Jetzt wurde Samuel von der Hochschule mitgeteilt, dass er nicht zur Abschlussprüfung zugelassen wird. Da es für die Kinder nun auch keine Perspektiven mehr gibt ...«

Grete sah Frau Rubinstein entgeistert an. »Wir haben uns doch erst neulich darüber unterhalten, dass Ihr Ältester sein Kunststudium in Kürze beenden wird.«

Frau Rubinstein nickte. »Nur noch ein Semester hätte er bis zum Abschluss gebraucht. Von einem Tag auf den anderen wurde er ausgeschlossen.«

Grete schüttelte ungläubig den Kopf. Sie verstand nichts von Kunst, aber die Bilder, die der zweiundzwanzigjährige Samuel malte, gefielen ihr gut. Einige seiner Landschaftsgemälde schmückten früher die nun leeren Wände des Rubinstein'schen Wohnzimmers.

»Wohin gehen Sie denn?«, fragte Grete.

»Mein Bruder lebt bereits in Amerika und bürgt für uns. Endlich haben wir alle Papiere zusammen und die Visa. Diese unendliche Lauferei von Behörde zu Behörde können Sie sich gar nicht vorstellen.« Frau Rubinstein senkte die Stimme. »In drei Tagen fährt das Schiff. Von Hamburg aus geht es nach New York.«

»So weit weg!«, rief Grete.

Frau Rubinstein griff in die Tasche ihres Kleides. Sie zog ein weißes Spitzentaschentuch heraus, mit dem sie die Tränen wegtupfte, die ihr über die Wangen liefen. Ein tiefer Seufzer entfuhr ihr. »Berlin ist meine Heimat, ich bin hier geboren und aufgewachsen. Der Abschied fällt mir so unendlich schwer.«

»Ach, Frau Rubinstein«, seufzte Grete, die nicht nur um den verlorenen Zusatzverdienst trauerte. Sie arbeitete seit einigen Jahren bei Frau Rubinstein und hatte sich immer gut mit ihr verstanden.

Frau Rubinstein rang sichtlich um Fassung und brachte schließlich hervor: »Jeder von uns darf nur einen Koffer mitnehmen. Was für eine Vorstellung – ein ganzes Leben muss plötzlich in einen Koffer passen!«

Grete legte mitfühlend den Arm um Frau Rubinsteins Schulter. Diese sah Grete an und sagte: »Ich werde Ihre ruhige, freundliche und zupackende Art sehr vermissen, Frau Künke.«

»Mir tut es so leid, dass Sie weggehen«, wisperte Grete hilflos. »Sie werden mir fehlen! Ich habe gerne für Sie gearbeitet. Kann ich irgendetwas für Sie tun?«

Frau Rubinstein nickte. »Helfen Sie mir, die restlichen Dinge zu verstauen. Wir stellen die wertvollsten Sachen erst einmal bei Verwandten unter. Ich hege die Hoffnung, dass wir den Hausrat irgendwann nachholen können. Für eine Verschiffung der Sachen haben wir kein Geld mehr.«

Grete wickelte vorsichtig einen Teller des feinen weißen Speiseservice mit dem zarten Goldrand in Zeitungspapier, als Frau Rubinstein fragte: »Wie geht es Anton?«

»Trotz Ihrer eigenen Sorgen denken Sie noch an meinen Sohn!«, sagte Grete gerührt. Frau Rubinstein nickte und Grete fuhr fort: »Bei der Krankenkasse liegt seit Wochen der Antrag für Antons Erholungskur. Der Husten ist vor allem nachts so schlimm, dass sich die Nachbarn bereits beschweren, weil sie durch den Lärm aufwachen. Wöchentlich laufe ich zum Sachbearbeiter der Krankenkasse und werde immer wieder vertröstet.«

»Das klingt furchtbar«, rief Frau Rubinstein aus.

»Ja, das ist es auch«, bestätigte Grete. »Das Attest eines Arztes liegt vor, der dringend einen Aufenthalt an der See oder in den Bergen empfiehlt, damit sich Antons Bronchien erholen können. Mir tut mein Kleiner so leid. Aber was soll ich machen? Wenn ich das Geld dazu hätte, würde ich sofort mit ihm losfahren.«

Frau Rubinstein hielt inne und bedachte Grete mit einem nachdenklichen Blick. »Frau Künke, ich glaube, ich kann Ihnen und Ihrem Jungelchen helfen. In den letzten Jahren hat unser Samuel am Sommer-Malkurs des berühmten Malers Stephan Görgy teilgenommen. Samuel hat während dieser Zeit ein Zimmer in einem Bauernhof angemietet.«

Grete sah Frau Rubinstein verständnislos an.

»Das ist die Lösung des Problems!«, rief diese begeistert. »In zwei Wochen beginnt der diesjährige Malkurs. Raten Sie mal, wo der stattfindet! In Bayern, genauer gesagt in Marndorf, das mitten in den Bergen liegt.«

»Ich verstehe nicht ...«, meinte Grete.

Frau Rubinstein lächelte und fuhr fort: »Es ist ganz einfach! Da es nur einige wenige Zimmervermieter in Marndorf gibt, hatte Samuel seine Unterkunft im Bauernhof schon im letzten Jahr bestellt. Die gierige Bauern-Mischpoche verlangte die Miete für den gesamten Aufenthalt im Voraus. Samuel hat bereits wegen einer Rückerstattung angefragt, aber da lässt die Bäuerin nicht mit sich reden. Fahren Sie mit Anton hin! Sie würden mir einen großen Gefallen erweisen.«

»Das kann ich nicht annehmen«, sträubte sich Grete.

»Sie müssen«, beharrte Frau Rubinstein. »Sonst schenken wir den Bauersleuten das Geld. Samuel schwärmte vom Landleben und der reinen Luft in den allerhöchsten Tönen. Im Pensionspreis sind das Frühstück und eine Mahlzeit am Tag enthalten. Lediglich die Zugfahrt müssten Sie bezahlen. Marndorf verfügt sogar über eine Bahnstation.«

Grete zögerte. Gustav wird das niemals erlauben, dachte sie. Wie soll ich ihm das erklären? Sie würde ihm gestehen müssen, dass sie heimlich bei Rubinsteins gearbeitet hatte. Außerdem schob er den Juden die Verantwortung für alles Unglück in der Welt zu. Andererseits betreute Grete derzeit nur Frauen, deren Entbindung noch in weiter Ferne lag. Gleichzeitig drängte sich jedoch der Gedanke, Anton endlich helfen zu können, immer mehr in den Vordergrund.

»Wann genau wäre das?«, fragte sie schließlich.

»Am Dreiundzwanzigsten«, antwortete Frau Rubinstein. »Für vier Wochen. Bitte, Frau Künke, stimmen Sie zu, fahren Sie hin! Machen Sie mir die Freude. Wenn es Ihnen leichter fällt, dann betrachten Sie es als Abschiedsgeschenk für treue Dienste.«

Grete nahm einen weiteren Speiseteller, umwickelte ihn sorgsam mit Zeitungspapier und legte ihn zu den anderen in den Karton. Sie presste die Lippen zusammen, sah Frau Rubinstein an und meinte: »Ich fürchte, mein Mann wird seine Zustimmung verweigern. Ich muss noch ein wenig über Ihr großzügiges Angebot nachdenken.«

Frau Rubinstein nickte und schweigend packten sie Kiste um Kiste.

Gretes Sorge galt nicht nur Gustavs Einverständnis, sondern auch Erna, die in Berlin bleiben musste, da die Schulferien erst in ein paar Wochen anfingen. Aber Luise würde Erna bestimmt bei sich aufnehmen.

Grete straffte die Schulter und sagte zu Frau Rubinstein: »Ich möchte gerne mit Anton nach Bayern fahren.«

»Wie schön!«, rief Frau Rubinstein, ging hinaus und kam mit einem Zettel in der Hand zurück. »Hier ist die Adresse des Bauernhofs. Samuel soll heute noch einen Brief schreiben und die Bauersleute darüber informieren, dass Sie und Anton anstatt seiner hinkommen. Ich wünsche mir sehr, dass Ihr Sohn bald wieder gesund wird!«

»Darauf setze ich jetzt meine ganze Hoffnung«, antwortete Grete. »Wenn Sie mir Ihre neue Adresse geben wollen, schreibe ich Ihnen gerne, wie es uns in Marndorf ergangen ist.«

»Ich würde mich sehr darüber freuen, dann habe ich doch noch ein bisschen Kontakt zu meiner Heimat«, meinte Frau Rubinstein. Ihre Tränen tropften auf das Blatt Papier, während sie einige Zeilen schrieb. »Wir werden vorläufig bei meinem Bruder wohnen«, sagte sie und reichte Grete den Zettel.

»Danke für alles«, brachte Grete hervor, die einen Kloß im Hals spürte, als sie in Frau Rubinsteins verweinte Augen blickte.

»Dann sage ich jetzt ›Leben Sie wohl‹ statt ›Auf Wiedersehen‹«, raunte Frau Rubinstein.

Grete umfasste deren Hand. »Möge der liebe Gott auf der Reise nach Amerika gut auf Sie und Ihre Familie aufpassen. Ich wünsche Ihnen von Herzen, dass Sie in der neuen Heimat Glück, Frieden und Sicherheit finden.«

In Frau Rubinsteins Gesicht zuckte es, als sie flüsterte: »Ich habe keine Heimat mehr, Frau Künke. Die ist ein für alle Mal verloren. Ich werde bald in Amerika sein, aber mein Herz wird immer und ewig für Berlin schlagen.«

Einige Tage später

Grete nahm das quirlige Treiben, das am Bahnhof Zoo herrschte, kaum wahr. Die Menschen eilten an ihr vorbei. Von einem unachtsamen, grell geschminkten Fräulein mit einem rot gepunkteten Sommerkleid wurde sie fast umgerannt. »'tschuldigung!«, rief diese keck und stöckelte auf ihren hohen Schuhen davon.

Grete hielt Ausschau nach dem Fahrkartenschalter und reihte sich dann in die Schlange ein. Nervös wartete sie, bis sie endlich an die Reihe kam. Sie nannte die Fahrtstrecke und der ältliche Beamte, der eine schmucke Uniform trug, fragte: »Marndorf? Det hab ick noch nie jehört. Wo soll 'n det sein?«

»In Bayern«, klärte ihn Grete auf.

»Wat? Ne, also, da bring' mir keene zehn Pferde hin«, rief er. »Na, ick kiek mal im Kursbuch nach.« Er blätterte in einem dicken Buch, das vor ihm lag, kratzte sich am Kopf und schrieb etwas auf einen Zettel.

Grete wartete ungeduldig und mit klopfendem Herzen darauf, dass er ihr endlich den Fahrpreis nannte. Sie hoffte inständig, dass ihr Erspartes ausreichen würde.

Der behäbige Beamte musterte sie aufmerksam. »Ick hab's jefunden, ist hinter Rosenheim. Gnädigste reisen in der dritten Klasse, nehme ick an?«

»Ist das die billigste Möglichkeit?«

Ihr Gegenüber nickte und fuhr fort: »Alleene?«

»Nein, für mich und meinen kleinen Sohn. Er ist fünf Jahre alt.«

»Verstehe.« Der Beamte notierte einige Zahlen und sagte dann zu Grete: »Det macht denn nach Adam Riese vierundsechzig Mark und dreißig Pfennige.«

Grete durchfuhr ein eisiger Schreck. »So teuer ist das?«, flüsterte sie, damit die anderen Reisenden sie nicht hören konnten. »Ich habe nur zweiundsiebzig Mark zur Verfügung.«

»Na, is doch genug«, entgegnete der Eisenbahner.

»Aber ich muss doch auch wieder von Marndorf zurückfahren«, warf Grete ein.

Ein Lächeln huschte über das Gesicht des Mannes. Er beugte sich ein wenig vor und raunte: »Vierundsechzig Mark und dreißig Pfennige kostet die Hin- und Rückfahrt.«

Ihr fiel ein Stein vom Herzen. Sie gab ihm die abgezählten Scheine und Münzen und verließ rasch den Bahnhof. Ein Zeitungsjunge rief die neueste Schlagzeile, um Käufer anzulocken. Ein Autofahrer hupte ungeduldig, weil ein Radfahrer nicht schnell genug die Kreuzung überquerte

Sie blinzelte in die Sonne und konnte kaum glauben, dass sie diese erste Hürde tatsächlich genommen hatte. In ihrer Tasche steckten gültige, bezahlte Fahrscheine. Grete seufzte tief. Der schwierigste Teil der Reiseunternehmung stand jetzt bevor. Sie konnte nicht länger warten und musste nun endlich Gustav ihre Pläne offenbaren.

»Kohlsuppe!«, schimpfte Gustav und schob den Teller mit einem angewiderten Gesichtsausdruck von sich.

Grete wollte etwas entgegnen, doch Anton fing an zu husten.

»Geht das schon wieder los!«, nörgelte Gustav.

Grete warf ihm einen zornerfüllten Blick zu und zischte: »Halt die Klappe!«

Er sah sie verblüfft an, sprang vom Stuhl auf, dass dieser krachend umkippte, und brüllte: »So weit kommt es noch, dass ich mir von dir den Mund verbieten lasse!«

Antons schmächtiger Körper wand sich unter der Qual der Hustenattacke. Grete ging auf die Knie und begann, abwechselnd seine Brust und seinen Rücken zu reiben, um ihm etwas Erleichterung zu verschaffen. In seinen weit aufgerissenen Augen erkannte sie Angst und Schmerz. Nach einigen Mühen gelang es ihr, ihm Hustensaft einzuflößen.

Als sie den erschöpften Anton Minuten später auf das Sofa legte, knurrte Gustav: »So kann es nicht weitergehen!«

»Da gebe ich dir recht«, entgegnete Grete.

Gustav musterte Anton und Grete wunderte sich. Erkannte sie in Gustavs Miene tatsächlich Mitleid? Sie schluckte und nahm allen Mut zusammen. Erzählte von Frau Rubinsteins großzügigem Angebot und dass sie am 23. mit Anton nach Marndorf reisen würde.

Sie stand ihrem Mann direkt gegenüber und sah, dass seine Augenbrauen ein wenig in die Höhe wanderten. Sie zuckte nicht zurück, als er die Hand hob und ihr ins Gesicht schlug. Genau das hatte sie erwartet. Dennoch, der Schmerz des harten Schlages, der ihren Wangenknochen getroffen hatte, schnürte ihr für einen Moment die Luft ab.

»Die Backpfeife ist für deine Heimlichkeiten«, raunte Gustav. »Behältst einfach Geld für dich und denkst, dass ich mir von einem Juden etwas schenken lasse. So weit kommt es noch!«

Grete versuchte, etwas zu erwidern, doch er brachte sie mit einer Handbewegung zum Schweigen.

»Meine Frau hat Heimlichkeiten vor mir. Ich fasse es nicht!«, rief Gustav.

Sie musterten sich eine Weile schweigend, bis Grete sagte: »Du willst doch auch, dass dein Sohn endlich gesund wird, oder?«

Gustav nickte. »Dennoch war deine Geheimniskrämerei nicht richtig. Arbeitest heimlich bei den Juden! Wenn das aufgeflogen wäre, wie stünde ich vor meinen Parteikameraden da?«

Grete musste sich beherrschen, um ihm nicht ins Gesicht zu schreien, wie egal ihr das war. Sie senkte den Kopf.

»Und was ist mit Erna?«, fragte Gustav.

»Da keine Schulferien sind, muss sie in Berlin bleiben. Luise nimmt sie gern gegen ein geringes Kostgeld auf.«

»So, so«, murmelte er. »Du hast über meinen Kopf hinweg alles schon geregelt.«

Erna protestierte: »Ich will aber auch mit, bitte, bitte, Mama, nimm nicht mit.«

»Ach, Kind, das geht nicht, du musst zur Schule«, erklärte Grete, während sie aus dem Augenwinkel sah, dass Gustav seinen Sohn mit einem nachdenklichen Blick musterte.

Anton lag apathisch und mit glasigen Augen in einer eigenartig gekrümmten Haltung auf dem Sofa. Erna setzte sich zu ihm und streichelte sein Gesicht.

»Wenn du nur wieder gesund wirst, mein Antonchen«, sagte sie liebevoll.

Gustav packte Grete an den Oberarmen, dass sie erschrocken aufschrie, und flüsterte ihr ins Ohr: »Manchmal glaube ich, dass dieses kränkliche Balg gar nicht von mir ist. Wer weiß, was du noch alles hinter meinem Rücken getrieben hast. Wenn ich dich noch einmal bei irgendwelchen Heimlichkeiten erwische, dann ...« Er stieß sie von sich weg und sagte mit lauter Stimme: »Nachdem die Rubinsteins Deutschland verlassen haben, können sie hier keinen Schaden mehr anrichten. Antons Husterei geht mir tierisch auf die Nerven. Also, fahr hin und schau, dass er endlich gesund wird! Wie soll er sonst ein guter Soldat werden?«

Misstrauisch beäugte Grete ihren Mann. Sie fand die Gründe, die ihn zum Einlenken bewegt hatten, zwar schlimm, aber sie konnte nach Marndorf reisen und das war jetzt das Wichtigste. »Mensch, Gustav«, hauchte sie. »Du hast ja doch ein Herz in deiner Brust.«

»Übersiehst du nur immer«, knurrte er, ging aus der Küche und verließ die Wohnung.

Kapitel 6

Marndorf, Spätsommer 1935

Unschlüssig stand Grete mit dem übermüdeten Anton auf dem Bahnsteig in Marndorf. Sorgenvoll blickte sie sich um, denn anders als versprochen, schien niemand sie zu erwarten. Sie spürte Antons kleine Hand in ihrer und versuchte, Zuversicht zu verbreiten: »Es ist nicht mehr weit, wir werden bestimmt gleich abgeholt.«

Sie gingen vor das Bahnhofsgebäude und Anton schniefte: »Wo sind die Kühe?«

»Die sehen wir morgen früh, wenn die Sonne lacht«, versprach Grete. »Du wirst staunen, wie hoch die Berge sind. Die gehen bis zum Himmel hinauf.«

Fünfzehn Stunden hatte die Bahnfahrt von Berlin gedauert. Ein gewaltiges Tagespensum für einen kränklichen Fünfjährigen. Seine Bronchitis hatte auch während der Zugfahrt quälende Hustenanfälle ausgelöst.

Trotz des Vollmonds, der die dunkle Nacht ein wenig erhellte, konnte Grete nicht viel von der Landschaft erkennen. Deutlich hörte sie jedoch den Ruf: »Frau Künke! San Sie Frau Künke aus Berlin?«

»Ja, die bin ich«, erwiderte sie erleichtert, als sie sah, dass ein Fuhrwerk näher kam. »Gott sei Dank! Einen Moment dachte ich, Sie hätten uns vergessen.«

»I bin da Schorsch, da Knecht. Steigts aufi, i fahr eich zum Hof. Kummts aus Preißn? Seids scho lang auf da Roas, oder?«

Grete verstand kein Wort. Anton drückte sich an seine Mutter und sah ängstlich zu dem vierschrötigen Mann hin.

»Na, bist a Gschamiger?«, meinte der gutmütig.

Anton presste seinen Kopf an Gretes Rock. Schorsch hievte den Koffer auf das Fuhrwerk, das lediglich eine lange Ladefläche hatte. Grete fand es für den Transport von Menschen eher ungeeignet, begriff aber, dass sie dort hinaufklettern mussten.

»Da Wagn war grod no ogspannt, des Stückl werds geh.«

Grete schwieg, da sie den Sinn der Worte nicht deuten konnte.

»Der Mann redet komisch«, wisperte Anton eingeschüchtert.

Grete schüttelte den Kopf und flüsterte: »Das ist halt so in Bayern.«

Schorsch schnalzte mit der Zunge und die Pferde setzten sich in Bewegung. Der Knecht lenkte das Gefährt durch die mondhelle Nacht und Grete war erleichtert, dass er sie nicht mehr ansprach.

Die Statur des Knechts erinnerte Grete an Gustav, der sie heute Morgen zusammen mit Erna zum Bahnhof gebracht hatte. Außerdem hatte er ihr zu ihrer Überraschung wortlos fünf Mark in die Hand gedrückt.

Der Gedanke an Erna machte sie traurig. Die Kleine hatte beim Abschied herzzerreißend geweint und sich verzweifelt an Anton geklammert. Alles gute Zureden blieb nutzlos. Erna verstand einfach nicht, wieso sie allein bei Oma Luise zurückbleiben musste. Anton litt mit seiner Schwester und wollte nicht in das Zugabteil steigen. Schließlich nahm Gustav Erna an der Hand und zerrte sie mit sich, noch bevor der Zug abgefahren war. Grete hatte Erna fest versprochen, gleich eine Ansichtskarte zu schicken und war entschlossen, das am nächsten Morgen als Erstes tun.

Das Rütteln des Fuhrwerks brachte Grete in die Gegenwart zurück. Aus der Dunkelheit tauchte ein Anwesen auf, das auf einer Anhöhe thronte. Schemenhaft erkannte Grete die Umrisse des Bauernhofes. Ein Gebäude gewaltigen Ausmaßes, das vom Wohlstand seiner Besitzer kündete.

Schorsch half Grete und Anton beim Absteigen. Als sie auf die Haustür zugingen, kam ihnen eine stämmige, braunhaarige, resolut wirkende Frau entgegen. Sie schwenkte eine Petroleumleuchte, die den breiten Flur, in den sie eintraten, in schummriges Licht tauchte, und begrüßte Grete mit einem lauten »Aillitler«, was wohl »Heil Hitler« bedeuten sollte.

Dieser unverständliche Dialekt wird mir noch Probleme bereiten, dachte Grete.

Die Frau rief Schorsch ein paar für Grete erneut unverständliche Worte zu. Da er mit dem Koffer auf der Schulter im hinteren Teil des Hauses verschwand, ging Grete davon aus, dass er ihn in ihr Zimmer brachte.

»I bin die Bäuerin vom Draxl-Hof, die Berwanger-Urs«, sagte die Frau und streckte Grete die Hand entgegen.

Grete ergriff sie und stellte sich vor: »Grete Künke – und das ist mein Sohn Anton.«

Die Bäuerin musterte ihn und meinte: »Blass schaut er aus.«

»Ja«, stimmte Grete zu. »Ich hoffe, dass ihm die Luftveränderung guttun wird.«

»Kummts in die Kuchel«, bat Frau Berwanger.

Grete schätzte, dass sie in ihrem Alter war. Erleichtert darüber, dass sie eine stark dialektgefärbte, aber verständliche Ausdrucksweise hatte, folgte ihr Grete.

»Sie haben ein Glück – morgen kommt der Führer nach Marndorf!«, verkündete die Frau. »Auf dem Esstisch liegt die Fahne bereit, die der Knecht in aller Früh am Haus anbringen wird. Wir wollen doch unseren Führer gebührend empfangen. Das ganze Dorf ist schon so aufgeregt.«

Grete nickte stumm. Die fein säuberlich gebügelte Hakenkreuzfahne lag auf dem Tisch ausgebreitet. An der Wand hing neben dem dunklen Holzkreuz ein wuchtiger vergoldeter Bilderrahmen, in dem eine Fotografie Adolf Hitlers steckte. Der Führer hielt die Arme verschränkt und schaute mit strengem Blick in die Wohnstube.

»Setzts euch hin«, sagte die Bäuerin mit einer einladenden Handbewegung.

Im Essbereich war der untere Teil der Küchenwände halbhoch mit dunklen Leisten getäfelt, der obere weiß gekalkt. Die Eckbank, die sich an den blau gekachelten Ofen anschloss, bestand wie die Stühle und der gewaltige Esstisch aus hellerem Holz. Auf der gegenüberliegenden Seite des Raumes an der rußgeschwärzten Wand über dem Kohleherd entdeckte Grete ein Regal. Darauf standen Keramikschüsseln und Krüge. Ein zweitüriger Holzschrank, vor dem ein bunter Flickenteppich lag, komplettierte die Einrichtung.

Grete und Anton nahmen auf der Eckbank Platz. Antons Magen knurrte vernehmlich,und Grete bat die Bäuerin: »Bitte, könnten Sie dem Kleinen ein Stück Brot geben?«

Die Frau nickte und fügte hinzu: »Ab morgen bekommen Sie Frühstück und Abendessen. Ich hoffe, Herr Rubinstein hat Ihnen gesagt, dass alles andere extra zu bezahlen ist.«

»Nein, Frau Draxl«, antwortete Grete verdattert.

»Draxl ist der Hofname, ich heiße Berwanger«, wurde Grete belehrt. »Eine Scheibe Brot kostet normalerweise drei Pfennige.«

Grete musterte die Bäuerin. Sie dachte an Luise, die gerne sagte, dass man von den Reichen das Sparen lernen konnte. Wie wahr ihr diese Worte jetzt schienen. Das Verhalten der Bäuerin ließ Geiz erkennen, was Grete in Anbetracht des offensichtlichen Wohlstandes nicht verstand.

Grete holte die Geldbörse hervor, doch die Bäuerin winkte ab. »Nein, nein, lassen Sie nur. Jetzt verlange ich kein Geld dafür, aber wenn sie künftig etwas außerhalb der Mahlzeiten essen wollen, kann ich Ihnen das nicht schenken.«

Während Anton das Brot verschlang, fragte die Bäuerin neugierig: »Woher kennen Sie Herrn Rubinstein? Ich bin direkt froh, dass er wegbleibt. Der Maler Görgy hat mich so bedrängt, dass ich Herrn Rubinstein das Zimmer wieder gebe. Ich wollte ja keinen Juden mehr aufnehmen. Der Pensionspreis ist eine Mark und fünfzig Pfennig am Tag. Ich hoffe, er hat Ihnen nicht mehr abgeknöpft. Man weiß ja, wie die Juden sind – die ziehen aus allem einen Vorteil!«

»Ich lasse nichts auf die Rubinsteins kommen«, entgegnete Grete empört. »Von deren Freundlichkeit und Hilfsbereitschaft könnte sich so mancher Christenmensch etwas abschneiden!«

»Ja mei«, murmelte die Frau. »Hab's nur gut g'meint.«

Von wegen, dachte Grete grimmig.

»Er hat mir g'schrieben, dass er mit seiner Familie nach Amerika auswandert.« Die Bäuerin ließ sich nicht beirren und bohrte weiter: »Sind die so reich, dass sie sich das leisten können?«

Grete gab keine Antwort, sondern erhob sich und sagte: »Die Reise war lang und mein Sohn ist müde. Wo ist denn das Zimmer?«

Mit enttäuschter Miene erwiderte die Bäuerin: »Die Magd hat Ihnen die Kammer im hinteren Teil des Hauses hergerichtet. Da Sie mir geschrieben haben, dass der Bub viel hustet, ist es wohl am besten so, sonst weckt er mir ja das Gesinde auf.«

Grete prallte entsetzt zurück, als die Bäuerin die Tür zu dem schmalen Raum öffnete. Sie stellte die Petroleumlampe auf einen wackligen Tisch, unter dem Grete zwei dreibeinige Hocker entdeckte. Ein altes Bettgestell, auf dem ein Strohsack lag, war an der Längsseite neben einem winzigen, gardinenlosen Fenster platziert. Die großen Haken an der gegenüberliegenden Wand dienten wohl zum Aufhängen von Kleidungsstücken. Auf einer windschiefen Holzkommode stand eine angeschlagene Waschschüssel mit einem Krug.

»Das Bett ist ein bisserl breiter als gewöhnlich. Ich habe mir gedacht, das wird dann schon gehen mit dem Kind«, erklärte die Bäuerin. »Außerdem habe ich aus reiner christlicher Nächstenliebe zugestimmt, dass der Bub kostenlos mitkommen darf.«

Grete schwieg betreten, lauschte aufmerksam und fragte: »Was ist das für ein Lärm?«

»Das Schnauben der Pferde hört man ein wenig durch, der Stall ist gleich nebenan«, meinte die Bäuerin.

»Das erklärt den herben Geruch, der im Zimmer hängt«, gab Grete sarkastisch zurück.

»Ja mei, erst wollen die Städter aufs Land – und dann soll alles sein wie daheim«, keifte die Frau.

»Wasser können Sie am Brunnen vor dem Haus holen«, fuhr die Bäuerin fort. Dann zeigte sie auf einen Nachttopf und sagte: »Ich habe ihn bereitstellen lassen, da ich nicht wusste, wie Sie es handhaben möchten. Das Klohäusel ist draußen, gleich beim Kuhstall. Falls Sie das Nachtgeschirr benutzen, müssen Sie es selbst ausleeren. Am besten auf den Misthaufen hinaufkippen. Frühessen – oder Frühstück, wie Sie sagen – gibt es bis um sieben Uhr. Gute Nacht und schlafen S' guat!«

Beim Hinausgehen drehte sich die Bäuerin nochmal um und warnte: »Vorsicht mit der Petroleumlampe, brennen Sie mir bloß den Hof nicht ab!«

Grete sank auf den Strohsack. Anton tat es ihr nach und legte seinen Kopf in ihren Schoß. Gretes Kehle wurde eng und sie schluckte. Wo war sie da hingeraten? In diesem Verschlag sollte sie vier Wochen verbringen? Wieviel verklärter und romantischer hatte Samuel Rubinstein seiner Mutter von der Unterkunft auf dem Bauernhof vorgeschwärmt!

Anton gähnte und Grete verspürte nicht die geringste Lust, im Dunkeln herumzutappen und Wasser aus dem Brunnen zu holen. Sie zog Anton aus, legte ihn ins Bett und deckte ihn mit einer fadenscheinigen Decke zu.

Gut, dass sommerliche Temperaturen herrschen, dachte Grete.

Sie küsste Anton auf die Stirn und sagte: »Jetzt wird erst einmal geschlafen!«

Grete lag lange wach und das hing nicht nur mit den Geräuschen zusammen, die die Pferde verursachten. Ihre Gedanken wanderten zu Gustav, Erna und Luise. Sie lauschte den regelmäßigen Atemzügen Antons. Gerührt stellte sie fest, dass sie keinen Menschen auf der Welt so sehr liebte wie diesen Jungen. Sie war bereit, alles für ihn zu tun und zu ertragen.

Kapitel 7

Das Krähen eines Hahnes riss Grete aus dem Schlaf. Sie schlug die Augen auf. Das erste schwache Morgenlicht drang durch das schmutzige kleine Fenster.

Anton schlief tief und fest und sie fuhr ihm sanft durch das verschwitzte Haar. Die ersten Sonnenstrahlen erreichten den Fußboden des Zimmers. Das Sonnenlicht offenbarte dicke Staubflocken, die den Boden bedeckten. Ein leiser Seufzer entstieg Gretes Brust. »Was für ein Elend!«, murmelte sie.

Der Raum starrte vor Schmutz und Grete beschloss, die Bäuerin darauf anzusprechen. Hoffentlich ist kein Ungeziefer im Bett, dachte sie besorgt. Sie stand leise auf, nahm den Krug und ging nach draußen, um am Brunnen Wasser zu holen.

Ein kühler, klarer Sommermorgen empfing sie. Auf der Wiese vor dem Haus glitzerten die Tautropfen. Die hoch aufragenden Berge glänzten in einem klaren Blau. Dieser Anblick raubte ihr fast den Atem. So viel Schönheit, dachte sie ehrfürchtig und betätigte die knarzende Pumpe des Brunnens. Sie freute sich darauf, bald mit Anton in dieser beeindruckenden Landschaft spazieren zu gehen. Jetzt verstand sie auch, wieso Samuel Rubinstein regelmäßig hierhergefahren war. Einem Maler boten sich hier einzigartige Motive.

Auf dem Weg zurück in ihre Kammer begegnete sie keiner Menschenseele. Nachdem sie sich gewaschen hatte, öffnete sie das schmale Fenster und ließ die Morgenluft ins Zimmer strömen. Während Grete ihr Gesicht der Sonne entgegenhielt, spürte sie, dass ein tiefes Gefühl des Friedens sie durchflutete.

Ein Klopfen an der Tür ließ sie aufschrecken.

»Das Frühessen steht auf dem Tisch«, wisperte eine weibliche Stimme.

Grete weckte Anton und ging gemeinsam mit ihm in die Küche. »Guten Morgen«, rief sie.

Eine Magd hantierte am Herd und warf Grete einige Worte zu, die diese nicht verstand, aber die sie in der Art deutete, dass sie sich mit Anton auf die Eckbank setzen sollte.

Das dralle Mädchen trug ihre blonden Zöpfe wie zu einer Krone hochgesteckt. Sie stellte zwei Schüsseln, in denen sich eine breiartige Masse befand, auf den Holztisch und legte zwei Löffel daneben.

Grete blickte sie erstaunt an und fragte: »Was ist das?«

Die blaffte: »Gerstn.« Dann verließ sie eilig die Küche.

Das fängt ja gut an, dachte Grete, senkte den Löffel in die dickflüssige Masse und probierte vorsichtig. Anton schaute sie abwartend an. Der Brei schmeckte besser als er aussah, und Grete ermunterte Anton, mit dem Essen anzufangen. Innerhalb kürzester Zeit hatte er die Schüssel geleert.

Grete hörte Stimmen vor dem Haus und kurze Zeit später kam die Bäuerin in die Küche. Grete musterte sie erstaunt, denn die Frau hatte sich fein herausgeputzt. Sie trug ein Trachtengewand, dem man ansah, dass es aus kostbarem Stoff gefertigt worden war.

Mit geröteten Wangen rief sie: »Die Fahne hängt. In einer Stunde kommt der Führer! Wenn Sie ihn sehen wollen, stellen Sie sich am besten vor die Auffahrt zum Landhaus der Probsts. Ach, was rede ich – Sie haben Herrn Hitler bestimmt schon in Berlin gesehen, oder?«

Grete schüttelte den Kopf und die Bäuerin fuhr fort: »Bei so schönem Wetter wird unser Führer hoffentlich im offenen Wagen fahren.«

Grete wusste nicht so recht, was sie antworten sollte und sagte: »Der Brei hat gut geschmeckt, bestand er aus Gerste?«

Die Bäuerin stutzte, schaute auf die beiden Holzschüsseln und schimpfte: »Die Vroni ist eine Jungmagd und noch nicht lange bei uns. Das ist vielleicht eine Trutschn! Der Brei war für das Kind gedacht. Ihnen sollte sie einen Malzkaffee, Brot und Marmelade hinstellen. So sind Sie es doch gewohnt, oder?«

Grete nickte und stand auf.

Die Bäuerin beschrieb ihr den Weg zur Probst-Villa und schwärmte: »Der Reichsleiter und seine Frau fühlen sich sehr wohl bei uns. Die Frau Probst ist ja so kinderlieb. Sie lädt die Dorfkinder oft zum Kakaotrinken ein. Die beiden sind so freundlich, da verstehe ich schon, dass der Führer gerne privaten Umgang mit ihnen hat.«

»Dann machen wir uns auf den Weg«, sagte Grete und trat mit Anton vor die Haustür. Für ihren Sohn tat sich eine neue, unbekannte Welt auf.

Anton betrachtete staunend die majestätischen Berge. »Du hattest recht, sie gehen bis zum Himmel!«, sagte er ehrfürchtig.

Er fürchtete sich vor den großen Kühen, die auf einer Weide grasten und gemächlich näher kamen. Eilig griff er nach Gretes Hand und zog sie fort. »Die Biester sind unheimlich«, bemerkte er.

»Aber sie geben sicherlich gute Milch«, entgegnete Grete.

»Oh, schau nur«, rief Anton kurze Zeit später verzückt, »die süße kleine Mieze!« Die graue Katze, die ihnen am Wegesrand maunzend entgegenkam, ließ es zu, dass Anton sie streichelte. Bald warf sie sich auf den Rücken und schnurrte wohlig.

Anton maulte ein wenig, als Grete nach einer Weile sagte: »Du rubbelst ihr noch das ganze Fell weg, komm jetzt, wir wollen weitergehen.«

Unwillig bummelte Anton hinter Grete her, die nun den Weg zum Probst-Landhaus einschlug. Wieso sollte sie die Gelegenheit nicht nutzen und sich Adolf Hitler einmal aus der Nähe ansehen? Bisher kannte sie seine schneidige, blaffende Stimme nur aus dem Radio.

An jedem Bauernhof flatterte die Hakenkreuzfahne im Wind. Grete konnte das Haus des Reichsleiters zunächst nicht entdecken, da es im hinteren Bereich eines weitläufigen Grundstücks lag. Dann sah sie vor einem Tor einige Menschen warten und stellte sich mit Anton dazu.

Etliche Frauen hatten sich, genauso wie Frau Berwanger, festlich herausgeputzt. Knechte und Mägde streckten und reckten sich, um einen Blick auf das Grundstück zu erhaschen. Die Wartenden sahen immer wieder aufgeregt zur Straße hin und schienen die Ankunft des Führers kaum erwarten zu können. Von der Unterhaltung, die sie miteinander führten, verstand Grete kein Wort.

Ein Raunen ging durch die Menge, als in der Ferne ein Motorengeräusch zu vernehmen war.

»Er kommt, er kommt!«, rief Frau Berwanger enthusiastisch, die sich inzwischen zu ihnen gesellt hatte.

Drei Automobile brausten heran und verlangsamten schließlich ihre Fahrt. Wer in den vorderen und hinteren Fahrzeugen saß, konnte man nicht sehen. Wie von der Bäuerin erhofft, war das Verdeck des schwarzen Mercedes heruntergelassen. Deutlich erkennbar saß Hitler im Fond des Wagens.

»Heil Hitler«, schrien die Menschen und rissen den rechten Arm nach vorne.

Hitler erhob sich, würdig und erhaben. Er ließ seinen Arm nach oben schnellen und blickte mit freundlicher Miene in die Menge. Hitler trug eine kurze Lederhose mit Trägern. Unter seiner grünen Trachtenjacke blitzte ein weißes Hemd hervor. Grete war enttäuscht, dass der von so vielen Verehrte eher unscheinbar und durchschnittlich aussah. Auf den Fotos hatte er auf sie immer groß und stattlich gewirkt. Winkend grüßte er die Menschen und nahm sich die Zeit, den Blumenstrauß eines kleinen blonden Mädchens entgegenzunehmen. Dann öffneten zwei Uniformierte das Tor zum Probst-Anwesen und er entschwand ihren Blicken. Grete hatte gehofft, auch einen Blick auf das Haus werfen zu können. Doch von ihrer Position aus sah sie lediglich eine lange Auffahrt, die wohl zum Haus führen musste.

Grete blickte in die verzückten Augen von Frau Berwanger. Diese fasste sich an die Brust und rief: »Was für eine glückliche Stunde! Das werde ich bis zum Ende meiner Tage nicht vergessen.«

Sie wandte sich Grete zu. Ein tiefer Seufzer entstieg Frau Berwangers Brust und sie sagte: »Was für ein Mann! Was für ein Mann! Unser Führer! Er wird Deutschland wieder groß machen! Oh, wie gerne würde ich den Führer einmal persönlich kennenlernen. – Was er wohl bei den Probsts zum Mittagessen bekommt?«

Sie wartete Gretes Antwort nicht ab, wohl auch, weil sie keine erwartete. Mit verklärtem Blick wandte sich Frau Berwanger ab.

Grete unterdrückte ein Schmunzeln und sagte zu ihrem Sohn: »Komm, Anton, wir gehen weiter.«

Als sie den Feldweg passierten, der parallel zum Probst'schen Anwesen verlief, sah Grete zufällig durch eine Lücke im Zaun, wie eine dunkelhaarige Frau, die ein Dirndl trug, Hitler die Hand reichte. Ein brauner Pekinese sauste zwischen Haus und Wagen hin und her.

Grete kam mit Anton zu einer Anhöhe, die einen atemberaubenden Blick auf das Bergpanorama bot. Von hier aus konnte sie auch die Landhausvilla des Reichsleiters sehen. Das zweistöckige Gebäude mit einem rundum verlaufenden Balkon im ersten Obergeschoss erschien ihr riesengroß für ein Wochenendhaus. »Ja, ja«, seufzte sie, »denen, die an der Macht sind, geht es halt immer gut.«

Sie folgten einem schmalen Weg und kamen an einer großen, massiv gebauten Holzhütte vorbei. Während Grete neugierig zu dem Mann hinblickte, der vor einer Staffelei stand und malte, stürzte ein Dackel mit wütendem Gebell herbei. Kläffend rannte das Tier an dem kniehohen Zaun hin und her.

Anton versteckte sich erschrocken hinter Grete und sagte: »Hoffentlich beißt der nicht.«

»Lumpazius, Ruhe jetzt!«, donnerte der ältere Herr und trat an den Zaun. Der Hund ließ sich davon nicht beirren. »Er tut Ihnen nichts, aber er ist schrecklich schlecht erzogen«, seufzte der Mann. Er blickte sich suchend um, hob ein Holzstöckchen auf und schleuderte es einige Meter weit in das Grundstück hinein. Der Hund verlor sofort das Interesse an Grete und Anton und sauste durch das hohe Gras davon. Der Garten des Hundebesitzers glich einer Blumenwiese. Am Ende des weitläufigen Grundstücks entdeckte Grete ein paar Büsche, ansonsten schien man hier nicht viel Wert auf eine gepflegte Gartenanlage zu legen.

Der Mann lupfte seinen breitkrempigen Strohhut und strich durch seine grau melierten halblangen Haare. Er streckte Grete die Hand über den Zaun entgegen. »Mein Name ist Stephan Görgy. Und ich sage immer gerne dazu: Maler, aus Ungarn kommend, Ehemann, Großvater und Besitzer eines gemütlichen Sommerhauses.«

Erstaunt musterte Grete den schlanken, groß gewachsenen Künstler, der mit leichtem Akzent sprach. Sein sonnengebräuntes Gesicht war von Falten durchzogen. Er ging barfuß und trug eine kurze Lederhose. Die Ärmel des weißen Leinenhemdes, das einige Farbkleckse zierten, trug er hochgekrempelt.

»Oh, Sie sind das!«, rief Grete überrascht, nannte ihren Namen und erzählte dem Maler, welchen Umständen sie ihren Aufenthalt in Marndorf verdankte.

»Samuel Rubinstein«, sinnierte Herr Görgy. »Ein großes Maltalent und einer meiner besten Schüler. Ich werde ihn sehr vermissen.«

Dann sah er sich suchend um. »Wo ist denn Lumpazius abgeblieben? Wissen Sie, er entwischt gerne mal und streunt durch den Ort. Also, falls Sie ihn einmal entdecken …«

Eine ältere Frau trat aus der Hüttentürm und Görgy rief: »Rosemarie, das ist Frau Künke aus Berlin, eine Bekannte von Herrn Rubinstein.«

Frau Görgy kam langsam näher,und Grete empfand es als unangenehm, wie diese sie beäugte.

»Ihre Anwesenheit hat sich im Dorf bereits herumgesprochen«, sagte Frau Görgy.

»Meine aufmerksame und beste Ehefrau«, scherzte Görgy.

Missbilligend fuhr Frau Görgy fort: »Eine Frau sollte nicht alleine verreisen, das würde der Führer niemals billigen.« Dann drehte sie sich um und ging ins Haus zurück.

Peinlich berührt sah ihr Grete nach.

Görgy senkte die Stimme und erklärte: »Meine Frau orientiert sich zu meiner Verwunderung und meinem Bedauern sehr an Hitlers Ideen. Aber wir sind jetzt fünfunddreißig Jahre verheiratet, beide fast sechzig Jahre alt, da nimmt man den anderen halt wie er ist.«

Grete nickte und bemerkte erst jetzt, dass Anton nicht mehr neben ihr stand. »Anton, wo bist du?«, rief sie und blickte sich suchend um.

Görgy lachte gutmütig, als er Anton vor der Staffelei stehen sah. »Willst du auch ein Kunstmaler werden?«

Grete lächelte und erwiderte: »Da muss er aber noch ein paar Jahre warten, oder?«

»Die Berge auf dem Bild sehen ganz genau so aus, wie ich sie gerade vor mir sehe«, sagte Anton.

»Das nennt man gegenständliches Malen«, erklärte Görgy. »Ich fertige auch Porträts von schönen Damen an«, fügte er mit einem Augenzwinkern hinzu.

»Dann müssen Sie meine Mama malen, sie ist wunderschön!«

»Anton, was redest du denn da«, rügte ihn Grete.

»Kindermund tut Wahrheit kund«, entgegnete Görgy.

Grete blickte in Görgys kohlschwarze Augen. Er hat eine faszinierende Ausstrahlung, der man sich schwer entziehen kann, dachte sie.

»Komm jetzt, Anton«, sagte Grete. Sie nahm ihn bei der Hand und meinte: »Jetzt wollen wir Sie nicht länger stören.«

Görgy deutete eine Verbeugung an und sagte mit ernster Miene: »Es wäre mir wirklich eine Ehre, wenn Sie mir einmal Modell sitzen würden. In zwei Tagen beginnt der neue Malkurs, da finden Sie mich mit meinen Schülern auf der Blumenwiese vor dem Waldstück.« Er machte eine vage Handbewegung in

Richtung des Waldes. »Am frühen Morgen und am späten Nachmittag sind wir immer dort anzutreffen.«

»Ich Ihr Modell? Darüber muss ich erst nachdenken«, erwiderte Grete zögernd.

»Tun Sie das«, sagte Görgy. »In einer Woche kommen unsere Enkelkinder. Emil und Eduard sind in Antons Alter, vielleicht mögen die Buben ja zusammen spielen?«

»Vielen Dank für das Angebot, aber wird das Ihrer Frau recht sein?«

Görgy lächelte amüsiert, was die kleinen Fältchen um seine Augen vertiefte. »Rosemarie ist bei fremden Menschen immer vorsichtig und wirkt dadurch vielleicht abweisend. Aber Sie und Anton werden sehr willkommen sein.«

Sie reichten sich zum Abschied die Hand und Grete strebte mit Anton auf den Wald zu.

Die Sonne entfaltete langsam ihre Kraft und Grete spürte, dass es ein heißer Tag werden würde. Als die wohltuende Kühle des Waldes sie umfing, verlangsamten sie ihre Schritte und Anton blieb oft stehen, um die unbekannten Wunder des Waldes zu bestaunen. Fasziniert beobachtete er emsige Ameisen, wunderte sich über die zahlreichen Pilze auf dem Waldboden und freute sich über das weiche Moos auf einer Waldlichtung, wo sie eine Mittagsruhe hielten. Am Nachmittag entdeckten sie Waldhimbeeren. Ihren Durst stillten sie mit Wasser, das sie aus einem klaren Bach schöpften. Sie beobachteten die Wolken und den Zug der Vögel, und am Abend, als sie sich auf den Heimweg machten, bemerkte Anton: »Mit Erna wäre alles noch viel schöner gewesen.«

Grete drückte ihn an sich und versuchte ihn damit zu trösten, dass Erna sich bestimmt über die Ansichtskarte freuen würde, die sie heute Morgen an sie geschickt hatten. Verschwitzt und hungrig kamen sie auf dem Bauernhof an.

Die Familie und das Gesinde saßen bereits am Esstisch. Ein stämmiger Mann, dessen beachtlicher Bauch nicht zu übersehen war, stand auf und reichte Grete die Hand. »Hans Berwanger«, stellte er sich vor. »Wir haben schon auf Sie gewartet. Setzn Sie sich, wir ham alle Hunger.«

Grete ließ sich auf die Bank neben Anton sinken.

Der erste Knecht stand auf und alle anderen folgten seinem Beispiel. Er faltete die Hände, schlug das Kreuzzeichen und betete: »Oh, Herr, von dem wir alles haben, wir danken dir für deine Gaben.«

Er bekreuzigte sich erneut, nahm den großen Laib Brot in die Hand, zeichnete auch darauf ein Kreuzzeichen und schnitt dann dicke Scheiben herunter, die er reihum verteilte.

Auf dem Tisch standen einfache, weiße tiefe Keramikteller. Eine Magd holte einen großen schwarzen gusseisernen Topf vom Herd und stellte ihn in die Mitte des Tisches.

»Grießsuppe«, sagte die Bäuerin zu Grete.

Der erste Knecht nahm zuerst, dann der Bauer und die Bäuerin und dann wurde Grete aufgefordert, für sich und Anton Suppe zu schöpfen. Das Essen wurde schweigend eingenommen. Nachdem der Topf leer war, trug ihn eine andere Magd zum Herd zurück und stellte eine große Rein auf den Tisch.

Neugierig streckte sich Anton, um zu sehen, was sich darin befand.

»Dampfnudeln«, erklärte die Bäuerin. Auch diese Speise wurde in der gleichen Reihenfolge verteilt wie vorher die Suppe.

Grete nutzte die Gelegenheit, sich genauer umzusehen. Mit am Tisch saßen vier Mägde, fünf Knechte, der Bauer und die Bäuerin und drei Mädchen, die Anton schüchtern musterte.

Frau Berwanger sagte zu Grete: »Das sind meine drei Mädel. Annerl ist zehn Jahre alt, Hannerl neun und Reserl vier.« Sie seufzte tief. »Zwei Buben wurden viel zu früh geboren und sind gestorben, und dabei brauchen wir doch einen Hoferben.« Die Bäuerin legte die Hand auf ihren Bauch und raunte: »Bald wird wieder ein Buzerl in der Wiege liegen. Ich habe der heiligen Maria schon eine große Kerze gestiftet, damit sie ihre schützende Hand über mich und das Kind hält.«

»Sie sollten sich schonen und vor allem keine schweren Arbeiten verrichten«, riet ihr Grete.

Frau Berwanger lachte auf. »Ja, mei, des geht nicht bei uns aufm Hof. Die Stadtfrauen können sich das vielleicht leisten. Ich nicht!«

»Ich bin Hebamme«, erklärte Grete.

»Ach so«, sagte die Bäuerin, nun doch interessiert. Sie warf einen Blick auf die Kinder und fügte flüsternd hinzu: »Darüber müssen wir uns morgen noch mal unterhalten, wenn wir alleine sind.«

Grete nickte zustimmend und schon bald stand der erste Knecht auf und verließ mit dem anderen Gesinde die Küche. Grete bat um ein Behältnis, damit sie vom Brunnen Trinkwasser für die Nacht holen konnte. Die Bäuerin reichte ihr einen blauen Steinkrug. Grete bedankte sich und als sie ihre Unterkunft betrat, fiel ihr ein, dass sie vergessen hatte, die Bauersfrau darum zu bitten, den Raum zu säubern.

Anton rieb sich müde die Augen und schlief sehr schnell ein. Obwohl es noch hell war, herrschte schon bald Ruhe auf dem Bauernhof. Erst als die Sonne langsam unterging, öffnete Grete das Fenster und ließ die kühle Nachtluft hereinströmen. Vom nahen Wald ertönte der Ruf eines Käuzchens und Grete glaubte, in der Ferne einige Rehe zu erkennen.

Sie legte sich ins Bett und dachte an Samuel Rubinstein. Während sie überlegte, wie es ihm und seiner Familie wohl in Amerika ging, schlief sie ein.

Kapitel 8

Was für ein Sommer!, dachte Grete, als sie mit Anton an einer Wiese entlanglief. Der Wind strich sanft durch die roten Mohnblüten. Seit knapp einer Woche waren sie nun in Marndorf und es erschien ihr wie ein Wunder, dass Antons Husten von Tag zu Tag weniger wurde.

Außerdem hatte sich die Bäuerin sehr zugänglich gegenüber Gretes Ratschlägen gezeigt und Grete hatte dem Bauern klargemacht, dass sich seine Frau schonen müsse, um das Kind nicht erneut zu verlieren. Er hatte das zwar als modernen Unfug abgetan, aber dennoch widerwillig zugestimmt, dass seine Frau die körperlich anstrengenden Arbeiten den Mägden übertrug.

Am Abend nach diesem Gespräch traute Grete kaum ihren Augen, als sie in ihre Unterkunft kam. Der Raum und das Fenster waren blitzsauber. Baumwollvorhänge mit einem rot-weißen Karomuster zierten das Fenster. Auf dem Bett lagen neue Decken. Der Strohsack duftete herrlich nach Heu. Den Boden schmückte ein bunter Webteppich. Das angeschlagene Waschgeschirr war ausgetauscht worden.

Grete freute sich über die Bemühungen der Bäuerin und bedankte sich bei ihr.

Diese winkte ein wenig verlegen ab. »Ich hätte die Kammer von Anfang an ein wenig gemütlicher machen müssen. Herrn Rubinsteins Ansprüchen genügte das Zimmer, aber eine Frau mag es doch ein wenig gemütlicher, nicht wahr?«

Grete stimmte zu und als die Bäuerin sie fragte, ob sie und Anton denn auch satt werden würden, konnte Grete das nur bejahen. »Ich glaube, Anton hat bereits zugenommen. Das Essen schmeckt ihm sehr gut ... und mir natürlich auch«, fügte sie hinzu.

»Am Sonntag nach der Kirche gibt es Schweinsbraten und

Knödel«, meinte die Bäuerin und fragte zögernd: »Oder gehen Sie nicht zur heiligen Messe?«

»Nein«, antwortete Grete knapp.

Die Bäuerin wand sich und meinte: »Ich weiß schon, dass der Führer nicht so für den Kirchgang ist. Aber man kann doch an Gott glauben und dem Führer dennoch treu folgen, oder?«

Keine Ahnung, wollte Grete sagen, aber sie verkniff sich die Bemerkung und erwiderte stattdessen: »Wir sind evangelisch.«

»Ach so«, raunte die Bäuerin und bekreuzigte sich. »Dann können Sie natürlich nicht in unser Gotteshaus.« Sie bedachte Grete mit einem mitleidigen Blick. »Mei, Sie sind so eine patente Person, das wäre wirklich schade, wenn Sie in die Hölle kommen würden!«

Grete schluckte und presste die Lippen zusammen. Sie wusste, dass die Protestanten in den Augen der Katholiken Heiden waren, die nie das ewige Heil erlangen würden. Ein klein wenig gönnte Grete daher der Bäuerin den Konflikt, mit dem sie leben musste. Hitler und Gott gerecht zu werden, schien eine unlösbare Aufgabe.

Wenigstens dieses Problem habe ich nicht, dachte Grete, als sie sich neben Anton ins Bett legte. Mir sind Hitler und Gott ziemlich egal.

Grete hatte ein gespaltenes Verhältnis zu den höheren Mächten, aber heute hatte sie das dringende Bedürfnis, ihrer Dankbarkeit Ausdruck zu verleihen, dass sie mit Anton diese Tage in Marndorf erleben durfte. Während sie auf die Sichel des Mondes schaute und der Wind die Blätter des Kastanienbaums zum Rascheln brachte, wisperte sie: »Wer auch immer da oben im Himmel sitzen mag – danke!«

»Frau Künke, Frau Künke, bitte wachen Sie auf!«

Schlaftrunken öffnete Grete die Augen und erblickte die Bäuerin, die mit besorgtem Gesichtsausdruck vor ihr stand.

»Entschuldigen Sie bitte«, wisperte sie. »Aber Sie haben

mich nicht gehört, ich klopfe schon länger an die Kammertür. Wir brauchen Ihre Hilfe. Das Dienstmädchen von Frau Probst steht draußen. Das junge Ding weiß nicht mehr weiter, die Frau Reichsleiter schreit vor Schmerzen.«

»Ich weiß nicht, wie ich da helfen könnte«, sagte Grete.

»Frau Probst ist guter Hoffnung. Vielleicht sind es schon die Wehen.«

»Gibt es denn im Ort keine Hebamme?«, fragte Grete.

»Als Traudi sie holen wollte, wurde ihr gesagt, dass sie auf einem Einödhof ist und keiner weiß, wann sie zurückkommt.«

Grete warf einen Blick auf den schlafenden Anton und flüsterte: »Ich komme gleich hinaus.« Sie schlüpfte in ihr Sommerkleid und eilte in die Küche.

Die Bäuerin versuchte gerade, das schluchzende Dienstmädchen zu beruhigen. Als sie Grete erblickte, rief sie: »Das Traudi ist ganz durcheinander, sie ist so ein Tschapperl – und jetzt auch das noch!«

»Haben Sie einen Arzt im Dorf?«, erkundigte sich Grete.

»Meinen Sie, dass der helfen kann?«, fragte die Bäuerin misstrauisch. »Wir vertrauen unserer Hebamme mehr und Sie haben das doch auch gelernt, oder?«

Auch davon hatte Grete schon gehört, dass die Landbevölkerung einen Arzt bei einer Geburt als überflüssig erachtete. »Nur zur Sicherheit«, bat Grete.

»Ich schicke eine Magd zum Doktor, aber vielleicht könnten Sie dennoch mit Traudi mitgehen und schauen, wie schlimm es tatsächlich um die Frau Reichsleiter steht?«

Grete nickte zustimmend. »Aber jemand muss nach Anton sehen. Falls er aufwacht und ich nicht da bin, wird er …«

»Meine Älteste wird sich darum kümmern, sie ist es gewohnt, auf ihre Geschwister aufzupassen. Und ich bin ja auch noch da.«

»Sie kommen nicht mit?«, fragte Grete überrascht nach.

Die Bäuerin schüttelte den Kopf und presste die Lippen zusammen. »Ich bin mit der Zenz, der Hauswirtschafterin der

Herrschaften, über Kreuz, der will ich in so einer Situation nicht begegnen.«

Traudi hob ihren Kopf und sagte schluchzend: »Ich hoffe, dass die Zenz bald heimkommt. Sie hat ihren freien Abend und ich weiß nicht, wo sie hin ist. Ich bin ganz allein mit der gnädigen Frau.«

»Komm, Traudi, steh auf. Frau Künke ist Hebamme, die wird schon herausfinden, was passiert ist.«

Grete folgte der Bäuerin und Traudi über den Flur bis zur Haustür. Das Mädchen nahm die Petroleumleuchte in die Hand und die beiden Frauen tappten im schwachen Licht der Lampe langsam voran, um nicht zu stolpern.

»Du bist aber nicht aus Marndorf«, stellte Grete fest.

»Nein«, wisperte das Mädchen. »Meine Schwester, die Ida, hat für die Herrschaften in München gearbeitet. Frau Probst wollte, dass sie nach Marndorf kommt. Doch Idas Verlobter war dagegen und so schickte Ida mich zu Frau Probst.«

Daher klingt ihr Dialekt wohl einigermaßen verständlich, dachte Grete.

Als sie sich dem Landhaus näherten, standen keine uniformierten Wachen vor dem Tor. Sie liefen die langgezogene Auffahrt entlang und Grete sah einen schwachen Lichtschein aus einem Fenster im oberen Stockwerk dringen.

Ein schriller, durchdringender Schrei ließ Traudi zusammenfahren. »Jessas Maria!«, rief sie, bekreuzigte sich und flüsterte: »Das klingt ja fast, als ob ein Viech abgeschlachtet wird.«

»Rede nicht so dummes Zeug!«, fuhr Grete das Mädchen an.

»I hob so Angst«, jammerte dieses mit schreckgeweiteten Augen.

Grete schätzte, dass sie nicht älter als fünfzehn war, noch ein halbes Kind. Ihr war sofort klar, dass dieses verschreckte Mädchen ihr absolut keine Hilfe sein würde.

Traudi stieß die Haustür auf und zeigte mit dem Finger auf die dunkle Holztreppe, die ins obere Stockwerk führte. »Da hinauf.«

»Komm!« Grete packte das Mädchen am Arm und zog die Widerstrebende hinauf.

Mit zitternder Hand zeigte Traudi auf eine Zimmertür, stieß ein paar abgehackte Worte hervor, die Grete nicht verstand, drehte sich um und hastete davon.

Kopfschüttelnd sah ihr Grete nach. Sie überlegte kurz, ob sie anklopfen sollte, doch sie entschied sich dagegen, drückte die Türklinke hinunter und prallte entsetzt zurück, als sie ins Zimmer trat. Der faulige Geruch verhieß nichts Gutes. Die Kreißende wand sich unter Schmerzen. Ihr rot glühendes Gesicht deutete darauf hin, dass sie hohes Fieber hatte. Schweißnass klebten ihre braunen Haare an ihrer Stirn.

Mit einem schnellen Blick musterte Grete das Zimmer. Die Eheleute hatten offenbar getrennte Schlafzimmer, denn Frau Probst lag in einem Einzelbett, dessen Rahmen aus dunklem Holz gefertigt war. Aus demselben Material schien der Schreibtisch, der am Fenster stand. Darauf standen einige Bilderrahmen, in denen Familienbilder steckten. Gretes Blick blieb an einem Hitlerporträt hängen, das wohl mit einer persönlichen Widmung und seiner Unterschrift versehen war. Besonders auffallend war der dreiflügelige Spiegel des Frisiertisches, auf dem zahlreiche Döschen, Fläschchen und Parfums standen. Die hübsche helle Tapete mit einem Tupfenmuster, das sich in den Vorhängen wiederfand, rundete die geschmackvolle Einrichtung ab.

Sie trat zu Frau Probst, strich ihr mit einer beruhigenden Geste die Haare aus der Stirn und sagte mit besänftigender Stimme: »Ich heiße Grete Künke und bin Hebamme, ich helfe Ihnen.«

Grete spürte, dass sich die Frau etwas entspannte. Dann umklammerte sie jedoch Gretes Hand und stieß angsterfüllt hervor: »Bitte, bitte, mein Baby darf nicht sterben!«

»So schnell wird nicht gestorben! Ich kümmere mich jetzt um Sie«, versuchte Grete Zuversicht zu verbreiten. »Wann soll das Kind denn kommen?«

»Übernächste Woche«, flüsterte die Frau.

Grete löste Frau Probsts Hand und sagte, während sie die Bettdecke zurückschlug: »Jetzt will ich erst einmal schauen, ob tatsächlich schon die Wehen eingesetzt haben.«

Frau Probst stieß wieder einen lauten, jammervollen Schrei aus. Das weiße Bettlaken war durchzogen von grünlichen Fruchtwasserflecken und der faulige Gestank raubte Grete fast den Atem. Aus Erfahrung wusste sie, dass es jetzt schnell gehen musste – eine Sepsis würde den Tod von Mutter und Kind bedeuten.

Grete deckte Frau Probst wieder zu, öffnete die Zimmertür und rief nach Traudi, die mit Frau Berwanger im Schlepptau nach oben kam.

»Es hat mir doch keine Ruhe gelassen«, sagte die Bäuerin. »Das junge Ding hat doch keine Ahnung von solchen Dingen. Wie steht es denn? Kann ich helfen?«

»Frau Probst ist schon in der Eröffnungsphase der Entbindung«, verkündete Grete. »Ich brauche ein Fieberthermometer, eine Handbürste, kaltes und heißes Wasser, Seife, saubere Handtücher und einen hochprozentigen Schnaps.«

Ein erneuter Aufschrei ließ die Frauen zusammenzucken.

Frau Berwanger wisperte: »Der Doktor wird nicht vor morgen früh zurückerwartet.«

»Dann müssen wir sehen, dass wir Frau Probst ins Krankenhaus bekommen«, stellte Grete fest. »Hat denn jemand hier im Ort ein Automobil?«

Frau Berwanger schüttelte den Kopf. »Aber erst neulich wurde der Merlinger-Sepp von einem Krankenwagen abgeholt, als er sich mit der Sense fast den Unterschenkel abgetrennt hatte. Die Frau Doktor wurde ja sowieso schon aufgeweckt. Die hat ein Telefon und kann im Krankenhaus anrufen.«

Keuchend verzog die Kreißende das Gesicht und Grete fragte sie: »Wann hat das angefangen?«

»Heute Morgen, aber ich dachte, dass ich das Schmalzgebackene von der Rosa nicht vertragen habe.«

Grete schüttelte den Kopf. Das erlebte sie nicht zum ersten Mal, dass eine werdende Mutter die Wahrheit verdrängte und die Tatsachen verdrehte. »Dann ist das Ihr erstes Kind?«

»Ja«, stieß Frau Probst hervor, während sie sich unter einer erneuten Schmerzwelle krümmte. »Ich hatte schon eine Fehlgeburt und will das Kind unbedingt behalten.«

Als Traudi die gewünschten Sachen nach oben gebracht hatte, erklärte sie Grete, dass es zwei Türen weiter ein Badezimmer gab.

Was für ein Luxus, dachte Grete, während sie reichlich Seife auf die Bürste gab. Sie benetzte diese mit heißem Wasser und begann, ihre Hände, Fingernägel und Unterarme unter dem fließenden Wasser gründlich abzuschrubben. Auch in schwierigen Situationen gelang es ihr, sicher und schnell die Abläufe anzuwenden, die sie während der Hebammenausbildung gelernt hatte. Da ihr kein Desinfektionsmittel oder reiner Alkohol zur Verfügung stand, ließ sie einen Obstbrand über ihre Hände rinnen.

Ich kann nicht einmal die Herztöne des Kindes kontrollieren, dachte Grete, als sie wieder ins Zimmer trat. Sie nahm das Fieberthermometer und stellte nach der Messung besorgt fest, dass es fast vierzig Grad anzeigte.

Bald darauf klopfte es an der Tür und Frau Berwanger trat in das Zimmer. »Der Krankenwagen ist auf dem Weg«, sagte sie. »Kann ich sonst noch irgendetwas tun?«

»Im Moment nicht«, sagte Grete. »Ich werde Traudi zu Ihnen schicken, falls ich Hilfe brauche.«

Frau Berwanger nickte ihr zu und als sie die Zimmertür hinter sich geschlossen hatte, befreite Grete die Kreißende von der Bettdecke. Sie schob ihr einige trockene Handtücher über das Fruchtwasser und prüfte mit den sogenannten »Leopold-Handgriffen« die Gebärmuttergröße und die Lage des Babys.

Frau Probsts Schreien war in ein erschöpftes Wimmern übergegangen, unterbrochen von einem tiefen Aufschluchzen.

»Nehmen Sie nochmal alle Kraft zusammen, holen Sie tief Luft und pressen Sie dann! Gleich können Sie Ihr Baby im Arm halten.«

»Ich kann nicht«, jammerte Frau Probst, während sie aber tatsächlich anfing, zu pressen. Schweißüberströmt, umnebelt vom Fieber und Schmerz, krallte sie ihre Hände in das Bettlaken.

Grete versuchte, der Gebärenden durch ermunternde Worte beizustehen. Besorgt sah sie jedoch, dass Frau Probst immer schwächer wurde. Da ihr keine Instrumente zur Verfügung standen, blieb ihr nichts anderes übrig, als zu warten und der Natur ihren Lauf zu lassen.

Frau Probst kreischte panisch, doch Grete stellte mit Erleichterung fest, dass das Köpfchen des Kindes sichtbar wurde. Wenig später half sie dem kleinen Wesen mit einem sanften, geschickten Griff, endgültig auf der Welt anzukommen.

»Es ist ein Junge!«, verkündete sie. Sie durchtrennte die Nabelschnur mit einer Schere, die Traudi in heißem Wasser ausgekocht hatte.

»Ist er gesund?«, fragte Frau Probst matt.

»Das Baby ist genauso erschöpft wie Sie«, antwortete Grete ausweichend. »Ruhen Sie sich erst einmal von der Strapaze aus!«

Grete wunderte sich, dass das Kind noch lebte. Zwangsläufig hatte es im Mutterleib das grüne Fruchtwasser geschluckt, dessen Bestandteile die Lunge verklebten. Das Kind litt unter akuter Atemnot und rang japsend nach Luft. Jeder Atemzug des Babys verursachte ein leises pfeifendes Geräusch, während sich der kleine Brustkorb kaum hob. Die dünnen Ärmchen hingen schlaff herab und noch immer hatte das Kind keinen Schrei getan.

Grete nahm das Baby hoch, klopfte auf dessen Po, besprühte es sanft mit Wasser, rieb vorsichtig seinen Rücken. Sie wusste, dass ihre Möglichkeiten, dem Neugeborenen zu helfen, gering waren. Es zeigte keinerlei Reaktion auf ihre Maßnahmen.

»Geben Sie mir mein Baby«, hörte Grete Frau Probsts flehende Stimme.

Während Grete den Jungen mit warmem Wasser säuberte, betrachtete sie sein zartes Gesichtchen und den dunklen Flaum auf seinem Köpfchen. So ein schönes Kind, dachte sie wehmütig. Sie wickelte den Kleinen in ein Handtuch und legte ihn in den Arm seiner Mutter. Frau Probsts Gesicht glühte vor Fieber und Grete sorgte sich um Mutter und Kind gleichermaßen.

Frau Probst hielt ihr Kind eng umschlungen, obwohl sie mit ihrer Kraft am Ende schien. »Heinrich Adolf werden wir dich nennen«, wisperte sie. »Der Führer hat versprochen, dass er die Patenschaft übernimmt.«

Das kleine Wesen öffnete kurz die Augen, so als ob es seiner Mutter einen Blick schenken wollte. Dann stieß es mit einem rasselnden Geräusch den Atem aus, senkte die Lider und Grete bemerkte sofort, dass kein Einatmen mehr erfolgte.

Frau Probst starrte ungläubig zu Grete. Diese schüttelte den Kopf und sagte: »Es tut mir so leid für Sie!«

Frau Probst umklammerte das Baby noch inniger und schluchzte: »Aber ich liebe ihn doch jetzt schon. Das darf einfach nicht sein! Tun Sie doch irgendetwas!«

»Es ist mir leider nicht möglich«, erwiderte Grete. »Das Kind ist zu schwach, seine Lungen sind krank, es bekommt nicht genug Luft.«

Frau Probst ließ sich erschöpft zurücksinken und jammerte: »Was passiert denn jetzt? Schon wieder so ein ziehender Schmerz!«

Die Nachwehen hatten begonnen.

»Mir wird ganz komisch«, hauchte Frau Probst und verdrehte die Augen.

Grete starrte entsetzt auf das Blut, das mit der Nachgeburt aus dem Unterleib der jungen Frau quoll.

»Auch das noch!«, murmelte Grete. »Die Plazenta hat sich nicht vollständig gelöst.« Sie löste das tote Kind aus den Armen seiner ohnmächtigen Mutter und massierte deren Bauch, um die Blutungen zum Stillstand zu bringen.

Frau Probst muss dringend in ein Krankenhaus, dachte Grete, hoffentlich überlebt sie den Transport! Erleichtert atmete sie auf, als es ihr nach einiger Zeit gelang, den Blutfluss zu stoppen.

Als an die Zimmertür geklopft wurde, zuckte sie erschrocken zusammen.

»Die Sanitäter kommen jetzt herauf!«, rief Traudi aufgeregt.

Grete öffnete die Tür und zwei stämmige Männer betraten den Raum. Sie hoben die Patientin mit geübtem Griff auf die Trage, die sie mitgebracht hatten, und trugen sie eilig zum Krankenwagen.

Grete folgte ihnen und vernahm eine aufgeregte Stimme im Hausflur: »Um Himmels willen, was ist denn hier los?«

»Zenz, Zenz«, rief Traudi, »wie gut, dass du wieder da bist!«

»Was ist denn mit der gnädigen Frau?«, fragte Zenz und Grete erklärte ihr, was vorgefallen war.

»Sie hat sich so auf das Kind gefreut«, stellte Zenz erschüttert fest, während der Krankenwagen losfuhr. Sie schickte die leise vor sich hin weinende Traudi ins Bett.

Zenz und Grete gingen in Frau Probsts Schlafzimmer und beugten sich über den toten Säugling.

»Ich weiß gar nicht, wie ich das dem Herrn Reichsleiter beibringen soll. Er ist auf dem Reichsparteitag in Nürnberg«, seufzte Zenz. »Sie hätten gleich nach dem Pfarrer schicken müssen. Jetzt ist der Bub nicht getauft und kann nicht in den Himmel kommen, sondern lebt in der ewigen Verdammnis.«

Grete schüttelte ungläubig den Kopf. »Was ist das denn für ein Unsinn!«, rief sie empört.

Zenz musterte sie misstrauisch und sagte: »Sind Sie etwa eine Lutherische?«

»Ja, und wenn ich Ihr hartherziges Gerede höre, bin ich froh darüber. Der liebe Gott wird wohl für ein unschuldiges Kind einen Platz im Himmel haben. Und wenn Sie schon so gläubig sind, sollten Sie lieber beten, dass Frau Probst überlebt«, herrschte Grete die Frau an. »Sie hat hohes Fieber.«

»Werde ich hier noch gebraucht?«, schnappte Zenz beleidigt.

»Von mir gewiss nicht«, blaffte Grete zurück.

Sie wandte sich dem Baby zu, streichelte zart über sein hübsches Gesicht, das von schwarzen Haaren umrahmt war.

»Es gab so viele starke und tapfere Heinrichs in der Geschichte«, murmelte sie. Einer plötzlichen Eingebung folgend, netzte sie den Kopf des Babys mit Wasser und murmelte: »Ich taufe dich auf den Namen Heinrich.« Mit dem Daumen zeichnete sie ein Kreuzzeichen auf die kleine Stirn und flüsterte mit einem Blick zur Zimmerdecke: »So, lieber Gott, jetzt hat eine evangelische Hebamme das Kind getauft, entscheide nun du, was mit ihm geschehen soll.« Sie wunderte sich über ihre Rührseligkeit. Es war nicht das erste tote Kind, das sie in Händen hielt.

Das Baby hatte bereits erstaunlich viele Haare. Grete entdeckte auf dem Schreibtisch eine kleine Schere, mit der sie dem Baby eine Locke abschnitt, die sie in ein Stück Papier einwickelte. Vielleicht würden sich die Eltern über dieses Andenken freuen. Sie bedauerte, dass es ihr nicht möglich war, eine Fotografie anzufertigen. »Ach, kleiner Heinrich, deine Mutter wird dein Antlitz immer in ihrem Herzen tragen«, flüsterte sie.

Grete sank auf den Stuhl, der vor dem Schreibtisch stand. Sie spürte, wie ihre Anspannung in Erschöpfung umschlug. Sie schloss die Augen und saß lange unbeweglich da.

Kapitel 9

Antons Gesundheitszustand besserte sich von Tag zu Tag. Die Berwanger-Mädchen hatten ihn ins Herz geschlossen und er verbrachte mit ihnen viele Tage im Freien. Der Spätsommer zeigte sich von seiner besten Seite. Ein Sonnentag folgte dem nächsten. Grete ging das Herz auf, ihren Sohn gesünder und glücklicher zu sehen als sie ihn in Berlin jemals erlebt hatte. Das Essen auf dem Bauernhof war einfach, aber reichlich, sodass Grete wenig zukaufen musste und ihre Reisekasse nicht strapaziert wurde.

Am Abend erzählte Grete ihrem Sohn eine Gutenachtgeschichte und Anton flüsterte: »Erna sollte hierherkommen. Das wäre schön, wenn wir für immer hierbleiben könnten. Erna, du und ich.«

Grete strich ihm liebevoll über das inzwischen gebräunte Gesichtchen.

Eines Morgens kam Traudi angelaufen und sagte zu Grete: »Ich soll Grüße von Frau Probst ausrichten, Sie möchten heute Nachmittag um drei Uhr zum Kaffeetrinken kommen.«

Grete beschloss, Anton bei den Berwanger-Mädchen zu lassen, da sie nicht wusste, ob die Einladung auch für ihn galt.

Als Grete zur angegebenen Zeit die Auffahrt entlang auf das Probst'sche Anwesen zuging, stand die Hausherrin persönlich an der Eingangstür. Sie trug ein besticktes Dirndlgewand, dessen hellblauer Baumwollstoff die Farbe ihrer Augen auffing. Die dunkelblaue Dirndlschürze mit den zarten Streifen passte perfekt zum Oberkleid. Grete kam sich in ihrem abgetragenen braunen Sonntagskleid schäbig vor.

»Heil Hitler«, sagte Frau Probst, während sie ihren rechten Arm nach vorne streckte. Dann umfasste sie Gretes Hand und meinte: »Ich freue mich sehr, dass Sie meine Einladung angenommen haben. Bitte kommen Sie herein.«

Grete bemerkte das unruhige Flackern ihrer Augen und das Zittern ihrer Hände. Als sie ihr durch den langgestreckten Flur folgte, an dessen Wänden einige Jagdtrophäen hingen, sagte Frau Probst: »Es ist ein herrlicher Sommertag, ich habe draußen aufdecken lassen.«

Grete war für einen Moment sprachlos, als sie ins Freie traten. Die Terrasse schien so groß wie Gretes gesamte Wohnung. Die grauen Steinplatten des Bodens harmonierten mit der halbhohen hellen Steinmauer, die die Terrasse schützend umschloss. Der Blick auf das Alpenpanorama war atemberaubend. Die Berge lagen im Dunst des Nachmittags und Grete flüsterte: »Wie ein Gemälde von Herrn Görgy!«

Ein zartes Lächeln erhellte das Gesicht von Frau Probst. »Sie haben den Meister schon kennengelernt?«

Grete nickte. »Er ist sehr freundlich und hat stets ein gutes Wort für mich und auch für meinen Sohn Anton, wenn wir ihn und seine Schüler auf der Wiese treffen, wo sie immer malen.« Grete senkte den Blick. »Verzeihen Sie bitte, das war gedankenlos von mir, ich wollte Anton eigentlich nicht erwähnen.«

»Ach, Frau Künke«, seufzte ihr Gegenüber. »Das weiß ich doch längst, dass Sie mit Ihrem kleinen Sohn bei den Berwangers wohnen. Im Dorf spricht sich alles sofort herum.« Sie zeigte auf den Tisch mit den vier Stühlen. »Kommen Sie, setzen Sie sich doch!«

Grete hatte noch nie in ihrem Leben an einer derart schön gedeckten Kaffeetafel gesessen. Auf einer pastellfarbenen Tischdecke standen zwei Kaffeegedecke aus hauchdünnem Porzellan. Das Dekor der zarten Streublumen spiegelte sich in der silbernen Zuckerdose. Die gestärkten Damastservietten, gefaltet zu einer Blüte, standen auf den Kuchentellern, an deren Kopfseite eine silberne Gabel lag.

Grete erspähte auch den appetitlich aussehenden »Frankfurter Kranz«, der auf einer kristallenen Kuchenplatte lag. In einer weißen Vase steckten bunte Sommerblumen.

Traudi eilte mit einer Kanne in der Hand herbei. Als sie den herrlich duftenden Kaffee in die Tassen füllte, fragte Frau Probst: »Ich hoffe, Sie mögen Bohnenkaffee?«

»Oh, ja, sehr gerne«, bestätigte Grete.

Als Traudi den Kuchen verteilt hatte, knickste sie wieder und eilte ins Haus zurück.

Grete beobachtete unsicher ihre Gastgeberin, deren Hände so fahrig nach der Kaffeetasse griffen, dass sie fast auf den Boden gefallen wäre. Vorsichtig nahm Grete einen Schluck Bohnenkaffee und schloss für einen kurzen Moment genussvoll die Augen. Diesen Luxus konnte sie sich nicht oft leisten.

Sie fühlte sich seltsam befangen in der Gegenwart von Frau Probst. Grete war noch nie bei »besseren Leuten« zu Gast gewesen und spürte ihre wachsende Unsicherheit und Nervosität.

»Der Kuchen schmeckt gut«, sagte sie höflich.

»Die Rosa ist eine hervorragende Köchin und Bäckerin«, meinte Frau Probst.

Schweigend aßen sie den Kuchen und Grete überlegte fieberhaft, welches Gesprächsthema sie wählen könnte. Doch ihr fiel nichts ein. Wir leben in verschiedenen Welten, dachte sie. Vielleicht ist es in diesen Kreisen auch üblich, nicht so viel zu sprechen? Wieso hat sie mich denn überhaupt eingeladen?, grübelte Grete.

Unvermittelt brach ihre Gastgeberin in Tränen aus. »Ich danke Ihnen so sehr«, schluchzte sie. »Ich mache mir solche Vorwürfe. Ich hatte entsetzliche Angst vor der Geburt und habe daher einfach nicht wahrhaben wollen, dass die einsetzenden Schmerzen im Zusammenhang mit der Entbindung standen.«

Vorsichtig tastete Grete nach Frau Probsts Hand und hielt sie tröstend umfangen.

»Haben Sie bemerkt, wie mein Baby mich angesehen hat?«, flüsterte Frau Probst. »Dieser einzige Blick, den es mir schenken konnte, hat so viel mütterliche Liebe in mir geweckt ... und nun kann ich sie niemandem geben.«

Grete nickte verständnisvoll und ihr Gegenüber fuhr fort: »Ich fühle mich so leer und doch wehmütig, den ganzen Tag laufen mir Tränen über das Gesicht und ich kann nichts dagegen tun.«

»Trauer braucht ihre Zeit«, beteuerte Grete.

Frau Probst nickte und raunte: »Ich sehe Heinrichs liebes Gesichtchen vor mir. Er ist ... er war so ein hübsches Kind ...« Sie brach ab und tupfte mit einem Taschentuch über ihre Augen.

»Es tut mir so leid, dass ich nicht mehr für Ihr Baby tun konnte«, flüsterte Grete, tief erschüttert über die Trauer dieser Mutter.

»Ich hätte viel früher ins Krankenhaus gehen sollen, aber da der Führer angeordnet hat, dass die Kinder wieder zu Hause geboren werden sollen, damit die Volksgemeinschaft nicht mit teuren Krankenhausgeburten belastet wird ...«

»Ich betreue meistens Hausgeburten«, sagte Grete. »Wie hätten Sie denn wissen sollen, dass es Schwierigkeiten gibt?«

Frau Probst seufzte tief. »Nein, nein, es ist meine eigene Schuld, ich ...« Sie unterbrach sich. Dann tupfte sie energisch die Tränen weg. »Da lade ich Sie ein, um mich bei Ihnen zu bedanken und dann sitze ich da und jammere Ihnen etwas vor.«

»Ich verstehe Ihren Schmerz«, versicherte Grete.

»Sie haben mir das Leben gerettet. Der Doktor im Krankenhaus erklärte mir, wenn Sie die Blutung nach der Geburt nicht zum Stillstand gebracht hätten, wäre ich gestorben.«

»Das ist doch mein Beruf«, erwiderte Grete bescheiden.

Frau Probst schien sie nicht zu hören, starrte in die Ferne und wisperte: »Der Doktor eröffnete mir, dass er es nicht ausschließen will, dass ich nochmal ein Kind empfangen kann. Aber er erachtet es eher als unwahrscheinlich.«

Ihre Stimme erstarb und Grete schwieg, da sie wusste, dass jedes Wort jetzt vergebens sein würde.

»Ich lebe, aber wofür?«, klagte Frau Probst. »Mein Gatte ist ein enger Freund des Führers und sehr viel in Berlin. Ich verbringe die meiste Zeit damit, darauf zu warten, dass er wiederkommt. Mein Mann hat verfügt, dass ich nach Bad Pyrmont fahre und hat mir ein Zimmer im Hotel *Fürstenhof* gebucht. Ich soll mich dort erholen und durch Solebäder wieder kräftiger werden, damit ich wieder …« Sie stockte und strich sich mit einer nervösen Bewegung durch die Haare. Dann fuhr sie fort: »Mein Mann hat mir keine Vorwürfe gemacht, aber ich spüre seine Enttäuschung.«

Grete wunderte sich darüber, dass diese schöne und wohlhabende Frau, die in einem prachtvollen Landhaus lebte, derart einsam war, dass sie einer fremden Frau, die noch dazu nicht ihrem Stand angehörte, ihren Kummer anvertrauen musste. Ich habe meinen Anton, dachte Grete. Wie reich bin ich beschenkt!

Sie ließ sich eine zweite Tasse Kaffee eingießen und hoffte, dass dies nicht zu gierig erscheinen würde. Ein zweites Stück Kuchen lehnte sie höflichkeitshalber ab, aber ihre Gastgeberin legte ihr noch ein Kuchenstück auf den Teller und sagte: »Dann essen Sie eben heute Abend weniger.«

Grete griff gerne zu und später, als Traudi das Geschirr abgeräumt hatte, zog Frau Probst einen Briefumschlag hervor und überreichte ihn Grete. »Auch im Namen meines Gatten – nehmen Sie das bitte als Ausdruck unserer Dankbarkeit.«

Grete fühlte, dass sie errötete. Sie hielt das Geschenk in ihren Händen und stammelte: »Bitte, Frau Reichsleiter, das ist nicht nötig.«

Frau Probst legte beschwörend ihre Hand auf Gretes Schulter. »Es ist mir so ein Bedürfnis, mich erkenntlich zu zeigen. Bitte, nehmen Sie es an – mir zuliebe, machen Sie mir die Freude!«

»Danke«, sagte Grete und lächelte unsicher.

Frau Probst rief nach Traudi und bat um Papier und Bleistift. »Schreiben Sie mir doch Ihre Adresse in Berlin auf«, forderte sie Grete auf. »Dann bitte ich den Führer um ein Bild mit einer Widmung für Sie. Würde Sie das freuen?«

Obwohl Grete nicht erpicht auf ein Hitlerbild war, nickte sie. Da wird Gustav Augen machen, dachte sie im nächsten Moment. Ausgerechnet seine stille, unscheinbare Frau bekommt vom Führer ein Bild mit Unterschrift!

Frau Probst nahm das Blatt Papier mit ihrer Anschrift an sich und sagte: »Wo Sie mich finden, wissen Sie ja. Sie können sich immer und in jeder Angelegenheit an mich wenden.«

»Das ist ein großzügiges Angebot«, entgegnete Grete gerührt. »Ich danke Ihnen vielmals, auch für den Kaffee und den Kuchen. Sie haben es sehr schön hier, aber jetzt möchte ich mich verabschieden.«

Frau Probst stand auf, rief nach Traudi und wies sie an, den Rest des Kuchens einzupacken. An Grete gewandt sagte sie: »Den nehmen Sie für die Kinder mit, die freuen sich bestimmt.«

»Danke schön!«, rief Grete verblüfft.

Kurz bevor sie die Haustür erreichten, sagte Grete: »Ach, das hätte ich fast vergessen. Ich wollte Ihnen das geben.« Sie reichte Frau Probst ein zusammengefaltetes Stück Papier und erklärte: »Hier drin ist eine Locke Ihres Babys.«

Frau Probst umklammerte Gretes Gabe, ihre Augen füllten sich mit Tränen. Dann zog sie Grete spontan in ihre Arme und wisperte: »Ich danke Ihnen tausendmal. Sie sind ein Engel! Dank Ihrer Gesellschaft ist mein Herz nicht mehr so schwer. Bitte kommen Sie wieder und …«, sie zögerte einen Moment, »nennen Sie mich bitte Elli.«

Kapitel 10

Berlin, Herbst 1955

Grete starrte auf die Tischplatte und sah ihre Kinder nicht an. Während Anton die Hände seiner Mutter umfasste und sie liebevoll streichelte, spürte Anna einen bitteren Geschmack im Mund. Es geht wieder nur um Anton, dachte sie. Ich frage nach den Vorkommnissen in meiner Kindheit – und was erfahre ich? Dass sie mit Anton aufs Land gefahren ist. Anna seufzte resigniert auf und rief sich sogleich zur Ordnung. Selbstverständlich hatte ihre Mutter damals die richtige Entscheidung getroffen, mit dem kranken Anton aufs Land zu fahren. Warum fühlte sich Anna dennoch wieder ungeliebt und zurückgesetzt?

Anna räusperte sich und flüsterte: »Ich habe mich nie so geliebt gefühlt wie Anton. Und alles, was du jetzt erzählst, hat mit mir und meinen Fragen wieder sehr wenig zu tun. Warum tust du mir das an?«

Anna sprang auf und rannte hinaus ins Treppenhaus. Mit klopfendem Herzen lehnte sie sich an die Wand.

Anton trat zu ihr, nahm sie in den Arm und sagte leise: »Erinnerst du dich noch an den Igel, den wir eines Tages im Hof gefunden haben?«

»Ach, Anton«, seufzte sie. »Wie könnte ich das je vergessen? Als er sich zusammenrollte und seine Stacheln zeigte, hast du zu mir gesagt, ich müsse es genauso machen wie er. Wenn mir jemand wehtut, sollte ich daran denken, auf welche Weise sich der Igel zur Wehr setzte.«

»Ja, mein Igelchen, das hat gut geklappt, oder?«

Sie nickte und wisperte: »Aber jetzt im Moment funktioniert es nicht.« Dann brach es aus ihr heraus: »Es ist wohl auch besser, wenn ich gehe.«

»Bitte, bleib«, hörte sie Grete sagen, die in der Tür stand.

»Damit du die Wahrheit wirklich begreifen kannst, muss ich doch alles von Beginn an erzählen.«

Anna zögerte, fing Antons flehenden Blick auf und ging mit ihm zurück in die Wohnung.

»Hat Frau Berwanger den ersehnten Hoferben denn bekommen?«, fragte Anton.

»Hat sie«, sagte Grete. »Das habe ich von Elli, also Frau Probst, erfahren, weil wir den Kontakt über Briefe aufrechterhalten haben.«

»Möchtest du uns noch mehr von Frau Probst erzählen?«, hakte Anton nach.

Grete lächelte und fuhr fort: »Zenz ratschte missgünstig im Dorf herum, dass eine Lutherische die Frau Reichsleiter duzen durfte. Ich traf Elli, also Frau Probst, noch zweimal persönlich. Einmal gingen wir mit Anton spazieren und trafen Herrn Görgy, dessen Frau uns zum Kaffeetrinken in die Hütte bat. Frau Görgy war eine begeisterte Hitleranhängerin und fragte Elli schamlos nach jedem privaten Detail über den Führer aus. Elli fuhr dann bald nach Bad Pyrmont. Dank ihres Geldgeschenks konnte ich es mir leisten, noch eine Woche länger in Marndorf zu bleiben.

»Wieviel Geld hat sie dir denn geschenkt?«, fragte Anton.

»Eintausend Reichsmark«, hauchte Grete. »Es war ein Vermögen für mich!«

Zu Anton gewandt sagte Grete: »Als wir nach Berlin zurückkehrten, warst du vollständig gesund. Kannst du dich denn wirklich nicht an die unbeschwerten Tage in Bayern erinnern?«

Anton schüttelte den Kopf und flüsterte: »Nein, Mama, aber ich kann mich ganz genau an den Tag erinnern, an dem Erna spurlos verschwand.«

Kapitel 11

Berlin, Frühjahr 1938

Als Grete durch den Innenhof des Mietshauses auf die Haustür zuging, lief Anton ihr entgegen und sank mit dem freudigen Schrei »Mama!« in ihre Arme.

Sie stellte ihren Koffer ab und fuhr Anton durch sein blondes Haar.

»Anton ist ein Muttersöhnchen, Anton ist ein Muttersöhnchen«, höhnten seine Spielkameraden, und Grete sah, dass Antons Gesicht rot anlief.

»Selber Muttersöhne«, brüllte er zurück. »Wenn eure Mama drei Wochen wegen einem Kurs weg gewesen wäre, würdet ihr euch auch freuen, dass sie wieder da ist.«

»Pah!«, schnaubte der dicke Rudi verächtlich. »Heil Hitler, Frau Künke!«, rief er und fuhr fort: »Ein deutscher Mann kennt nur eine Liebe: sein Vaterland!«

»Seit du bei den Pimpfen bist, gehst du mir echt auf den Wecker«, schimpfte Anton. An seine Mutter gewandt sagte er: »Rudi weiß neuerdings alles besser. Ach, wenn ich doch schon zehn Jahre alt wäre! Dann könnte ich auch zur Hitlerjugend.«

Das würde mir noch fehlen, dachte Grete. Aber sie hatte in den letzten Jahren gelernt, zu schweigen und keine Miene zu verziehen, wenn sie mit Äußerungen konfrontiert wurde, die ihr nicht gefielen oder sogar widerstrebten. Die Leute munkelten inzwischen, dass jegliche kritische Äußerung, die sich gegen den Führer richtete, an falscher Stelle vorgebracht, eine sofortige Lagerhaft nach sich ziehen konnte.

»Dann bekommst du so eine Uniform, wie ich sie trage«, ereiferte sich Rudi.

Die drei anderen Jungen schwiegen und Rudi rief herablassend: »Ihr seid alle noch zu klein, um bei uns mitzumachen, aber ich werde im Sommer ins Zeltlager fahren, das wird ein Spaß werden!«

Die Jungs musterten ihn neidisch. Grete nahm ihren Koffer in die Hand und sagte zu Anton: »Komm, geh mit hoch, du hast mir bestimmt viel zu erzählen.«

Anton nickte und gemeinsam stiegen sie die Treppen hinauf.

»Erna ist krank«, flüsterte Anton.

»Was?«, meinte Grete irritiert und fragte sich gleichzeitig, wieso Gustav sie nicht darüber informiert hatte. »Was hat sie denn?«

Anton schüttelte den Kopf und wisperte: »Papa hat zu Oma Luise gesagt, dass Erna ins Krankenhaus muss und niemand sie besuchen darf, weil sie ansteckend ist.«

»Wann ist das denn passiert?«, fragte Grete besorgt.

»Kurz nachdem du fort warst«, erklärte Anton.

Grete verstand die Welt nicht mehr. Was war denn hier los? Wieso hatte ihr Gustav nichts über Ernas Krankheit geschrieben? Sie seufzte und schloss die Wohnungstür auf.

»Es ist eine bunte Karte gekommen. Aus Italien.« Anton lief in die Küche, hielt Grete die Ansichtskarte hin und bettelte: »Bitte, darf ich die Briefmarke haben? Rudi wird vor Neid platzen!«

»Ja, ja«, versprach Grete zerstreut, deren Gedanken jetzt Erna galten. Sie überflog den Text auf der Karte. Ein Gruß von Elli Probst, die mit anderen »Reichsfrauen« Hitler und seine Minister bei einem Staatsbesuch in Rom begleitete. Grete legte ihren Mantel ab und sagte zu Anton: »Komm mit zu Oma Luise. Sie wird doch sicher wissen, was mit Erna ist.«

Grete hielt sich nicht lange mit einer Begrüßung auf, als Luise ihr die Wohnungstür öffnete. »Was ist mit Erna? Wo ist sie?«, rief sie aufgeregt.

»Guten Tag, Grete«, sagte Luise. »Schön, dass du wieder da bist. Setz dich doch!«

»Entschuldige, dass ich dich gar nicht richtig begrüßt habe.

Aber Anton sagte mir, dass Erna im Krankenhaus ist. Wie geht es ihr? Hast du sie besucht? Danke, dass du dich um die Kinder gekümmert hast!«

Luise lotste Grete auf einen Küchenstuhl. »Nun mal alles der Reihe nach. Nachdem du zwei Tage weg warst, erklärte mir Gustav, dass Erna ins Krankenhaus muss. Den Grund wollte er mir nicht nennen. Du kennst ja deinen Mann, wie ruppig er werden kann. Daher ...«

»... hast du nicht weiter nachgehakt«, vollendete Grete den Satz.

Luise nickte betrübt.

Grete sagte zu Anton: »He, mein Kleener, geh wieder in den Hof runter, wir zwei reden später.«

Anton klammerte sich an seine Mutter und maulte: »Jetzt warst du so lange weg, ich will bei dir bleiben.«

»Komm, du bist doch mein braver Junge. Ich muss jetzt mit Oma Luise sprechen und dann bekommst du ein Geschenk. Ich habe dir etwas mitgebracht.«

Er umarmte sie stürmisch und rannte dann aus der Wohnung.

»Meine Güte, Luise, ich habe echt ein mulmiges Gefühl! Wie finde ich jetzt heraus, wo Erna ist?«

»Du wirst dich gedulden müssen, bis dein Mann nach Hause kommt«, meinte Luise.

Grete senkte die Stimme. »Seit er NSDAP-Ortsgruppenleiter ist, glaubt er, ein General zu sein und führt sich auch so auf.«

»Ach, Grete«, seufzte Luise, »du tust mir wirklich leid! Vielleicht tröstet es dich ein wenig, wenn ich dir erzähle, dass Anton sehr brav war.«

Grete nickte. »Wenn ich meinen Anton nicht hätte ... Er ist der einzige Lichtblick in meinem Leben!«

»Magst du mir erzählen, wie es dir in Hamburg gefallen hat? War der Krankenschwesternlehrgang schwierig?«

»Nein«, antwortete Grete und fuhr dann noch leiser fort: »Es war überhaupt kein ›Auffrischungskurs‹, wie er offiziell angekündigt wurde. Es ging um das Verhalten beim Luftschutz und wie wir im Angriffsfall Verschütteten und Verletzten am besten Erste Hilfe leisten können. Außerdem wurden wir noch mal auf die Treue zu Hitler eingeschworen und mussten einen Eid auf ihn ablegen.«

Luise drückte verständnisvoll Gretes Hand. Sie wusste, dass ihre Freundin unter der Situation litt. Seit Jahren durfte sie nicht aussprechen, dass ihr Hitler zuwider war, sein Gehabe und seine Hetze auf alles, was in seinen Augen »undeutsch« war. Die Verfolgung von Minderheiten und besonders der Juden tat Grete in der Seele weh. Doch der Mut, aufzubegehren und sich dem entgegenzustellen, fehlte ihr. Sie redete sich ein, dass sie es für Anton tat, denn was nutzte dem Kind eine mutige Mutter, die man einsperrte?

Grete raunte: »Man erzählte uns, dass Hitler Frieden wolle und sich um die Völkerverständigung bemühe. Aber ganz ehrlich, ich kann es nicht glauben. Unsere Kursleiterin erklärte, dass der Führer sich doch wehren müsse, falls uns der Feind aus dem Ausland angreift.«

»Du meinst, dass es Krieg geben wird?«, wisperte Luise erschrocken.

»Ich will es nicht glauben, weil ich mir wünsche, dass meine Kinder in Frieden leben, aber es deutet so Vieles darauf hin.«

»Was du da von dir gibst, ist Hochverrat«, hörten sie eine männliche Stimme.

Grete fuhr erschrocken herum und starrte Gustav an, als ob ihr ein Gespenst gegenüberstünde.

»Die Haustür war nur angelehnt«, bemerkte er süffisant. Er drückte Grete einen Kuss auf die Wange und sagte zu Luise: »Übrigens, wer solche Reden anhört, macht sich mitschuldig.«

Luise schaute verängstigt zu Gustav, der seinen Auftritt sichtlich genoss.

»Was ist mit Erna? Wo ist sie?«, fragte Grete.

Gustav ging nicht auf ihre Frage ein, sondern fuhr fort: »Das bestätigt meine Meinung, dass Frauen nichts von Politik verstehen«, knurrte er. »Der Führer sieht das übrigens genauso.«

Er legte Grete beide Hände auf die Schultern, drückte sie so fest auf den Stuhl, dass es sie schmerzte. Sie ließ es geschehen und wehrte ihn nicht ab.

Mit einem spöttischen Blick auf Luise sprach Gustav weiter: »Es hat einige Zeit gedauert, bis Grete eingesehen hatte, wie wenig die Menschen den Beruf einer Hebamme achten. Aber dann hat sie verstanden, dass es für die Frau eines Ortsgruppenleiters besser ist, diesen unseriösen Beruf aufzugeben.« Gustav verstärkte den Druck auf Gretes Schultern und sagte: »So ist es doch, oder?«

Grete brachte hervor: »Na ja, eigentlich ging es wohl mehr darum, dass es dich gestört hat, dass ich auch in der Nacht außer Haus musste. Denn dein Führer sieht die Hebammen inzwischen ja als Hüterinnen der Nation. Und ich frage dich nochmal: Wo ist Erna?«

Gustav bedachte sie mit einem missbilligenden Blick und wiegelte fast trotzig ab: »Ist ja wohl nicht falsch, wenn ein Mann ein geregeltes Familienleben schätzt.«

Ja, dachte Grete. Immer geht es nur um dich, Gustav Künke!

»Was ist mit Erna?«, fragte sie erneut.

Gustav fuhr ungerührt fort: »Ich meine, eine Frau, die auch eine Ausbildung zur Krankenschwester absolviert hat, wäre doch dämlich, wenn sie eine Festanstellung an der Charité ablehnen würde.«

»Du tust mir weh!«, erklärte Grete.

Ein höhnisches Grinsen überzog Gustavs Gesicht. »Entschuldigung«, sagte er halbherzig. Er zog einen Küchenstuhl heran und setzte sich. »Der Führer findet ja, dass der Beruf einer Krankenschwester die schönste und edelste Aufgabe der Frau ist, fast gleichzusetzen mit der Mutterschaft«, sagte Gustav.

Grete schwieg, warf Luise einen Blick zu und dachte an die zermürbenden Auseinandersetzungen mit Gustav über dieses Thema. Sie hatte letztendlich nachgegeben und Gustav war es über seine Parteibeziehungen gelungen, Grete in kürzester Zeit eine gut bezahlte Anstellung zu verschaffen: Sie arbeitete von sieben bis achtzehn Uhr in der Tagesschicht und hatte einen Tag in der Woche frei. Aber was nutzte der Mehrverdienst, wenn Gustav ihn sofort zur Rennbahn trug?

Ungeduldig sprang Grete auf und zischte: »Du sagst mir jetzt sofort, wo Erna ist!«

Gustav musterte sie mit einem abschätzigen Blick und zeigte mit einer Kopfbewegung auf Luise. »Ach, darüber hast du mit deiner Freundin noch nicht gesprochen? Bist eine richtige Rabenmutter!«

»Unsinn«, rief Grete. »Luise wusste gar nichts. Also, raus jetzt mit der Sprache – was ist mit dem Kind?«

»Die kleine Idiotin ist im Frauenkrankenhaus der Universitätsklinik«, antwortete Gustav. »Ich habe sie dorthin gebracht.«

Grete warf ihm einen zweifelnden Blick zu und fragte: »Sie ist ein Kind, aus welchem Grund ...«

Gustav unterbrach sie mit einer wegwerfenden Handbewegung. »Nun ja, sie ist mit ihren dreizehn Jahren ein gut entwickeltes junges Mädchen, würde ich sagen.«

»Hör mit diesen Spitzfindigkeiten auf«, schimpfte Grete, die langsam die Geduld verlor. »Sag mir endlich, was ihr fehlt.«

»Verstand fehlt ihr wohl am allermeisten«, knurrte Gustav. »Du weißt genau, dass sich derart ungesundes Erbgut nicht weitervermehren darf. Deutschland braucht starken und gesunden Nachwuchs. Wer soll die Kosten für die Kinder von Schwachsinnigen tragen? Die Volksgemeinschaft? Das ist nicht im Sinne des Führers.«

Gustav redete sich in Rage, sprang auf, ging in der Küche auf und ab und hielt erst inne, als er die entsetzten Mienen von Luise und Grete wahrnahm.

»Da braucht ihr mich nicht so ansehen!«, schimpfte er. »Ist nur zum Besten für das Mädchen. Ist doch nicht viel passiert, eine kleine Operation, damit sie keine Kinder kriegen kann. Der Doktor sagte mir, dass alles gut gegangen ist.«

Während Luise die Wand anstarrte, schlug Grete die Hände vors Gesicht.

Es war still in der Küche. Totenstill. Grete spürte ihren Herzschlag, obwohl sie das Gefühl hatte, außerhalb ihres Körpers zu sein. Tränen benetzten ihre Hände und als sie fassungslos zu begreifen versuchte, welch monströse Tat Gustav begangen hatte, stieg eine wilde, ungezähmte, grenzenlose Wut in ihr hoch. In ihrem ganzen Leben hatte sie noch nie einen Menschen derart gehasst. Sie nahm die Hände vom Gesicht und ballte sie zu Fäusten. Sie wollte schreien, brüllen, Gustav schlagen. Doch sie tat nichts dergleichen. Sie grub die Fingernägel tief in die Handflächen, brauchte diesen Schmerz, um zu begreifen, dass es der Realität entsprach, was sie soeben erfahren hatte.

Sie stand auf, taumelte, stieß Gustav weg, der sie stützen wollte, und krächzte: »Fass mich nie wieder an, Gustav Künke, sonst ... Ich schwöre es bei allem, was mir heilig ist – für diese Tat wirst du büßen! Und ich hoffe zum ersten Mal in meinem Leben, dass es einen Gott gibt, denn dann existiert auch eine Hölle. Und in der wirst du schmoren.«

»Grete«, hauchte Luise entsetzt.

Gustav versuchte, sich zu verteidigen: »Jetzt sieht es ja gerade so aus, als ob ich das alleine entschieden hätte. Aber das ist nicht so. Ein Professor der Klinik, der in meiner Ortsgruppe ist, hat mich darauf angesprochen. Ich hatte ihm mal mein Leid geklagt wegen der Idiotin. Da sie in der Klinik gerade verschiedene Operationsmethoden ausprobieren, schlug er mir vor, Erna gleich vorbeizubringen. Und wenn das ein Professor sagt, da habe ich also nur ...«

»Nur?«, keuchte Grete. »Nur die Einwilligung in einen medizinischen Versuch gegeben, ohne mich zu fragen? Du hast meine Abwesenheit ausgenutzt, weil du genau gewusst hast, dass ich mich gegen so ein Vorhaben zur Wehr gesetzt hätte!« Grete wischte sich mit dem Handrücken die Tränen aus dem Gesicht, ging zur Tür und sagte: »Ich gehe jetzt auf der Stelle in das Krankenhaus und sehe nach dem Kind.«

Kapitel 12

Grete lief in ihre Wohnung hinüber, riss den Mantel vom Garderobenhaken, griff nach ihrer Handtasche und eilte die Treppe hinunter. Im Hof rief sie Anton zu, dass sie bald wiederkommen würde. Als die Tür des Vorderhauses hinter ihr ins Schloss krachte, zuckte Grete erschrocken zusammen. Sie keuchte vor Anspannung und Unbehagen.

Beim Pförtner der Universitätsklinik fragte sie nach der Station, auf der Erna lag.

Nun betrat Grete den Krankensaal und hielt nach Erna Ausschau. Etwa vierzig Betten standen eng beieinander, beidseitig aufgereiht, in dem düsteren Raum.

Im ersten Bett an der Tür lag eine alte Frau, die röchelnd nach Atem rang. Die Patientin daneben war derart dünn, dass sie an ein Skelett erinnerte. Entsetzt wanderte ihr Blick zum nächsten Bett. Ein junges Mädchen wand sich schweißüberströmt im Fieberwahn.

Derartiges gehörte zu Gretes Arbeitsalltag, aber es fühlte sich anders an, wenn eine eigene Familienangehörige sich in so einer Umgebung aufhalten musste.

Eine junge Lernschwester, die sie an der Schwesterntracht erkannte, kam ihr entgegen und fragte, ob sie ihr helfen könnte. In diesem Augenblick vernahm Grete den schwachen, flehentlichen Ruf »Mama«.

»Na siehste, Ernachen«, sagte die Schwester. »Nun ist ja deine Mama endlich gekommen!«

»Mein Mann hat mich nicht darüber informiert, dass das Kind ...«, stammelte Grete. »Außerdem war es meiner Freundin, die die Kinder während meiner Abwesenheit betreute, verboten worden, Erna zu besuchen.«

Verwundert sah die Schwester sie an und meinte: »Aber ganz

bestimmt nicht von uns aus. Wieso sollte das Kind keinen Besuch haben dürfen?«

Grete dachte voller Wut an Gustav, der Luise belogen hatte. Aber aus welchem Grund? Wie tröstlich wäre es für Erna gewesen, wenigstens Oma Luise um sich zu haben!

»Mama«, ertönte nochmal der Ruf Ernas kindlicher Stimme.

Schnell lief Grete zu ihr und erschrak über ihr bleiches Gesicht. Sie schloss das sichtlich abgemagerte Kind stumm in die Arme. Erna umklammerte Grete, die ihr beruhigend über den Rücken strich.

»Ja sag mal, Ernachen, geben sie dir hier so wenig zu essen?«, fragte Grete.

»Es gibt hier nur dünne Suppe«, flüsterte Erna. Dann begann sie zu schluchzen und erzählte stotternd: »Es hat so furchtbar wehgetan! Ich hatte solche Angst. Papa hat mir versprochen, dass nichts Schlimmes passiert. Aber mein Bauch ist aufgeschnitten worden. Bitte, Mama, ich will heim, bitte, bitte!«

»Langsam, meine Kleene, sprich langsam. Atme tief durch, beruhige dich!«

»Mein Kleid ist in einer Kiste unter dem Bett«, flüsterte Erna. »Bitte, Mama, du kannst mich doch mitnehmen, oder?

»Das geht nicht so einfach«, entgegnete Grete. »Das kann nur der Doktor entscheiden.«

»Es ist schrecklich hier«, wisperte Erna. »Manche Frauen schreien stundenlang. Obwohl ich mir die Ohren zuhalte, höre ich das. Und das Geräusch ist oft noch, lange nachdem sie aufgehört haben, in meinem Kopf.«

Besorgt betrachtete Grete das Mädchen, dessen Augen flackerten. Wie panisch stotternd das Kind die Worte herauswürgte, schnitt Grete tief ins Herz. Sie drückte das Kind erschüttert an ihre Brust. Ihr fehlten die tröstenden Worte, die sie jetzt dringend gebraucht hätte. Sie versuchte, ihre Fassung wiederzuerlangen und stammelte: »Du musst doch erst vollkommen gesund werden.«

Erna löste die Umarmung, sah Grete zweifelnd an, schien ihren Worten aber Glauben zu schenken. »Wann bin ich gesund?«

»Ich werde sofort den Doktor fragen«, versprach Grete.

Erna tastete nach Gretes Hand. »Ich will auch immer artig sein und wieder zur Schule gehen.«

»Ach, Erna«, seufzte Grete. »Die ist doch geschlossen und wird es auch bleiben.«

»Das verstehe ich nicht«, sagte Erna betrübt.

Ich auch nicht, dachte Grete. Wie soll man denn einem Kind erklären, dass eine Hilfsschule plötzlich als unnötige Kostenbelastung für die Volksgemeinschaft gilt? Dass Hitlers Meinung nach die in seinen Augen minderwertigen Menschen nie etwas zum Gemeinwohl beitragen würden und er daher auch den Besuch einer Volksschule als unnötig erachtet? Grete entschloss sich zu einer Notlüge und erklärte: »Papa und ich arbeiten den ganzen Tag. Da sind wir froh, dass du im Haushalt hilfst und dich am Nachmittag um Anton kümmerst. Das ich doch auch sehr wichtig, oder nicht?«

Erna nickte eifrig und stotterte: »Ich tue alles, was du möchtest, Mama, aber ich will hier nicht mehr bleiben!«

Grete gelang es, die Oberschwester auf der Krankenstation ausfindig zu machen. Grete gab sich als Kollegin zu erkennen und wurde giftig angeblafft: »Das Kind sollte schon vor zwei Tagen entlassen werden, aber Ihr Mann wollte das Mädchen nicht mitnehmen.«

»Ich hatte keine Ahnung von alldem«, sagte Grete. »Ich war auf einem Lehrgang in Hamburg und mein Mann hat das Kind einfach ...«

Die Oberschwester musterte Grete mit zweifelndem Blick und meinte: »Na ja, aber man muss doch vernünftig denken, solche Menschen verursachen unnötige Kosten.«

Grete fühlte einen bitteren Geschmack im Mund und schluckte. Schluckte auch die Worte hinunter, die sie der Oberschwester gerne ins Gesicht geschleudert hätte. Was war mit den

Menschen in Deutschland passiert? Wie konnte man derart gefühllos über ein junges Mädchen sprechen, das sein ganzes Leben noch vor sich hatte?

»Ich nehme Erna mit«, bestimmte Grete daher kurz angebunden.

»Das kommt mir entgegen, ich brauche jedes freie Bett«, schnappte die Oberschwester, der Gretes missmutiger Gesichtsausdruck nicht entgangen war. Wie um einen versöhnlicheren Ton anzuschlagen, sagte sie dann zu Grete: »Wir haben uns alle gewundert, wie schön das Mädchen singen kann. Glockenhell! Obwohl sie ja sonst ...«

Grete wandte sich ab und ließ die Oberschwester einfach stehen. Erna tat sich schwer mit dem Lesen und Schreiben, aber sie war keine Idiotin. Wieso verstand das keiner außer ihr?

Sie blieb eine Zeit lang im Flur stehen, um sich zu beruhigen, dann ging sie in den Krankensaal, schlug Ernas Bettdecke zurück und sagte: »Stell dir das mal vor, Ernachen, ich darf dich tatsächlich mit nach Hause nehmen.«

Ernas Augen weiteten sich, während sie mühsam die Beine über den Bettrand hievte. Grete griff nach der Kiste, die unter dem Bett stand, holte Ernas Kleid heraus und half ihr beim Anziehen.

»Kannst du denn gehen?«, fragte Grete. »Halte dich besser an mir fest.«

Erna setzte ihre Füße auf den Boden. Grete merkte, dass sie schwankte und griff ihr unterstützend unter den Arm.

»Es geht schon«, wisperte Erna.

»Wir nehmen eine Autodroschke«, beschloss Grete. »Damit sind wir am schnellsten wieder zu Hause.«

Erna nickte und kämpfte sich, bei Grete untergehakt, Schritt für Schritt aus dem Krankensaal.

Als sie endlich die Treppen bis zur Wohnung bewältigt hatten, sank Erna mit leichenblassem Gesicht und vollkommen erschöpft auf das Küchensofa. Grete half Erna beim Auskleiden, richtete ihr das Bett her und ignorierte Gustav, als er kurz darauf in die Küche polterte.

Er bedachte Erna mit einem kurzen Blick. »Ach, durftest du sie schon mitnehmen?«

»Die Oberschwester hat dir doch vor einigen Tagen gesagt, dass Erna entlassen werden kann«, platzte Grete heraus. Sie war derart wütend auf Gustav, dass es ihr schwerfiel, ihn nicht anzuschreien.

»Interessiert mich nicht«, schimpfte Gustav. »Was sollte ich hier mit der Göre anfangen?«

»Du redest genauso gefühllos wie die Oberschwester im Krankenhaus. Was ist denn los mit euch? Ich verstehe nicht, wie man so hartherzig sein kann!«

»Du kannst die Kinder und deine Kranken betüddeln, so viel du willst«, sagte Gustav. »Dennoch lasse ich mich nicht von meiner Meinung abbringen, dass das Volkswohl über dem Wohl des Einzelnen zu stehen hat.«

Das impft euch Hitler ein, dachte Grete verbittert. Und das leider äußerst erfolgreich.

Grete warf ihm einen verächtlichen Blick zu und ging ins Schlafzimmer. Sie nahm ihre Kittelschürze vom Haken, zog ihren guten Rock und die Bluse aus und erschrak, als sie plötzlich Gustavs Hände auf ihren Brüsten spürte. Sie hatte ihn nicht kommen hören.

»Lass das!«, wehrte sie ihn ab.

»Ich habe beschlossen, dass du dem Führer noch ein Kind schenken solltest«, raunte er.

»Nein!«, entgegnete Grete entschieden und wand sich aus seinem Griff. Dann gewannen Wut und Hass die Oberhand und sie kreischte: »Fass mich nie wieder an, nie wieder! Ich lasse mir auf keinen Fall ein Kind machen! Lieber sterbe ich!«

Gustav lachte, packte sie grob an beiden Oberarmen und drängte sie in Richtung Bett. »Du hast eheliche Pflichten zu erfüllen«, sagte er.

Grete fing an, auf Gustav einzuschlagen. Sie fühlte soviel Hass und Zorn, dass es ihr egal war, wo sie ihn traf.

Er gab ihr zwei Ohrfeigen und brüllte sie an: »Hör auf damit, du dummes Luder! Hörst du, hör auf!«

»Nein«, keuchte Grete. Mit stummer Verzweiflung hieb sie auf ihn ein. Dennoch gelang es ihm, sie aufs Bett zu drücken. Sie sah, wie er seine Hose herunterzerrte und trat mit dem Fuß nach ihm. Dann war er über ihr. Sie hörte ein Krachen, als seine Faust ihr Jochbein traf und sie versank in eine unendliche, tiefe Schwärze.

Als Grete die Augen aufschlug, brauchte sie einen Moment, um sich zu orientieren. Der Schmerz in ihrer Leibesmitte rief ihr in Erinnerung, was Gustav ihr angetan hatte. Der Mond tauchte das Zimmer in diffuses Licht und sie bemerkte mit Erleichterung, dass Gustav nicht neben ihr lag.

Mit einem Ächzer stand sie auf, schlüpfte in die Kittelschürze und wankte in die Küche. Von Gustav keine Spur, die Kinder schliefen friedlich. Grete leerte ein Glas Wasser in einem Zug. Sie rechnete ihre fruchtbaren Tage nach und stellte mit Entsetzen fest, dass es durchaus sein konnte, dass sie ein Kind bekommen würde.

Leise tappte sie in die Nähe des Herdes, löste vorsichtig eine Bodendiele und holte eine silberfarbene Blechdose hervor. Die Geldscheine knisterten in ihrer Hand. Neunhundertdreiundsechzig Reichsmark, dachte Grete. Sie hatte Ellis Geld kaum angerührt. Grete hatte die Schulden bei *Wertheim* zurückbezahlt, den Kindern zwischendurch Kleinigkeiten geschenkt, aber immer nur in Maßen, damit Gustav nicht misstrauisch wurde. Die Autodroschke vom Krankenhaus bis zur Wohnung hatte über fünf Reichsmark gekostet, auch das hatte sie von ihrem Geldschatz bezahlt.

Ich nehme meine Kinder und verlasse dich, du mieses Schwein, dachte sie.

Seufzend verstaute sie die Blechdose nach einer Weile wieder in ihrem Versteck. Fröstelnd trat sie ins Schlafzimmer und schlang schützend die Arme um ihren Oberkörper. Nachdem sie das Leintuch, das einige Blutflecke aufwies, gewechselt hatte, legte sie sich ins Bett. Sie presste beide Hände auf die vor Schmerz pochende Stelle ihres Unterleibs, rollte sich zur Seite und blieb mit angezogenen Beinen liegen. Wach. Lauschend. Gedemütigt.

Als sie am nächsten Morgen in die Küche trat, kam Gustav gerade zur Wohnungstür herein und tat, als ob nichts geschehen wäre.

»Morgen«, rief er Grete und den Kindern zu. Er rückte seinen Stuhl am Küchentisch zurecht und sagte: »Übrigens, Willi vom Metzgerladen hat sich von Emma scheiden lassen.«

Grete schwieg.

»Hast du gehört, was ich gesagt habe? Willis Scheidung ist durch.«

Grete bedachte Gustav mit einem nachdenklichen Blick und sagte: »Ja, ich habe es gehört.«

Gustav nahm einen Schluck Kaffee und meinte: »Emma hat immer auf den Führer geschimpft und irgendwann hatte Willi genug davon. Er hat die Scheidung eingereicht. Ging flott durch, da der Richter entschied, dass es nicht zumutbar ist, mit einer Frau zu leben, die den Führer beleidigt und beschimpft. Hat sie dann auch gleich direkt vom Gerichtssaal in den Bau geschickt wegen der Schmähreden. Die beiden Jungs wachsen jetzt bei Willis Mutter auf. Wenn Emma wieder freikommt, darf sie die Kinder nicht mehr sehen, damit die von ihren Verleumdungen nicht beeinflusst werden.«

»Aber die Kinder sind doch noch ganz klein«, wandte Grete erschüttert ein.

»Vier und zweieinhalb«, meinte Gustav schulterzuckend. »Sie ist doch selber schuld. Da sieht man mal, was alles passieren kann!«

Er bedachte Grete mit einem triumphierenden Blick und sie verstand, dass er ihr drohte. Gustav würde nicht davor zurückschrecken, ihr die Kinder wegzunehmen.

Widerwillig schenkte Grete auf Gustavs Wunsch Kaffee nach. Viel lieber hätte sie ihm das Gebräu ins Gesicht geschüttet. Manchmal verstand sie selbst nicht, wieso sie sich von ihm so einschüchtern ließ.

Er packte sie am Handgelenk, zog sie nah zu sich heran und drohte: »Du wirst dich künftig nicht mehr abfällig über den Führer und seine Entscheidungen äußern. Hast du mich verstanden?«

»Ja«, brachte Grete mit belegter Stimme hervor. »Ja, Gustav, ich habe dich verstanden.«

»Gut.« Er nickte. »Dann werde ich davon absehen, Luise anzuzeigen, denn sonst habe ich die Gören Tag und Nacht am Hals, oder?« Grete nickte und er raunte: »Aber sag ihr, dass ich sie genau beobachte.«

»In Ordnung«, meinte Grete.

Gustav ließ sie los, nahm einen Schluck Kaffee und schaute dann zu Erna, die beide Hände an die Ohren gepresst hatte. »Was ist denn mit der Idiotin los?«, schimpfte er.

Grete musterte ihn mit einem traurigen Blick. »Ich denke, dass sie unsere Streitereien nicht mit anhören will.«

»Meine Güte, wie kann man so empfindlich sein?«, wunderte sich Gustav.

Das kann er nicht verstehen, dachte Grete. Wie auch? In einer Zeit, in der Sensibilität als Verweichlichung gilt, Freundlichkeit als Schwäche ausgelegt wird und Einfühlungsvermögen vollkommen verloren gegangen ist.

»Ich muss los«, sagte Grete. Sie strich Erna übers Haar. »Bleib schön liegen, meine Kleene, Oma Luise kommt später und bringt dir eine Suppe.« Zu Anton sagte sie: »Und du pass gut in der Schule auf und sei brav!«

»Ja, Mama«, erwiderte Anton und wehrte ihren Abschiedskuss halbherzig, mit einem Blick auf seinen Vater, ab.

»Gut so, Sohn«, lobte Gustav. »Wer ein echter Kämpfer werden will, ehrt seine Mutter, aber lässt sich nicht von ihr verzärteln!«

Anton warf Grete einen unsicheren Blick zu, packte seine Schulsachen und flitzte davon.

Grete gab es einen Stich und sie begriff, dass Gustav mehr Einfluss auf Anton nahm als ihr lieb war.

Kapitel 13

Berlin, Frühjahr 1939

Als Grete den Flur der Krankenstation für Männer entlangging, eilte ihr Oberschwester Marianne entgegen.

»Guten Morgen, Grete«, rief sie. »Bitte ziehen Sie sich schnell um, Herr Hilgenfeldt hat überraschend seinen Besuch angekündigt.«

»Aus welchem Grund denn?«, wollte Grete wissen.

»Darüber habe ich keine Information«, erwiderte Marianne. »Aber unsere Station ist auch für jede spontane Inspektion bestens gerüstet.«

Erich Hilgenfeldt, Leiter der *NS-Volkswohlfahrt* und des *Reichsbundes der freien Schwestern und Pflegerinnen*, wird in dieser Position sicher keine Notwendigkeit sehen, seinen Besuch zu begründen, dachte Grete.

Rasch schlüpfte sie in die Schwesterntracht, die aus braunem Kleid mit weißer Schürze bestand. Sie prüfte im Spiegel nur kurz, ob ihr weißes Häubchen richtig saß,und eilte zum vereinbarten Treffpunkt am Stationszimmer.

Hilgenfeldt kam nicht allein. Ein Trupp Männer folgte ihm. Die Absätze ihrer Stiefel knallten auf dem Linoleumboden.

Nach der formellen Begrüßung durch die Oberschwester reichte Hilgenfeldt jeder Krankenschwester die Hand und meinte dann: »Sie erfüllen eine heilige Aufgabe. Im Dienste für das deutsche Volk stehen Sie jeden Tag auf dieser Station. Mütterlich gebend und heldenhaft opfernd, dienen Sie dem Vaterland und dem Führer.«

Grete gelang es nur mit Mühe, das Gesicht nicht zu verziehen. Die Parteileute neigten alle zu einem schrecklichen Pathos. Hilgenfeldt wurde durch die Krankenstation geführt und wollte dann das Zimmer sehen, das für die hohen Partei- und Regierungsmitglieder bereitzustehen hatte.

Er trat in den schmalen Raum, musterte ihn aufmerksam und sagte dann mit einem schiefen Lächeln zu Oberschwester Marianne: »Nehmen Sie das Kreuz von der Wand und hängen Sie ein Bild des Führers auf. Mit der restlichen Ausstattung des Raumes bin ich einverstanden.«

»Verzeihen Sie bitte«, sagte Schwester Marianne verlegen. »Diese Anordnung ist mir bekannt und wurde auch auf unserer Station umgesetzt. Dieser Raum wurde noch nie in Anspruch genommen, nur so kann ich mir das Missgeschick erklären. Es ist wirklich unverzeihlich!«

Wie sehr wir uns inzwischen alle ducken, dachte Grete und nahm sich dabei nicht aus. Was ist aus uns geworden?, dachte sie wieder einmal und entbot dennoch schon automatisch den »Deutschen Gruß«, als sich Hilgenfeldt mitsamt seiner Entourage wieder verabschiedete.

Marianne schlug sich mit der Hand an die Stirn und jammerte: »Wie konnte ich nur das Kreuz vergessen? Hoffentlich kommt da nicht noch etwas nach!«

Grete schwieg und dachte an die Zeiten, als der christliche Glaube ein selbstverständlicher Teil des Lebens war. Viele Deutsche hatten einen neuen Gott gefunden. Der andere Teil des Volkes duckte sich und lief einfach mit der Masse. So wie ich, sinnierte Grete.

Drei Tage später

Grete stutzte, als sie aus dem Krankensaal trat. Ein schwarz uniformierter SS-Mann schob einen Rollstuhl, in dem ein feingliedriger, schlanker Mann von durchschnittlicher Größe saß. Eine braune runde Brille verlieh seinem markanten, aber blassen Gesicht etwas Jungenhaftes. Er trug einen grauen, sehr eleganten Straßenanzug und fuhr sich mit der Hand durch die kurzen schwarzen Haare, als er Grete einen flüchtigen Blick zuwarf.

»Heil Hitler«, sagte Grete.

»Heil Hitler«, rief der SS-Mann zurück.

Der Mann, der im Rollstuhl saß, schwieg, musterte sie kurz und nickte mit dem Kopf.

Graublaue Augen, dachte Grete. Was für ein gut aussehender Mann! Jetzt kniff er die Lippen zusammen. Dies und sein angespannter Gesichtsausdruck deuteten darauf hin, dass er unter Schmerzen litt. Dann waren sie schon an Grete vorbei.

Neben der Oberschwester und Professor Reindle begleiteten zwei weitere Uniformierte den Kranken. Grete sah, dass der Rollstuhl in den Raum geschoben wurde, den Hilgenfeldt inspiziert hatte.

Oberschwester Marianne rief alle Schwestern der Station zusammen und erklärte: »Ich möchte Sie darüber informieren, dass wir ein hochrangiges Parteimitglied auf unserer Station aufgenommen haben. Sie sprechen den Patienten bitte mit ›Herrn Müller‹ an. Persönliche Fragen und Gespräche jeglicher Art sind unerwünscht. In der Tagesschicht wird er von Schwester Grete und Schwester Petronella betreut, die Nachtschicht übernehmen die Schwestern Rita und Maria. Alle anderen werden sein Zimmer nur betreten, wenn sie Weisung von mir erhalten haben.«

Grete warf der Oberschwester einen ungläubigen Blick zu. Auf der Station verrichteten viele Schwestern ihren Dienst, die Grete insgeheim »Hundertprozentige« nannte. Diese Frauen waren von Hitlers Ideen unbeirrbar überzeugt und schwärmten für »ihren Führer«. Wieso hatte Marianne ausgerechnet Grete diese Sonderaufgabe zugedacht?

Als sie später vorsichtig danach fragte, antwortete Marianne: »Das geschah auf ausdrücklichen Wunsch Hilgenfeldts. Er wollte blonde, arisch aussehende Frauen und da fiel seine Wahl auf Sie, Petronella, Rita und Maria.«

Soweit ist es schon, dachte Grete. Man beurteilt Menschen nicht mehr nach ihrem Können, sondern lediglich nach dem

Aussehen. Sie fragte die Oberschwester: »Was fehlt denn Herrn Müller?«

Marianne zögerte einen Augenblick, schien nach den richtigen Worten zu suchen und sagte dann: »Eine Kriegsverletzung am Bein bereitet ihm immer wieder starke Schmerzen. Seine Hüfte wurde durch einen Gewehrschuss zertrümmert und wuchs, trotz aller Bemühungen, nicht mehr richtig zusammen. Außerdem bekam sein Knie einen Streifschuss ab und ist versteift. Unser Professor Reindle hat einen hervorragenden Ruf bei der Behandlung alter Kriegsverletzungen und deren Folgen. Daher entschloss sich Herr Müller, hierherzukommen. Gehen Sie doch gleich mal zu ihm und fragen Sie, ob er etwas für sein Wohlbefinden braucht.«

Grete nickte, rückte ihr Schwesternhäubchen zurecht und ging über den langen Flur zu der unscheinbaren weißen Tür, auf der *Privat, Zutritt verboten* stand. Sie konnte ein Schmunzeln nicht unterdrücken.

»Ob er etwas für sein Wohlbefinden braucht«, murmelte sie und überlegte, ob die hochtrabende, ungewohnte Ausdrucksweise der Oberschwester mit der Wichtigkeit des Patienten zusammenhing. Grete drückte die Türklinke herunter und trat in den Raum.

Noch bevor sie »Heil Hitler« rufen konnte, blaffte sie Herr Müller an: »Können Sie nicht anklopfen?«

Verblüfft musterte Grete den Neuankömmling. »Das hier ist kein Hotel«, stellte sie sachlich und ruhig fest und erschrak gleichzeitig über ihre Aussage.

Der Mann tastete nach seiner Brille, die er auf dem Nachttisch abgelegt hatte, und setzte sie etwas umständlich auf. »Halten Sie Ihre freche Berliner Schnauze besser im Zaum«, sagte Herr Müller und musterte Grete aufmerksam. »Wie heißen Sie?«

»Ich bin Schwester Grete«, antwortete sie. »Grete Künke. Bitte entschuldigen Sie, ich wollte nicht ...«

Er winkte ab und stieß hervor: »Ich brauche ein Schmerzmittel, und zwar unverzüglich.«

Grete nickte und wollte davoneilen, da hörte sie ihn sagen: »Außerdem möchte ich einen Bohnenkaffee. Den soll mir bitte die Oberschwester bringen, ich muss mit ihr einige Dinge klären.«

Grete presste die Lippen zusammen und stammelte dann: »Bitte, Herr Müller, das mit dem Hotel ... das ist mir einfach so rausgerutscht, ich ...«

»Nehmen Sie sich nicht so wichtig«, raunte er. »Ich habe andere Sorgen, als mich um eine aufsässige Krankenschwester zu kümmern. Und jetzt gehen Sie bitte.«

Das kann ja heiter werden, dachte Grete, als sie über den Krankenhausflur eilte, um die Oberschwester zu suchen.

»Und wie ist er so?«, fragte Petronella, der Grete begegnete.

»Wer?«, fragte Grete zurück.

Petronella rollte mit den Augen. »Der Weihnachtsmann! Nö, jetzt mal ernsthaft – Herr Müller, natürlich! Übrigens ein sehr origineller Deckname.«

Grete zögerte und meinte: »Keine Ahnung, ich habe erst ein paar Worte mit ihm gewechselt, dann wollte er gleich die Oberschwester sprechen.«

»Auweia!«, rief Petronella aus.

»Geh doch einfach zu ihm rein, dann kannst du dir dein eigenes Bild machen.«

Petronella entgegnete: »Also echt, Grete, manchmal bist du unmöglich!«

Grete zuckte mit den Schultern und sah die Oberschwester auf sich zukommen.

»Ach, Schwester Grete, hier sind Sie«, rief diese ihr entgegen. »Professor Reindle hat einen Plan für Herrn Müllers Schmerzmittelgaben erstellt. Kommen Sie, ich händige Ihnen gleich die erste Spritze aus.«

»Herr Müller möchte, dass Sie ihm einen Bohnenkaffee bringen«, sagte Grete.

»Na, der hat ja Vorstellungen von einem Krankenhaus«, antwortete sie. »Wo soll ich denn jetzt bitte einen Bohnenkaffee herbekommen? Warten Sie hier auf mich.«

Die Oberschwester ging mit raschen Schritten auf Herrn Müllers Zimmer zu. Einige Minuten später sagte sie kopfschüttelnd zu Grete: »Unser Patient hat jetzt andere Sorgen, er braucht dringend ein Schmerzmittel.«

Diesmal klopfte Grete an die Tür, bevor sie in das Krankenzimmer trat. Zusammengekrümmt wie ein Embryo lag der Kranke auf der Seite und starrte mit weit geöffneten Augen auf die gegenüberliegende Wand.

»Ich gebe Ihnen jetzt eine Spritze«, verkündete Grete. »Dann geht es Ihnen hoffentlich bald besser.«

Er hob seinen Blick und runzelte unwillig die Stirn.

»Soll ich lieber die Oberschwester ...«

»Jetzt machen Sie schon!«, presste er hervor. Sein Atem ging stoßweise und Grete bemerkte seine zu Fäusten geballten Hände.

»Legen Sie sich bitte auf den Rücken«, sagte Grete.

Aufstöhnend rollte er herum. Grete griff nach seinem Arm und schob den Ärmel des Schlafanzugs hoch. Verwundert entdeckte sie auf seinem Unterarm ein Feuermal.

Er folgte ihrem Blick und raunzte: »Glotzen Sie nicht, das habe ich seit meiner Geburt.«

Empört über diese rüde Ansprache, verzog Grete das Gesicht und erklärte ihm dennoch: »Ich binde jetzt Ihren Oberarm ab, damit die Vene gut zu sehen ist. Das Morphin wird direkt in die Blutbahn gespritzt.«

Ihr Patient schloss die Augen, lag vollkommen still, und als Grete die Nadel in die Vene setzte, zuckte er nicht einmal zusammen. Sie entfernte das schmale Gummiband von seinem Oberarm und presste eine sterile Mullbinde auf die Einstichwunde.

Nachdem die Blutung zum Stillstand gekommen war, verkündete sie: »Fertig! Sie waren ...« Sie stockte.

Er öffnete seine Augen und flüsterte: »Tapfer, wollten Sie hoffentlich sagen, oder?«

Grete nickte und schickte sich an, aus dem Zimmer zu gehen, als sie ihn sagen hörte: »Wann wirkt das Mittel?«

»Etwa in einer Viertelstunde.«

»Verdammt!«, stöhnte er, wandte sich von Grete ab und drehte sich zur Seite.

»Brauchen Sie noch etwas?«, fragte Grete.

»Gehen Sie!«, befahl er mit zitternder Stimme.

Grete blickte auf dieses schmerzgepeinigte Bündel Mensch. Ihr mitleidiges Herz siegte und in einer tröstlichen Geste strich sie ihrem Patienten sanft über den Rücken.

»Lassen Sie das«, knurrte er. »Ich bin kein kleiner Junge. Ich habe in Verdun gekämpft!«

Erschrocken zog Grete die Hand zurück, griff hastig nach der Blechschale mit der Spritze und dem Gummiband und verließ den Raum. Als sie die Tür zuzog, ärgerte sie sich über ihr Verhalten.

»Was ist denn mit dem los?«, murmelte sie kopfschüttelnd. Herr Müller schüchterte sie auf unerklärliche Weise ein. Vielleicht wäre dem nicht so, wenn ich wüsste, in welcher Abteilung er tätig ist oder welchem Ministerium er zugeordnet ist, dachte Grete. Andererseits ist es egal, wo er arbeitet, er ist einer von denen, die Hitler zuarbeiten.

Sie bemerkte, dass ihre Hände zitterten und dann fiel ihr die Blechschale aus der Hand. Als sie auf den Boden prallte, verursachte sie ein lautes, schepperndes Geräusch. Der Glaskolben der Spritze zerbrach in winzige Scherben, die sich über den gesamten Krankenhausflur verteilten.

»Mist!« Grete stöhnte und rief nach einer Lernschwester.

Diese eilte herbei, doch leider wurde auch Oberschwester Marianne von dem Lärm angelockt. Kopfschüttelnd betrachtete sie das Malheur, während die Lernschwester begann, den Boden zu säubern.

»Was ist denn los mit Ihnen, Schwester Grete?«, fragte die Oberschwester.

»Ich weiß nicht«, stammelte Grete.

»Hängt das mit Herrn Müller zusammen?«, bohrte Marianne nach.

»Vielleicht könnte jemand anderer …«, nutzte Grete die Chance.

Doch die Oberschwester winkte ab. »Die Einteilung bleibt wie besprochen. Reißen Sie sich einfach ein wenig zusammen und vergessen Sie nicht, alle halbe Stunde nach Herrn Müller zu sehen.«

Bereits zum vierten Mal stand Grete nun an Herrn Müllers Bett. Er schlief immer noch. Träumte er? Seine Arme ruderten durch die Luft und ab und an stöhnte er auf. Grete betrachtete sein Gesicht. Der Schmiss an der rechten Wange deutete darauf hin, dass er einer Studentenverbindung angehörte.

Sie musste an den Studenten denken, der vor einigen Tagen nach einer Mensur sein Leben hatte lassen müssen. Der junge Mann war nicht älter als zwanzig gewesen, Student der Medizin, der einzige Sohn und vermutlich der ganze Stolz seiner Eltern. Gestorben war er, weil der abstruse Ehrenkodex seiner nicht minder abstrusen Vereinigung vorsah, dass die beim Fechten erlittenen Verletzungen nur an Ort und Stelle und keinesfalls fachmännisch in einem Krankenhaus behandelt werden durften. Grete, die sich mit studentischen Bräuchen nicht auskannte, war zum ersten Mal mit dergleichen konfrontiert worden und der völlig sinnlose Tod des Jungen hatte sie tief erschüttert. Seine Stichwunde hatte sich über Nacht entzündet und als seine kaum älteren Kumpane ihn schließlich doch noch ins Krankenhaus brachten, war die Blutvergiftung bereits so weit fortgeschritten, dass es keine Rettung für ihn gab.

Grete schüttelte sich, um die Bilder loszuwerden. Zwischen dem Parteifunktionär Müller mit seiner Altverletzung und dem qualvoll verstorbenen Studenten gab es außer einem Schmiss, den man in Berlins Straßen nicht selten zu sehen bekam, keine Verbindung. Dennoch ließ sie der eine an den anderen denken.

»Tapfer«, hatte der Junge herausgepresst, ehe die lähmende Vergiftung seine Kehle erfasste und ihn für immer verstummen ließ. »Tapfer ...«

Nicht Mutter, nicht Vater, nicht der Name eines geliebten Mädchens. Nur dieses Wort, von dem Grete nicht einmal sicher war, was es bedeuten sollte.

Erneut stöhnte Herr Müller auf und sie trat einen Schritt zurück. Wie peinlich es wäre, dabei ertappt zu werden, wie sie ihn so anstarrte. Dennoch wollte sie den Blick nicht abwenden. Eine seltsame Faszination ging von diesem Mann aus. Grete schalt sich töricht und schickte sich an, das Zimmer zu verlassen, als die Tür aufgerissen wurde und ein schneidiges »Heil Hitler« durch den Raum schallte.

Grete erkannte in dem Uniformierten den Mann, der Herrn Müllers Rollstuhl geschoben hatte. Der SS-Mann knallte die Hacken zusammen und brüllte: »Ich bringe das Mittagessen.«

Herr Müller schreckte hoch, blickte verwirrt um sich und schimpfte: »Tannheimer, sind Sie von allen guten Geistern verlassen! Sie können doch nicht einfach so in mein Zimmer hereinplatzen!«

»Verzeihung, Herr Rei...«

»Tannheimer!«, donnerte Herr Müller.

»Verzeihung, ich wollte nicht. Ich habe ...«

»Hören Sie auf, zu stammeln und schalten Sie Ihren Verstand ein«, rügte Herr Müller und fuhr Grete an: »Und was machen Sie in meinem Zimmer, während ich schlafe?«

Grete spürte, dass sie rot anlief. Peinlich berührt antwortete sie: »Ich tue meine Pflicht, wie es mir die Oberschwester aufgetragen hat.«

»Ja, natürlich tun Sie das«, ruderte er zurück. »Aber nun lassen Sie mich meine Pflicht tun. Ich habe mit meinem Adjutanten einiges zu besprechen.«

Grete verließ wortlos und fast fluchtartig das Zimmer, während sie Tannheimer sagen hörte: »Wie gewünscht, bringe ich

Ihnen das Mittagessen vom Restaurant *Grüner Baum*. Das ›feste Gedeck‹ heute: klare Suppe, Rindergulasch mit Nudeln und zum Nachtisch Schokoladenpudding.«

»Mensch, Tannheimer, wenn Sie mir nur einmal richtig zuhören würden! Sie sollten veranlassen, dass das Essen geliefert wird und es nicht selber bringen«, schimpfte Herr Müller. »Oder wollen Sie Kellner werden?«

Grete atmete erleichtert auf, als sie auf dem Krankenhausflur stand. Schwester Petronella kam auf sie zu und als ihr Grete erzählte, dass der neue Patient sein Essen von einem Restaurant liefern ließ, hauchte diese beeindruckt: »Der muss ja einen kolossalen Lohn bekommen, wenn er sich so etwas leisten kann.«

»Das kannst du bald selbst feststellen«, meinte Grete. »Laut Dienstplan übernimmst du ihn in zwei Stunden.«

Petronellas Augen leuchteten und sie wisperte: »Ich bin so gespannt auf …« Sie kicherte albern. »Herrn Müller.«

Das Lachen sollte Petronella schnell vergehen. Am späten Nachmittag wurde Grete unfreiwillig Zeugin eines Gesprächs zwischen der Oberschwester und Petronella.

»Was haben Sie sich dabei gedacht, Herrn Müller zu fragen, ob er Frau und Kinder hat?«, tadelte die Oberschwester.

Petronella stand mit gesenktem Kopf vor ihr und antwortete: »Der ist aber ein ganz Pingeliger. Ich dachte, er freut sich, wenn er über seine Familie sprechen kann. Ist doch bestimmt wie aus dem Bilderbuch bei ihm, oder?«

»Jetzt werden Sie nicht frech! Ich habe ausdrücklich angeordnet, dass keine Gespräche mit dem Patienten erwünscht sind«, ereiferte sich die Oberschwester. »Ich habe nicht die geringste Lust, mir einen Rüffel von Hilgenfeldt einzufangen.«

»Ich wollte nur freundlich sein«, versuchte Petronella eine schwache Verteidigung, »aber ich kann mich auch gerne bei Herrn Müller entschuldigen.«

»Das ist ja wohl das Mindeste, was Sie tun werden«, schnappte

Marianne und bemerkte Grete, die an der Tür des Schwesternzimmers stand.

»Kommen Sie nur herein, Schwester Grete! Danken Sie Schwester Petronella dafür, dass Sie jetzt den ganzen Tag für Herrn Müllers Wohl verantwortlich sein werden. Der Patient will Schwester Petronella nicht mehr in seinem Zimmer sehen.«

Grete seufzte. »Ach, Petronella, musste das sein?«

»Musste nicht«, entgegnete Petronella. »Woher soll ich wissen, dass der Mann derart empfindlich reagiert! Vielleicht ist seine Olle recht hässlich, sonst hätte er doch wohl ein Bild von ihr aufgestellt.«

Oberschwester Marianne warf Petronella einen vernichtenden Blick zu. »Sie reden sich um Kopf und Kragen. Noch eine freche Bemerkung und wir gehen zur Generaloberin!«

Zu Grete sagte sie: »Ich kann es nicht ändern, bis Ende der Woche müssen Sie Herrn Müller ganztags übernehmen. Wenn Schwester Agnes aus dem Urlaub zurück ist, kann ich die Schicht wieder aufteilen.«

»Verstehe«, meinte Grete.

»Lassen Sie ihm ein wenig Zeit, damit er sich beruhigt«, riet die Oberschwester. »Es reicht, wenn Sie in einer Stunde wieder nach ihm sehen.«

Grete nickte resigniert.

Als sie in den Krankenhausflur trat, sah sie jedoch die grüne Leuchte über Herrn Müllers Zimmer aufleuchten. Gut, dass es nur in diesem Patientenraum einen Ruf gibt, dachte Grete. Sonst würden wir ja gar nicht mehr fertig werden! Sie lief eilig hin, klopfte und trat, nachdem sie sein »Herein« gehört hatte, in den Raum.

»Da sind Sie ja endlich«, empfing sie der ungeduldige Patient. »Ich habe Durst!«

»Ich hole Ihnen gleich Wasser«, bot Grete an.

Als sie zurückkehrte und ihm das volle Glas reichte, fielen ihr seine sorgfältig gepflegten Hände auf.

»Ich habe bald Dienstschluss«, erklärte Grete. »Kann ich noch etwas für Sie tun?«

Er schüttelte den Kopf. »Richten Sie der Oberschwester aus, dass ich keine Nachtschwester akzeptiere, die so geschwätzig ist wie Schwester Petronella.«

»Die Oberschwester weiß das. Aber Schwester Petronella hat das doch nicht böse gemeint«, sagte Grete.

Sie wartete, bis er das Glas geleert hatte. Als sie es ihm wieder abnahm, berührten sich für einen winzigen Augenblick ihre Hände und Grete glaubte ein leichtes Kribbeln wahrzunehmen. Ein tiefer Blick aus seinen Augen traf sie mitten ins Herz. Verwirrt hielt sie dem Blick stand.

Er lächelte und sagte: »Wie immer sie es auch gemeint hat, es ist schmerzlich, wenn man daran erinnert wird, dass man keine Kinder ...«

Er sprach nicht weiter, wandte sich den Aktenmappen zu, die auf dem Bett verstreut lagen, und sagte spöttisch: »Ich will Sie nicht länger aufhalten. Schönen Feierabend!«

»Ich wünsche Ihnen eine gute Nacht«, sagte Grete.

»Mal sehen«, antwortete er.

Als Grete schon an der Tür stand, rief er ihr zu: »Und keine Sorge, ich frage nicht mehr nach Bohnenkaffee. Das Frühstück lasse ich mir auch vom *Grünen Baum* liefern.«

Am nächsten Morgen, nach der Übergabe durch die Nachtschwester, sah Grete nach Herrn Müller. Er antwortete nicht auf ihren Gruß, sondern lag bleich und still in seinem Bett. Grete wusste, dass er Schmerzen litt. Die Oberschwester hatte sie darüber in Kenntnis gesetzt, dass der Professor die Morphindosis reduziert hatte, um festzustellen, welche Menge der Patient brauchte, um schmerzfrei zu sein. Das Morphin konnte als unangenehme Nebenwirkung unter anderem Müdigkeit, Denkstörungen und Kopfschmerzen auslösen. Um das möglichst zu vermeiden, galt es, die optimale Tagesdosis für den Patienten zu finden.

Grete prüfte Herrn Müllers Puls, als er plötzlich nach ihrem Arm griff. Schweißperlen standen auf seiner Stirn, während er keuchend hervorbrachte: »Ich habe in Verdun gekämpft und wäre dort fast verreckt. Da werde ich doch diese Schmerzphase auch noch durchstehen, oder? Bitte, bleiben Sie bei mir!«

»Selbstverständlich bleibe ich, wenn Sie das wünschen«, antwortete Grete.

Er schwieg eine Weile, dann begann er mit brüchiger Stimme zu sprechen: »Tagelang lagen wir in Verdun schon in Stellung. Es regnete und regnete, wir standen bis zu den Knöcheln im Dreck. Die Uniformen waren nass und wir froren. Es war so entsetzlich kalt.« Bei dieser Erinnerung zitterte Herrn Müllers Körper.

»Strengen Sie sich nicht so an mit dem Reden«, riet ihm Grete.

»Nein, lassen Sie mich«, bat er. »Hören Sie mir zu, ich hoffe, die Erinnerung an das damalige Grauen vertreibt das gegenwärtige.«

»Ich bin da«, sagte Grete.

Er umklammerte mit beiden Händen ihre Hand und fuhr fort: »Der Angriff der Franzmänner erfolgte im Morgengrauen. Eigentlich waren wir alle viel zu erschöpft für einen erneuten Kampf. In unserer Einheit war keiner älter als zwanzig. Als der Befehl kam, rannten wir hinaus ins Halbdunkel, blieben fast stecken in dem vom Regen aufgeweichten Acker. Die Kugeln pfiffen nur so um uns herum. Ich zielte nicht mehr, sondern gab einfach einen Schuss nach dem anderen ab. Irgendeinen von den verdammten Feinden würde ich hoffentlich erwischen. Dann zog es mir plötzlich das rechte Bein weg. Ich schleppte mich noch einige Meter weiter zur Feindeslinie hin, als ich einen Schlag in der Hüfte wahrnahm und einfach hinfiel. Verwundert starrte ich auf das Blut, das vom Knie abwärts meine Uniformhose hinunterlief. Ich versuchte, mich aufzurappeln. Mit Entsetzen stellte ich fest, dass ich nicht mehr aufstehen konnte. Ich drückte meinen Kopf in den Dreck des Bodens, damit mich nicht noch eine Kugel erwischte. Und dann kam der Schmerz. Mit unvorstellbarer Wucht breitete er sich von meiner zerschmetterten Hüfte über meinen gesamten Körper aus. Er zog in die Beine, bis zu den Zehen und nach oben in meinen Brustkorb, wo er mir die Luft nahm. Ich versuchte verzweifelt, genügend Luft in meine Lungen zu bekommen, es gelang mir kaum. Ich dachte, ich würde ersticken. Erst viel später fiel mir die Stille auf. Die Kampfhandlungen waren eingestellt. Ich hoffte, dass mich bald Sanitäter abholen würden. Ich hob vorsichtig den Kopf und sah zwei Männer mit einer Trage auf mich zulaufen. Schüsse peitschten und die beiden fielen um, rührten sich nicht mehr. Ließen ihr Leben, weil sie meines retten wollten.«

»Wie furchtbar«, flüsterte Grete.

Herr Müller nickte. »Stunde um Stunde lag ich da draußen. Um mich herum ein Klagen und Stöhnen. Manche Kameraden begannen, laut zu beten, andere schrien und schrien und schrien, noch heute höre ich es in meinen Träumen. Ich muss wohl eine Zeit lang ohnmächtig gewesen sein, denn bald spürte ich wieder den Schmerz. Er war so gewaltig, dass ich glaubte, mein Körper würde zerreißen. Ich war überzeugt davon, dass ich sterben würde und hatte mit meinem Leben abgeschlossen, als ich am Abend plötzlich auf eine Trage gehoben und ins Lazarett gebracht wurde. Dort ging die Tortur weiter, der Streifschuss an meinem Knie schien nicht so tragisch, doch die Kugel, die in meiner Hüfte steckte, ließ sich nicht entfernen.«

»Das hört sich tatsächlich sehr schlimm an«, meinte Grete mitfühlend.

»Es standen keine Betäubungsmittel mehr zur Verfügung und ich hielt die Schmerzen aus. Dachte an die Liebe meiner Mutter und die Enttäuschung meines Vaters, der als Oberst keinen Waschlappen, sondern einen Heldensohn haben wollte, auf den er stolz sein konnte. Und ich dachte daran, dass wir es den Franzmännern irgendwann heimzahlen würden! Kugel für Kugel!«

Grete nickte und flüsterte: »Doch jeder Held – ob Deutscher oder Franzose – hat eine Mutter, die sich um ihn sorgt und die um ihn weint, wenn er nicht mehr lebend nach Hause kommt.«

»Patriotismus klingt anders«, brachte Herr Müller gepresst hervor und fuhr dann fort: »Ich kam lebend nach Hause. Mit einem steifen Knie und einer kaputten Hüfte. Ohne Orden und Auszeichnung, zur Schande meines Vaters. Nun gut, lange musste er nicht damit leben, er fiel in den letzten Kriegstagen.«

Grete legte ein feuchtes Tuch auf Herrn Müllers Stirn und sagte: »Wenn ich mir vorstelle, mein kleiner Anton müsste in den Krieg ziehen, dann ...«

Herr Müller schloss die Augen, ließ Gretes Hand nicht los und sagte: »Erzählen Sie mir von Ihrer Familie, von Ihren Kindern. Bleiben Sie bei mir! Das ist ein Befehl!«

»Es braucht keinen Befehl, bei einem Kranken zu bleiben«, erwiderte Grete sanft. »Es ist meine Aufgabe, leidenden Menschen beizustehen.«

Der Druck seiner Hand verstärkte sich. »Entschuldigen Sie meinen barschen Ton.«

»Ich habe zwei Kinder, Anton ist neun, Erna ist vierzehn Jahre alt. Beide Kinder machen mir sehr viel Freude, aber Anton ist mein Augenstern.«

»Augenstern, wie schön das klingt! Was haben Sie für ein Glück«, sagte Herr Müller. »So einen Anton hätte ich mir auch gewünscht.«

»Ja, er ist mein Ein und Alles«, erklärte Grete. »Daher hoffe ich, dass friedliche Zeiten auf ihn zukommen.«

Herr Müller sah Grete nachdenklich an und meinte: »Der Führer will eine gute Nachbarschaft und Frieden mit allen Ländern. Aber wir werden uns auch zu verteidigen wissen, wenn der Feind über uns herfällt!«

»Wieso sollte er das?«, wandte Grete ein.

Herr Müller seufzte. »Das ist höhere Politik, das würde jetzt zu weit führen. Aber sagen Sie, gibt es auch einen Herrn Künke?«

Grete verzog ein wenig das Gesicht und sagte: »Ja, Gustav.«

»Was für ein Glückspilz! Er weiß es hoffentlich zu schätzen, dass er eine tüchtige und schöne Frau an seiner Seite hat«, meinte Herr Müller.

Sie presste die Lippen zusammen und dann rutschte ihr heraus: »Nein, meistens schätzt er das nicht.«

Er streichelte zart ihre Hand und meinte: »Das kann ich nicht verstehen. Sie sind etwas ganz Besonderes!«

Grete spürte, wie ihr Gesicht glühte. Noch nie hatte ihr ein Mann derartige Komplimente gemacht.

Er führte ihre Hand an seinen Mund und drückte einen Kuss auf den Handrücken. »Danke, dass Sie mir zugehört haben«, sagte er zu Grete. »Bitte holen Sie jetzt den Professor, ich denke, er sollte sein Experiment langsam beenden.«

Grete nickte, ging aus dem Zimmer und betrachtete nachdenklich ihre Hand. Sie hatte ein flaues Gefühl im Magen, fühlte sich beschwingt, leicht und glücklich. Dieser Mann übte eine Anziehungskraft aus, die Grete nicht erklären konnte. Hinter seiner oftmals schroffen Art schien doch auch ein Mensch mit Wünschen und Sehnsüchten zu stecken.

Wie wäre es wohl, mit so einem Mann zu leben? Lass die Träumerei, Grete!, mahnte sie sich, rückte das Schwesternhäubchen zurecht und ging los, um den Professor zu suchen.

Die nächsten zwei Tage verbrachte Grete viel Zeit bei Herrn Müller.

»Ihr Professor macht mir leider wenig Hoffnung, dass er am Zustand meiner Hüfte etwas verbessern kann«, sagte er zu Grete, als sie ihm wieder Morphin verabreichte.

»Aber die Röntgenbilder sind doch noch nicht richtig ausgewertet«, versuchte Grete, Zuversicht zu verbreiten.

»Ach, Grete, wenn Sie nicht wären«, seufzte er.

»Hatten Sie keine gute Nacht?«, fragte sie.

»Meine verwundeten und toten Kameraden verfolgen mich vor allem in meinen Träumen. ›Lasst mich hier nicht verrecken‹, brüllen sie, und entstellte, halb weggeschossene Gesichter kommen auf mich zu. Aber heute Nacht ... da schob sich Ihr liebes Gesicht über all das Grauen und dann ging es mir sofort viel besser und ich fand doch noch für einige Zeit einen ruhigen Schlaf.«

Grete senkte verlegen den Blick und wandte sich ab. Sie wollte vermeiden, dass er ihre geröteten Wangen sah.

Erleichtert atmete sie auf, als Tannheimer ins Zimmer kam. Die grünlichen Aktendeckel hatte er unter seinen Arm geklemmt, da er einen Blumenstrauß trug, der aus roten und rosafarbenen Nelken mit Asparagus bestand.

»Sind die schön!«, entfuhr es Grete.

»Her damit, Tannheimer!«, befahl Herr Müller.

Tannheimer übergab ihm die Blumen und Herr Müller reichte sie direkt an Grete weiter.

»Das freut mich, dass ich Ihren Geschmack getroffen habe«, sagte Herr Müller, während er ihr den Strauß überreichte. »Ein kleines Dankeschön für die gute Betreuung.«

»Danke«, brachte Grete hervor. Noch nie hatte ihr ein Mann Blumen geschenkt! Freudentränen stiegen ihr in die Augen und sie stammelte: »Ich freue mich sehr, aber es wäre ...«

»Sagen Sie nicht, es wäre nicht nötig gewesen, denn das würde mich beleidigen. Aber jetzt muss ich noch Einiges mit Tannheimer besprechen, lassen Sie uns bitte allein?«

»Natürlich«, sagte Grete und verließ das Zimmer.

Auf dem Flur kam Petronella ihr entgegen, sah auf den Blumenstrauß und rief: »Sag jetzt nicht, dass die vom ollen Müller sind!«

»Doch«, erwiderte Grete.

»Alle Achtung! Der hat einen Narren an dir gefressen. Vielleicht muss ich bald Frau Müller zu dir sagen.«

»Sei nicht albern«, sagte Grete und fühlte schon wieder, wie sich ihre Wangen erhitzten.

Petronella drohte ihr mit dem Zeigefinger. »Mir hat noch

nie ein Patient Blumen geschenkt. Weißt du inzwischen, ob er verheiratet ist?«

Grete schüttelte den Kopf.

Petronella senkte die Stimme und fragte: »Was heißt das jetzt? Nicht verheiratet – oder du weißt es nicht?«

Noch bevor Grete antworten konnte, eilte die Oberschwester herbei und blaffte: »Was sind das für neue Moden, eine gemütliche Plauderstunde auf dem Flur? Gehen Sie an die Arbeit!«

Grete war froh, Petronella keine Antwort geben zu müssen, denn solange sie nichts über Herrn Müllers Familienstand wusste, konnte sie noch ein wenig träumen, was wäre, wenn ...

Als die grüne Lampe über seinem Zimmer wieder aufleuchtete und sie eintrat, machte Herr Müller einen zerknirschten Eindruck. »Ich wollte Sie mit den Blumen überraschen, aber dieser Tannheimer ist so ein unsensibler Mensch. Er hätte doch wirklich vorsichtig nachsehen können, ob Sie gerade bei mir sind.«

»Ich habe mich so sehr gefreut, wirklich!«, versicherte Grete. »Dass Sie an so etwas denken, das zeigte mir ...«

Sie stockte und er schwang seine Beine über den Bettrand und sagte: »Was zeigte es, Grete, was? Kommen Sie, setzen Sie sich zu mir.«

Zögernd kam sie näher, setzte sich neben ihn und roch sein herbes Rasierwasser. Wieder verwirrte sie seine Nähe.

Er nahm ihre Hand, strich mit dem Daumen sanft über Gretes Handinnenfläche und flüsterte: »Was zeigte es, Grete, sagen Sie es mir.«

»Dass Sie mich mögen«, stieß sie hervor.

»Wie schön, dass Sie das spüren«, antwortete er. »Und Sie, liebe Grete, mögen Sie mich auch?«

Sie nickte und er legte seine Hände auf ihre Wangen und strich zärtlich über ihr Gesicht, streifte ihre Lippen und Augen und gab ihr dann einen Kuss auf die Stirn.

Grete spürte, wie ein aufregendes Prickeln ihren Körper

durchströmte. Wie gut ihr das alles tat! Sie wünschte es sich und hoffte, dass er nun auch ihre Lippen küssen würde.

Doch das geschah nicht, sondern er zog sie an seine Brust und hielt sie einfach fest. Sie empfand eine tiefe Geborgenheit, die ihr Gustav niemals hatte geben können. Schweigend saßen sie da. Grete spürte den Herzschlag des Mannes, der ihr inzwischen so viel bedeutete. Auf den sie sich jeden Tag freute und der die Routine ihres Alltags durchbrach.

Er räusperte sich und sagte: »Grete, Sie haben soviel Freude in mein Leben gebracht, wie kann ich Ihnen das jemals danken?«

Es klopfte an der Tür. Herr Müller löste die Umarmung, Grete stand hastig auf und strich ihre Schürze glatt.

Mit einem schelmischen Lächeln sagte er: »Wir sind hier zwar nicht im Hotel, aber praktisch ist es schon, wenn angeklopft wird, oder?«

Über eine Woche lag Herr Müller jetzt auf ihrer Station.

Jeden Tag kamen sie sich näher, aber Grete wusste immer noch nicht, ob er verheiratet war.

»Meine Lieblingsschwester kommt, die Sonne geht auf!«, rief er ihr eines Mittags entgegen und schenkte ihr ein strahlendes Lächeln. »Sauerbraten mit Kloß und Blaukraut«, sagte er kauend. »Der Führer würde sich mit Grausen abwenden! Er verabscheut Fleisch. Und in seiner Nähe esse ich auch keines.«

»Sie kennen ihn wohl gut?«, fragte Grete.

»Bin sozusagen ganz nah an ihm dran«, verkündete Herr Müller stolz. »Ich bin sogar per Du mit ihm – ein Privileg, das nur eine Handvoll Menschen genießen! Obwohl ich es hasse, wenn er meinen Namen abkürzt und mich ›Ferdi‹ nennt. Ich denke, ›Ferdinand‹ muss man nicht derart verhunzen.«

»Oh«, rutschte es Grete heraus. »Sie haben gerade ...«

»Ich weiß«, entgegnete er grinsend. »Sie kennen jetzt einen Teil meines richtigen Namens, aber das bleibt unser kleines Geheimnis, ja? Sie sind doch bestimmt keine Quasselstrippe. Nennen Sie mich doch Ferdinand, wenn wir unter uns sind.«

»Ferdinand – was für ein schöner Name!«, sagte Grete. Dann nahm sie ihren ganzen Mut zusammen und fragte: »Und Ihre Frau nennt Sie auch nicht Ferdi, oder?« Ihr schlug das Herz bis zum Hals, als sie auf seine Antwort wartete.

Er legte sein Essbesteck neben den Teller, wischte mit einer Serviette seinen Mund ab und sagte: »Ich bin verheiratet, aber mir geht es wie Ihnen. Ich bin nicht glücklich. Meiner Frau bin ich wohl gleichgültig. Ich fürchte fast, ich lebe so neben meiner Frau her wie Sie neben Ihrem Mann. Aber da sie in München lebt und ich die meiste Zeit in Berlin bin, ist es erträglich.« Er seufzte. »Glauben Sie mir, ich würde mich sofort scheiden lassen. Aber der Führer verweigert seine Einwilligung. Sie können sich nicht vorstellen, wie er mich angebrüllt hat, als ich eine vorsichtige Andeutung in diese Richtung machte.«

Grete nickte beklommen. Verheiratet, verheiratet, dröhnte es in ihrem Kopf. Niedergeschlagen verließ sie Ferdinands Zimmer. Was hatte sie sich nur gedacht? Er umgarnte sie ein wenig, um die Zeit im Krankenhaus angenehm zu gestalten. Außerdem stand er Hitler nahe, dessen Gebaren Grete zutiefst verabscheute.

Als sie an diesem Abend nach Hause ging, nahm sie sich fest vor, künftig auf Distanz zu bleiben zu Ferdin..., Herrn Müller.

Am anderen Tag staunte Grete, als ihr Ferdinand ein Spielzeug für Anton überreichte.

»Ein U-Boot!«, rief sie überrascht und betrachtete verwundert dieses unverhoffte Geschenk.

»Diesmal hat sich Tannheimer beim Einkaufen selbst übertroffen«, sagte Ferdinand schmunzelnd. »Ich bin erstaunt, wie gut der kleine Nachbau des U 29 gelungen ist. Dreißig Zentimeter ist für ein Spielzeugboot doch eine ordentliche Länge. Im Spielwarenladen versicherte man Tannheimer, dass das U-Boot richtig untertauchen kann. Sehen Sie, hier ist eine kleine Antriebsschraube, die das Boot vorwärtsbewegt.«

Grete, zwar wenig begeistert von derartigem Kriegsspielzeug, aber zutiefst gerührt, dass Ferdinand ein solches Interesse an Anton zeigte, bedankte sich überschwänglich.

»Der Professor war heute bei mir«, fuhr er dann fort. »Morgen werde ich entlassen. Er will meine Hüfte nochmals operieren, aber dazu habe ich im Moment keine Zeit. In der Reichskanzlei gibt es gerade unheimlich viel zu tun. Der Führer kann mich nicht entbehren. So muss es also weiterhin mit Morphin gehen.«

Grete erschrak, sie spürte einen Kloß im Hals.

»Ich werde Sie vermissen«, hörte sie sich sagen und schalt sich dafür. Was redete sie da?

»Wir müssen uns unbedingt wiedersehen, Grete«, sagte er. »Bitte, machen Sie mir die Freude! Ich möchte Sie gerne zum Abendessen einladen.«

»Ich weiß nicht ...«, stammelte sie unsicher.

»Bitte, sagen Sie zu! Ich warte auf Sie am Samstag um neunzehn Uhr im ›Kaiserhof‹ an der Wilhelmstraße. Sie wissen doch, wo das Hotel ist, oder?«

Grete stockte der Atem, sie glaubte, sich verhört zu haben. »Im ›Kaiserhof‹? Für so eine vornehme Lokalität habe ich kein passendes Kleid«, entfuhr es ihr. »Außerdem weiß ich nicht einmal, wer Sie sind.«

Seine graublauen Augen sahen sie flehentlich an. Dann rief er aus: »Ich bin ein dankbarer Patient!«

»So einfach ist das nicht«, sagte Grete, während sie nicht verhindern konnte, darüber nachzudenken, ob sie die Einladung nicht doch annehmen sollte. Ein Abendessen – was war denn schon dabei?

Sie hatte nicht gehört, was Ferdinand gesagt hatte, bekam aber noch mit, wie er versprach: »Bei dieser Gelegenheit werde ich mein Inkognito lüften. Denken Sie doch nochmals darüber nach. Ich gebe Ihnen Tannheimers Telefonnummer, damit Sie mich erreichen können, wann immer Sie möchten. Wo ich Sie finden kann, weiß ich ja.«

Er reichte ihr einen Zettel. Sie griff danach und er zog sie in seine Arme.

»Grete, Sie wunderbare Frau«, rief er. »Sie haben es verdient, glücklich zu sein! Sie sind stark und mütterlich zugleich! Welches Glück für das Deutsche Reich, dass solche Frauen es bevölkern. Bitte, ich muss Sie wiedersehen!«

Grete, überrascht von diesem pathetischen Ausbruch, nickte wie betäubt.

»Grete«, hauchte er, während sich sein Mund dem ihren näherte. Sie spürte seine weichen Lippen auf ihrem Mund und ließ ihn gewähren.

Sie wollte diesen Moment auskosten. Einmal ein wenig Zärtlichkeit und Zuneigung spüren. Für einen kleinen Augenblick. Um dann Abschied zu nehmen von Ferdinand. Für immer!

Die Zartheit, mit der er ihre Lippen liebkoste, überraschte Grete. Ihre Knie zitterten und ihr Herzschlag beschleunigte sich, als Ferdinands Kuss fordernder wurde. In dieser Sekunde hörte sie auf, zu denken oder zu wollen. Es gab nur noch Ferdinand und Grete, während die Welt stillstand.

Kapitel 14

Frühjahr 1939, einige Tage später

Grete betrat müde die Wohnung und sah Anton und Erna einträchtig am Küchentisch sitzen, die Köpfe über ein Heft gebeugt.

»Mensch, Erna«, sagte Anton. »A wie Apfel, das wolltest du dir doch schon gestern merken.«

Beschämt erwiderte das Mädchen: »Ich weiß, Anton, aber es fällt immer wieder aus meinem Kopf heraus.«

»Aber die Lieder, die wir singen, die vergisst du doch auch nicht«, versuchte Anton sie zu trösten. »Und du kannst so schön singen und dabei stotterst du auch gar nicht!«

Erna schüttelte traurig den Kopf. »Das ist doch etwas anderes, oder?«

»Guten Abend, Kinder!«, rief Grete betont fröhlich. Sie stürzten in ihre Arme und redeten aufgeregt durcheinander. Grete verstand den Sachverhalt zunächst nicht und sagte: »Langsam, langsam, Kinder. Was ist los?«

Erna streckte ihr die linke Hand entgegen, die ein weißer Verband zierte. »Ich war mit Papa beim Doktor«, erklärte sie stotternd.

»Oh, je! Was hast du denn gemacht?«, fragte Grete.

»Beim Kartoffelschälen geschnitten. Papa wollte, dass wir zum Doktor gehen, damit ich keine Blutvergiftung bekomme.«

Wie umsichtig von Gustav, dachte Grete und fragte besorgt nach: »Ist die Wunde denn so tief?«

»Nein«, sagte Erna. »Ich habe mich auch gewundert, dass Papa gleich mit mir zu Doktor Eisinger wollte. Der Doktor hat Jod auf die Wunde geträufelt. Das hat ganz schrecklich gebrannt, dann machte er mir einen Verband um die Hand. Wir sind nach Hause gegangen und Papa hat mir Geld für Brausepulver gegeben. Papa musste dann zu einer Versammlung.«

Erna schwieg erschöpft und Anton fuhr fort: »Erna und ich sind dann gleich losgelaufen zu Reiters Laden und die nette Frau Reiter fragte uns, was wir haben möchten. Erna hat gestottert, weil sie vor Freude so aufgeregt war, und eine Frau, die hinter uns in der Reihe wartete, zischte: ›Solche Kinder sind eine Zumutung für das Volk. Die sollte man wegbringen, sie sind zu gar nichts nutze.‹«

»Was ist das denn für ein dummes Gerede!«, sagte Grete erschrocken. »Darauf dürft ihr nicht hören, Kinder!«

»Aber das ist doch gemein!«, empörte sich Anton. »Was ist denn so schlimm daran, wenn man längere Zeit zum Sprechen braucht?«

»Gar nichts, Anton. Gar nichts«, meinte Grete.

Jetzt gehen sie also auch noch auf die Kinder los, dachte sie. Mit der Ausgrenzung der Juden hat es angefangen und es scheint immer weiter und weiter zu gehen. Eiskalte Angst überfiel sie urplötzlich. Was meinte diese Frau mit »wegbringen«?

Mit Schrecken hatte Grete damals die Anweisung gelesen, dass neugeborene Kinder, die eine offensichtliche körperliche Behinderung aufwiesen, den Behörden zu melden seien. Doch ihr wäre niemals in den Sinn gekommen, dass man nun auch die größeren Kinder und Jugendlichen im Visier haben könnte.

Mühsam wahrte Grete die Fassung, als sie sagte: »Erna, ich glaube, es ist besser, wenn du erst mal in der Wohnung bleibst und nicht mehr ohne mich oder Papa rausgehst.«

Das Mädchen nickte traurig und um sie abzulenken, fragte Grete: »Habt ihr denn nun die Brause bekommen?«

»Ja«, sagte Anton. »Die rote, die wir so gerne mögen!«

Am anderen Morgen schärfte Grete Erna ein, auf keinen Fall die Wohnung zu verlassen.

Anton zog eine Schnute. »Wir wollten heute ausprobieren, ob das U-Boot tatsächlich unter Wasser fährt. Schau mal, Mama, oben am Einstieg ist sogar eine Hakenkreuzfahne angebracht.«

Ja, ich sehe es, dachte Grete und meinte: »Ich dachte, du wolltest mit Rudi losziehen.«

»Der wird Augen machen!«, sagte Anton strahlend.

Grete freute sich auf der einen Seite über das Glück ihres Sohnes, andererseits hätte sie ihm niemals Kriegsspielzeug gekauft, obwohl die Läden inzwischen voll davon waren.

Anton fuhr fort: »Er gibt immer mächtig an mit seiner Hitlerjugend und seiner ›Junkers‹. Aber sein Flugzeug fliegt gar nicht, das hält er nur in der Hand und rennt damit herum. Aber ich habe ein U-Boot, das richtig tauchen kann!«

Anton warf einen Blick auf seine Schwester und fragte dann: »Kann sie nicht wenigstens eine Viertelstunde mit rauskommen? Heute ist Hitlerwetter, und sie muss hier drin sitzen.«

Grete stutzte und hakte nach: »Hitlerwetter?«

Anton nickte und erklärte: »Ja, sagt Rudi so, wenn der Himmel blau ist und die Sonne scheint.«

Grete verkniff sich einen Kommentar. Am liebsten würde ich Anton auch nicht mehr aus dem Haus lassen, dachte sie.

Kapitel 15

Berlin, Sommer 1939

Verwundert betrachtete Grete den Krankenwagen, der auf der Straße vor dem Haus stand. »Was da wohl passiert ist?«, murmelte sie, während sie die Haustür aufstieß.

Durch das Treppenhaus hallte Gustavs wütende Stimme: »Mach jetzt die Tür auf, du dummes Ding, sonst breche ich sie auf! Und dann kannst du dich auf was gefasst machen.«

Grete beschleunigte ihren Schritt, lief an neugierigen Nachbarn vorbei, die in geöffneten Wohnungstüren lauerten und nach oben starrten.

»Gut, dass Sie kommen, Frau Künke«, sagte der Mieter aus dem Stockwerk unter ihnen. »Mir ist gerade, als ob Ihr Mann die Wohnung kurz und klein schlägt.«

Grete hastete weiter, betrat den Flur durch die offen stehende Wohnungstür und stand Gustav gegenüber, der sie mit wutverzerrtem Gesicht anschrie: »Was machst du denn um diese Zeit zu Hause, musst du nicht arbeiten?«

»Die Frage ist doch eher, was du hier veranstaltest«, gab Grete zurück.

»Die Göre hat sich im Schlafzimmer eingeschlossen«, blaffte Gustav.

»Wo ist Anton?«

»Den habe ich mit Luise in den Tiergarten geschickt.«

Grete zeigte auf die zwei stämmigen Männer, die mit gelangweiltem Gesichtsausdruck am Küchentisch saßen und Zigaretten rauchten. »Wer sind die Herren?«

Gustav gab keine Antwort, sondern forderte: »Sag du ihr, dass sie aufmachen soll!«

»Erst wenn ich weiß, was passiert ist«, wandte Grete ein.

»Passiert, passiert«, äffte er sie nach. »Die Krankenpfleger werden das Kind in die Irrenanstalt Herzberge bringen. Sie sitzt hier bei uns nur herum und kostet mein Geld. Der Führer hat verfügt, dass Menschen, die nicht zur Arbeit oder sonst was taugen, in Anstalten verbracht werden, damit die Familien Entlastung erfahren. Das ist doch eine großartige Geste.«

Grete hätte Gustav liebend gerne ins Gesicht geschrien, dass ihr sein Scheiß-Hitler immer mehr auf die Nerven ging. Stattdessen musterte sie ihn empört.

»Gustav Künke«, brachte sie hervor. »Wo ist der Mann geblieben, der einmal mein Herz eroberte mit seiner fürsorglichen, freundlichen Art? Der mich mit Witz und Charme zum Lachen brachte und dem ich damals gerne das Jawort gab. Was ist mit dir geschehen, dass du es mitleidlos fertigbringst, ein Kind in ein Heim abzuschieben? Die paar Reichsmark, die sie uns kostet und die ich im Übrigen mitverdiene, bringen dich wirklich dazu, dich an diesem unschuldigen Mädchen zu versündigen?«

»Mach doch nicht so ein Theater! Sie wird es in der Anstalt Herzberge gut haben, da leben noch mehr Idioten und sie ist meiner Karriere nicht im Weg«, sagte er ungerührt.

»Deiner Parteikarriere?«, schleuderte ihm Grete verächtlich entgegen.

»Genau!«, bestätigte Gustav. »Mein Parteigenosse, Dr. Eisinger, hatte Erna schon lange im Visier.«

Plötzlich kam Grete eine furchtbare Erkenntnis. »Jetzt verstehe ich, wieso du mit Erna zu Doktor Eisinger gegangen bist, obwohl sie nur eine kleine Schnittwunde am Finger hatte. Den besorgten Vater hast du gespielt.« Sie blickte ihn voll Verachtung an. »Und bei dieser Gelegenheit, da habt ihr Ernas Einweisung wohl in die Wege geleitet, der feine Herr Doktor und du. Pfui Teufel!«

Gustav zuckte mit den Schultern. »So etwas soll nicht frei herumrennen und sich vermehren.«

»So etwas? Erna ist nicht ›so etwas‹! Wie redest du denn? Und von wegen vermehren – dafür hast du Unmensch doch schon gesorgt, dass das nicht passieren wird!«, schleuderte sie ihm verbittert entgegen. »Gustav, ich flehe dich an, nimm doch Vernunft an! Erna hilft im Haushalt und ist ein liebes und freundliches Kind. Es ist doch egal, ob sie lesen und schreiben kann. Und das bisschen Stottern ...«

»Der Doktor wird doch wohl am besten beurteilen können, ob sie eine Idiotin ist«, beharrte Gustav auf seinem Standpunkt. »Ihre Ohrläppchen sind zusammengewachsen, das ist auch ein eindeutiges Zeichen, sagte Doktor Eisinger. Aber jetzt – genug gequatscht. Entweder du überredest die Kleine, dass sie aufschließt oder ich breche die Tür auf.«

»Wenn du das tust, verlasse ich dich!«, sagte Grete mit bebender Stimme.

»Ja, hau von mir aus ab! Dann kann ich Anton endlich zu einem aufrechten Deutschen erziehen. In meiner Ortsgruppe gibt es genügend Frauen, die gerne in die Rolle der Stiefmutter schlüpfen werden.«

»Ich hasse dich!«

»Das ist mir so was von egal«, schnauzte er und warf sich mit der Schulter gegen die Tür.

Verzweifelte Schreie drangen aus dem Schlafzimmer: »Nein, nein, nein, nein, nein!«

»Zu spät, du dummes Ding«, brüllte Gustav und verstärkte die Anstrengung, die Tür aufzubekommen.

Grete packte ihn am Arm, versuchte, ihn wegzuzerren, aber er versetzte ihr einen groben Stoß, sodass sie stürzte. Gustav rief die Krankenpfleger in den Flur, die behäbig und desinteressiert herbeikamen. Grete wehrte sich heftig, als Gustav sie hochzerrte, doch sie kam gegen seine Kraft nicht an. Er schubste sie in die Küche und sperrte sie ein.

Grete entfuhr ein entsetzter Aufschrei, als sie kurze Zeit später das Geräusch splitternden Holzes vernahm.

»Mama, Mama, Mama«, kreischte Erna im Flur.

Grete schlug mit beiden Fäusten gegen die Küchentür und

brüllte: »Hab keine Angst, mein Mädchen! Mama holt dich wieder heim.«

Hatte Erna sie gehört? Sie antwortete nicht, sondern plärrte weiter »Mama, Mama«.

Grete hörte sie auch im Treppenhaus schreien. Sie öffnete das Fenster. Als Erna, eisern festgehalten von den Pflegern, den Hinterhof betrat, schrie sie hinunter: »Erna, Mama holt dich bald nach Hause!«

Grete drang nicht zu dem sich panisch wehrenden Kind durch, denn Erna unternahm keinen Versuch, zu ihr hochzusehen.

Sie sank auf den Küchenboden und murmelte: »Das ist die Strafe für meine Sünden. Ich habe mit den Wölfen geheult und mich weggeduckt. Was für eine Ironie des Schicksals, dass Erna jetzt nur noch einer helfen kann: Ferdinand!«

Kapitel 16

Berlin, Herbst 1955

Grete hielt den Kopf gesenkt. Anna konnte nicht aufhören, zu weinen. Kein Klagelaut entwich ihrem Mund, die Tränen liefen über ihre Wangen und sie wischte sie nicht weg. Sie saß stumm und wie erstarrt da, den Blick auf das Porträt gerichtet.

Nach einer Weile schien Anna wie aus einer Trance zu erwachen, als sie die bleierne Stille durchbrach. »Kannst du dir vorstellen, was es bedeutet, nie ein Kind im Arm zu halten, es zu lieben, aufwachsen zu sehen und zu beschützen?«, stieß sie hervor.

Grete nickte.

»Nein, das kannst du eben nicht, weil du Kinder hast!«

»Anna, Erna, ich ...«

»Das ist jetzt einfach zuviel für mich«, schluchzte Anna.

Anton räusperte sich und sagte: »Ich habe Papa so nicht in Erinnerung. Ich kann nicht fassen, was er dir angetan hat. Das ist so ...« Er konnte nicht mehr weitersprechen, würgte, presste seine Hand vor den Mund und rannte aus der Küche.

»Es tut mir so leid«, flüsterte Grete mit brüchiger Stimme.

»Du hast dir damals lange Zeit gelassen, um dein Versprechen wahr zu machen und mich nach Hause zu holen.«

»Du hast gehört, was ich gerufen hatte?«, wisperte Grete.

Anna nickte unter Tränen. »Kannst du dir vorstellen, wie sich ein Kind fühlt, so ganz alleine in einer Anstalt, ohne dass es je Besuch bekommt? Und als ich später aufs Land in diese andere entsetzliche Einrichtung kam?« Anna schluchzte erneut auf.

»Als du in der Pflegeanstalt in Herzberge warst, hat man mir die Besuchserlaubnis verweigert. Als die Nachricht kam, dass sie dich in die Landespflegeanstalt in Brandenburg an der Havel verlegt haben, habe ich alle Hebel in Bewegung gesetzt, dich von dort herauszubekommen.«

»Ach ja? Mit Liebesdiensten für den Nazi-Ferdinand?«

»Ferdinand«, stieß Grete verächtlich hervor. »Nein, Ferdinand hatte nichts damit zu tun. Dein Leben verdankst du einem anderen Menschen!«

»Und dir, Mama«, sagte Anton leise, der mit aschfahlem Gesicht wieder ins Zimmer getreten war. »Erna, wenn Mama dich nicht gesucht hätte, dann ...«

»Nenn mich nicht Erna«, stieß seine Schwester bitter hervor.

»Ich musste dich fortbringen, mein Mädchen. Weit fort! Als Krankenschwester habe ich natürlich mitbekommen, dass man anfing, die Anstalten zu räumen, um nach und nach Lazarette einzurichten. Zufällig habe ich gehört, wie sich zwei Doktoren darüber unterhalten haben, dass die endgültige Lösung für die kostenverursachenden Blöden und Krüppel sehr zu begrüßen sei. Um mehr Informationen zu bekommen, heuchelte ich Zustimmung zu derartigen Plänen. ›Das Leben eines Krüppels oder Idioten ist doch meistens eine rechte Quälerei, ist da ein sanfter Tod nicht eine Erlösung?‹, meinte einer der Doktoren. Kannst du dir mein Entsetzen vorstellen, meine Angst um dich? Ich musste dich aus der Anstalt holen und in Sicherheit bringen. Glaub mir, das war kein leichtes Unterfangen! Ich verstehe auch, dass du bei dem Vornamen geblieben bist, auf den die falsche Kennkarte ausgestellt war. Doch für mich bist du immer noch mein Mädchen, meine Erna. Ich konnte dir nichts erklären. Jede falsche Äußerung hätte dich, mich und Anton in höchste Lebensgefahr gebracht. Bitte, Erna, versuch mich doch zu verstehen!«

»Um dich nicht zu gefährden, hast du mir auch nicht geschrieben«, sagte Erna voller Bitterkeit.

»Ich hätte es auch nicht gewagt, einen Brief an dich zu senden. Es gab damals Gerüchte, die sich später als wahr erwiesen, dass die Post, die ins Ausland ging, genau kontrolliert und oft auch von der Gestapo gelesen wurde. Offiziell habe ich dich für tot erklären lassen. Wenn Derartiges bei der Gestapo aufgeflogen wäre, dann wäre ich ins Gefängnis gekommen und Anton ins Kinderheim. Außerdem konnte ich das alles nur ungehindert tun, weil Gustav bereits in den ersten Kriegstagen freiwillig zur Wehrmacht ging. Ich kann nicht beschreiben, welches Klima der Angst in diesen Zeiten herrschte.«

Anton sagte verwundert: »Ich verstehe nicht, dass ich mich an so wenige Ereignisse aus der Kindheit erinnern kann.«

»Vielleicht ist das ja auch dein Glück«, stieß Anna verbittert hervor. »Ich hörte nie wieder etwas von meinen Eltern und dachte, sie hätten jedes Interesse an mir verloren. Je älter ich wurde, umso größer wurde mein Groll. Ich habe oft überlegt, was im Krieg aus euch geworden ist und ob ich mich melden soll. Aber ich ...«

»Ich habe dich so vermisst. So sehr! Jeden Tag!«, rief Anton. »Auch ich bekam keine schlüssige Erklärung, als du so plötzlich verschwunden warst. Ich habe so oft an dich gedacht, habe Mama gefragt, wo denn mein Igelchen ist. Ich bin sogar heimlich zum Friedhof geschlichen und Grab für Grab abgegangen, weil ich dachte, man hätte mir verschwiegen, dass du gestorben bist.«

»In der ersten Zeit in Amerika fühlte sich das so an«, sagte Anna. »Ganz ehrlich, Anton, dich habe ich am meisten vermisst in all den Jahren.«

»Mein Igelchen«, wisperte Anton zärtlich und zog sie in seine Arme. Sie spürte seine kratzigen Barthaare an ihrer Wange. Sie klammerte sich an ihn und fühlte plötzlich, wie ihr Herz schneller schlug und sie sich durch diese Geste ein wenig getröstet fühlte.

»Aber dann ist doch noch alles gut geworden in Amerika, oder?«, fragte Grete vorsichtig.

Anna nickte. »Ja, irgendwann wurde alles gut. Aber bevor ich euch das erzähle, möchte ich gerne wissen, wie es dazu kam, dass ich mich als Fünfzehnjährige plötzlich auf einem Dampfer wiederfand, der nach Amerika fuhr.«

»Ich hatte Hilfe«, sagte Grete knapp und fuhr fort: »Ach, Anna, als das Rote Kreuz den Suchdienst für Vermisste eingerichtet hat, habe ich sofort eine Karte ausgefüllt in der Hoffnung, dich wiederzufinden. Ich wollte dir doch alles erklären.«

Anton wandte sich seiner Schwester zu. »Eigentlich hat das alles doch Papa verursacht. Was sollte Mama denn tun? Denk doch mal darüber nach, bitte!«

Mühsam erhob sich Grete. »Ich kann nicht mehr, ich muss mich hinlegen. Mir ist eigenartig zumute.«

Anton sprang zu seiner Mutter, half ihr, aufzustehen und geleitete sie ins Schlafzimmer.

»Ich ruhe mich nur ein wenig aus«, sagte Grete. »Nur einen Moment.«

»Soll ich den Doktor holen?«, fragte Anton besorgt. »Du weißt doch, dein Herz.«

Sie winkte ab. »Geh zu deiner Schwester und steh ihr bei. Heute hat sie viel Leidvolles erfahren.«

Anton zögerte einen Moment, dann ging er in die Küche zurück.

Grete starrte zur Zimmerdecke und dachte an Ferdinand. Wie schwer war es ihr gefallen, den Kindern davon zu erzählen. Doch die innigsten Stunden, die sie mit ihm erlebt hatte, konnte sie unmöglich mit Erna und Anton teilen. Ihre Gedanken gingen zurück zu den aufregenden Tagen im Sommer 1939.

Kapitel 17

Berlin, Sommer 1939

»Was?«, rief Gustav verärgert. »Ausgerechnet am Samstag bist du schon wieder zum Nachtdienst eingeteilt worden? Das ist aber blöd! Ich kann die Gören nicht beaufsichtigen, ich muss zur Parteiversammlung.«

»Ich frage Oma Luise«, gab Grete zurück.

»Wieso denn plötzlich Nachtdienst?«, wollte Gustav wissen.

Grete stockte der Atem. Sie senkte verlegen den Blick und hoffte, dass Gustav die verräterische Röte in ihrem Gesicht nicht bemerken würde.

»Es sind viele Schwestern krank«, murmelte sie.

»Pah! Krank!«, giftete Gustav. »Das kann ich mir nicht vorstellen. Die arische Rasse ist durch und durch stark und gesund. Du bist immer zu gutmütig.«

Grete schwieg, um keinen weiteren Disput heraufzubeschwören. Gustav schob ihr seine Kaffeetasse hin. »Schenk mir noch mal nach!« Er wandte sich Anton zu und befahl: »Iss dein Butterbrot auf, mit leerem Magen lernt man nicht gut! Und beeil dich, Pünktlichkeit ist eine deutsche Tugend und für einen Schüler allemal!«

Anton nickte und steckte schnell das klein geschnittene Brot in seinen Mund. Kurze Zeit später verließ er mit Gustav das Haus.

Grete nickte und verließ eilig die Wohnung, lief die Treppen hinunter und ging mit entschlossenen Schritten in Richtung Kurfürstendamm. Sie hatte einige Freistunden am Vormittag erbeten und auch erhalten. Nun würde sie im Kaufhaus *Wertheim* ein passendes Kleid suchen. Sie hatte Ferdinands Einladung zum Abendessen schließlich doch angenommen. Was ist schon dabei?, versuchte Grete ihre Bedenken zu zerstreuen. Wahrscheinlich werde ich nie mehr in meinem Leben in den *Kaiserhof* eingeladen werden. Und ein Mann, der Hitler duzen durfte, konnte ihr vielleicht auch helfen, eine Besuchserlaubnis für Erna zu bekommen.

Einige Scheine von ihrem »Marndorf-Schatz«, wie sie Ellis Geldgeschenk insgeheim nannte, waren in ihre Handtasche gewandert und jetzt stand sie unschlüssig in der Damenabteilung des *Wertheim*. Eine Verkäuferin kam auf Grete zu und fragte nach ihren Wünschen.

»Ich suche ein Kleid für eine Abendeinladung«, erklärte Grete. »Ein Abendessen im *Kaiserhof*«, schob sie hinterher.

»Sie Glückliche!«, rief die Verkäuferin aus. »Man munkelt, dass dort auch der Führer manchmal sein Abendbrot einnimmt. Der Speiseraum muss kolossal ausgestattet sein!«

Grete nickte. »Ja, dennoch habe ich keine Idee, was für ein Kleid für einen derartigen Anlass angemessen ist.«

»Elegant, aber nicht zu raffiniert«, meinte die Verkäuferin. »Kommen Sie, ich habe da schon eine Idee! ... Georgette fließt seidig weich und unterstreicht Ihre schöne Figur«, sagte Gretes Beraterin und präsentierte ein wadenlanges blassrotes Kleid. »Betonte Taille, gerader, enger Schnitt, halblange Ärmel und Spitzeneinsatz an der Büste, veredelt durch die lange Knopfleiste und den Wasserfallkragen. Das kann ich mir sehr gut an Ihnen vorstellen.«

»Es ist wunderschön«, versicherte Grete und prüfte mit den Fingern vorsichtig die Stoffqualität. »Aber wäre ein schwarzes Kleid nicht besser?«

»Ist halt weniger aufregend«, erwiderte die Verkäuferin und breitete ein Chiffonkleid vor Grete aus. »Glockenrock, kurze Ärmel, glattes Oberteil, Ziernaht am Ausschnitt und Reißverschluss am Rücken«, dozierte sie. »Probieren Sie doch beide einfach mal an, das macht die Entscheidung leichter.«

Die Verkäuferin musterte Grete aufmerksam. Da Grete ihre einfache Alltagskleidung trug, nannte die Verkäuferin wohl sicherheitshalber auch gleich den jeweiligen Preis der Kleider.

Schrecklich teuer, dachte Grete. Ich brauche ja auch noch Schuhe und eine Tasche. Aber der Gedanke an einen außergewöhnlichen Abend und das vorhandene Geld beseitigte ihre Vorbehalte.

»Sie hatten recht«, sagte Grete bald darauf. Sie konnte selbst kaum fassen, wie hinreißend sie in dem roten Kleid aussah. Ungläubig schaute sie immer wieder auf ihr Spiegelbild und entschied dann: »Ich nehme das Kleid!«

»Es sitzt wie angegossen«, bestätigte die Beraterin und fragte eilfertig: »Darf ich Ihnen noch dazu passende Schuhe und eine Handtasche zeigen?«

»Unbedingt«, meinte Grete.

Als sie nach einer Stunde das *Wertheim* verließ und sich auf den Nachhauseweg machte, stieg ihre Vorfreude auf den Samstagabend. Sie malte sich Ferdinands überraschtes Gesicht aus, wenn er sie in ihrem neuen Kleid sah. Was würde er wohl sagen? »Ferdinand«, murmelte sie, während ihr Herz schon wieder schneller schlug.

Zu Hause angekommen, trug Grete die Neuerwerbungen in den Keller und versteckte sie hinter einem Holzverschlag. Ihr fiel ein, dass sie bei all ihren Planungen nicht bedacht hatte, dass sie in diesem auffälligen Kleid unmöglich das Haus verlassen konnte. Irgendjemand würde sie sehen und vielleicht sogar bei Gustav nachfragen, aus welchem Grund seine Frau ein derart elegantes Kleid trug.

»Mist«, murmelte Grete, während sie grübelnd die Treppe nach oben stieg. Dann fiel ihr der alte, schäbige helle Mantel ein. Sie seufzte. Wenn sie Getratsche vermeiden wollte, würde sie ihn wohl anziehen müssen. »Kurz bevor ich ins Hotel hineingehe, kann ich ihn ja über den Arm hängen«, murmelte sie.

Bevor Gustav am frühen Samstagabend das Haus verließ, schaute er Grete prüfend an und fragte: »Du kommst mir heute so nervös vor, was ist denn los mit dir?«

Wieso fällt ihm das auf?, dachte Grete verwundert und antwortete: »Was du dir immer einbildest, es ist alles in Ordnung.«

Er stapfte aus der Wohnung, Grete brachte Anton und Erna zu Luise, zog sich im Keller eilig um und machte sich auf den Weg zum Hotel *Kaiserhof*.

In den vergangenen Monaten hatte sie so oft an Ferdinand gedacht. Nachdem er das Krankenhaus verlassen hatte, war sie zunächst erleichtert, da es ihr nun einfacher schien, ihn zu vergessen. Sie war seiner Einladung in den *Kaiserhof* nicht gefolgt und rief auch Tannheimer nicht an. Jedoch bemerkte sie mit Schrecken, dass die Sehnsucht nach Ferdinand von Tag zu Tag größer wurde. Grete hätte niemals gedacht, dass sie sich derart nach einem Mann verzehren würde. Schließlich gab sie auf, rief Tannheimer an und bat darum, mit Ferdinand sprechen zu dürfen.

»Der Reichsleiter ist in München und kommt erst in einer Woche wieder«, wurde ihr beschieden.

»Dann richten Sie ihm doch bitte aus, dass ich angerufen habe«, bat Grete.

»Selbstverständlich, gnädige Frau«, meinte Tannheimer eilfertig.

Er musste seinen Chef über das Telefonat informiert haben. Zwei Tage später wurde für Grete an der Krankenhauspforte ein Strauß roter Nelken und ein Brief abgegeben.

Liebe Grete, ich bin überglücklich, dass Sie mich nicht vergessen haben. So oft habe ich an Sie gedacht. Bitte, machen Sie mir die Freude und nehmen Sie die Einladung zu einem Abendessen an. Ihr ergebener Ferdinand.

Und nun war es soweit! Um neunzehn Uhr erwartete er sie im *Kaiserhof*. Grete atmete erleichtert auf, als sie ihr Viertel hinter sich gelassen hatte und stellte mit Verärgerung fest, dass die neuen Schuhe schrecklich drückten. Sie kam viel langsamer voran als mit ihren bequemen flachen Alltagsschuhen. Die feinen, eleganten Riemchenpumps mit dem filigranen Absatz verlangten nach einem gemächlicheren Schritttempo. Schließlich stieg Grete in eine Elektrische und flanierte die letzten Meter zum Hotel angemessenen, graziösen Schritts. Gerade noch rechtzeitig dachte sie daran, den Mantel auszuziehen.

Ein älterer Herr in Livree stand an der Eingangstür, zog seinen Zylinderhut, an dessen Krempe *Kaiserhof* aufgedruckt war, und sagte: »Heil Hitler, gnädige Frau, willkommen im *Kaiserhof*.«

Grete erwiderte den Gruß und sah verwundert auf die Eingangstür, die sich weder nach außen noch nach innen öffnen ließ. Sie warf dem Mann einen Hilfe suchenden Blick zu. Bevor dieser jedoch reagieren konnte, drehte sich die Glastür plötzlich wie von Zauberhand und ein Ehepaar trat schwungvoll ins Freie.

Der Türhüter machte eine einladende Handbewegung, und Grete trat zwischen die beiden Glasscheiben der Drehtür. »Einfach weitergehen und den Griff vor Ihnen nach vorne drücken«, rief ihr der Mann zu, was Grete auch tat.

Endlich stand sie in der Hotelhalle. Sie kam sich sehr dumm vor. »Das kann ja heiter werden«, murmelte sie. »Wenn ich schon zu dämlich bin, eine Drehtür zu bedienen!«

Suchend schweifte ihr Blick durch das weiträumige, mit Säulen ausgestattete Foyer. Feine Teppiche von gewaltigen Ausmaßen lagen auf dem grauen Marmorboden. In den darauf platzierten braunen Ledersesseln saßen einige Zeitung lesende Herren. Einer trug sogar ein Monokel und sah sehr vornehm aus.

Ich gehöre nicht hierher, dachte Grete verunsichert und umklammerte ihre Handtasche. Sie ging ein paar Schritte auf den Empfangstresen zu, immer noch nach Ferdinand Ausschau haltend.

Ein ganzseitiges Bild Hitlers, das ihn zusammen mit Göring und einer Filmschauspielerin zeigte, prangte ihr von der großformatigen *Berliner Illustrierten Zeitung* entgegen. Als sie überlegte, ob sie das Hotel wieder verlassen sollte, wurde dieses Zeitungsblatt gesenkt, und Ferdinand rief: »Da sind Sie ja, Grete!«

Er legte die Zeitung achtlos auf einen Beistelltisch, sprang auf und reichte Grete die Hand. »Es freut mich unendlich, dass Sie meiner Einladung gefolgt sind. Bitte kommen Sie doch weiter.«

»Danke für die Einladung«, murmelte Grete verlegen. Sie hatte das Gefühl, dass alle Hotelgäste sie anstarrten und hoffte sehr, dass dies tatsächlich nur ihrer Einbildung entsprang.

»Wir gehen zuerst in die Bar«, schlug Ferdinand vor, »um auf unser Wiedersehen anzustoßen. Sie mögen doch ein Glas Sekt, oder?«

Grete nickte wie betäubt. Sie hatte noch nie Sekt getrunken und hoffte, dass ihr das Getränk schmecken würde. Bisher hatte sie in den UFA-Filmen den weiblichen Stars zugesehen, die an feinen Sektkelchen nippten und ihrer Begeisterung über das Getränk in theatralischen Worten Ausdruck verliehen.

Souverän betrat Ferdinand die in dunklem Holz gehaltene Bar. Eine gewaltige Theke mit hohen Hockern dominierte den Raum.

Ein Ober eilte herbei und rief: »Heil Hitler, Herr Reichsleiter! Den üblichen Tisch?« Ferdinand nickte und der Bedienstete führte sie zu einem Vierertisch in einer Nische.

Er ist wohl öfter hier, dachte Grete, während Ferdinand zwei Gläser Sekt orderte.

Als Grete verlegen umherblickte, griff Ferdinand nach ihrer Hand und sagte: »Grete, Sie sehen bezaubernd aus in diesem Kleid. Es unterstreicht Ihre Schönheit und Anmut auf perfekte Art und Weise.«

Grete senkte ihren Blick und murmelte etwas davon, dass das Kleid geliehen sei, da sie nicht wusste, welche Antwort auf dieses Kompliment angemessen wäre.

Erleichtert atmete sie auf, als der Ober zurückkam und die Sektgläser auf den Tisch stellte. Ferdinand hob seines an und sagte: »Lassen Sie uns auf einen wunderschönen Abend anstoßen!«

Vorsichtig umfasste Grete den Stiel des Glases und hob es an. Ein heller Ton erklang, als Ferdinand sein Glas an ihres stieß.

»Prosit!«, rief er.

Zunächst nippte Grete nur an dem Getränk. »Es schmeckt himmlisch«, rief sie nach einem größeren Schluck begeistert.

»Nur zu, genießen Sie es!«, forderte Ferdinand sie auf. »Ich kann jederzeit nachbestellen.«

Plötzlich kam Unruhe auf und Grete hörte einige männliche Stimmen und »Heil Hitler«-Rufe. Ein kleinerer Mann steuerte mit seiner Entourage auf die andere Nische zu, während der Ober bereits eilfertig Stühle heranschleppte.

»Heil Hitler, Ferdinand!«, rief der Mann. Der Angesprochene erhob sich und grüßte zurück. Der Mann kam jedoch zu ihrem Tisch und sagte: »Willst du uns nicht vorstellen?«

»Joseph Goebbels, Reichspropagandaminister – Grete Künke, Krankenschwester und mein rettender Engel.«

Goebbels drückte einen Kuss auf Gretes Handrücken. Der abschätzende, lauernde Blick, mit dem er sie betrachtete, und seine stechenden Augen ließen eine seltsame Beklemmung bei Grete entstehen.

»Na, wie wäre es mit einem schnellen ›Göring-Schnaps‹?«

»Immer«, stimmte Ferdinand zu.

»Für Damen ungeeignet«, schnarrte Goebbels.

Der Ober brachte zwei Schnapsgläser mit einem Getränk, das eine bräunliche Farbe aufwies. Als Ferdinand Gretes fragenden Blick bemerkte, erklärte er: »›Jägermeister‹. Vom Erfinder des Kräuterschnapses nach dem Reichsjägermeister Göring benannt.«

»Schmeckt trotzdem«, feixte Goebbels.

Sie kippten das Getränk auf einen Zug hinunter.

Goebbels verbeugte sich und schlug Ferdinand auf die Schulter. »Junge, Junge, ich muss schon sagen, du hast einen exzellenten Geschmack! Dann will ich mal nicht länger stören. Ich wünsche den Herrschaften einen entspannten Abend.« Dann lachte er laut und unverschämt, bevor er endlich an seinem Tisch Platz nahm.

Ferdinand schüttelte den Kopf und sagte: »Nehmen Sie es als Kompliment, Joseph umgibt sich ja sonst ausschließlich mit den wunderschönen UFA-Damen!«

Ferdinand animierte sie zum Trinken und bestellte bald nochmal zwei Gläser Sekt. Grete fühlte sich inzwischen leicht, beschwingt und glücklich. Sie hielt sich tatsächlich in der Welt der Mächtigen auf. Die, von denen sie immer gedacht hatte, dass sie eingebildet und hochnäsig wären, behandelten sie freundlich und als ihresgleichen.

Der Ober trat an ihren Tisch und Ferdinand bot Grete seinen Arm. »Kommen Sie, es ist alles bereit, wir können mit unserem Mahl beginnen.«

»Mir ist ein wenig schwindlig«, kicherte Grete, während sie Ferdinands Arm fest umfangen hielt.

Er lachte. »Manchmal steigt einem der Alkohol schneller in den Kopf als man denkt.«

Sie durchquerten die Hotelhalle und Ferdinand sagte: »Dann fahren wir besser nach oben.«

Grete nickte und als der Fahrstuhlführer im oberen Stockwerk das Sicherheitsgitter zurückschob und ihnen die Tür aufhielt, rief Grete: »Das Restaurant ist über den Dächern Berlins? Das ist ja wunderbar!«

Ferdinand schüttelte den Kopf und erklärte: »Ich ziehe es vor, unbehelligt von Parteigenossen in einer Suite mit Ihnen zu dinieren.«

Grete blieb stehen. Ihr Denkvermögen, vom Alkohol zwar ein wenig benebelt, reichte dennoch aus, um seine Aussage zu begreifen. »Nein«, entgegnete sie entschlossen. »Das kann ich nicht tun. In einem Restaurant speisen ist eine Sache, aber mit Ihnen aufs Zimmer zu gehen, das geht mir zu weit!«

»Grete, Grete, zauberhafte Grete«, schnurrte Ferdinand. »Sie werden ein Wohnzimmer vorfinden. Der Schlafraum ist separat. Außerdem bin ich ein Ehrenmann. Nichts wird geschehen, was Sie nicht wollen.« Er hob in einer dramatischen Geste die Hand zum Schwur und rief: »Bei meiner Ehre, Führer und Vaterland!«

Grete musterte Ferdinand aufmerksam. Dreh dich um, geh zum Fahrstuhl, fahr nach unten und geh nach Hause!, befahl ihre innere Stimme.

Zu ihrer eigenen Verwunderung sagte sie jedoch: »Also gut, ich habe auch schrecklichen Hunger.«

Ferdinand schob seinen Arm wieder unter ihren. »Dann lassen Sie uns sehen, ob ich mit der Zusammenstellung des Menüs Ihren Geschmack getroffen habe.«

Am Ende des Flurs klopfte Ferdinand gegen eine schwere Eichentür, die sogleich geöffnet wurde.

»Guten Abend«, begrüßte sie ein Livrierter mit einem freundlichen Lächeln.

Ferdinands Augen blitzten und sein verschmitztes Grinsen ließ Grete dahinschmelzen. Wir sind ja gar nicht alleine, dachte sie und ertappte sich dabei, dass sie es ein wenig bedauerte.

Ferdinand führte sie zu einem runden Esstisch, den man an das Fenster des quadratischen Raumes platziert hatte.

»Oh!«, rief Grete überrascht, als sie auf das nächtliche Berlin hinunterblickte.

Ferdinand rückte ihr den Stuhl zurecht und Gretes Blick wanderte bewundernd über den festlich eingedeckten Tisch. Auf einer weißen Damasttischdecke lag neben weißen Tellern, auf denen der Namenszug des Hotels zu lesen war, perfekt poliertes Silberbesteck. In ihm brach sich das funkelnde Licht der Kristallgläser.

Der Ober legte Grete eine weiße Stoffserviette auf ihren Schoß.

»Sie trinken doch ein Glas Weißwein mit mir, oder?«, fragte Ferdinand.

Grete, immer noch benommen von dem Sekt, schüttelte den Kopf. »Später vielleicht, ich möchte jetzt gerne Wasser trinken.« Sie hörte den Ober im Hintergrund hantieren und bald stand ein gefüllter Suppenteller vor Grete.

»Spargelsuppe«, verkündete der Livrierte.

Ach, dachte Grete bedauernd, wie schade, dass ich niemandem erzählen kann, dass ich, Grete Künke aus der Reinickendorfer Straße, so eine Köstlichkeit genießen durfte.

»Schmeckt es Ihnen?«, brach Ferdinand schließlich das Schweigen.

»Ganz wunderbar«, bestätigte Grete.

»Das freut mich. Ich hoffe, der Kalbsbraten, der gleich folgen wird, entspricht auch Ihrem Geschmack.«

»Oh, ja, ganz bestimmt!«, versicherte ihm Grete und sie sollte recht behalten. Sie hätte kein Messer gebraucht, um das Fleisch zu schneiden, so zart war es. Als Beilage reichte der Ober Kartoffeln und Karottengemüse.

Ferdinand erkundigte sich nach Anton und Erna. Grete erzählte ihm, wie stolz Anton mit seinem U-Boot spielte. Sie zögerte, doch dann berichtete sie auch von Ernas Einweisung nach Herzberge und fragte ihn, ob er ihr helfen könne, eine Besuchserlaubnis zu bekommen.

Mit Schrecken bemerkte sie seinen abweisenden Gesichtsausdruck, als er sagte: »Da kann ich gar nichts machen. Das ist nicht mein Arbeitsfeld und ich mische mich grundsätzlich nicht in andere Zuständigkeitsbereiche ein. Aber man hört allgemein, dass in Herzberge für die Kinder hervorragend gesorgt wird. Doch nun genug von den Kindern – wir wollen uns doch die schöne Stimmung nicht verderben lassen.«

Erschrocken über diese Abfuhr und in der Hoffnung, dass der Alkohol ihre Befangenheit Ferdinand gegenüber lösen würde, trank Grete nun doch ein Glas Weißwein.

»Das Beste zum Schluss«, rief Ferdinand. »Die Köche des *Kaiserhofs* zaubern die beste Weißweincreme in ganz Berlin!«

Grete kostete und lobte: »Dies ist zwar die erste Weißweincreme meines Lebens, aber sie schmeckt wunderbar!«

Ferdinand tupfte mit der Serviette seinen Mund ab und wandte sich an den Ober. »Sie können jetzt gehen. Ich brauche Sie nicht mehr.«

Wie weltgewandt er auftritt, dachte Grete bewundernd.

Nach einer tiefen Verbeugung verließ der Livrierte den Raum und Grete stand ebenfalls auf.

»Ich sollte jetzt auch aufbrechen«, meinte sie.

Ferdinand erhob sich, machte eine einladende Handbewegung zum Sofa hin, das auf der anderen Seite des Raumes stand. »Einen Weinbrand zum Abschluss, während ich eine Zigarette rauche – das können Sie mir nicht verwehren!«

Grete nickte und merkte, während sie das Zimmer durchquerte, dass ihr der Alkohol schon wieder in den Kopf gestiegen war.

Sie sank in die Kissen des gelb gemusterten Sofas, während Ferdinand Weinbrand in dickbauchige Gläser füllte. Nachdem er seine Zigarette angezündet hatte, setzte er sich neben Grete.

Mit einem Schnauben ließ er den Rauch aus seinen Lungen entweichen und Grete betrachtete versonnen seine Lippen und dachte an diesen unbeschreiblich schönen Moment, als er sie in seinem Krankenzimmer geküsst hatte.

Schon wieder solche Gedanken!, schalt sie ihre innere Stimme.

»Ich habe den Abend mit Ihnen genossen«, hörte sie Ferdinand sagen. »Sie sind unterhaltsam, charmant und klug.«

»Ich danke Ihnen für das wundervolle Essen«, entgegnete Grete.

Er stupste mit seinem Glas an ihres und in den Nachhall des Kristallklanges hinein flüsterte er: »Nachdem wir uns anscheinend beide bestens amüsiert haben, sollten wir endlich Brüderschaft trinken und uns duzen.«

Grete presste die Lippen zusammen und spürte, wie ihre Wangen zu brennen begannen.

Wieder hörte sie den hellen Klang des Kristalls. »Ferdinand«, rief er.

»Grete«, flüsterte sie und senkte den Blick, da sie ahnte, dass er nun einen Kuss auf ihre Lippen drücken würde.

Er griff nach ihrem Glas, stellte es neben seines auf den Abstelltisch, zog sie in seine Arme und presste seine Lippen auf ihre. Zärtlich strich er dabei mit dem Daumen über ihre Wange.

Sein anfänglich sanfter Kuss wurde fordernder. Zuerst erschrak Grete, als seine Zunge ihren Mund erkundete. Auf diese Weise hatte Gustav sie noch nie geküsst und sie wusste nicht, was sie nun tun sollte. Doch dann ließ sie sich auf dieses Spiel ein und fand Gefallen daran. Als Ferdinands Küsse leidenschaftlicher wurden, entfachte er etwas bisher Ungekanntes in ihr. Er hörte nicht auf, sie zu küssen, als seine Hände zu ihren Brüsten wanderten und sie liebkosten. Grete stöhnte auf, ließ es geschehen, gab sich diesem Moment hin. Jede Faser ihres Körpers sehnte sich nach mehr und sie wehrte sich nicht, als Ferdinand sie hochhob und ins Schlafzimmer trug.

An diesem Abend begann ihre Affäre. Immer wieder besuchte Grete ihn im *Kaiserhof*, da er mit ihr in seiner Wohnung in der Lützowstraße nicht gesehen werden wollte. Sie genoss für einige Stunden die tosende Leidenschaft, die sie an diesen Mann band. Sie wand sich unter Ferdinands kundigen Händen, erlebte die Zeit mit ihm wie in einem Wahn.

Nicht immer gelang es Grete, ihr schlechtes Gewissen zu besänftigen. Fast trotzig dachte sie daran, dass auch sie ein Anrecht auf Liebe und Zärtlichkeit besaß, die ihr Gustav schon lange verweigerte. Aber dennoch bestand ihrem Ehemann gegenüber noch der Treueschwur. Die Angst, bei ihrem Tun entdeckt zu werden und die Panik, was dann aus Anton werden würde, bereiteten ihr schlaflose Nächte.

Doch war die Sehnsucht nach Ferdinand stärker als alle Bedenken. In seinen Armen konnte Grete für einige Stunden den tristen Alltag vergessen. Er überhäufte sie mit Komplimenten und machte ihr keine teuren, aber mit Sorgfalt ausgesuchte Geschenke.

»Es wird Zeit, dass ich deinen Sohn endlich kennenlerne«, meinte Ferdinand.

Grete sah das als gutes Zeichen, obwohl sie nicht vorhatte,

Anton mit Ferdinand bekannt zu machen. Viel zu groß war die Angst, dass Anton sich bei Gustav verplappern würde. Dennoch hoffte sie – bestätigt durch Ferdinands Aussage – ganz inständig, mehr als nur eine Liebelei für ihn zu sein. Ob es eine gemeinsame Zukunft mit ihm gab?

Grete wollte nichts mit Politik zu tun haben. Wenn sie Hitlers oder Goebbels' markige Reden im Volksempfänger hörte, schaltete sie sofort ab. Als ob sie mit diesem Weghören das Unheil abwenden könnte, das sich scheinbar unvermeidbar in Deutschland zusammenbraute.

Gustav nahm begeistert am Luftschutzunterricht teil und wusste bereits jetzt, wie die Keller im »Ernstfall« zu sichern seien. Er sprach das Wort »Krieg« nicht aus, aber es schwang doch in all seinem Tun mit.

Alle Krankenschwestern hatten die Grundausbildung »Lazarett« durchlaufen und Grete wollte Ferdinand gerne Glauben schenken, als er ihr versicherte, dass der Führer keinesfalls daran dachte, einen Krieg anzufangen.

»Wenn er Derartiges planen würde, wäre ich als Erster darüber informiert«, hatte Ferdinand sie zu beschwichtigen versucht.

Sie seufzte tief und flüsterte zärtlich: »Ferdinand!«

Er war ihr Alles geworden. Manchmal schien es ihr, als würde sie nur noch für die Augenblicke der Zweisamkeit mit ihm leben.

Nach der ersten gemeinsamen Nacht in seiner Suite im Hotel *Kaiserhof* war Grete mit einem euphorischen Glücksgefühl erwacht.

»Meine süße Grete«, hatte Ferdinand gesagt. »Ich hab dich so lieb gewonnen, du musst mir versprechen, wiederzukommen.«

Grete hatte nur stumm genickt, fest entschlossen, alles zu verdrängen, was ihre Seligkeit stören könnte. Vergessen, dass sie nicht einmal seinen richtigen Nachnamen kannte. Bloß nicht daran denken, dass er Hitler zuarbeitete, ohne dass sie wusste, welcher Tätigkeit genau Ferdinand nachging.

Er verabschiedete Grete zärtlich und als sie mit dem Fahrstuhlführer in die Hotelhalle hinunterfuhr, überfielen sie dennoch wieder Bedenken und sie dachte: Nur noch einmal, eine Nacht, ja, noch eine Nacht mit Ferdinand. Dann muss ich es beenden.

Nach der nächsten erfüllenden Begegnung mit Ferdinand fasste sie den Vorsatz, ihn noch eine Woche zu sehen. Dann räumte sie sich Zeit bis Ende des Monats ein, und dann ...

Grete wurde bewusst, dass sie Ferdinand liebte. Leidenschaftlich und aus der Tiefe ihres Herzens.

Sie vernachlässigte Anton. Gustav begab sich häufig auf Ausflugs- und Ausbildungsfahrten, die oft einige Tage dauerten, und Luise sprang immer öfter ein, um auf Anton aufzupassen.

Die vielen angeblichen Nachtschichten machten Luise stutzig und einmal ließ sie eine Bemerkung fallen, sodass Grete erschrocken meinte, ihre Affäre wäre entdeckt worden. »Ist es nicht tragisch«, sagte Luise, »dass man sich im Leben manchmal entscheiden muss zwischen Pflicht und Liebe?«

Grete ging auf ihre Bemerkung nicht ein und erzählte stattdessen vom Alltag im Krankenhaus und dass sie bald noch mehr Nachtschichten zu bewältigen hätte.

Kapitel 18

Berlin, Herbst 1955

»Wie konnte ich das nur tun?«, schrie Grete, und Anton eilte herbei.

»Was denn, Mama? Was ist denn los?«, fragte er.

»Warum? Was ist denn?« Sie sah ihn verunsichert an.

»Du hast geschrien«, sagte er.

»Da habe ich wohl schlecht geträumt«, versuchte sie ihn zu beschwichtigen.

»Wir wollten dich nicht mehr stören«, erklärte Anton. »Erna ist gegangen. Sie kommt morgen wieder.«

»Sie haben mich nicht zu Erna gelassen, als ich sie in Herzberge besuchen wollte«, sagte Grete. »Ich habe Gustav angefleht, sie da wieder rauszuholen. Ein Kind, das nicht gut lernen kann und stottert, aber sonst so lieb ist, muss man doch nicht wegsperren, oder?«

Anton setzte sich auf die Bettkante. »Nein, das muss man nicht, aber ich brauche Zeit, um zu begreifen, welch schrecklicher Mensch mein Vater war. Das habe ich so nicht in Erinnerung.«

»Ach, Anton, ich würde Vieles, was in der Vergangenheit passiert ist, so gerne ungeschehen machen. Aber das geht nun mal nicht.«

»Ruh dich aus, Mama«, meinte Anton und streichelte sanft ihr Gesicht.

»Mein Junge, mein lieber Junge, ich weiß nicht, wieviel Zeit mir noch bleibt. Aber bitte, was auch noch passiert, denk nicht schlecht über deine Mutter. Versuche, mich zu verstehen!«

»Mama, was redest du denn da? Der Doktor hat mir versichert, wenn du deine Tabletten regelmäßig nimmst, dann wirst ...«

Sie unterbrach ihn: »Versprich mir, dass du versuchst, mich zu verstehen.«

»Ich verspreche es.«
»Dann schlafe ich jetzt noch ein wenig.«
»Tu das Mama, tu das. Gute Nacht.«
»Gute Nacht, Anton!«

Als Anna am nächsten Morgen erwachte, fiel ihr auf, dass die Schmerzen an ihren Stimmbändern nachgelassen hatten. Sie hatte die halbe Nacht geweint. Geweint um die verlorenen Jahre, in denen sie wieder und wieder mit Bitterkeit und Wut an die Eltern gedacht hatte. Nun stellte sich heraus, dass der Vater die treibende Kraft hinter diesen abscheulichen Taten gewesen war. Wenigstens der Zorn auf ihn war also gerechtfertigt gewesen.

Anna hatte am Vorabend lange wach gelegen und über die Schilderungen der Mutter nachgedacht. Sie konnte ihre Beweggründe nachvollziehen. Anton hatte natürlich recht, wenn er einwandte, dass Erna ohne die Bemühungen ihrer Mutter wohl auch den Mördern zum Opfer gefallen wäre. Warum fiel es ihr dann so unsagbar schwer, der Mutter von Herzen zu verzeihen? Was konnte sie ihr denn noch vorwerfen?

Wäre es der Mutter möglich gewesen, die Sterilisation zu verhindern? Wieder stiegen Anna Tränen in die Augen. Es tat so weh, zu wissen, dass ...

Anna atmete tief durch, zwang sich, aufzustehen und öffnete das Fenster. Sie rief bei der Rezeption an und orderte ein Frühstück.

Sie trug noch ihren Morgenmantel, als das Zimmermädchen einen Servierwagen in den Raum schob. Das junge Mädchen zeigte auf das geöffnete Fenster und sagte: »Soll ich es schließen oder wollen Sie noch mehr Berliner Luft?«

»Lassen Sie das Fenster offen«, sagte Anna und steckte ihr ein großzügiges Trinkgeld zu.

Der fürsorgliche Anton hatte sie gebeten, der Mutter am heutigen Vormittag eine Ruhepause zu gönnen und erst nach dem Mittagessen in die Reinickendorfer Straße zu kommen.

Und mir tut ein Vormittag ohne Familiengeschichten auch gut, dachte Anna. Sie beschloss, nach dem Frühstück einen Spaziergang zu machen. Erschrocken zuckte sie zusammen, als plötzlich die laute Telefonklingel ertönte.

»Anna Miller«, meldete sie sich.

Zuerst hörte sie nur Hintergrundgeräusche und dann Antons Stimme: »Bin ich schon verbunden? Hallo?«

»Anton? Hier spricht Anna, was ist denn los?«

»Ich darf Reiters Telefon benutzen«, schrie er in den Hörer.

»Du musst nicht so schreien, ich höre dich gut.«

»Bitte, komm schnell in die Wohnung, es ist schlimm. Mama ... Hörst du?«

Ein Rascheln ertönte in der Leitung. »Hallo, hier Frau Reiter. Der Junge ist ja ganz durch den Wind. Sie sollen schnell herkommen. Der Mama geht es nicht gut.«

»Ja, komm schnell!«, hörte sie Antons Stimme im Hintergrund.

»Jetzt ernsthaft«, flüsterte Frau Reiter ins Telefon. »Ich fürchte, mit der Frau Künke geht es zu Ende.«

»Nein!«, hauchte Anna entsetzt. »Ich nehme mir eine Taxe, ich bin gleich da, sagen Sie das Anton, bitte!«

»Is gut«, meinte Frau Reiter.

Dann war die Verbindung unterbrochen. Anna warf den Telefonhörer auf die Gabel, schlüpfte hektisch in Rock und Bluse, zog ihre Schuhe an und verließ eilig das Zimmer.

Bald stand sie einem sichtlich niedergeschlagenen Anton gegenüber.

»Der Doktor Eisinger ist bei ihr«, presste er stöhnend hervor.

»Wer?«, fragte Anna irritiert nach. »Der Doktor Eisinger«, sagte sie gedehnt, »der dafür sorgte, dass ich nach Herzberge kam?«

Anton schüttelte den Kopf. »Nein, sein Sohn hat seine Nachfolge angetreten.«

»Gott sei Dank!« Anna atmete erleichtert auf.

»Ich verstehe es einfach nicht, Mama ist doch noch gar nicht so alt.«

Anna legte tröstend den Arm um ihn. Ihr fehlten einfach die passenden Worte.

»Was fehlt ihr denn?«, fragte sie schließlich hilflos.

»Ihr Herz ist doch so schwach und Doktor Eisinger meint, da kann man nichts mehr machen, außer regelmäßig Tabletten zu nehmen. Nun hat sie auch noch hohes Fieber und es hat sich wohl Wasser in der Lunge angesammelt, das ihr das Atmen erschwert.«

Anna rief: »Dann muss sie doch sofort ins Krankenhaus!«

»Ich fürchte, das wird nichts mehr helfen«, hörten sie eine männliche Stimme. Der Doktor trat in die Küche. »Da kommen jetzt einfach zu viele Krankheitsbilder zusammen. Wenn das Herz keine Leistung mehr erbringen kann, sind wir Ärzte machtlos. Bleiben Sie bei ihr und stehen Sie ihr bei.«

»So ernst ist es?«, klagte Anton.

»Leider ja«, bestätigte der Arzt. Dann verabschiedete er sich und die Geschwister waren allein.

»Kannst du dich dazu durchringen, ihr zu sagen, dass du ihr verzeihst?«, fragte Anton.

Annas Gesicht verschloss sich und er fuhr fort: »Nach dem, was wir gehört haben, kann ich mir vorstellen, wie schwer dir das fällt, aber tu es doch mir zuliebe. Denk doch daran, dass sie dich letztendlich aus der Anstalt in Brandenburg geholt hat.«

Anna senkte den Blick und starrte auf den Fußboden.

»Ich möchte, dass sie in Frieden gehen kann. Welcher Richter sie danach erwartet, wissen wir nicht. Anna, bitte!«

»Gut«, sagte Anna. »Komm, wir gehen zu ihr.«

Anton stellte zwei Stühle neben das Bett. »Setz dich«, forderte er seine Schwester auf. Diese musterte ihre Mutter aufmerksam.

Die Kranke lag mit geschlossenen Augen da und die dunklen

Ringe unter den Augen traten deutlich hervor. Ihre beiden Hände umklammerten die Bettdecke, so als wolle sie sich daran festhalten.

»Mama«, sagte Anton. »Erna ist hier, schau doch!«

Langsam schlug Grete die Augen auf. Gerührt sah Erna, wie sich ein Strahlen über ihrem Gesicht ausbreitete.

»Erna! Mein Mädchen«, brachte Grete hervor.

Die Geschwister bemerkten, dass ihre Mutter Schwierigkeiten beim Atmen hatte und daher kaum noch sprechen konnte.

»Ihr müsst zusammenhalten, ihr zwei! Versprecht mir das!«, hauchte sie.

»Das versprechen wir dir«, sagten sie gleichzeitig.

»Meine Füße sind so kalt«, klagte Grete.

Anton sprang auf, zog eine Schublade auf und Erna sah, dass Tränen in seinen Augen schimmerten, als er sagte: »Schau, Mama, die Socken hast du mir gestrickt. Die ziehe ich dir über, die sind wohlig warm.«

Grete lächelte, während Anton ihr die Socken überzog und Anna sah, dass ihrer Mutter eine Träne die Wange hinunterlief.

»Nicht weinen, Mama. Bitte nicht weinen!«, schluchzte sie auf.

»Du hast mich Mama genannt. Wie schön das klingt!«, seufzte Grete. »Ich wünsche mir so sehr, dass du deinen Frieden findest, dass Anna wieder die Erna in sich finden kann. Ich fürchte, ein anderer Name ändert nichts an deiner inneren Qual.«

Grete schwieg erschöpft und Anna kniete sich vor sie hin, brachte ihren Mund nah an ihr Ohr und flüsterte: »Du hast damals richtig gehandelt und im Rahmen deiner Möglichkeiten. Obwohl es dem Kind in mir immer noch sehr wehtut, kann ich dir jetzt als erwachsene Frau verzeihen. Weil ich verstehe, in welcher Situation du dich befunden hast. Ich sollte dir im Gegenteil dankbar sein, dass du mich aus dieser Anstalt geholt hast. Danke, Mama! Und du hast recht, ich will mich wieder Erna nennen.« Dann küsste sie eine Träne von der Wange ihrer Mutter und streichelte sie liebevoll.

»Jetzt kann ich in Frieden gehen!«

Gretes Atem ging inzwischen rasselnd und Anton drängte sich neben Erna, um auch nah bei der Mutter zu sein.

»Mein Mädchen und mein Junge«, hauchte Grete und schenkte ihnen einen liebevollen Blick. »Anton, mein lieber, lieber Anton! ... Ich wollte euch noch soviel sagen ...« Ihre Stimme brach, doch sie bemühte sich, weiterzusprechen: »Das Bild ... Elli ... Marndorf ...«

Grete atmete hastig ein und aus, stöhnte gequält auf, versuchte, sich aufzurichten, sank in ihr Kissen zurück und atmete mit einem tiefer Seufzer aus.

Zunächst begriff Anton gar nicht, dass seine Mutter gestorben war. Es dauerte eine Weile, bis er bemerkte, dass sie keinen neuen Atemzug mehr nahm. Dass sie still dalag. Umspielte noch im Tod ein Lächeln ihre Lippen oder wurde Anton das Opfer seiner Einbildung? Doch der friedliche Gesichtsausdruck, der entsprach der Wirklichkeit.

Erst als Erna ihrer Mutter mit der Hand über die weit aufgerissenen Augen strich und diese schloss, begriff Anton, dass sie tot war.

»Mama! Oh, Mama!«, rief er und legte seinen Kopf auf ihren Brustkorb. »Ihr Herz hat aufgehört zu schlagen«, sagte er und sah dabei so hilflos und verloren aus, dass Erna ihn umarmte und mit ihm weinte.

Als er sich nach einer Weile ein wenig beruhigt hatte, sagte er zu Erna: »Jetzt haben wir nur noch uns. Mehr Familie ist nicht mehr. Ich bin so froh, dass du am Ende noch die versöhnenden Worte gesprochen hast. So froh!«

»Ich auch, Anton«, sagte Erna,und das meinte sie ehrlich.

Einige Tage später

»Schau mal, Anton«, sagte Erna und zeigte auf das Speiseservice.

»Mir ist, als ob Mama gleich durch die Küchentür hereinkommen würde«, sagte Anton, als er mit Erna den Küchenschrank durchsah.

Erna nickte und strich mit einer liebevollen Geste über das weiße Geschirr, dessen Rand ein zartgrünes Rautenmuster zierte. »Es ist ein Wunder, wie viele Gegenstände aus meiner Kindheit den Krieg überstanden haben.«

»Wir hatten Glück«, meinte Anton.

»Wie seid ihr denn durch die Kriegsjahre gekommen?«, fragte Erna.

Er winkte ab und raunte: »Es ging mehr schlecht als recht, aber ich will nicht mehr darüber reden. Das ist vorbei, ich möchte jetzt in die Zukunft schauen.«

Anton nahm das Frauenporträt von der Wand und stöhnte auf. »Der Rahmen ist echt schwer!« Er legte das Bild auf den Küchentisch und fragte: »Willst du es mitnehmen?«

Erna schüttelte den Kopf. »Wenn ich an die amerikanische Zollbehörde denke, wohl lieber nicht. Aber mich wundert dennoch, dass Mama ein so wertvolles Gemälde besessen hat. Weißt du denn, woher sie es hat?«

Anton nickte. »Irgendwann nach dem Krieg stand es plötzlich in der Küche und Mama bat mich, es aufzuhängen. Als ich mehr über das Bild wissen wollte, sagte sie nur, es wäre von einem Freund und ich solle aufhören, zu fragen.«

»Ein Ölgemälde«, stellte Erna fest, während sie es am Rahmen anhob und aufstellte. Aufmerksam betrachtete sie das Gesicht der Porträtierten, das einen unbeschwerten, fröhlichen Ausdruck zeigte.

»Da ist etwas befestigt«, rief Anton plötzlich.

»Wo?«, fragte Erna verwundert.

»Auf der Rückseite der Leinwand«, sagte Anton. »Mit Klebestreifen festgemacht«, murmelte er, während er den Briefumschlag vorsichtig löste.

Erna legte das Gemälde auf den Tisch zurück, während Anton ein Blatt Papier aus dem braunen Umschlag zog.

»Eine Geburtsurkunde«, rief er verblüfft. Ungläubig schaute er zu Erna. »Anscheinend hatten wir noch einen Bruder!«

»Was?« Verwundert beugte sich Erna über das Blatt, das Anton in Händen hielt.

»Ulrich Künke, geboren am 2. April 1940, Mutter: Margarete Künke, Vater: Gustav Künke«, las er vor.

»Das gibt es doch gar nicht!«, rief Erna aus. »Daran würdest du dich doch erinnern, wenn Mama ein Baby bekommen hätte.«

Anton schüttelte den Kopf. »Da war ich zehn Jahre und obwohl ich viel aus meiner Kindheit vergessen habe, an so ein Ereignis würde ich mich doch wohl erinnern.«

»Vielleicht hat sie das Baby zur Adoption freigegeben?«, versuchte Erna, eine Erklärung zu finden.

Anton sprang auf und schaute sich das Gemälde genauer an. »Da, sieh nur!«, sagte er aufgeregt. »Hier ist eine Signatur: ›Görgy 1944‹. Mama erzählte doch von einem Maler Görgy, der in Marndorf lebte. Meinst du, er weiß mehr über unseren Bruder?«

»Wieso sollte er?«, entgegnete Erna pragmatisch. »Außerdem weißt du nicht einmal, ob der Maler noch am Leben ist.«

»Das werde ich herausfinden – ich fahre nach Marndorf!« Anton legte den Arm um Ernas Schulter und flehte: »Bitte, ich kann das unmöglich alleine durchstehen. Komm mit mir!«

»Fahren denn überhaupt schon wieder Züge?«

»Aber ja doch, was denkst du denn«, erwiderte Anton. »Daran wird es nicht scheitern, Züge fahren selbstverständlich schon lange wieder!«

Sein verzweifelter Gesichtsausdruck schnitt ihr ins Herz und sie bot an: »Ich kann dich gerne begleiten, aber Ende nächster

Woche kommt John aus der Schweiz zurück, da ist unser Rückflug nach New York gebucht.«

»Bis dahin sind wir doch wieder in Berlin. Die Trauer um Mama ... und jetzt auch noch ein Geheimnis, das sie wohl mit ins Grab genommen hat. Ich schaffe das nicht alleine, ich habe doch nur noch dich!«

Sie nickte, stand auf und verkündete: »Ich fahre ins Hotel und rufe John an, damit er sich keine Sorgen macht, wenn er mich nicht mehr in Berlin erreicht.«

»Und ich frage am Bahnhof, wann ein Zug nach Bayern fährt.«

Kapitel 19

Marndorf, Herbst 1955

»Endlich«, seufzte Anton und reichte Erna den Arm.

Sie balancierte vorsichtig die hohen Stufen des Bahnwaggons herunter. »Diese Bummelbahn hält ja an jedem kleinen Bahnhof.«

»Wodurch sich die Fahrtzeit unendlich in die Länge zieht«, fügte Anton hinzu.

Erna betrachtete ihn mit einem kritischen Blick. Der Tod der Mutter hatte ihm schwer zugesetzt,und Erna fand es nicht gut, dass er seine Trauer für sich behielt. Er wollte nicht darüber sprechen, hatte sich eingeigelt, wie sie selbst es früher getan hatte.

Anton umfasste die Griffe der dunkelbraunen Lederkoffer und sagte: »So, nun müssen wir nur noch den Gasthof ›Zur Post‹ finden, dann können wir auf Spurensuche gehen.«

Die Wirtin begrüßte sie überschwänglich und behauptete, dass sie für Erna und Anton extra die zwei schönsten und komfortabelsten Einzelzimmer bereitgehalten hätte. Was Erna jedoch bezweifelte, als sie in ein muffig riechendes, winziges Zimmer geführt wurde, das eher einer Kammer glich. Ungefähr vier Meter lang, mit einem schmalen Bett, einem zweitürigen Schrank und einem alten Stuhl ausgestattet, wirkte es äußerst ungastlich. Ein Waschbecken, über dem ein kleiner Spiegel angebracht war, komplettierte die Einrichtung.

»Das Klo ist gleich gegenüber«, erklärte die Wirtin. »Haben wir extra für die Gäste einbauen lassen.«

Erna fragte nach Stephan Görgy und bekam die Auskunft, dass er sich derzeit in Marndorf aufhalten würde. Diensteifrig beschrieb die Wirtin den Weg.

»Komme ich da auch an der Probst-Villa vorbei?«, wollte Erna wissen.

Die Wirtin musterte sie eingehend und knurrte misstrauisch: »Da gibt es nichts zu sehen! Was wollen Sie denn dort?«

»Meine Mutter kannte Frau Probst und ich dachte ...«

»Lassen Sie die alten Zeiten besser ruhen«, sagte die Wirtin abweisend. »Wir tun es auch. Das ist vorbei und jetzt schauen wir nach vorne!«

Diesen Satz höre ich laufend, dachte Erna verwundert. »Ich verstehe«, meinte sie. »Ist es auch ein Geheimnis, wo der Draxl-Hof liegt?«, fragte sie dann schnippisch.

»Es gibt hier überhaupt keine Geheimnisse«, stieß die Frau empört hervor. »Aber wie gesagt, stochern Sie nicht in der Vergangenheit herum! Der Draxl-Hof liegt linker Hand, wenn Sie die Abzweigung zur Görgy-Hütte nehmen.«

»Danke schön für die Auskunft«, sagte Erna.

»Kommen Sie«, wandte sich die Wirtin an Anton. »Sie haben das Einzelzimmer gleich nebenan. Es ist schon spät, warmes Essen gibt es keines mehr. Ich richte Ihnen gerne noch eine Brotzeit, aber dann kommen Sie bitte gleich in die Gaststube.«

»Das ist sehr freundlich von Ihnen«, erwiderte Anton. »Wir nehmen das Angebot gerne an.«

Die Post-Wirtin stapfte davon und Erna blickte ihr nach. »Anton, sag mir, aus welchem Grund will niemand über die Nazizeit sprechen?«

»Ich weiß es nicht. Aber auch ich erinnere mich ungern an die Geschehnisse dieser Zeit und an diesen schrecklichen Krieg. Wir haben alle Schuld auf uns geladen«, raunte Anton.

»Aber du doch nicht, oder?«, hakte Erna nach.

»Bitte hör auf, solche Fragen zu stellen!«, flehte Anton. »Und nun komm mit nach unten, ich habe Hunger.«

Einige Zeit später stiegen Anton und Erna erschöpft die Treppe hinauf.

Erna gähnte und Anton sagte lachend: »Das Bier macht schön müde. Du schläfst heute ganz sicher tief und fest.«

»Das glaube ich auch«, bestätigte Erna.

Knarrend drehte sich der Schlüssel im Schloss der Zimmertür.

»Gute Nacht, Schwesterlein«, sagte Anton grinsend.

»Das wünsche ich dir auch, mein Brüderlein«, gab Erna zurück.

Mitten in der Nacht schreckte Erna hoch.

Ein Schreien drang an ihr Ohr. »Sie kommen, Mama! Soldaten! Der Iwan! Aahhhh!«

Erna sprang aus dem Bett und öffnete die Zimmertür.

»Nein, nein, das will ich nicht«, brüllte eine männliche Stimme.

»Anton!«, rief Erna entsetzt und klopfte an seine Zimmertür. »Anton, Anton, wach auf!«

Es dauerte eine Weile, bis ihr Bruder die Tür öffnete.

»Du hast geschrien, ich bin so erschrocken«, flüsterte Erna. »Ist alles in Ordnung mit dir? Kann ich etwas für dich tun?«

Anton fuhr sich durch sein Haar und erklärte: »Es tut mir leid, dass ich dich geweckt habe. Manchmal habe ich furchtbare Albträume.«

»Mein Gott, Anton, das hört sich schlimm an!« Sie bemerkte seinen verlegenen Gesichtsausdruck und sagte: »Schon gut, Anton. Lass uns wieder zu Bett gehen.«

»Ja«, sagte Anton, während er langsam die Tür zuzog. »Gute Nacht.«

»Die Landschaft ist so schön wie unsere Unterkunft hässlich ist«, sagte Erna, als sie mit Anton durch das Dorf schlenderte. »Der kleine Bach, die alten Holzhäuser und in der Ferne die blau leuchtenden Berge.«

»Genau das hat Mama auch gesehen«, sagte Anton traurig.

Stumm drückte Erna seine Hand. Er ließ sie nicht mehr los als sie weitergingen und Erna kam in den Sinn, dass sie auf die Dorfbewohner wie ein Liebespaar wirken mussten. Erschrocken entzog sie Anton daraufhin ihre Hand und dachte schamvoll daran, wie unangebracht derartige Gedanken ihrem Bruder gegenüber waren.

Eine behäbige Katze, die im Schatten eines Kirschbaumes ruhte, blinzelte zu ihnen hinüber und begrüßte sie mit einem lauten Miauen.

»Ich glaube, hier ist die Abzweigung zu Görgys Hütte«, meinte Erna nach einer Weile.

»Dann ist das der Draxl-Hof«, sagte Anton und zeigte auf ein großes Gebäude, dem man deutlich seine Renovierungsbedürftigkeit ansah. »Nicht mehr ganz so prächtig wie Mama es geschildert hat.«

Nach einer Weile standen sie plötzlich vor einem massiven Eisentor und Anton raunte: »Das kann nur die Probst-Villa sein!«

Durch den beschädigten Zaun konnten sie das Haus erspähen. Die geschlossenen Fensterläden, der von Unkraut überwucherte Garten und das hohe Gras deuteten darauf hin, dass sich niemand um das Anwesen kümmerte.

»Wer wohl jetzt der Besitzer ist?«, fragte Erna.

»Ich weiß, dass die Besitztümer der hochrangigen Nazileute an das jeweilige Bundesland fielen, in dem sie lebten«, erklärte Anton.

»Sieh mal!«, rief Erna aufgeregt. »Das dort muss die Terrasse sein, auf der Mama mit Frau Probst Kaffee getrunken hat.«

»Stimmt«, meinte Anton. »Die kleine Steinmauer ist noch zu erkennen. Aber nun komm, lass uns die Hütte von Herrn Görgy suchen.«

Sie folgten dem schmalen Pfad, der in den Wald führte, und bald erblickten sie auf der rechten Seite eine massive Holzhütte.

»Hier muss es sein«, sagte Anton.

Unschlüssig standen sie vor der Tür und versuchten, in den weitläufigen Garten zu spähen. Sie entdeckten keine Klingel am Gartentor. Anton rüttelte daran. »Abgesperrt«, stellte er fest.

»Nach Mamas Schilderung war hier kein mannshoher Zaun«, sagte Erna. »Man kann ja gar keinen Blick mehr ins Grundstück werfen.«

»Stimmt«, bestätigte Anton und rief: »Hallo, ist jemand zu Hause?«

Alles blieb still. Anton und Erna sahen sich ratlos an, doch dann hörten sie ein Geräusch und eine sonore männliche Stimme fragte: »Wer möchte das wissen, ob jemand zu Hause ist?«

»Verzeihen Sie bitte«, rief Anton höflich. »Meine Schwester und ich suchen den Kunstmaler Stephan Görgy. Wohnt er in diesem Haus?«

»Möchten Sie ein Bild erwerben?«, wurden sie gefragt.

»Ja«, antwortete Anton eilig, was ihm einen verwunderten Blick von Erna einbrachte.

Das Gartentor wurde geöffnet und ein groß gewachsener Mann stand vor ihnen. Seine weißen Haare reichten bis zu seinen Schultern. Mit einer einladenden Handbewegung sagte er: »Bitte, bitte, die Herrschaften, kommen Sie in meine bescheidene Hütte. Mein Sommerdomizil beherbergt lediglich eine kleine Auswahl meiner Werke.«

Während sie dem Maler folgten, flüsterte Erna: »Aber, Anton, wir ...«

Anton winkte ab und raunte ihr zu: »Wie sollte ich unser Anliegen in Kürze erklären? Wir betrachten seine Bilder, dann sehen wir weiter.«

Bald standen sie in der rustikal möblierten Hütte. An den Wänden hingen eng aneinandergereiht viele Gemälde. Anton warf einen raschen Blick darauf und entdeckte etliche Porträts der Landbevölkerung, aber auch Landschaftsbilder.

Die ländliche Möblierung mit Eckbank, Bauernschrank und bunten Flickenteppichen passte zum Stil seiner Bilder. An der Stirnseite der Hütte stand ein Sofa, auf dem eine zurückgeschlagene Wolldecke lag. An der Wand darüber hing ein Aquarellbild, das einen schwarzhaarigen Zigeuner zeigte, der forsch in die

Welt blickte. Ein buntes Tuch, als Stirnband über die halblangen Haare gebunden, gab dem Mann ein abenteuerliches, fast sinnliches Aussehen.

»Selbstporträt«, hörten sie den Maler sagen. »Unverkäuflich!«

»Das ist schade«, sagte Erna.

»Entstanden 1896. Wie sich der Künstler als Zwanzigjähriger sah«, erklärte der Maler mit einem versonnenen Lächeln.

»Ich bin Anton Künke und das ist meine Schwester Erna.«

»Künke?«, sagte Herr Görgy, bedachte sie mit einem forschenden Blick und streckte ihnen die Hand entgegen.

Erna betrachtete weiterhin fasziniert sein Selbstporträt, als eine weibliche Stimme sagte: »Von mir aus können Sie das Zigeunerbild gerne mitnehmen. Die Freiheitsliebe des jungen Malers und seine Schwärmerei für seine Modelle haben mir manche schlaflose Nacht beschert. Ich schätze den weißhaarigen Görgy mehr.«

Die Frau war zwei Köpfe kleiner als Görgy, ging gebückt und auf einen Stock gestützt. Ihr sah man die Last des Alters deutlich an.

Görgy lachte laut auf und legte den Arm um die Frau. »Darf ich vorstellen: Rosemarie, meine liebste Muse und Ehefrau.«

»Die ihrem Mann immer gesagt hat, dass ihn die Kunstwelt nicht vergessen hat«, ergänzte die Frau. »Immerhin hat Adolf Hitler schon 1933 drei Gemälde von dir gekauft.«

»Wie von so vielen anderen Malern auch«, wiegelte Görgy ab.

Da ist es wieder, dachte Erna. Dieses Relativieren des Geschehenen.

»Setzen Sie sich doch«, sagte Rosemarie.

Während sie auf der gemütlichen Eckbank Platz nahmen, fragte Görgy: »An welcher Art von Gemälde sind Sie interessiert?«

Anton sah ihn verlegen an und gestand: »Eigentlich sind wir hier, weil wir uns Auskünfte von Ihnen erhoffen.«

»Inwiefern?«, fragte Görgy.

»Meine Mutter ist ...« Anton stockte und korrigierte: »... war Grete Künke. Mama ist vor einigen Tagen gestorben. Sie besaß ein Gemälde, das Ihre Signatur trägt.«

»Mein herzliches Beileid«, sagte Görgy und reichte Anton und Erna die Hand. »Sie sprechen von Elli Probsts Porträt, oder?«

»Sie erinnern sich ...«, stammelte Anton.

»Aber selbstverständlich. Ich habe ihr das Bild 1946 zukommen lassen.«

»Auf der Rückseite der Leinwand war ein brauner Briefumschlag mit Klebestreifen befestigt. Darin befand sich die Geburtsurkunde von Ulrich Künke, geboren im April 1940, aber weder ich noch meine Schwester wissen etwas über dieses Kind. Können Sie uns darüber Auskunft geben?«

Görgy nickte bedächtig und sah Anton eindringlich an. »Ulrich nannte sie ihn. Es ist eine lange Geschichte. Eine sehr lange Geschichte. Wie gut erinnere ich mich an den Tag, als Sie an der Hand Ihrer Mutter über den damals noch niedrigen Zaun auf mein Grundstück spähten. Sie wissen das bestimmt auch noch, oder?«

Anton schüttelte den Kopf. »Ich habe den Eindruck, dass meine Kindheit in einem großen schwarzen Loch verschwunden ist. Ich erinnere mich an so wenige Vorkommnisse.«

»Ja, ja, die Geschehnisse der Vergangenheit«, sinnierte Görgy. »Ich entsinne mich so gut daran, weil ich einen Enkel in Ihrem Alter hatte und Ihre Mutter trotz aller Einfachheit eine strahlende Würde besaß.«

Verblüfft wechselten die Geschwister einen kurzen Blick, während Rosemarie hervorstieß: »Verstehen Sie jetzt, was ich vorher meinte? Er sah die Frauen immer mit seinem Malerherz und dadurch hat er viele Herzen gebrochen.«

»Es gehörte immer nur dir, Rosemarie«, versicherte Görgy.

Sie lächelte und schüttelte leicht den Kopf.

Anton war dieses Geplänkel der Eheleute unangenehm und er verstand ihr zwangloses Verhalten in Anwesenheit fremder Besucher nicht. Daher fragte er Görgy: »Wären Sie bereit, uns mehr über Ulrich zu erzählen?«

»Ob das so eine gute Idee ist? Bei deinem Gesundheitszustand«, mischte sich Rosemarie ein.

Er winkte ab. »Rosemarie macht mich immer kränker als ich bin. Ich bin achtzig Jahre alt, da ist man nicht mehr so ganz gesund. Bitte kommen Sie morgen um die gleiche Zeit wieder. Ich muss ein wenig in meinen Erinnerungen kramen, um Ihre Fragen beantworten zu können.«

Schlaflos lag Erna auf ihrer unbequemen Bettstatt. Hielt sie die harte Matratze oder der Gedanke an Anton wach?

Unruhig drehte sie sich hin und her. Die letzten Jahre hatte ihr Berufsleben immer an erster Stelle gestanden. Niemals hatte sie aus privaten Gründen Auftritte abgesagt. Aber jetzt schien ihr das alles derart unwichtig, dass es sie in Unruhe versetzte. Das Publikum reagierte empfindlich auf unzuverlässige Opernsängerinnen. Sie hatte das bereits bei Kolleginnen erlebt, deren mühsam aufgebaute Opernkarrieren durch derartige Kapriolen gewaltigen Schaden genommen hatten.

Ich kann nicht anders handeln, dachte Erna. Erst wenn ich alle Familiengeheimnisse kenne, kann ich in Ruhe weiterleben. Sie verzog das Gesicht, wohl wissend, dass nicht allein die Rätsel um die Vergangenheit ihrer Mutter sie in Deutschland hielten.

»Anton«, wisperte sie. »Anton!«

Eine Zeit lang hatte es so ausgesehen, als ob sie und John ein Paar werden würden. Doch John konnte Ernas Seele auf Dauer nicht berühren. Seine Versuche, eine in seinen Augen perfekte Frau aus Erna zu formen, ließen die anfängliche Verliebtheit bei ihr rasch dahinschwinden.

Und nun löste Anton Gefühle in ihr aus, die sie erschreckten. Ihr Herz flatterte unruhig, wenn er sie umarmte. Das warme Gefühl von unendlicher Geborgenheit, das sie lange vermisst hatte, fand sie nun bei Anton. Wie sie es liebte, sein ausdrucksstarkes Gesicht zu streicheln! Sie schätzte das Zusammensein mit ihm und diese gemeinsame Reise würde sie vielleicht noch mehr zusammenschweißen.

Er ist dein Bruder!, mahnte ihre innere Stimme. Aber ich fürchte, was ich für ihn empfinde, geht über die geschwisterliche Liebe hinaus. Zu weit hinaus?

Als sie am Tag darauf in der Hütte auf der Eckbank Platz genommen hatten, servierte ihnen Rosemarie, sehr zu Antons und Ernas Überraschung, Kaffee und Kuchen.

»Nun haben Sie auch noch Arbeit mit uns!«, rief Erna. Sie kostete vom Kuchen und lobte: »Ihr Kuchen schmeckt vorzüglich.«

Rosemarie strahlte. »›Frankfurter Kranz‹ nach einem Rezept von Rosa, der ehemaligen Köchin der Probsts. Der Reichsleiter ... also Herr Probst ... na ja, es war sein Lieblingskuchen.«

»Ja, ja, die Probsts«, sagte Görgy. »Als der Krieg zu Ende ging, war Frau Probst alleine in Marndorf. Sie flüchtete völlig überstürzt vor den anrückenden Amerikanern. Man hörte in der Ferne bereits die Panzerketten. Ich sehe sie noch vor mir, wie sie verzweifelt weinend angelaufen kam und sagte: ›Herr Görgy, Ihnen kann ich vertrauen. Bitte helfen Sie mir!‹«

»Ja«, mischte sich Rosemarie ein. »Wie furchtbar aufgeregt sie vor uns stand, ja geradezu aufgelöst, denn erst kurz vorher hatte uns ja auch die Nachricht vom Tod unseres Führers, äh, ich meine, Hitlers erreicht.«

»Meine Frau sagt immer noch ›unser Führer‹, wenn sie von Hitler spricht. Sie kann sich das einfach nicht abgewöhnen«, sagte Görgy entschuldigend. »Aber zurück zu Frau Probst. Sie drückte mir ein Holzkästchen in die Hand und flehte: ›Ich habe keine Zeit mehr, diese Sachen zu verstecken und wüsste auch nicht, wo ich sie vor den anrückenden Siegern verbergen sollte.

Bitte, heben Sie das Kästchen für mich auf und lassen Sie es nicht in Feindeshand fallen!‹ Ich beruhigte sie, sagte ihr, dass ich ein gutes Versteck habe und dass ihre Schätze bei mir in Sicherheit wären.«

Rosemarie warf ein: »Ab und an schauten wir nach dem Kästchen, ob es noch unversehrt ist. Monat für Monat hofften wir, dass Frau Probst zurückkommt und dachten, sie würde sich freuen, ihre Sachen vollständig zurückzubekommen.«

Sie schien fast um die Zustimmung von Erna und Anton zu flehen, also nickten die beiden und Anton fragte: »Sie kam nicht mehr zurück?«

»Nein«, sagte Görgy.

»Wissen Sie, was ihr widerfahren ist?«

»Ja, aber dazu komme ich später.« Görgy seufzte. »Dann lag das Kästchen monatelang unberührt in seinem Versteck.«

»Wir haben ja immer gehofft, dass Frau Probst es abholen würde«, warf Rosemarie ein.

»Es stimmt, was meine Frau sagt.« Görgy wand sich verlegen. »Aber irgendwann habe ich das Schloss aufgebrochen, um zu sehen, was mir Frau Probst anvertraut hatte. Ich habe vorsichtig den Holzdeckel hochgehoben und sah als Erstes – zu meinem großen Schrecken – eine Pistole. Ich denke, sie gehörte Herrn Probst. Ich habe sie noch in derselben Nacht im Dorfweiher versenkt, denn eine Waffe wollte ich auf gar keinen Fall in meinem Haus haben! Außerdem lagen in dem Kästchen noch einige Goldmünzen, ein Haarreif mit getrockneten weißen Blumen und ein Tagebuch.«

»Ein Tagebuch?«, echote Erna. Sie bemerkte, dass Rosemarie Tränen in die Augen stiegen.

»Sie konnte oder wollte offenbar mit niemandem darüber sprechen, deshalb hat sie diese Ereignisse wohl aufgeschrieben«, erklärte Görgy mit belegter Stimme. »Sie dürfen es später gerne selbst lesen. Falls ich Ihnen durch die Kenntnis des Inhalts helfen könnte, würde das mein Gewissen ein wenig erleichtern. Aber bevor Sie sich das Heft genauer anschauen, möchte ich Ihnen gerne erzählen, was ich über Elli Probst weiß. Es hat mich erstaunt, wieviel sie mir während unserer Malsitzungen über ihr Leben erzählt hat. Ich glaube, sie war sehr einsam. – Unsere erste Malsitzung war im Mai 1944 und obwohl das jetzt elf Jahre her ist, kommt es mir vor, als sei es gestern gewesen ...«

Kapitel 20

Marndorf, Mai 1944

Es riecht nach Frühling, dachte Stephan Görgy, während er beim Anfertigen einer Skizze einen besorgten Blick auf sein attraktives Modell warf.

Elli Probst sah elend und erschöpft aus, was Görgy nicht wunderte. Er hatte die lautstarke Auseinandersetzung mit ihrem Ehemann, Reichsleiter Ferdinand Probst, mit anhören müssen.

Traudi, das Dienstmädchen, hatte Görgy die Tür der prächtigen Landhausvilla geöffnet und wollte ihn gerade in die Stube führen, als aus dem oberen Stockwerk eine donnernde Männerstimme ertönte: »Elisabeth, du stehst jetzt sofort auf, ziehst dich an und gehst nach unten. Der Maler ist für zwei Uhr bestellt.«

Görgy und Traudi wechselten einen erschrockenen Blick.

»Seit gestern Abend herrscht dicke Luft«, flüsterte Traudi. »Die gnädige Frau hat sich gegen das Porträtsitzen gesträubt. Sie hat ihren Mann gefragt, welchen Zweck das jetzt noch hätte, wo Deutschland doch sowieso verloren sei.« Erneut linste sie hinauf und fuhr noch leiser fort: »Das gab ein Donnerwetter! Er meinte, für solches Gerede könne sie wegen Wehrkraftzersetzung drankommen und sie solle gefälligst den Mund halten, wenn das Personal in der Nähe ist.«

»Wenn du Kopfschmerzen hast, nimm eine von deinen verdammten Pillen«, dröhnte Probsts Stimme herunter. »Wie oft habe ich dir schon gesagt, du sollst nicht soviel Alkohol trinken! Ich erwarte, dass du in zehn Minuten unten bist. Zieh dir etwas Hübsches an und reiß dich zusammen!«

»Während Herr Probst in der Bibliothek seine Akten studierte, hat die gnädige Frau gestern Abend den Rotweinvorrat geplündert«, erzählte Traudi mit gesenkter Stimme weiter. »Ich habe dann Heini, den Chauffeur, geweckt und der hat mir geholfen, sie in ihr Schlafzimmer zu bringen, bevor der gnädige Herr etwas gemerkt hat. Ohne Tabletten geht's halt nimmer. Wir warten seit Tagen auf die Lieferung vom Doktor der Reichskanzlei.«

Mit einem Knall fiel eine Tür ins Schloss und Traudi schob Görgy hastig in die Stube.

»Traudi, ist Herr Görgy schon da?«

»Jawohl, Herr Reichsleiter. Er wartet in der Bauernstube.«

»Gut, geh du zu meiner Frau hinauf und hilf ihr beim Anziehen. Sorge dafür, dass sie schnellstmöglich nach unten kommt.«

»Wie Sie wünschen«, hörte Görgy Traudi erwidern.

Er erwartete, dass Herr Probst ihn begrüßen würde, doch nichts geschah. Die Haustür wurde geöffnet und flog mit Karacho wieder zu. Vorsichtig lugte Görgy zum Fenster hinaus. Der Chauffeur hielt den Wagenschlag des schwarzen Mercedes auf. Herr Probst stieg ein und der Wagen fuhr davon.

»Föhnwetter«, murmelte Görgy und richtete seinen Blick auf die Berge, die zum Greifen nah schienen.

Traudi kam herein und verkündete: »Frau Probst lässt ausrichten, dass es noch eine Weile dauert. Der Kamin im blauen Zimmer ist geheizt. Falls Ihnen kalt ist, können Sie auch dort warten.«

»Nein, lass nur, Traudi«, entgegnete Görgy. »Ich setz mich auf die Eckbank, Frau Probst wird ja bald da sein.«

»Diese hämmernden Kopfschmerzen sind unerträglich!«, klagte Frau Probst. Sie versuchte gerade, eine komfortablere Sitzposition auf dem Stuhl einzunehmen und atmete hörbar tief ein und aus.

»Sie sind sehr blass. Wäre es Ihnen angenehmer, wenn wir ein andermal weitermachen?«, fragte Stephan Görgy.

Er bemerkte, dass seine Besorgnis ihr die Tränen in die Augen trieb. Fahrig strich sie sich über das Gesicht. »Nein, geht schon«, flüsterte sie, hob die Lider und versuchte ein verzagtes Lächeln.

»Sitzen Sie bequem? Wollen Sie sich ein Kissen unterlegen?«

»Alles in Ordnung«, versicherte sie. »Malen Sie ruhig weiter!«

Das Gezwitscher der Vögel drang in den Raum. Er wandte seine Aufmerksamkeit wieder dem Skizzenblock zu und fuhr mit geübten Strichen über das weiße Papier.

Frau Probst starrte auf das gewaltige Holzkreuz, das an der seitlichen Zimmerwand hing. Görgy, der ihrem Blick folgte, bemerkte: »Eine äußerst kunstvolle Schnitzarbeit. Bestimmt hundert Jahre alt.«

Sie nickte. »Aus einer Klosterauflösung. Ich finde es eher schaurig. Wie die Blutspur gezeichnet ist, die dem leidenden Jesus über Gesicht, Arme und Brust läuft, ist erschreckend realistisch.«

»Stimmt«, sagte er und musterte Frau Probst aufmerksam. Er sah eine verhärmte Frau, die man wesentlich älter als zweiunddreißig geschätzt hätte.

Das wachsbleiche Antlitz mit den schwarzen Augenringen war bestimmt nicht das, was er für ihren Mann porträtieren sollte. Schließlich hatte der Reichsleiter dem Maler bei der Auftragserteilung erklärt, dass er mit dem Bild Eindruck schinden wolle bei den Kollegen und vor allem bei Hitler.

Frau Probst sah in die Ferne zu den Bergen und stöhnte auf. »Vor meinen Augen sind komische Blitze.«

Görgy merkte, dass sie die Sitzfläche des Stuhls umklammerte. »Wenn es heute bei dem Föhnwetter zu anstrengend für Sie ist, können wir die Sitzung gerne beenden«, schlug Görgy vor.

»Ich weiß, ich sehe fürchterlich aus«, seufzte sie unvermittelt.

»Nein, nein«, versicherte Görgy hastig, obwohl er genau das dachte.

Er liebte es, Porträts von Frauen anzufertigen, da er die Gabe besaß, ihre innere Schönheit zu erfassen. Es gelang ihm, ihren Wesenskern ins Äußere zu übertragen und auf seinen Gemälden erstrahlen zu lassen. Das galt es, in den künftigen Sitzungen bei

Frau Probst zu ergründen. Persönliche Befindlichkeiten hatten wie immer hintenanzustehen.

»Der werte Gatte ist heute nach Berlin gefahren?«, fragte Görgy, um die Konversation in Schwung zu bringen.

»Ja«, sagte Frau Probst matt. »Unser Führer braucht in diesen schweren Stunden seine Alten Kämpfer, denen er vertrauen kann. Da der Führer die Malerei so liebt, will ihm mein Mann ein Bildnis schenken, um ihn an das Schöne und Gute zu erinnern, das die deutsche Frau verkörpert. Er soll wissen, dass wir treu zu ihm stehen.«

Görgy nickte und dachte daran, wie anders das bei Traudi geklungen hatte. Frau Probst schien automatisch die Propagandasätze abzurufen. Ob sie wusste oder ahnte, was in Deutschland tatsächlich geschah? Alles in Görgys Innerstem sträubte sich dagegen, diese Frau zu malen, doch er sagte mit belegter Stimme: »Ich werde mich bemühen, dass mir ein ganz besonderes Porträt gelingt, gnädige Frau.«

Frau Probst schlang ihre Stola enger um ihren schlanken Leib. »Mir ist kalt«, flüsterte sie. »Immerzu kalt, selbst jetzt, wo der Frühling endlich da ist. Ich brauche meine Pillen.«

»Wollen Sie das Mädchen rufen, damit es Ihre Arznei bringt?«

Sie riss die Augen auf und schüttelte den Kopf. »Der Doktor aus Berlin wollte mir neue Medikamente schicken, ich warte seit einer Woche darauf.« Sie presste die Fingerspitzen an die Schläfen und wisperte: »Mir ist übel.« Dann sackte sie ohnmächtig auf dem Stuhl zusammen.

»Oh, Gott«, schrie Görgy entsetzt, warf den Skizzenblock weg und sprang mit einem gewaltigen Satz auf sie zu. Gerade noch rechtzeitig umfing er sie mit seinen Armen, bevor sie auf dem Boden aufschlug. »Hilfe«, rief Görgy, »ich brauche Hilfe!«

Die Tür wurde aufgerissen und Ellis Leibwächter, ein SS-Mann, stand mit gezogenem Revolver vor ihm. Er überragte den großen, stattlichen Maler und brüllte in scharfem, befehlsgewohntem Ton: »Hände weg von Frau Probst! Was ist hier los?«

Erschrocken sah ihn Görgy an und erwiderte: »Ich weiß es nicht, sie wurde plötzlich ohnmächtig.«

»Weg da!«, donnerte der bullige Mann.

Nachdem Görgy sie vorsichtig abgelegt hatte und einen Schritt zurückgetreten war, kniete der Uniformierte neben seine Schutzbefohlene hin und schlug ihr mit dem Handrücken leicht ins Gesicht. »Frau Probst, aufwachen!«

Sie blieb regungslos am Boden liegen. Ungehalten knurrte der Leibwächter und fühlte ihren Puls.

Dann stand er auf, richtete die Waffe erneut auf Görgy und brüllte: »Wenn Frau Probst stirbt, sind Sie ein toter Mann!«

»Bestimmt eine Kreislaufschwäche«, meinte Traudi pragmatisch. »Am besten legen wir sie auf das Sofa und öffnen das Fenster.«

Das Geschrei der Männer hatte sie veranlasst, in die Stube zu eilen, wo Georg, der Leibwächter, und der Maler hilflos neben Frau Probst standen. Nun hob Georg seine Schutzbefohlene hoch und bettete sie auf das Sofa.

»Respekt«, sagte Görgy. »Du bist ein patentes Mädel.«

»Ach, Herr Görgy«, seufzte Traudi, »ich bin schon vierundzwanzig. Alle Burschen sind im Krieg und ich würde doch so gerne heiraten!«

Georg warf Traudi einen bösen Blick zu und raunzte: »Na, du hast ja Probleme! Bemüh dich lieber, dass die Frau Reichsleiter wieder zu sich kommt.«

Görgy schaute besorgt auf Frau Probst, die regungslos, mit bleichem Gesicht und geschlossenen Augen dalag. »Die gnädige Frau sprach davon, dass sie dringend Medikamente bräuchte, die sie aus Berlin erwartet.«

»Weiß ich«, entgegnete der SS-Mann ruppig.

Traudi legte Frau Probst ein feuchtes Tuch auf die Stirn, packte ihre Beine an den Knöcheln und hielt sie nach oben.

Erleichtert vernahmen die Anwesenden ein leichtes Stöhnen.

»Sie kommt zu sich«, stellte Traudi fest.

»Gott sei Dank!«, sagte Görgy.

Frau Probst schlug die Augen auf und wollte aufstehen, fiel jedoch sofort kraftlos auf das Sofa zurück. Tränen liefen über ihr Gesicht. Sie versuchte vergeblich, ihre zitternden Hände unter Kontrolle zu bringen und flüsterte: »Lasst mich einfach sterben.«

»So schnell stirbt man nicht«, erwiderte Traudi resolut. »Jetzt brühe ich einen Kräutertee auf. Sie werden sehen, der tut Ihnen gut.«

Frau Probst lag ruhig und bewegungslos. Ihr Leibwächter beobachtete sie aufmerksam.

Görgy meinte: »Nachdem kein Arzt mehr im Ort ist, schlage ich vor, Walli zu holen.«

»Die Krankenschwester?«, fragte Georg.

Görgy nickte.

»Ich weiche keinesfalls von Frau Probsts Seite. Sie werden Walli herholen!«

Bedauernd schüttelte Görgy den Kopf. »Glauben Sie mir, ich würde es gerne tun, aber ich bin ein alter Mann, fast siebzig Jahre alt. Mit meinem leeren Magen schaffe ich den Berganstieg nur unter größten Mühen. Das wird dann eine Zeit lang dauern.«

Georg machte eine verächtliche Handbewegung. »Sie sind geborener Ungar, oder?« Görgy nickte und Georg fuhr spöttisch fort: »Daher fehlt Ihnen der deutsche Durchhalte- und Kampfeswille.«

Görgy ballte seine Hände zu Fäusten und versteckte sie in den Hosentaschen. Am liebsten wäre er sofort gegangen, doch er blieb und schalt sich insgeheim für diese Feigheit.

»Georg«, hauchte Frau Probst.

»Bitte, gnädige Frau, Sie wünschen?«

»Der Maler hat recht. Gehen Sie Walli holen.«

Er zögerte. »Sind Sie sicher?«

Sie nickte und schloss erneut die Augen.

Georg schnarrte: »Herr Görgy, ich mache Sie darauf aufmerksam, falls der gnädigen Frau irgendetwas zustößt, lasse ich Sie verhaften. Dann dürfen Sie in einem Konzentrationslager darüber nachdenken, wie man die Frau eines Reichsleiters behandelt.«

Görgy machte eine zustimmende Geste.

Georg winkte Görgy nach draußen und fügte drohend hinzu: »Sie bürgen mir mit Ihrem Leben!«

»Ja«, fauchte Görgy ungehalten. Er seufzte laut, als er in die Stube zurückkam.

Frau Probst murmelte: »Georg meint es nur gut mit mir.«

Traudi brachte den Tee und flößte ihn ihrer Patientin ein.

»Brrr, das schmeckt scheußlich«, jammerte Frau Probst.

»Aber es hilft«, behauptete Traudi. Dann begann sie in fröhlichem Plauderton von ihrer Großmutter zu erzählen, die es mit diesem Tee geschafft hatte, dass alle ihre zwölf Kinder überlebten.

Görgy lauschte und rief: »Fliegeralarm! Auch das noch!«

»Mist«, schimpfte Traudi. »Helfen Sie mir, wir müssen in den Luftschutzbunker. Den hat Herr Probst erst letzten Monat ausbauen lassen. Er ist gleich neben dem Haus.«

Traudi half Frau Probst, aufzustehen. Die beiden nahmen sie in die Mitte und gingen mit gemächlichen Schritten zum Bunker. Traudi stieß die Eingangstüre auf, und während sie mühsam die Stufen nach unten stiegen, vernahmen sie das Brummen der Flugzeugmotoren.

»Sie suchen unser Haus«, rief Frau Probst ängstlich.

Traudi tätschelte ihre Hand. »Der gnädige Herr versicherte mir, dass uns hier drinnen nichts passieren kann.«

»Frau Probst, Traudi?«, rief Georg.

»Wir sind hier«, antwortete Traudi.

»Keine Angst«, schnaufte Georg außer Atem. »Ich bin sofort umgekehrt, als ich den Alarm hörte. Das ist lediglich ein Überflug«, versuchte er die verstörte Gemahlin seines Vorgesetzten zu beruhigen.

Die Flugzeuge schienen jetzt das Grundstück erreicht zu haben. Frau Probst straffte die Schultern, atmete tief durch.

»Wir müssen Tapferkeit zeigen und an den Endsieg glauben«, brachte sie beschwörend hervor. »Der Feind will uns demoralisieren, aber wir dürfen das nicht zulassen. Mein Mann hat recht, sobald wir uns aufgeben und wanken, ist alles verloren.«

Görgy nickte und sagte: »Ich habe schon viel verloren: Meine schöne Schwabinger Wohnung liegt in Schutt und Asche. Mein Auto ist unter Trümmern begraben. Das Atelier und viele meiner Bilder sind verbrannt. Ich bin ein alter Mann, alles, was ich meinen Kindern und Enkelkindern hinterlassen wollte, ist zerstört. Nur die Marndorfer Hütte mit dem Garten ist mir noch geblieben.«

»Ja, ja, wir müssen alle Opfer bringen«, meinte der SS-Mann.

Görgy verzog unwillig das Gesicht und bemerkte trocken: »Entwarnungston!«

»Mir geht es viel besser«, behauptete Frau Probst und lehnte Georgs Unterstützung ab.

Sie kletterten nach oben und Traudi flüsterte Görgy zu: »Der Aufenthalt im Bunker hat wohl für eine Blitzheilung gesorgt.«

Sie blinzelte ihm verschwörerisch zu und seine Bewunderung für das kecke Mädchen wuchs.

»Wann soll ich wiederkommen?«, fragte er beim Abschied.

»Am Freitag«, beschied ihm Frau Probst.

»Ja, dann Freitag, zwei Uhr«, bestätigte Görgy. »Da sind die besten Lichtverhältnisse.«

Sie hob den rechten Arm und rief: »Heil Hitler, Herr Görgy, und Grüße an Ihre Frau.«

»Ellis Mann hieß Ferdinand?«, fragte Erna irritiert. »Unsere Mutter hatte eine ...«

Sie stockte und Anton vollendete ihren Satz: »... einen Bekannten in Berlin, der Ferdinand hieß.«

»Nun ja, viele Männer heißen Ferdinand«, meinte Görgy.

»Da haben Sie recht«, sagte Erna. »Verzeihen Sie, dass ich Sie unterbrochen habe.«

»Am darauffolgenden Freitag regnete es in Strömen. Das

schlechte Wetter passte zu meiner Stimmung. Nach den Vorkommnissen der letzten Woche ging ich nicht gerne zu Frau Probst.

Rosemarie sagte bestimmt: ›Da hinten wird es schon heller.‹ So versucht sie noch heute, mich über Regenwetter hinwegzutrösten.

Ich hatte keine Lust, Frau Probst zu malen. Sie schien mir schwierig und ein wenig kapriziös zu sein. Doch hatte ich eine Wahl? Nein! Also nahm ich meinen Skizzenblock, setzte meinen Filzhut auf, schlüpfte in die Lodenjoppe und verließ schlecht gelaunt das Haus.

Rosemarie sagt oft, Künstler verspürten immer einen Hang zum Drama und ich sei keine Ausnahme. Ich hatte mich aufs Porträtmalen spezialisiert und liebte es, vor allem die weiblichen Schönheiten für die Nachwelt festzuhalten. Rosemarie hatte in den Anfangsjahren unserer Ehe schon Schwierigkeiten damit, hat sich dann aber immer mehr daran gewöhnt, dass in meinem Atelier die Damen ein und aus gingen ...«

Kapitel 21

Marndorf, Mai 1944

Georg öffnete die Haustür der Villa und sagte: »Folgen Sie mir, ich bringe Sie zur gnädigen Frau.«

Kurz darauf stand Görgy vor einer gut gelaunten Frau Probst. »Heil Hitler«, rief sie. »Treten Sie näher, lieber Herr Görgy. Heute geht es mir sehr gut. Jetzt kann es mit meinem Porträt richtig losgehen. Wo soll ich mich hinsetzen? Ist das Licht hier in der Stube gut genug?«

Die Zimmertür wurde geöffnet und Traudi trat herein, ein Tablett balancierend.

»Da kommt der Kaffee«, verkündete Elli Probst. »Ich hoffe, Sie mögen Kaffee? Bitte, machen Sie mir die Freude. Rosa hat einen ›Frankfurter Kranz‹ gebacken. Der schmeckt Ihnen bestimmt. Setzen Sie sich doch«, drängte sie ihn.

Görgy sog den Duft des frisch gebrühten Kaffees tief ein. »Echter Bohnenkaffee?«, fragte er ungläubig. »Wie könnte ich da Nein sagen. Ich kann mich gar nicht mehr richtig daran erinnern, wann ich zum letzten Mal in diesen Genuss gekommen bin.«

Elli strahlte. »Das ist schön, dass ich Ihnen eine Freude machen kann. Bei unserem ersten Zusammentreffen habe ich Ihnen wohl einen gehörigen Schreck eingejagt.«

»Sie nicht, gnädige Frau«, sagte Görgy, während er genussvoll ein Stück Kuchen verspeiste. »Georg schon!«

Görgy sah auf ein Hitlerbild, das in einem Silberrahmen auf der Kommode stand. Elli folgte seinem Blick und sagte: »Ein Geschenk des Führers zu meinem Geburtstag. Sehen Sie es sich ruhig genauer an, falls es Sie interessiert.«

»Für Frau Elli Probst zum 20. April 1939«, las Görgy. »Mit herzlichsten Glückwünschen und in aufrichtiger Zuneigung, Ihr Hitler.«

»Sie sind am gleichen Tag wie Hitler geboren?«, sagte Görgy verwundert.

Elli nickte. »Ja, was für ein Zufall, oder? Wir feierten so manches Wiegenfest zusammen, bevor ...«, sie seufzte, presste die Lippen zusammen und stieß hervor: »Ferdinand bei ihm in Ungnade gefallen ist.« Sie schlug die Hand vor den Mund. »Ich rede schon wieder viel zu viel. Eine furchtbare Angewohnheit. Lassen Sie uns anfangen!«

Die nächste halbe Stunde saß Elli schweigend auf der Bank vor dem Fenster. Die Sonne kam hervor und tauchte das Zimmer in helles Licht.

Elli blinzelte und lachte. »Das erinnert mich an eine Begegnung mit Hitler kurz nach meiner Hochzeit. Er hatte uns in Berlin ins Hotel *Kaiserhof* zum Tee eingeladen. Es war ein schrecklich trüber Tag und urplötzlich brach die Sonne durch, was Hitler dazu veranlasste, mir das Kompliment zu machen, dass ich ihm wie ein Sonnenstrahl vorkäme. Der Führer und mein Mann hatten sich einige Zeit über furchtbar langweilige dienstliche Vorgänge unterhalten, wofür sich Hitler schließlich bei mir entschuldigte mit den Worten: ›Verzeihen Sie, wie unhöflich von uns, Sie so zu langweilen.‹ Dann sagte er zu meinem Mann: ›Kompliment, deine junge Frau ist bezaubernd. Ganz so wie ich mir die deutsche Frau wünsche. Ungeschminkt, elegant, aber nicht pompös gekleidet. Es gibt nichts Herrlicheres als ein gesundes, natürliches deutsches Mädel.‹«

Görgy musterte sie schweigend, während er weiter skizzierte.

»Ach, Herr Görgy, Sie können sich gar nicht vorstellen, wie schüchtern ich damals war! Nur so kann ich es mir heute erklären, was ich ihm antwortete: ›Ich freue mich, dass mein Kostüm Ihrem Geschmack entspricht. Ferdinand wollte, dass ich ein braunes Kostüm trage, doch die Farbe steht mir nicht besonders gut.‹

Hitler stutzte, und während Ferdinand mit entsetztem Gesichtsausdruck empört ›Elisabeth!‹ rief, brach der Führer in schallendes Gelächter aus. ›Ferdinand, hast du das gehört?‹, japste er. ›Braun steht ihr nicht so gut!‹

Ferdinand lächelte höflich und seufzte erleichtert auf, als er merkte, dass Hitler meine unbedachte Bemerkung mit Humor aufnahm.

›Sie erinnern mich ein wenig an meine Eva‹, sagte Hitler. ›Sie äußert sich manchmal auch so unbedacht. Aber das muss man der Jugend einfach zugestehen, oder?‹«

Görgy starrte peinlich berührt auf den Skizzenblock. Er verstand nicht ganz, was Frau Probst dazu trieb, ihm jetzt diese Geschichte zu erzählen.

Doch sie plauderte munter weiter: »Ferdinand und Hitler kennen sich schon lange und mein Mann half ihm von der ersten Stunde an, die Partei aufzubauen. Damals machte mir der Führer das größte Kompliment, das ich jemals erhielt.«

Görgy sah kurz auf und Elli fuhr fort: »›Es ist mir wichtig, dass sich die Frauen meiner wichtigsten Kameraden gut verstehen. Emmy Göring ist eine bildhübsche Frau, aber Sie, liebe Elli, sind in meinen Augen die schönste Frau der Reichskanzlei.‹«

Ellis helles Lachen erfüllte den Raum und sie strahlte über das ganze Gesicht, als sie weitererzählte: »›Ach, Herr Hitler, ich bin doch nur ein Mädchen aus einfachem Elternhaus‹, habe ich erwidert.

›Sie dürfen mich Wolf nennen, liebe Elli‹, sagte er gönnerhaft und wandte sich meinem Mann zu: ›Ich wünschte, du würdest deine Frau Elli nennen, das passt viel besser zu ihr. Der Name Elisabeth klingt so streng und sie hat, wie mir scheint, ein heiteres Wesen!‹

›Meine Eltern haben mich nie anders als Elli genannt‹, warf ich ein.

›Dann wollen wir das doch beibehalten‹, meinte Hitler.

›Wie du wünschst‹, sagte Ferdinand und warf mir einen warnenden Blick zu.

Zwei Wochen später schenkte mir Ferdinand ein Brillantcollier. ›Du hast Hitler sehr beeindruckt. Er meinte, ich hätte es auch deinem Charme zu verdanken, dass er mich in seinen engsten Stab nach Berlin berief.‹«

Da Görgy nichts erwiderte, schwieg Elli eine Zeit lang. Sie saß ruhig und konzentriert da und sagte plötzlich: »Herr Görgy, darf ich Sie fragen, wie lange Sie bereits verheiratet sind?«

»Wir feiern bald unseren Hochzeitstag und ich habe nichts, was ich meiner Frau schenken könnte«, erwiderte er betrübt.

»Haben Sie Ihr Eheversprechen jemals bereut?«, wollte sie wissen.

»Nein, nie«, versicherte er.

Während sie ihn mit einem nachdenklichen Blick musterte, meinte sie: »Meinen Hochzeitstag und die erste Zeit mit meinem Mann empfand ich als sehr schön. Wir haben im Hochsommer geheiratet, im August ...«

Kapitel 22

München, August 1933

Elli, du glücklichste Frau unter der Sonne«, seufzte Clara. »Ferdinand ist so ein schneidiger Mann – und Reichsleiter!«

Max Dankl warf seiner jüngeren Tochter einen missbilligenden Blick zu und brummte: »Ich verstehe nicht, dass du deinen zukünftigen Schwager so anhimmelst.«

»Ich finde ihn schneidig«, erwiderte Clara keck und fügte schwärmerisch hinzu: »Außerdem ist er seit Jahren mit dem Führer befreundet.«

Der Vater verzog das Gesicht und schnaubte: »Ich weiß, dass mein Schwiegersohn in spe zu den ›Alten Kämpfern‹ gehört.«

»Was meinst du denn damit?«, fragte Clara verwirrt.

»So werden die Männer bezeichnet, die Hitler von Anfang an unterstützten und ihm immer die Treue hielten«, erklärte ihr Vater.

»Na siehst du, Vati«, ereiferte sich Clara, »Treue ist doch etwas Schönes und Edles!«

»Ach, Kind, was verstehst du denn davon!«, seufzte der Vater.

»Mutti, bist du jetzt endlich fertig? Ich kann nicht mehr still stehen«, stöhnte Elli, die auf einem Schemel balancierte. Man hatte die gute Stube kurzfristig zum Brautankleideraum umfunktioniert.

»Gleich, Kindchen«, sagte ihre Mutter und stand auf. »Sei vorsichtig, sonst trittst du auf den Kleidersaum.«

Elli stieg von dem Schemel herunter und drehte sich vor dem Spiegel, der üblicherweise im Elternschlafzimmer hing, hin und her.

Clara klatschte begeistert in die Hände und rief aus: »Was für eine elegante Braut!«

»Ich bin aufgeregt«, wisperte Elli. Sie umarmte ihre Mutter.

»Gut, dass ich deinem Rat gefolgt bin und mich für den weißen Organza entschieden habe.«

»Ja, der Stoff fließt herrlich und umschmeichelt deine Figur«, bestätigte ihre Mutter. »Die doppelten Flügelärmel und der runde Halsausschnitt geben dem Kleid eine edle Note.«

Erneut drehte sich Elli vor dem Spiegel, freute sich über das herrliche Brautkleid, das ihre schlanke Figur besonders gut zur Geltung brachte, und zupfte an ihren Haarspitzen. »Die leichte Welle wirkt äußerst vornehm, Mutti, oder?«

Diese nickte. »Ja, sehr hübsch, Elli. Meine Skepsis bezüglich der neuen Frisur war unbegründet. Sie passt perfekt zu deinem braunen Haar.«

Wohlwollend musterte sie ihr Vater und sagte zu seiner Frau: »Eva, was sagst du nun zu unserer Elli – sie wird die Ehefrau eines SS-Sturmbannführers! Und ich dachte schon, sie kommt mit ihren zweiundzwanzig Jahren gar nicht mehr unter die Haube.«

»Max!«, mahnte die Mutter.

Doch er wandte sich Elli zu und fuhr ungerührt fort: »Es ist gut, dass dein Bräutigam dreizehn Jahre älter ist als du. Was sollte ein Jungspund mit so einer Träumerin, wie du es bist, anfangen? Und dann die exzellente materielle Versorgung! Ferdinand wird dir ein unbeschwertes, sorgenfreies Leben ermöglichen.«

Er gab ihr einen Kuss auf die Stirn und sagte: »Für eine katholische Trauung fände ich den Ausschnitt des Kleides unpassend und die Arme hättest du auch bedecken müssen. Aber da ihr euch ja lediglich auf dem Standesamt das Eheversprechen gebt, wird es wohl durchgehen. Ich kann immer noch nicht fassen, dass Ferdinand eine kirchliche Trauung abgelehnt hat.«

Ellis Mutter protestierte: »Jetzt lass es doch gut sein, Max. Der Herrgott sieht ins Herz, nicht ins Kirchenbuch, der wird unserer Elli seinen Segen nicht verwehren. Und er wird auch wissen, dass sie im Hochsommer unmöglich geschlossen bis zum Hals gehen kann – ansonsten hätte er das schöne Wetter gar nicht erst gemacht. Bestimmt findet er, dass Elli eine wunderschöne Braut ist. Und der Ausschnitt ist ja auch keinesfalls übertrieben tief.«

»Ja, ja, haltet nur zusammen!«, knurrte Ellis Vater und schaute zur Standuhr. »Seid ihr fertig? Er wird gleich da sein.«

»So spät ist es bereits?«, fragte Elli beunruhigt. »Wo ist der Schleier?«

»Hier, Kindchen«, beruhigte die Mutter.

»Nenn mich nicht immer Kindchen«, rief Elli empört. »In einer Stunde bin ich Frau Ferdinand Probst!«

Die Mutter lächelte und sagte: »Clara, hilf mir und nimm den Tüll auf den Arm, damit er sauber bleibt. Elli, setz dich auf den Stuhl, dann kann ich den Reif einfacher befestigen.« Ihre Mutter steckte den mit zarten, echten weißen Margeritenblüten geschmückten Reif, an dem der Brautschleier hing, in ihrem Haar fest.

»So eine Menge Stoff«, stöhnte Clara. »Wie viele Meter sind das denn?«

»Drei«, riefen Elli und ihre Mutter gleichzeitig.

»Fertig!«, stellte die Mutter fest und Elli sprang ungeduldig auf.

»Am besten, du legst den Schleier über den Arm«, riet ihr die Mutter und erlöste Clara von dem Tüllgebilde. »Im Standesamt drapiere ich ihn entsprechend.«

»Danke, meine allerbeste Mutti«, meinte Elli.

Zehn Minuten später klagte sie: »Wo bleibt Ferdinand? Er sollte längst da sein. Clara, schau mal aus dem Fenster!«

Clara tat, was ihre Schwester wünschte und schüttelte den Kopf. »Weit und breit kein Mann in Sicht, hoffentlich lässt er dich nicht im letzten Moment sitzen.«

»Das ist nicht spaßig«, schimpfte Elli. »Hör auf, derartigen Unsinn zu reden!«

»Wirklich, Clara«, tadelte ihre Mutter, »Elli ist nervös genug, lass den Unfug!«

Clara schwieg beleidigt, spähte hinaus und meinte: »Puh, es ist jetzt schon so heiß. Wir werden schwitzen heute ... falls Ferdinand überhaupt noch auftaucht.«

Der warnende Blick des Vaters brachte sie zum Verstummen.

»Da kommt ein schwarzer Mercedes angefahren, das wird dein Verlobter sein«, jubelte sie einige Minuten später.

»Geh vom Fenster weg«, befahl ihre Mutter. »Wie sieht das denn aus!«

»Als ob wir auf ihn warten würden?«, erwiderte Clara vorwitzig.

Der Vater schlüpfte in die Anzugjacke, nickte Elli aufmunternd zu und ging zur Wohnungstür. Kurz darauf ertönte die Türklingel und Elli hörte die Stimme des Vaters: »Grüß Gott, Ferdinand.«

»Heil Hitler, Max«, entgegnete dieser. »Laut seinem Erlass erwartet Reichsinnenminister Frick von seinen Beamten, dass sie im Dienst den Hitlergruß zur Anwendung bringen.«

»Im Dienst, lieber Ferdinand, im Dienst«, hörte Elli ihren Vater sagen. »Heute ist euer Hochzeitstag, da sollte das Politische doch an zweiter Stelle stehen.«

Ferdinand zog unwillig die Augenbrauen nach oben und entgegnete: »Es brechen jetzt andere Zeiten an, lieber Schwiegerpapa. Ob diejenigen mit einer derartigen Einstellung Oberregierungsrat werden, ist fraglich.«

Ferdinand trat ins Wohnzimmer und Elli hatte das Gefühl, dass ihr Herz für einen Moment aussetzte, als sie ihren Bräutigam in der schwarzen SS-Uniform zu Gesicht bekam. Die Litzen an der Jacke und die Achselschnur blitzten im Morgenlicht. Seine dunklen Haare hatte er mit Pomade nach hinten gekämmt.

»Er sieht aus wie ein Prinz«, wisperte Clara ihrer Schwester ins Ohr.

»Heil Hitler, meine Damen«, ließ Ferdinand verlauten.

Clara kicherte. »Ich bin doch keine Dame.«

»Für mich schon, kleine Schwägerin«, sagte er galant und

deutete, wie zuvor bei seiner Schwiegermutter in spe, einen Handkuss an.

»Elisabeth«, raunte er zärtlich, »du siehst bezaubernd aus!«

»Grüß Gott, Ferdinand«, murmelte sie schüchtern.

Mit einem spöttischen Lächeln sagte Ferdinand: »Max, ich dachte, dass Elisabeth alles gelernt hat, um eine gute Ehefrau für einen SS-Mann zu sein?«

Erschrocken blickten sie ihn an.

Er fing an zu lachen, reichte Elli den Arm und meinte: »Mein Liebes, selbstverständlich weißt du dich zu benehmen. Dieses leidige ›Grüß Gott‹ könnt ihr wohl alle zusammen nicht lassen, oder? Noch ist der ›Deutsche Gruß‹ keine Pflicht für die ganze Bevölkerung. Aber da du dich jetzt in unseren nationalsozialistischen Kreisen bewegst, musst du unbedingt daran denken, ihn künftig anzuwenden. Wir grüßen den Führer, denn er wird uns das Paradies auf die Erde bringen. Hast du mich verstanden?«

Elli nickte.

Ferdinand schlug die Hacken zusammen. »Komm, Elisabeth, lass uns hinuntergehen.«

Der raue Stoff von Ferdinands Uniformjacke kratzte ein bisschen auf ihrem Oberarm, als sie sich bei ihm unterhakte. Eng an ihn geschmiegt, wurde ihr bewusst, dass sie heute Abend zum ersten Mal die Nacht mit ihm gemeinsam verbringen würde. Eine seltsame Hitze erfasste sie und sie hoffte, dass ihre Wangen nicht rot wurden.

Vorsichtig schritten sie die knarzende Treppe hinunter. Sie flüsterte ihm zu: »Ferdinand, das mit dem Gruß tut mir leid. Es geschah versehentlich, weil ich am heutigen Tag so furchtbar aufgeregt bin. Ich sage sonst immer ›Heil ...‹« Sie stolperte, blieb mit dem feinen weißen Schuh am Treppenabsatz hängen und kam ins Straucheln.

Er fing sie auf, hielt sie umfangen und flüsterte: »Du brauchst eine starke Hand, die werde ich dir geben.« Er drückte ihr einen sanften Kuss auf die Stirn. »Du wirst mich sehr glücklich machen«, raunte er. »Das wird deine künftige Aufgabe sein.«

Sie schritten durch die Eingangstür des Gründerzeithauses hinaus in den strahlend schönen Sommertag. Auf dem Gehsteig wartete die neugierige Nachbarschaft.

Ein Lächeln huschte über Ellis Gesicht, als sie die Buben sah, die ehrfürchtig die Mercedes-Limousine umringten. Der grimmige Gesichtsausdruck von Ferdinands Chauffeur hielt sie jedoch davon ab, den Wagen zu berühren. Elli bemerkte die Bäckers- und die Metzgersfrau, die in ihren Arbeitskitteln dastanden und das Brautpaar aufmerksam musterten.

»Alles Gute, Fräulein Dankl«, rief die Frau des Schusters, der Ellis Brautschuhe angefertigt hatte. »Schenken Sie unserem Führer viele Kinder!«

Elli lächelte verlegen und Ferdinand meinte: »Dafür werde ich wohl sorgen müssen.«

Die Frau nickte scheu und trat einen Schritt zurück, denn der livrierte Chauffeur öffnete den hinteren Wagenschlag und half Elli, Ferdinand und Max beim Einsteigen. Eva und Clara rückten zusammen und setzten sich auf den Beifahrersitz.

Bei der Abfahrt betrachtete Ferdinand mit gerunzelter Stirn den Schusterladen. »Isaak Landmann? Du lässt dir von einem Juden Schuhe anfertigen?«

Erschrocken schaute ihn Elli an, während ihr Vater antwortete: »Die Ehefrau ist keine Jüdin und Isaak arbeitet ordentlich.«

Ein spöttisches Lächeln huschte über Ferdinands Gesicht. »Wie du meinst, Max. Dennoch rate ich dir zur Vorsicht, bei wem du künftig einkaufst. Du bist schließlich bald mein Schwiegervater.«

Max sog scharf die Luft ein und schwieg, um Ellis Hochzeitstag nicht durch einen Streit zu belasten.

Nach einiger Zeit nahm Ferdinand Ellis Hand und führte sie an den Mund. Er drückte einen zarten Kuss darauf und sagte: »Du bist so still, liebes Kind.«

»Es ist alles so aufregend«, wisperte sie.

Ferdinand lachte. »Du wirst es zustande bringen, dein Jawort klar und deutlich auszusprechen? Rudolf wird dem Führer alles genau berichten, da wollen wir uns nicht blamieren!«

»Ich gebe mir Mühe«, versicherte Elli.

Er tätschelte ihre Wange und lobte: »Das wollte ich hören.«

An Ellis Vater gewandt sagte er: »Der Führer bedauert außerordentlich, dass er die Teilnahme an der Hochzeit absagen musste. Aber er darf als Redner beim Parteitag des Gaues Sachsen in Leipzig natürlich nicht fehlen! Mein alter Freund Heß, den Hitler im April zu seinem Stellvertreter ernannt hat, wird als Trauzeuge fungieren.«

»Selbst an deinem Hochzeitstag geht dir die Partei über alles«, bemerkte Ellis Vater.

»Was ist daran verwerflich?«, hakte Ferdinand nach.

»Hitler ist faktisch der Alleinherrscher, seit ihr die anderen Parteien verboten habt und deren Mitglieder verhaftet werden!«, erwiderte Ferdinands Schwiegervater in spe.

»Wenn du das so sehen magst«, entgegnete Ferdinand verstimmt.

»Jetzt hört doch auf«, schimpfte Ellis Mutter. »Politisch werdet ihr nie auf eine Linie kommen. Max, verdirb bitte nicht Ellis Hochzeitstag!«

»Wir sind gleich da«, verkündete Ferdinand und nahm Ellis Hand. »Sei ganz ruhig«, flüsterte er ihr zu. »Ich bin an deiner Seite.«

Sie schenkte ihm ein Lächeln und wisperte: »Darüber bin ich unendlich froh!«

Der Wagen fuhr am Standesamt in der Mandlstraße vor. Heß stand am Eingangsportal. Als er Ferdinand erblickte, riss er den rechten Arm nach oben und schrie: »Heil Hitler! Das Brautpaar lebe hoch!«

»Gnädiges Fräulein sehen entzückend aus«, lobte Heß und reichte ihrem Vater die Hand. Mit Blick auf ihre Mutter sagte er: »Sie sind die glücklichen Eltern der strahlenden Braut?«

Ellis Vater nickte. »Ja, ich bin Max Dankl, das sind meine Frau Eva und meine Tochter Clara.«

»Freut mich«, antwortete Heß. Er versetzte Ferdinand einen kräftigen Schlag auf den Rücken und sagte: »Na, alter Junge, jetzt wird es ernst. Bist du bereit?«

Ferdinand knallte die Hacken zusammen und donnerte: »SS steht allzeit zum Einsatz parat!«

»Wir sind Kampfgenossen der ersten Stunde«, erklärte Heß. »Beide haben wir Parteimitgliedsnummern unter zwanzig! Sie sehen, wir sind alte und treue Weggenossen unseres Führers.«

»Aha«, sagte Ellis Vater. »Ich glaube, wir gehen besser hinein.«

Ferdinand bot Elli den Arm und sie stiegen die Treppe hinauf, die in den Trausaal in der oberen Etage führte. Im Vorraum wartete Gauleiter Adolf Wagner, der zweite Trauzeuge Ferdinands. Er hieß die Kameraden willkommen. Wagner trug eine braune Uniformjacke.

Ellis Vater flüsterte: »Sehr praktisch, jetzt Adolf zu heißen. Dennoch frage ich mich: Ist das eine Hochzeit oder eine Uniformparade?« Elli sah, wie ihre Mutter den Vater in die Seite knuffte.

Die Tür zum Trausaal wurde aufgestoßen und Oberbürgermeister Karl Fiehler trat heraus. »Heil Hitler, Ferdinand«, begrüßte er den Bräutigam und nickte Heß und Wagner zu. Er nahm Ellis Hand und sagte: »Es ist mir eine Ehre, dass ich die Trauung meines Weggefährten Probst vollziehen darf.«

»Danke«, hauchte Elli.

Gemeinsam schritten sie in das Trauzimmer. Elli entdeckte Ferdinands Mutter Sophie und seine Schwester Ottilie auf Stühlen in der ersten Reihe. Sie entboten Elli keinen Gruß, was sie verärgert registrierte. Die Witwe eines Obersts, die ihren Mann kurz vor dem Ende des Krieges im Jahr 1918 verloren hatte, ließ Elli immer noch deutlich spüren, dass sie sich eine bessere Partie für ihren einzigen Sohn erhofft hatte. Ach, was verstehen denn alte Menschen von der wahren Liebe, dachte Elli trotzig.

Karl Fiehler bat das Brautpaar, auf den mit Lorbeerzweigen und Nelken geschmückten Stühlen Platz zu nehmen. Ellis Mutter drapierte den Brautschleier, während Fiehler seinen Blick über die Hochzeitsgesellschaft schweifen ließ. Dann begann er zu sprechen: »Liebe Brautleute, verehrte Familie, Freunde und Männer der SS. Heute ist ein herausragender Tag im Leben unseres Reichsleiters und Gruppenführers. Dem Wunsch des Führers entsprechend, tritt er in den Ehestand ein. Es erfüllt mich mit Stolz, dass ich die Trauung vollziehen darf. Ehe und Familie sind der Garant für ein starkes Deutschland. Der Führer weist der Frau eine besondere Aufgabe zu: die Aufzucht der Kinder und die Gestaltung des Haushaltes. Das zeigt, wie wichtig ihm der Aufbau eines neuen Deutschlands ist und wie ernst er ihn nimmt. Obwohl es bei diesem Brautpaar unnötig ist, bin ich in der Rolle des Standesbeamten gezwungen, euch auf Folgendes hinzuweisen: Das Glück der Nation hat künftig über dem Glück des Einzelnen zu stehen. Das Geschlechtsleben dient der Zeugung zur Erhaltung des Lebens der Nation und keinesfalls dem Genusse des Einzelnen.«

Elli spürte, dass sie rot wurde, und senkte den Kopf. Sie hatte keine Vorstellung von solchen Dingen und erwartete mit gespannter Unruhe die Hochzeitsnacht. Die Mutter hatte ihr erklärt, dass »es« zum Ehestand gehörte und der Lohn der Anstrengung das Mutterglück sei. Elli solle sich nur auf Ferdinand verlassen, der genau wüsste, was zu tun sei. Elli wagte nicht, weitergehende Fragen zu stellen. Das Wort »Geschlechtsleben« erschreckte sie ein wenig. Sie wurde aus diesen Gedanken gerissen, als Fiehler sagte: »Nun bitte ich die Verlobten, aufzustehen.«

Mit getragener, feierlicher Stimme trug der Oberbürgermeister die Trauformel vor.

»Frau Probst, herzlichen Glückwunsch und alles Gute für die Zukunft«, gratulierte Fiehler wenig später.

Elli strahlte. »Frau Probst« – wie schön das klang!

Nachdem er Ferdinand mit einem kräftigen Händedruck beglückwünscht hatte, verlas der Oberbürgermeister eine persönliche Grußbotschaft Hitlers.

»Hier ist das Familienstammbuch für dich«, sagte Fiehler dann und überreichte Ferdinand ein weiteres Buch mit den Worten: »Hitlers ›Mein Kampf‹ bekommt ab sofort jedes frischgebackene Ehepaar.«

Ferdinand grinste und brüstete sich: »Das steht bereits seit 1926 bei mir im Bücherschrank, mit persönlicher Widmung des Autors!«

»Das dachte ich mir«, meinte Fiehler. Er trat einen Schritt zurück, da er bemerkte, dass Frau Dankl ungeduldig darauf wartete, ihrer Tochter endlich gratulieren zu können.

Noch im Trausaal nahm das Brautpaar die Glückwünsche der Familie entgegen. Elli gelang es, die frostige Gratulation der Schwiegermutter zu ignorieren. Beim Auszug aus dem Trauzimmer erklang der Hochzeitsmarsch aus der Oper *Lohengrin*, und im Vorraum standen mit Champagner gefüllte Gläser bereit.

»Auf eine glückliche Zukunft!«, rief ihr Vater. Obwohl er dann seine Stimme senkte, hörte Elli, wie er lästerte: »Sieh an, französischer Champagner! Deutscher Sekt stünde den Nationalen besser.«

»Vati, bitte!«, flehte Elli und sah um sich, ob Ferdinand etwas mitbekommen hatte.

Ihr Vater trank in großen Schlucken und lobte schließlich Ferdinand: »Einen guten Tropfen hast du ausgesucht!«

»Freut mich, wenn er deine Zustimmung findet«, sagte Ferdinand und bat um die Aufstellung für die Hochzeitsbilder.

»Nein, Frau Probst, nicht lächeln!«, mahnte der Fotograf. »Das Bild muss den feierlichen, erhebenden Augenblick widerspiegeln.«

Elli blickte Hilfe suchend zu Ferdinand und schaute in eine ernste Miene.

»Oh, je«, wisperte sie. »So streng soll ich aussehen, wo ich so glücklich bin?«

Ferdinand nickte. Elli kämpfte damit, ihren Gesichtsausdruck unter Kontrolle zu bekommen.

Als der Fotograf endlich erklärte, mit den Aufnahmen zufrieden zu sein, verließen sie das Gebäude.

Vor dem Standesamt entboten Ferdinands SS-Kameraden einen Gruß. Die Eheleute schritten durch das Ehrenspalier und Elli genoss die offensichtliche Wertschätzung ihres Mannes.

Ferdinand sprach kurze Dankesworte und lud die Gefährten ein, im *Bürgerbräukeller* auf seine Kosten ein Bier zu trinken.

Die Hochzeitsfeier fand im Hotel *Vier Jahreszeiten* statt. Bei der Ankunft begrüßte der Inhaber des Hotels, Herr Walterspiel, die Brautleute persönlich und geleitete sie zum kleinen Festsaal. Die geladenen Gäste saßen bereits an den ihnen zugewiesenen Plätzen an der langen Tafel.

Applaus brandete auf, als Ferdinand und Elli den Saal betraten. Der holzvertäfelte Raum war, genau wie die Tische, mit üppigem Blumenschmuck ausgestattet worden.

Ferdinand flüsterte: »Sie sind wohl alle froh, dass es endlich etwas zu essen gibt.«

Elli lachte leise auf und landete gleich darauf in Tante Franzis Armen. »Mein Elisabethchen, ich wünsch dir alles Gute!«

»Du erdrückst mich«, protestierte Elli. »Ich bekomme keine Luft mehr.«

Franzi lockerte den Griff, musterte Ferdinand von oben bis unten und sagte: »Grüß Gott, Herr Reichsleiter, ich bin Ellis Taufpatin und ihre Tante.«

»Heil Hitler«, entgegnete Ferdinand und deutete einen Handkuss an.

»Freilich, ja«, stammelte sie verlegen. »Heil Hitler!«

Ferdinand lächelte charmant und meinte: »Ich bitte Sie herzlich, liebe Tante Franzi, nennen Sie mich Ferdinand.«

»Gerne! Was für eine Ehre«, murmelte sie verblüfft und trat zurück, um den anderen Gästen die Gelegenheit zu geben, das Brautpaar zu begrüßen.

»Wie festlich alles eingedeckt ist«, hörte Elli die lobenden Worte ihrer Mutter.

Ihr Vater mokierte sich: »Hoffentlich ist das jetzt gut genug für den Herrn Reichsleiter. Ein Essen im engsten Familienkreis bei uns zu Hause fand er ja zu schlicht.«

»Seine Position bringt gewisse Verpflichtungen mit sich«, beschwichtigte die Mutter. »Das musst du verstehen.«

»Verstehen? Nein, Eva, das ist zuviel verlangt«, gab er sarkastisch zurück. »Ich nehme einiges hin, aber verstehen muss ich es nicht.«

»Sieh, wie wundervoll alles arrangiert ist!«, bemühte sich Elli, ihren Vater freundlich zu stimmen.

»Die opulenten Rosengestecke duften wundervoll«, bestätigte ihre Mutter.

»Mutti, du sitzt neben Ferdinand«, verkündete Elli. Sie sah suchend zur Eingangstür. »Hoffentlich erscheint meine Schwiegermutter bald. Sie ist leider kränklich. Aber wir hoffen, dass sie nach einer Ruhepause dazukommen kann.«

»Sie ist vorgefahren«, sagte Ferdinand, der hinzugetreten war. »Herr Walterspiel begleitet sie herauf.«

Kurze Zeit später betraten Ferdinands Mutter Sophie und seine Schwester Ottilie den Saal. Die alte Frau Probst lamentierte über das heiße Sommerwetter, um dann gleich in sehr spitzem Ton zu Ellis Vater zu sagen: »Ach ja, hoffentlich werden die Kinder, trotz des Standesunterschiedes, glücklich! Sie hören ja heute nicht mehr darauf, was die Eltern sagen. Das sind halt die modernen Zeiten.«

»Standesunterschiede«, schnaubte Ellis Vater wenig später. »Mir san a ned auf der Brennsuppn dahergeschwumma. Und ich bin kein kleiner Beamter, sondern Regierungsrat. Die hod wohl vergessn, dass Grundstück und Haus in Marndorf durch Ellis Mitgift finanziert werd! Arme Elli, hoffentlich muss sie die reizende Schwiegermama nicht oft besuchen.«

Ellis Mutter sagte beschwichtigend: »Sie lebt halt immer

noch in der Vergangenheit. Nicht umsonst lässt sie sich gerne mit ›Frau Oberst‹ ansprechen. Obwohl ihr Mann bereits seit einigen Jahren tot ist. Bitte, Max, reiß dich bei Tisch zusammen«, raunte Ellis Mutter, als sie an der Tafel Platz nahmen.

Heß hielt eine launige Rede. »Ganz im Sinne unseres Führers, der in der Familie die Keimzelle des deutschen Volkes sieht, die außerdem einem Mann Stabilität und Ruhe verleiht, habt ihr euch heute das Jawort gegeben. Du hast eine anständige deutsche Frau an deiner Seite, die unserem Führer sicher viele Kinder schenken wird. Vor euch liegt eine gemeinsame Zeit voller Hoffnungen, Glück und Freude. Eine Zeit, in der Deutschland erstarken und erblühen wird und wir vorwärtsstreben für unseren Führer und unser Vaterland! Erheben Sie gemeinsam mit mir das Glas und lassen Sie uns anstoßen auf die Zukunft der Eheleute!«

Die Hochzeitsgesellschaft spendete begeisterten Applaus und die Kellner servierten die Hummersuppe.

Bevor der Hauptgang aufgetragen wurde, stand Ferdinand auf und klopfte mit der Messerspitze an ein Weinglas. Als die nötige Stille im Raum herrschte, fing er an zu sprechen: »Hochgeschätzte Frau Mama, verehrte Schwiegereltern, liebe Schwester, liebe Schwägerin, geehrte Gäste, ich danke euch, dass ihr heute mit uns feiert. Ich hatte das Glück, dass dieses junge und bildschöne Fräulein einwilligte, mit mir das Leben zu teilen. Das persönliche Glück, das ich meiner Frau und mir natürlich wünsche, steht nicht mehr im Vordergrund unseres Denkens und Handelns. Selbstlos werden wir unsere ganze Kraft für das Vaterland einsetzen. Daher hoffe ich auch, dass wir immer in der Lage sein werden, uns gegenseitig zu helfen und treu zueinanderzustehen.« Er wandte sich an Elli. »Meine geliebte Elisabeth, ich möchte dir ein Geschenk überreichen, das dich an den heutigen Tag erinnern soll.«

Elli sprang freudig auf und stieß einen Schrei des Entzückens aus. Der Diamantring, den Ferdinand ihr vor den Ehering steckte, funkelte im Sonnenlicht. Sie konnte die Tränen der Rührung nicht zurückhalten. »Ferdinand«, stammelte sie fassungslos. »Wie wunderschön, ich danke dir!«

Er küsste ihre Hand und nahm sie in den Arm.

Nach dem Rehbraten brachte Ferdinand einen Trinkspruch auf den Führer aus, was Ellis Vater veranlasste, einen Schnaps zu bestellen.

Nervös lauschte Elli, was er denn nun wieder zu sagen hatte. »Eva, weißt du, dass Hitler behauptet, er habe keine Frau an seiner Seite, weil er mit Deutschland verheiratet ist?«, fragte ihr Vater. »Was meinst du – kann er nicht oder will nicht?«

Ängstlich hielt Elli nach Ferdinand Ausschau, der zu ihrer Erleichterung am anderen Ende des Raumes in ein Gespräch mit seinen Kameraden vertieft war.

Ihre Mutter flehte: »Bitte, Max, pass auf, was du sagst!«

Er fing an zu feixen: »Was für eine Vorstellung: Hitler legt ganz Deutschland flach!«

»Die Nachspeise wird serviert«, rief Elli erleichtert, da sie hoffte, das würde den Redefluss ihres Vaters endlich stoppen.

»›Birne Elisabeth‹«, murmelte er süffisant. »Unser Schwiegersohn scheint immerhin Sinn für Humor zu haben.«

»Max, du hörst sofort auf, Alkohol zu trinken«, schimpfte Ellis Mutter.

»Keinesfalls«, widersprach er. Um das nationalsozialistische Gerede auszuhalten, muss ich viel Hochprozentiges konsumieren.«

»Reiß dich zusammen«, flehte Ellis Mutter.

Ferdinand kam an den Tisch zurück und erkundigte sich bei seinen Schwiegereltern, ob die Menüzusammenstellung ihren Vorstellungen entsprochen hatte. Elli schaute nervös auf ihren Vater, der bereits den zweiten Schnaps hinunterkippte. Sie verstand die Vorbehalte ihres Vaters nicht. Ihr Interesse für Politik hielt sich sowieso in Grenzen. Was war denn so falsch an Ferdinands politischer Gesinnung? Sein Beruf ging sie nichts an. Ungläubig betrachtete sie den Ehering und den Diamantring.

Wieso hatte dieser fantastische Mann ausgerechnet sie geheiratet?

»Elisabeth? Elisabeth, ich spreche mit dir«, vernahm sie Ferdinands energische Stimme.

»Verzeihung«, stammelte sie. »Ich hatte ... ich dachte soeben ...«

»Meine kleine Träumerin«, raunte er. »Ich habe Herrn Walterspiel gebeten, die Kuchen und Torten für den Kaffeetisch in einer Stunde bereitzustellen. Wir wollen die Feier ja nicht zu lange ausdehnen, da ich morgen in aller Früh nach Berlin reisen muss.« Stolz schaute er seinen Schwiegervater an und fügte hinzu: »Wenn sich das Schicksal Deutschlands entscheidet, stehen wir Männer Schulter an Schulter! Gerade die SS, ein ›Verband deutscher nordisch-bestimmter Männer‹, ist für den Führer unverzichtbar.«

Ellis Mutter fragte verwundert: »Ich dachte, die Mitglieder der SS sollen Hitler beschützen?«

Ihr Schwiegersohn runzelte die Stirn und entgegnete: »Nicht nur, liebe Schwiegermutter. Die Zukunft des deutschen Volkes liegt in der Auslese und in rassisch und erbgesundheitlich gutem Blut. Daher muss jeder SS-Mann eine Heiratsgenehmigung beim Reichsführer SS Himmler einholen. Er prüft in Zusammenarbeit mit dem Rassenamt, ob die Braut passend ist.«

»Der Stammbaum unserer Familie wurde demnach unter die Lupe genommen?«, hakte Ellis Vater nach.

Ferdinand nickte. »Ja, stellt euch vor, eure Familie geht zurück bis siebzehnhundertirgendwas. Auf jeden Fall ist Elisabeth eine reine Arierin.«

Elli erschrak, als ihr Vater abrupt aufstand und den Tisch verließ. »Was hat er denn?«, rief sie entgeistert.

»Ich sehe nach ihm«, sagte die Mutter und eilte ihrem Mann hinterher.

»Entschuldige, Ferdinand«, rief Elli. »Ich bin gleich wieder da, so habe ich Vati noch nie erlebt.«

»Ja, geh nur«, meinte er großmütig. »Solange man noch Eltern hat, muss man sie ehren.«

»Was für ein gewöhnliches Verhalten!«, hörte Elli ihre Schwiegermutter meckern, als sie den Tisch verließ.

Im Vorraum blickte Elli suchend um sich und entdeckte ihre Eltern in einer kleinen Nische. Sie wollte zu ihnen gehen, doch dann hörte sie ihren aufgebrachten Vater sagen: »Dieser eingebildete Lackel geht mir auf die Nerven! Und ich bin schuld, dass Elli an ihn geraten ist. Aber wie hätte ich wissen können, dass auf dem Bürgerball so viele Hitleranhänger sind! Und dass sich Elli dann auch noch ausgerechnet in diesen Kerl verguckt!«

»Max, was redest du da«, sagte ihre Mutter vorwurfsvoll. »Ferdinand hielt formell bei dir um Ellis Hand an. Du hast deine Zustimmung gegeben. Hör auf, dauernd über ihn zu schimpfen! Es gab die Möglichkeit, Nein zu sagen.«

»Zum Neinsagen, liebe Eva, fehlte mir der Mut. Diesen Leuten schlägt man besser nichts ab. Probst ließ mehr oder weniger durchblicken, dass ich zwischen Beförderung und Arbeitslosigkeit wählen kann. Viele Kollegen im Amt erhielten aus nichtigen Gründen die Entlassungspapiere. Welche beruflichen Perspektiven blieben mir als stellungslosem Beamten? Ich muss schließlich für dich und Clara sorgen.«

»Ich hatte keine Ahnung, dass er so mächtig ist«, staunte Ellis Mutter erschüttert.

Entsetzt beobachtete Elli, dass der Vater mit der Hand über die Augen fuhr. Weinte er? Sie trat hinter eine Säule, um das Gespräch weiter zu belauschen.

Ihre Mutter versuchte wohl, den Vater zu trösten, als sie sagte: »Elli liebt Ferdinand, das ist das Wichtigste. Auch wenn dir die Umstände missfallen. Es ist, wie es ist.«

»Du versuchst, meine Feigheit zu legitimieren«, stöhnte er.

Ihre Mutter schüttelte energisch den Kopf. »Sei nicht so streng mit dir. Was kann ein Einzelner gegen die neuen Herren ausrichten? Und wer weiß, wie lange sie an der Macht bleiben!«

»Wer soll Hitler noch aufhalten? Ich fürchte, er wird jahrelang regieren«, sagte der Vater.

Ihre Mutter legte den Arm um seine Schulter und Elli zuckte zusammen, als ihr Vater ziemlich laut dozierte: »›Spott, Hohn und Missverstehen berühren uns nicht, die Zukunft gehört uns!‹«

»Was?«, rief ihre Mutter irritiert.

»Zitat Reichsführer SS Himmler«, erklärte Ellis Vater.

»Jetzt«, sagte ihre Mutter, »brauche ich einen Schnaps.«

»Mein gutes Eheweib«, seufzte er. »Ich bin froh, dass es dich gibt!«

Er schnarrte in Hitlers Manier: »›Das Geschlechtsleben dient der Zeugung zur Erhaltung des Lebens der Nation und nicht dem Genusse des Einzelnen.‹«

Ihre Mutter knuffte ihn kopfschüttelnd in die Seite, schüttelte den Kopf und meinte schmunzelnd: »Was für ein Glück, dass unsere Hochzeit vor 1933 stattfand!«

Elli hastete in den Saal zurück, wo sie Ferdinand bereits ungeduldig erwartete.

»Wo bleibst du denn?«, rief er ihr entgegen.

Sie nahm ihren Platz neben ihm wieder ein und bemerkte erleichtert, dass auch ihre Eltern nach einer Weile wieder hereinkamen.

Nachdem Kaffee zu gemischtem Obstkuchen, Haselnusstorte, Mokkatorte und Zitronenbuttercremetorte gereicht worden war, drängte Ferdinand zum Aufbruch. Herr Walterspiel geleitete sie zum Ausgang des Hotels, vor dem Ferdinands Chauffeur mit der Limousine auf sie wartete.

Ihre Mutter umarmte sie. »Liebes Kind, werde glücklich!«

»Auf bald, Mutti«, sagte Elli und schluckte.

Lange drückte der Vater ihre Hand und Elli schien es, als wollte er sie nicht gehen lassen. Dann sagte er zu Ferdinand: »Sei gut zu meinem Mädchen, hörst du?«

»Ehrensache!« Ferdinand salutierte und nahm mit Elli im Fond des Mercedes Platz.

Elli winkte kurz. Der Fahrer lenkte den Wagen auf die Maximilianstraße und chauffierte Elli zu ihrem neuen Zuhause.

Kapitel 23

»Willkommen daheim«, rief Ferdinand, als sie das sogenannte Gartenhaus betraten, das Ferdinand erst vor Kurzem angemietet hatte. Für das entzückende Haus im Hinterhof eines Gründerzeithauses an der Leopoldstraße hatte er gern seine Zweizimmerwohnung in Neuhausen aufgegeben.

Das Haus hatte Ferdinand mit seinen bereits vorhandenen Einrichtungsgegenständen möbliert, ohne Ellis persönlichen Geschmack zu berücksichtigen. Er schien ein Faible für Antiquitäten zu haben, während Elli moderne Möbel bevorzugte. Der wuchtige schwarze Buffetschrank mit Aufsatz ließ das Wohnzimmer klein und dunkel wirken. Den Stoff der Couchgarnitur mit dem üppigen Rosenmuster fand Elli scheußlich. Der helle Esstisch im Speisezimmer gefiel ihr besser. Die Stühle, deren Sitzflächen mit rotem Samt bezogen waren, wirkten bieder und altertümlich und die schweren roten Samtvorhänge an den Fenstern taten ein Übriges, um den Raum sehr gediegen wirken zu lassen.

»Hast du die alle gelesen?«, fragte Elli und zeigte auf den Schrank, in dessen fünf Regalreihen Bücher standen.

»Einige davon mit Vergnügen, andere aus beruflichem Interesse. Du weißt ja, dass ich auch schriftstellerisch tätig bin.«

Elli nickte, und er sagte: »Mach es dir gemütlich, ich bin gleich bei dir.« Er kam mit einer Flasche Champagner in der Hand zurück und bat: »Öffne die Vitrine, da findest du passende Gläser.«

Während Elli zwei kristallene Sektkelche entnahm, dachte sie wehmütig an ihre eigene, sorgfältig zusammengestellte Aussteuer. Nichts davon würde einen Platz in diesem Haus finden. »Elisabeth, wo sollen wir denn noch Geschirr und Gläser unterbringen?«, hatte Ferdinand gefragt. »Du wirst dich gedulden müssen, bis wir nächsten Sommer in unser Haus nach Marndorf ziehen.«

»Liebste Elisabeth«, sagte Ferdinand nun, während er die Gläser füllte. Er stieß sein Glas leicht gegen ihres. »Auf uns!«

Sie nippte vorsichtig, sah, dass er es auf einen Zug austrank und tat es ihm gleich.

Es klingelte an der Haustür und kurz darauf trat in Ferdinands Begleitung eine junge Frau ins Zimmer.

»Das ist Ida«, stellte Ferdinand sie vor. »Das Hausmädchen wird dir künftig zur Hand gehen und dir gleich helfen, das Brautkleid abzulegen.«

Ida knickste vor Elli, was diese peinlich berührte, denn die Bedienstete schien in ihrem Alter zu sein.

»Was für ein feiner Stoff!«, schwärmte Ida, als sie ihr beim Ausziehen des Kleides half.

»Nur schade, dass ich es nie wieder tragen werde«, bedauerte Elli.

»Meine Schwester hat ihr Brautkleid gekürzt und dann dunkel eingefärbt«, sagte Ida und reichte Elli ein leichtes Sommerkleid.

»Eine gute Idee, es wiederzuverwerten«, meinte Elli.

Das Mädchen schlug erschrocken die Hand vor den Mund. »Bitte entschuldigen Sie, gnädige Frau, wenn ich zu geschwätzig bin. Der Herr Reichsleiter hat mich deswegen bereits ermahnt. Ich plappere oft einfach zuviel. Dabei bin ich froh und dankbar, dass ich für ihn – und jetzt auch für Sie – arbeiten darf. Stellen Sie sich vor, ich durfte sogar dem Führer die Hand reichen!«

Amüsiert beobachtete Elli den verklärten Gesichtsausdruck Idas und meinte lächelnd: »Es wird sich alles einspielen, Ida, aber bitte unterlasse es, mich mit ›gnädige Frau‹ anzusprechen!«

Ida nickte eifrig und kündigte an, in die Küche zu gehen, um eine leichte kalte Abendmahlzeit herzurichten.

Elli kam ins Wohnzimmer zurück und sah, dass Ferdinand die Uniformjacke abgelegt hatte. Er stand auf, ging auf sie zu, schlang die Arme um sie und küsste sie auf den Mund. »Du bist aufregend schön, Frau Probst.«

»Vorsicht, Ferdinand«, wehrte Elli ab. »Was ist, wenn Ida uns sieht?«

Er lachte heiser auf. »Soviel Wert legst du auf die Meinung eines Dienstboten? Der Führer erwartet, dass vor allem die Alten Kämpfer, die ihn seit der ersten Stunde unterstützen, zahlreiche Kinder in die Welt setzen. Hoffentlich können wir ihm diesen Wunsch bald erfüllen. Du würdest dich doch freuen, ein Baby im Arm zu halten, oder?«

»Ja«, sagte Elli strahlend. »Selbstverständlich würde ich mich darüber freuen.«

Ferdinand reichte ihr den Champagnerkelch. »Auf dein Wohl, mein Liebes!«

Elli trank das Glas aus und ließ es zu, dass er nachschenkte. Erleichtert stellte sie fest, dass ihre Nervosität etwas nachließ.

Ida kam ins Zimmer. »Wann soll ich morgen wiederkommen, Herr Reichsleiter?«

»Ist das Abendessen vorbereitet?«

»Ja, Herr Reichsleiter.«

Ferdinand sah Elli fragend an. »Ich muss morgen früh um fünf Uhr aufbrechen. Passt es dir, wenn das Mädchen um acht Uhr kommt und dir das Frühstück bereitet?«

Elli nickte und Ida bot an: »Ich komme gerne auch früher, Herr Reichsleiter.«

Ferdinand schüttelte den Kopf. »Nein, Ida, im Flugzeug ist die Versorgung bestens.«

Sie knickste und bald darauf hörten sie die Haustür ins Schloss fallen.

Ferdinand erklärte: »Ida ist ein braves Mädchen, du wirst gut mit ihr zurechtkommen. Sie schläft in der hinteren Kammer, doch die heutige Nacht wollte ich mit meiner Frau alleine sein. Also wird sie heute in ihrem Elternhaus übernachten.«

Elli nickte, nahm einen Schluck aus dem Glas und bemerkte:

»An den Champagner mag ich mich gerne gewöhnen, er schmeckt herrlich und kitzelt in der Nase.«

Ferdinand grinste. »Es ist genügend Vorrat im Haus. Trink, so iel du magst.«

Als Elli später die kalte Platte ins Wohnzimmer brachte, öffnete Ferdinand noch eine Flasche. Elli fühlte sich leicht und beschwingt. Die Unruhe, die sie bezüglich der Hochzeitsnacht befallen hatte, war verschwunden, nun beherrschte Elli eine gespannte Erwartung.

Am anderen Morgen verstand Elli die Worte des Oberbürgermeisters: »Das Geschlechtsleben dient der Zeugung zur Erhaltung des Lebens der Nation und nicht dem Genusse des Einzelnen«.

Die Vorkommnisse der letzten Nacht hatten sie verstört. Sie beschloss, ihre Mutter zu besuchen, um herauszufinden, ob das, was zwischen ihr und Ferdinand stattgefunden hatte, dem üblichen Eheleben entsprach.

Nach dem Frühstück machte sich Elli zurecht. Als sie vor dem Flurspiegel stand und den leichten weißen Sommerhut auf ihrem Kopf zurechtrückte, schellte es an der Haustür. Wer mochte das sein? Ida eilte herbei, doch Elli bedeutete ihr, dass sie die Tür selbst öffnen würde.

»Heil Hitler, Frau Reichsleiter«, rief eine rundliche ältere Frau mit sichtbar blond gefärbtem Haar. Sie streckte Elli einen gewaltigen Blumenstrauß entgegen. »Im Namen der Hausgemeinschaft begrüße ich Sie aufs Herzlichste.«

»Danke«, erwiderte Elli überrascht und nahm die Blumen.

»Ich bin Gudrun Hanslmaier, das Ehegespons des Hauswarts.«

»Es freut mich, Sie kennenzulernen«, entgegnete Elli.

Frau Hanslmaier trat näher heran und versuchte, einen Blick in das Hausinnere zu erhaschen. »Der Herr Gemahl ist nicht zugegen?«

»Nein«, sagte Elli und unterdrückte mühsam ein Grinsen ob der gestelzten Ausdrucksweise. »Mein Mann ist heute in Berlin.«

»Berlin«, seufzte Frau Hanslmaier. »Dann ist er bestimmt beim Führer, oder?«

»Ja«, bestätigte Elli.

Schwärmerisch verdrehte die Hauswartsfrau die Augen. »Wie gerne möchte ich dem Führer einmal in meinem Leben die Hand schütteln! Sie kennen ihn wohl persönlich?«

»Ja«, sagte Elli. »Er war im letzten Jahr so freundlich, uns in seine Wohnung in der Prinzregentenstraße zum Tee einzuladen.«

»Zum Tee beim Führer! Mei, das klingt fei sehr elegant«, sagte Frau Hanslmaier ergriffen und fiel vor lauter Aufregung in ihren bayerischen Dialekt.

»Mit mir können S' scho bairisch redn«, sagte Elli. »Ich bin in München geboren.«

»Weiß schon«, schwadronierte die Frau weiter. »Ihr Herr Vater ist Regierungsrat beim Bildungs- und Kultusministerium.«

Elli schwieg und Frau Hanslmaier bat: »Sagen Sie dem Herrn Reichsleiter einen Gruß. Ich danke ihm nochmal im Namen der Hausgemeinschaft, dass das Haus bereits jetzt judenfrei ist.«

Verwirrt sah Elli die Frau an.

Diese neigte sich vertraulich zu Elli und flüsterte: »In Ihrem Haus hat der Universitätsprofessor Stern mit seiner Frau gewohnt. Ich finde es anständig von Ihrem Mann, dass er eingezogen ist und nicht irgendwelche Leute hier einquartiert hat.«

»Ich werde es ihm ausrichten«, presste Elli hervor.

»Heil Hitler und einen schönen Tag für Sie!«, rief Frau Hanslmaier.

Elli ging in die Wohnräume zurück. Stammten die Sachen, wie von Ferdinand behauptet, tatsächlich aus seiner Junggesellenwohnung? Oder hatte er gelogen und alle die Dinge in den Räumen gehörten einst den Sterns? Die etwas antiquierte Möblierung konnte durchaus ein Indiz dafür sein, dass hier ältere Menschen gelebt hatten. Sie betrachtete nachdenklich die antiken Möbel, das wertvolle Silber, die herrlichen Kristallgläser, das feine Porzellan. Sie begann, die Titel der vielen Bücher zu studieren, die wohlgeordnet in dem hohen Schrank standen. Unter anderem fand sie Werke von Ernst Bloch, Erich Kästner, Bertolt Brecht, Goethe, Schiller, Lessing, Heinrich Mann, Thomas Mann, Maxim Gorki, Heinrich Heine.

Waren diese Autoren inzwischen im Deutschen Reich nicht verboten und ihre Bücher bei der »Aktion wider den undeutschen Geist« ins Feuer geworfen worden?«

Bei Heinrich Heines Werken war sich Elli sicher, denn Heines Schriften liebte ihr Vater über alles. Er hatte voller Abscheu auf die Bücherverbrennung, die im Mai dieses Jahres auf dem Münchner Königsplatz stattgefunden hatte, reagiert.

»Ausgerechnet Heine!«, hatte er entsetzt zu ihrer Mutter gesagt und aus seinem Arbeitszimmer ein Buch geholt. Er hatte einige Zeit darin geblättert und gesagt: »Diese Stelle habe ich gesucht. Ich lese dir vor, was Heine bereits 1821 in dem Trauerspiel ›Almansor‹ geschrieben hat. Hör genau zu!«

»Aber ja, Max, das tu ich doch immer.«

Der Vater hatte mit dem Zeigefinger auf die Buchseite getippt und mit bebender Stimme vorgelesen: »›... dort wo man Bücher verbrennt, verbrennt man auch am Ende Menschen.‹«

Die Mutter hatte geseufzt und geflüstert: »Das klingt unheimlich und macht mir Angst. Meinst du, dass diese unheilvollen Worte wahr werden könnten?«

»Ich hoffe es nicht«, hatte er geantwortet. »Aber ich hoffe für Elli, dass sie mit ihrem Nationalsozialisten glücklich wird.«

»Das werde ich!«, hatte Elli daraufhin fast trotzig versichert.

Elli überlegte kurz, ob sie Ida fragen sollte, ob sie etwas über den Verbleib der Sterns wusste. Sie verwarf den Gedanken und beschloss, zuerst mit Ferdinand darüber zu sprechen.

Ihr Vater hatte sie eindringlich vor dieser Ehe gewarnt: »Elli, die Männer der SS sind als grausame Kämpfer verschrien. Meinst du, dass er als Ehemann geeignet ist?«

Elli hatte Ferdinand mit glühenden Worten verteidigt und ihrem Vater vorgeworfen, auf die Gerüchte von Neidern zu hören.

Sie betrachtete ihr Gesicht erneut im Flurspiegel. Durch feste Kniffe in die Wangen versuchte sie, ihrem blassen Teint etwas mehr Frische zu verleihen. Sie warf einen letzten prüfenden Blick in den Spiegel und machte sich auf den Weg.

Ellis Schwester Clara öffnete schwungvoll die Tür der elterlichen Wohnung und rief: »Ja schau an, Frau Probst!«

Clara zog die Schwester übermütig in die Arme und wirbelte sie im Flur herum.

Elli betrat die Küche, gab ihrer Mutter einen Kuss und setzte sich auf das gemütliche Kanapee, das in der Ecke stand. Urplötzlich wurde ihr klar, dass sie keine Ahnung hatte, wie sie das Unaussprechliche benennen sollte.

»Mutti, findest du nicht, dass unsere Elli bleich und erschöpft aussieht?«, scherzte Clara. »Liegt das vielleicht an der Hochzeitsnacht?«

»Clara, was führst du für unschickliche Reden!«, tadelte die Mutter.

»Ich wünschte, ich hätte niemals geheiratet«, stieß Elli hervor.

»Erzähl.« Clara rückte neugierig näher. »Was ist denn Schlimmes passiert?«

Die Mutter zog Clara vom Kanapee hoch und mit den Worten »Geh in den Hof und schnapp frische Luft« schob sie ihre Tochter aus der Küche.

»Ich bin kein kleines Kind mehr«, protestierte Clara.

»Aber nicht erwachsen genug«, kommentierte die Mutter trocken und schloss die Küchentür. Sie legte den Arm um Elli und flüsterte: »Geht es um die vergangene Nacht?«

Elli nickte verzagt und die Mutter versuchte zu trösten: »Sei unbesorgt, das ist lediglich eine Frage der Zeit. Am Anfang der Ehe sind die Männer meistens recht stürmisch, aber das gibt sich später wieder.«

»Meinst du?«, fragte Elli hoffnungsvoll.

»Ich weiß es«, bestätigte die Mutter und senkte verschwörerisch die Stimme. »Wenn du erst einmal guter Hoffnung bist, wird dich dein Mann sowieso schonen.«

»Ach, Mutti, wenn ich dich nicht hätte! Jetzt geht es mir schon viel, viel besser.«

»Das wird schon, Kind«, versicherte die Mutter. »Man muss halt auch ein bisschen Geduld haben.«

Elli nickte und die Mutter sagte: »Bleib doch zum Mittagessen, es gibt Rohrnudeln. Vati kommt bald heim und wird sich freuen, dich zu sehen.«

»Danke, Mutti!«, sagte Elli, und sie wussten beide, dass sich der Dank nicht nur auf die Einladung zum Mittagessen bezog.

»Geh zu Clara in den Hof. Ich rufe euch, wenn das Essen fertig ist.«

Clara saß auf der weiß gestrichenen Bank und starrte mit finsterem Blick vor sich hin.

Elli lächelte und bemerkte: »Wie dein blondes Haar in der Sonne leuchtet, man könnte dich für einen Engel halten. Nur der düstere Gesichtsausdruck spricht dagegen.«

»Mutti behandelt mich wie ein Baby«, stieß Clara empört hervor und fügte sogleich mit gesenkter Stimme listig hinzu: »Früher haben wir uns immer alles anvertraut. Gilt das jetzt nicht mehr?«

»Ach, Clara, es ist schwer, darüber zu sprechen. Lass es gut sein, bitte!«

»Schwesterherz«, seufzte Clara und umarmte Elli liebevoll. »Sag mal, sieht ein Mann unten herum recht eklig aus? Ist es das?«

Elli gestand ehrlich: »Keine Ahnung, es war ja dunkel im

Zimmer und jetzt lass uns das Thema beenden. Ich verspreche dir feierlich, dass ich dir alles Notwendige am Abend vor deiner Hochzeit erzählen werde.«

»Das kann ja noch dauern«, maulte Clara. »Aber ich werde dich zu gegebener Zeit an dein Versprechen erinnern.«

»Wann kommt Ferdinand aus Berlin zurück?«, wollte Ellis Mutter wissen, als Elli nach dem Mittagessen den Heimweg antrat.

»In drei Tagen.« Elli schluckte.

Ihre Mutter strich ihr übers Haar. »Erinnerst du dich daran, was Großmutter uns geraten hat, falls uns einmal ein Kummer plagen sollte?«

Elli hob den Kopf, sah der Mutter in die Augen und zitierte: »Vertrau auf Gott, sprich ein Gebet, der Herr in deinem Herzen lebt.«

»Genauso hat sie es gesagt, Elli!«

»Ferdinand meint, dass es Gott nicht gibt und die Menschen das alles nur erfunden hätten.«

»Aber das weißt du doch besser, oder?«

Elli nickte. »Danke für den Zuspruch, Mutti, mir ist jetzt viel leichter.«

»Das ist schön«, seufzte die Mutter. »Gott schütze dich«, sagte sie mit ernster Miene und zeichnete ihrer Tochter ein Kreuzzeichen auf die Stirn.

Kapitel 24

Drei Tage später

»Der gnädige Herr ist soeben vorgefahren«, verkündete Ida. »Hab grad zufällig aus dem Küchenfenster g'schaut.«

»Danke, Ida«, sagte Elli und ging zur Tür, um ihren Mann zu empfangen.

Ferdinand überreichte ihr einen gewaltigen Strauß roter Rosen. »Heil Hitler, meine Schöne«, rief er, nahm sie in den Arm und gab ihr einen Kuss auf den Mund.

»Ferdinand, was für herrliche Rosen!«, stammelte Elli glücklich.

»Als kleine Wiedergutmachung«, sagte er und räusperte sich verlegen. »Die erste gemeinsame Nacht ... Nun, ich hätte mich besser beherrschen müssen. Aber deine Unschuld und deine Hingabe ...«

Sie schaute ihn überrascht und erleichtert an, lehnte ihren Kopf an seine Schulter und flüsterte: »Ich habe mir auch Gedanken darüber gemacht und befürchtet, dass es an mir gelegen hat.«

Sanft strich er mit seiner Hand über ihr Haar. »Nein, Elisabeth, ganz bestimmt nicht.«

Es schellte an der Tür. Der Chauffeur brachte Ferdinands Koffer und einige Schachteln. Nachdem Ferdinand ihn mit Anweisungen für den morgigen Tag weggeschickt hatte, sagte er zu Elli: »Ich habe ein Geschenk für dich.«

»Du verwöhnst mich!« Elli lachte glücklich.

»So wie du es verdienst«, erwiderte Ferdinand.

Neugierig löste Elli das Geschenkband und öffnete den cremefarbenen Karton. »Oh«, hauchte sie verwundert, als sie eine hellbraune Nerzstola in den Händen hielt.

Sie umarmte ihn überschwänglich, und während er ihr Gesicht mit Küssen bedeckte, raunte er: »Stück für Stück werden wir dich standesgemäß ausstatten. Du sollst alles besitzen, was die anderen Reichsfrauen haben.«

Sie legte die Stola um ihre Schultern und rief: »Ich fühle mich wie eine Prinzessin! So ein Pelz kostet sicher ein Vermögen!«

Ferdinand grinste amüsiert. »Ich kann es mir leisten und bald noch viel mehr, denn ich habe großartige Neuigkeiten! Hitler hat mir aufgrund unserer Hochzeit eine großzügige Lohnerhöhung zugestanden. Außerdem werde ich künftig ganz eng an seiner Seite arbeiten.«

»Was?«, rief Elli erstaunt. »Das ist aber eine Überraschung! Ich dachte, du solltest die Parteizentrale in München unterstützen.«

»Der Führer hat anders entschieden und will mich in Berlin haben. Er weiß, dass er mir vertrauen und sich auf mich verlassen kann. Ich werde verschiedene Sonderaufgaben übernehmen.«

»In München hättest du aber bestimmt nicht soviel Arbeit gehabt«, sagte Elli.

»Wir haben dort zu wirken, wo uns der Führer braucht«, antwortete Ferdinand. »Berlin birgt außerdem wesentlich mehr Aufstiegschancen als München. Ich rechne damit, dass ich bald einen Ministerposten innehaben werde!«

»Berlin ist sicher eine viel größere Stadt als München«, sagte Elli.

»Aber ja, und es gibt dort herrliche Museen und prächtige Bauten. Ach, Liebes, schau nicht so skeptisch, freu dich doch für mich!«

»Das tue ich doch, Ferdinand. Aber jetzt sind wir gerade hier eingezogen und müssen nun wieder umziehen.«

»Das habe ich mir alles schon überlegt«, sagte Ferdinand. »Die Kanzlei des Führers ist am Lützowufer angesiedelt. In der Nähe hat man schon eine Wohnung für uns gefunden. Erdgeschoss, über zweihundert Quadratmeter groß. Hohe, helle Räume, das wird dir gefallen! Alles äußerst repräsentativ. Ich weiß, das kommt jetzt alles sehr schnell. Aber die meisten Reichsleiter- oder Ministerfrauen leben mit ihren Familien nicht dauerhaft in Berlin. Solange wir kein Kind haben, kannst du ja frei entscheiden. Wir lösen die Münchner Wohnung auf, sobald das Haus in Marndorf fertig ist.«

»Ferdinand, das klingt wundervoll«, sagte Elli und kuschelte sich in den Nerz. Sie stolzierte hoheitsvoll im Zimmer umher und fragte neckend: »Prinzessin oder UFA-Star, was meinst du?«

Er zog sie in seine Arme. »Ich nehme lieber Frau Elisabeth Probst!«

Als Ida im Wohnzimmer Kaffee servierte und von Ferdinands Ernennung erfuhr, gratulierte sie ihm. Erstaunt nahm sie ein Päckchen von Ferdinand entgegen.

»Für treue Dienste, liebe Ida«, sagte Ferdinand.

»Aber, Herr Reichsleiter, das kann ich doch nicht annehmen«, stammelte sie erfreut. Vorsichtig entfernte sie das Geschenkpapier, um dann aufzujauchzen: »Ein Kleiderstoff, danke schön! Daraus wird mir meine Mutter ein schönes Sommerkleid nähen.« Sie knickste, ergriff Ferdinands Hand und küsste sie.

»Schon gut, Ida«, wiegelte er ab.

»Ich bin dankbar, dass ich für Sie und die gnädige Frau arbeiten darf«, wandte Ida ein. »Und Sie machen mir auch noch ein wertvolles Geschenk. Vergelts Gott!«

Erschrocken sah sie, wie er unwillig das Gesicht verzog und stotterte: »Mei, Herr Reichsleiter, das sagt man halt so in Bayern, ich wollte Sie keinesfalls verärgern.«

»Lass gut sein, Ida«, beschwichtigte er. »Geh wieder an deine Arbeit.«

Ida presste den buntgeblümten Baumwollstoff an ihre Brust, knickste noch einmal und verließ eilig das Zimmer.

Gut gelaunt öffnete Ferdinand eine Flasche Moselwein.

Seine heitere, gelöste Stimmung färbte auf Elli ab. Nur noch kurz dachte sie an die Steins und die Bücher. Sie beschloss, zu schweigen, denn ihr Misstrauen könnte die entspannte Atmosphäre des Abends zerstören. Außerdem würden sie das Haus sowieso bald wieder aufgeben.

Einige Tage später

Elli saß gut gelaunt am Frühstückstisch und begrüßte freudestrahlend ihre Mutter, die sie zu einem Spaziergang abholen wollte. Nachdem sie von Ferdinands Beförderung berichtet hatte, sagte Elli: »Du hattest recht, Mutti, zwischen mir und Ferdinand ist jetzt alles gut.«

»Na siehst du, genau wie ich es vorhergesagt habe.«

»Ach, Mutti, die nächste Woche muss ich bei der Schwiegermama verbringen. Ferdinand möchte, dass sie mir alles beibringt, was man über den Verhaltenskodex der gehobenen Gesellschaft wissen muss. Ferdinands neue Position in Berlin bringt – auch für mich – Repräsentationsaufgaben mit sich.«

»Hab keine Angst vor deiner Schwiegermutter. Sie ist stolz auf ihren Sohn und will dir daher helfen, damit alles reibungslos läuft.«

»Ich denke, ich bin jetzt wirklich eine ›gnädige Frau‹ und ich bin äußerst gespannt auf Berlin. Fräulein Sonnemann, die Verlobte Görings, hat mir bei ihrem Schneider einen Termin vermittelt. Im September darf ich eine komplette neue Garderobe bestellen. Ist das nicht wundervoll?«

»Ja, das wird dein Lohn sein für die Lehrzeit bei der Schwiegermutter!«, bestätigte ihre Mutter.

Elli seufzte: »Ferdinand schreibt an einem neuen Buch. Ich finde es bewundernswert, was er alles vollbringt, aber ich fürchte, dass er diesen Herbst nicht viel Zeit für mich haben wird.«

»Das ist bei erfolgreichen Männern üblich. Du wirst bald ein Baby im Arm halten, dann hast du genug Beschäftigung, glaub es mir, mein Kind«, meinte die Mutter.

Ein Leuchten ging über Ellis Gesicht. »Stimmt, Mutti, das

habe ich vergessen. Im nächsten Jahr werde ich Mutter sein. Ach, was für ein herrliches Leben liegt vor mir!«

Am Abend kam Ferdinand mit einer Kiste französischer Austern nach Hause. »Wurden frisch geliefert«, verkündete er. »Champagner hab ich auch dabei! Wobei wir uns entschlossen haben, künftig ›französischer Sekt‹ dazu zu sagen. Heute machen wir zwei uns einen gemütlichen Abend!«

Er rief nach Ida, übergab ihr die Kiste und fragte: »Weißt du noch, wie du sie servieren sollst?«

Ida nickte ehrfürchtig und verschwand in die Küche.

Als Ferdinand ihr zuprostete, nutzte Elli nun doch die Gelegenheit, vom Besuch der Hauswartsfrau zu berichten, da ihr deren Aussage keine Ruhe ließ.

»Weißt du etwas von den Leuten, die vorher hier gelebt haben?«, fragte sie. »Sind das deren Möbel und Geschirr? Und ich glaube, in dem Bücherschrank stehen auch Werke von jetzt verbotenen Autoren.«

Ferdinand runzelte unwillig die Stirn. »Das kommt davon, wenn man eine belesene Frau heiratet, deren Vater einen übervollen Bücherschrank im Arbeitszimmer stehen hat«, seufzte er. Er zog Elli in seine Arme und flüsterte: »Ich möchte, dass du dein hübsches Köpfchen mit einem neuen Hut schmückst und nicht über unsinnige Worte eines alten Klatschweibes nachdenkst. Oder willst du uns jetzt die Stimmung verderben?«

»Nein, aber ich ...«, stammelte Elli.

»Die Schundwerke im Bücherschrank, die jetzt verboten wurden, musste ich aus rein parteipolitischen Gründen studieren.« Er sah ihr tief in die Augen und sagte streng: »Und nun ein für alle Mal: Nach einem anstrengenden Tag im Büro möchte ich mich nicht über politische oder gesellschaftliche Fragen austauschen. Überlass mir die Arbeit und gestalte mir ein gemütliches Heim! Mehr verlange ich nicht von dir. Das wirst du doch wohl hinbekommen, oder?«

»Ja«, flüsterte Elli und unterdrückte mühsam ihre Tränen. Immer wieder vergaß sie, dass die unbeschwerten Mädchenjahre vorbei waren. Ferdinand hatte recht. Sie musste endlich ihre Rolle als Ehefrau ernst nehmen. »Verzeih mir«, bat sie.

Er lächelte und gab ihr einen Kuss. »Alles wieder gut, meine kleine Frau!« Mit einem Augenzwinkern raunte er ihr dann zu: »Du wirst sehen, nach einem kleinen Disput ist die Versöhnung in der Nacht umso reizvoller!«

Die von Elli im Vorfeld gefürchtete Woche bei der Schwiegermutter begann damit, dass diese darauf bestand, dass Elli beim formellen »Sie« blieb. »Dieses neumodische Duzen lehne ich ab. Du hast mich mit ›Frau Schwiegermama‹ oder ›Frau Oberst‹ anzusprechen«, erklärte sie barsch.

Die gestrenge, von Standesdünkel beherrschte Frau schüchterte Elli ein, obwohl sie sich insgeheim wünschte, nur ein wenig von deren Selbstbewusstsein zu haben.

Elli fühlte sich neben der Schwiegermama klein, unbedeutend und dumm. Frau Probst senior erläuterte ihr ausführlich, welch kühner Held ihr Mann Fritz gewesen war. Sie zeigte Elli die Porträtaufnahme eines streng blickenden Mannes in Uniform. Danach durfte Elli Ferdinands Kinderfotografien ansehen.

»Was für ein hübsches Baby!«, rief sie ehrlich begeistert.

»Du wirst hoffentlich auch bald ein Kind zur Welt bringen«, sagte die Schwiegermama, während sie eine Seite im Fotoalbum umblätterte. Sie tippte auf ein Bild. »Das ist auch allerliebst! Ferdinands achter Geburtstag. Da waren wir beim Bruder meines Mannes zu Besuch. Er besitzt ein Gut in Ostpreußen. Da sitzt Ferdinand auf einem Pony.«

»Er sieht ernst in die Kamera«, bemerkte Elli.

Die Schwiegermutter erklärte: »Aber ja, er wollte nicht, dass ihn sein Vater auf das Pony setzt, weil er Angst hatte. Aber da kannte mein Mann kein Pardon. ›Wer ein richtiger Soldat werden will, überwindet seine Abneigung‹, befahl er und zwang Ferdinand, genau das zu tun.«

Das arme Kind, dachte Elli.

Als die Schwiegermama das Fotoalbum zuklappte, sagte sie zu Elli: »Im Vertrauen, mein Kind, dein Kleidungsstil gefällt mir gar nicht. Da fehlen das gewisse Etwas und die Eleganz. Bald verkehrst du in den allerhöchsten politischen und gesellschaftlichen Kreisen. Wann ist der Termin bei Fräulein Sonnemanns Schneider?«

»Am fünfzehnten September.«

»Du denkst an Ferdinands Geburtstag am elften September?«

»Selbstverständlich«, gab Elli empört zurück. »Ich werde doch den Geburtstag meines Mannes nicht vergessen!«

»Ottilie, lass den Tee servieren«, befahl die Schwiegermama und ihre Tochter sprang auf, um dem Mädchen Bescheid zu sagen.

»Elisabeth, Rücken gerade halten!« Erschrocken korrigierte Elli ihre Haltung. Wie sie es hasste mit »Elisabeth« angesprochen zu werden!

Kein Wunder, dass Ottilie so einen sauertöpfischen Gesichtsausdruck hat, dachte Elli. Es muss grausam sein, bei der gestrengen Mama zu leben. Aber Ottilie hatte keine andere Wahl. Wo sollte sie als lediges Fräulein sonst wohnen? Sie war schon über dreißig Jahre alt und es würde schwierig werden, in ihrem Alter noch den passenden Mann zu finden. Elli dachte daran, dass die Frau Mama sicherlich nicht jeden Hochzeitskandidaten akzeptieren würde. Außerdem war es doch praktisch und kostengünstig, die Tochter als Gesellschaftsdame zu haben, denn selbstverständlich ging Ottilie keiner »Arbeit« nach.

»Wie oft habe ich dir gesagt, dass du nicht vor dich hin träumen sollst, wenn du in Gesellschaft bist!«, fuhr die gestrenge Schwiegermama fort. »Wenn du den Führer zum Tee empfängst, muss alles perfekt sein. Jeder Fehler fällt auf deinen Mann zurück!«

Erschrocken zuckte Elli zusammen und sah, dass Ottilie bereits die Teegedecke auf den Esstisch gestellt hatte.

Mit einem wohlwollenden Kopfnicken hielt Frau Probst senior ihrer Schwiegertochter die Teetasse hin.

Seufzend besann sich Elli auf die Regeln der Konversation, nahm die Zuckerdose und fragte: »Darf ich Ihnen den Zucker reichen?« Huldvoll nickte die Schwiegermama und Elli fuhr fort: »Das Wetter ist stürmisch heute.«

»Wie man es für diese Jahreszeit nicht erwarten würde«, bekam sie zur Antwort.

Elli zog die Stirn in Falten und überlegte fieberhaft, welche unverfänglichen Themen sie noch vorbringen konnte. Sie fand es unglaublich langweilig, über uninteressante Themen zu plaudern. Viel lieber würde sie jetzt ihren Mantel überziehen, in die festen Schuhe schlüpfen und trotz des Sturms durch den »Englischen Garten« laufen. Ihre Schwiegermama versicherte ihr glaubhaft, dass die feine Gesellschaft oberflächliche Gespräche bevorzugte. Elli fürchtete sich vor dieser nichtssagenden Konversation, die sie künftig zu erwarten hatte.

Von der Straße drangen Kommandorufe zu ihnen herauf. Elli machte Anstalten, aufzustehen. Ein auffälliges Räuspern der Schwiegermama hielt sie zurück. Elli überlegte und sagte dann: »Entschuldigen Sie mich bitte einen Moment.«

Dann erst sprang sie auf und spähte aus dem Fenster. An den Uniformen erkannte sie SS-Männer, die eine zerlumpte Schar von Frauen und Kindern vor sich hertrieben.

»Schneller, los, schlaft nicht ein!«, grölte einer von ihnen. »Vorwärts, Judenpack!«

Entsetzt starrte Elli auf die Szene. »Sind die verrückt geworden?«

Frau Probst herrschte Elli an: »Bist du eine Judenfreundin? Oder wieso regst du dich auf?«

»Da sind kleine Kinder dabei und alte Frauen, das kann man doch nicht machen.«

»Ach, du meinst wohl, man soll sie komfortabel mit Mercedes-Limousinen transportieren?«

Elli schluckte und flüsterte: »Wie kann man nur derart hartherzig sein?«

»Wir können nicht beurteilen, was sie angestellt haben«, schnappte Frau Probst senior. »Ferdinand wird von deiner Einstellung nicht begeistert sein.«

»Aufstehen!«, hörte Elisabeth eine Männerstimme brüllen. Eine alte Frau lag am Boden und der Uniformierte schlug auf sie ein.

»Nein«, rief Elli und rannte zur Zimmertür.

Ottilie hielt sie auf und die Schwiegermama zischte: »Du wirst hier oben bleiben. Setz dich sofort an den Tisch und wahre den Anstand!«

»Den Anstand wahren?«, schrie Elli fassungslos. »Bei dem, was gerade unten auf der Straße passiert! Ist das vielleicht anständig?«

Sie schüttelte den Kopf, ging zum Fenster zurück und sah, dass ein offener Lastwagen mit hoher Geschwindigkeit auf die Gruppe zusteuerte. Er stoppte und alle Frauen und Kinder wurden auf die Ladefläche verfrachtet. Elli konnte nicht mehr sehen, was aus der alten Frau geworden war, da ihr der Wagen die Sicht versperrte.

»Na siehst du«, keifte Ferdinands Mutter. »Jetzt hast du dich umsonst aufgeregt. Setz dich und lass uns die Konversation fortführen.«

Nach einer Woche schwirrte Elli der Kopf von den vielen Ge- und Verboten und sie seufzte erleichtert auf, als Ferdinand sie wieder abholte und sie das düstere Heim der Schwiegermutter verlassen konnte.

Kapitel 25

Marndorf, Mai 1944

»Mit einem herzlichen Gruß von Frau Probst«, sagte Stephan Görgy und streckte Rosemarie ein kleines Päckchen hin.

»Bohnenkaffee«, rief sie erfreut. »Wie lange ist das her, dass wir richtigen Kaffee getrunken haben?«

»Frau Probst war so freundlich, mir Kaffee und Kuchen zu servieren«, sagte Stephan. »Als ich ihr von unserem bevorstehenden Hochzeitstag erzählt habe, hat sie mir das Päckchen Bohnenkaffee geschenkt.«

»Wie freundlich und aufmerksam von ihr!«, bemerkte Rosemarie.

Stephan seufzte. »Wie soll ich es sagen? Sie erschien mir ein wenig sonderbar. Wie ist das Wort dafür ... aufgedreht? Sie redete ohne Unterlass. Und was ich alles erfahren habe! Ich bin mir sicher, ihrem Mann würde nicht gefallen, wenn ihm zu Ohren käme, was mir seine Frau anvertraut hat.«

Rosemarie hakte sofort nach: »Hat sie auch über Hitler gesprochen?«

»Ja, ja«, erwiderte Stephan abwesend. »Ich habe mich unwohl gefühlt, Geschichten anhören zu müssen, die eigentlich nur Eheleute etwas angehen.«

»Tatsächlich? Das musst du mir genauer erzählen«, sagte Rosemarie neugierig.

Er warf ihr einen irritierten Blick zu und meinte: »Ich bin unsicher, wie ich mich bei der nächsten Malsitzung verhalten soll.«

»Am besten, du hörst einfach zu«, riet Rosemarie. »Frau Probst scheint sich einsam zu fühlen, wenn sie einen derartigen Redebedarf hat.«

»Da stimme ich dir zu«, sagte Stephan. »Aber es ist mir unangenehm. Müsste ich nicht Herrn Probst darüber informieren, dass seine Frau ...«

Rosemarie unterbrach ihn: »Dazu bist du nicht verpflichtet. Außerdem erzählst du das, was dir Frau Probst anvertraut, nicht im Dorf herum, sondern gibst es nur an mich weiter. Und ich werde schweigen wie ein Grab.«

Er bedachte seine Frau mit einem spöttischen Grinsen. »Ich werde dir alles genau berichten, sonst habe ich wohl in diesem Leben nie wieder einen ruhigen Moment.«

Sie knuffte ihn in die Seite und meinte: »Vielleicht ahnte der Herr Reichsleiter, dass du gut zuhören kannst.«

Mit gemischten Gefühlen ging Stephan Görgy am nächsten Freitag zur Probst-Villa.

Traudi öffnete ihm und sagte: »Heute ist die Stimmung der Gnädigen ein bisserl gedrückt. Nur damit Sie Bescheid wissen.«

Görgy nickte und trat in die Bauernstube. Elli begrüßte ihn mit einem matten »Heil Hitler«.

»Meine Frau lässt ihren innigen Dank für den Bohnenkaffee ausrichten«, sagte Görgy.

Elli nicke und schwieg zunächst, während Görgy mit seiner Arbeit begann.

Doch bald fing sie mit leiser Stimme an zu sprechen: »Im Mai 1934 sind wir in dieses Haus eingezogen und meine Mutti war mir eine große Hilfe ...«

»Das Haus ist imposant und doch gemütlich. Du hast es geschmackvoll möbliert«, lobte die Mutter.

Elli legte die Hand auf ihren Bauch und entgegnete glücklich: »Nur das Kinderzimmer fehlt noch. Ach, Mutti, ich freue mich auf unser Baby. Hoffentlich geht diesmal alles gut!«

»Du bist bereits über den dritten Monat hinaus, da darfst du jetzt zuversichtlich sein, dass du das Kind diesmal austragen wirst.«

Elli schluckte. »Die Fehlgeburt im letzten Winter war schrecklich.«

»Ich weiß«, sagte ihre Mutter mitfühlend. »Aber du hast dich trotz des Umzugs sehr geschont. Ich gebe meinem Schwiegersohn recht, du solltest hier in Marndorf bleiben, bis das Baby da ist und keine Reisen mehr nach München oder nach Berlin unternehmen.«

»Ja, Mutti, das sehe ich ein«, meinte Elli. »Es ist schade, dass du bald nach München zurückmusst.«

»Ich komme wieder und dann bringe ich Clara mit. Mir ist wohler, wenn sie in meiner Nähe ist, sie hat so viele Flausen im Kopf!«

»Es ist schade, dass Ferdinand hier kein Telefon haben will, ich hoffe, dass ich ihn überreden kann, bald eines anzuschaffen. Dann könnte ich wenigstens ab und an mit dir sprechen.«

»Wir schreiben uns«, tröstete die Mutter, als sie bald darauf in die Kutsche der Berwangers stieg. Wie vereinbart brachte ein Knecht ihre Mutter zum Bahnhof.

Nachdem Elli Tee getrunken hatte, spazierte sie durch den Ort. Überall wurde sie freundlich gegrüßt. Am Wegrand sah sie ein kleines Kind sitzen, das bitterlich weinte.

Irritiert beugte sich Elli zu dem etwa zweijährigen Mädchen hinunter. »Wo kommst du denn her?«, fragte sie und strich dem zauberhaften Wesen über den Kopf.

Da sah sie eine Frau herbeilaufen. »Ja, Vroni, wo bist du denn hingelaufen?«, rief diese und nahm das Kind auf den Arm. »Gerade habe ich die Wäsche aufgehängt«, erklärte sie Elli, »da war die Kleine plötzlich weg.«

»Ich werde auch bald Mutter«, sagte Elli voller Stolz.

Sie wechselten noch ein paar Worte, dann eilte die Frau davon. Elli spazierte einen Rundweg entlang und beschloss, nach Hause zurückzukehren, da Ferdinand sein Kommen angekündigt hatte.

Als sie auf das Haus zuging, sah sie Ferdinands Auto vor dem Haus parken. Schnell lief sie hinein und rief nach ihm.

»Ich bin im Schlafzimmer«, hörte sie Ferdinands Stimme.

Eilig stieg sie die Treppe nach oben. Auf dem oberen Treppenabsatz übersah sie Ferdinands Aktenmappe und stolperte darüber. Sie verlor das Gleichgewicht, kam ins Straucheln und stürzte die Stufen hinunter.

Mein Kind ... Das war ihr letzter Gedanke, bevor sie eine gnädige Schwärze umfing.

Das Erwachen war grausam. Ihre Mutter saß an ihrem Bett und versuchte Elli schonend beizubringen, dass sie ihr Baby verloren hatte.

Elli war untröstlich und als Ferdinand ins Zimmer kam, schrie sie: »Geh weg! Du bist schuld, du hast deine Aktenmappe nicht weggeräumt!«

Schluchzend lag Elli in den Armen ihrer Mutter, die sie zu trösten versuchte: »Ich verstehe, dass du traurig bist und wütend auf Ferdinand. Aber ihm tut es unendlich leid. Er wünschte sich das Kind doch genauso wie du!«

Elli fuhr für vier Wochen nach Bad Pyrmont zur Kur, da es dort eine Fachklinik für »Frauenleiden« gab. Denn nicht nur ihr Körper, auch ihre Seele musste unbedingt wieder gesund werden.

In dieser Zeit schickte ihr Ferdinand Blumen, Konfekt und einige Briefe, in denen er um Verzeihung bat. Er schrieb: »Liebes, ich mache mir furchtbare Vorwürfe, dass du durch meine Nachlässigkeit unser Kind verloren hast. Ich kann es nicht ungeschehen machen, aber glaube mir bitte, dass es mir unendlich leid tut.«

Elli drückte den Brief an ihr Herz, das ihr immer schwerer wurde. Sie dachte oft an Ferdinand und stellte mit Erschrecken fest, dass sie ihn vermisste.

Als in der letzten Kurwoche ihre Mutter anreiste, um sie nach Hause zu begleiten, fragte Elli: »Wie kann es denn sein, dass ich mich nach Ferdinand sehne und ihn immer noch liebe?«

»Ach, Kind«, seufzte die Mutter. »Liebe kann man nicht erklären. Vielleicht ist es dir auch möglich, ihm zu verzeihen? Ich weiß, wie sehr er das Unglück bedauert!«

Ferdinand überreichte ihr zur Begrüßung einen großen Strauß roter Rosen. »Ich bin so froh, dass du wieder zu Hause bist«, sagte er.

Elli antwortete: »Weißt du, der Gedanke, dass ich wieder ein Kind verloren habe, das dieses Haus mit Leben und Lachen erfüllen sollte, macht mich unendlich traurig.«

Ferdinand nickte stumm und sie sprachen eine Woche sehr wenig miteinander. Elli schien die Trauer die Kehle zuzuschnüren.

Eines Abends brachte Ferdinand ein geflochtenes Goldarmband mit, ging vor ihr auf die Knie und flehte: »Elisabeth, ich weiß, dass ich nicht das Recht habe, von dir zu verlangen, mir zu vergeben. Aber ich liebe dich und ich will mein Leben mit dir verbringen. Bitte, sei doch wieder gut!«

»Ach, Ferdinand«, seufzte Elli und ließ es zu, dass er sie in seine Arme zog und ihr Gesicht mit zarten Küssen bedeckte. Da sie inzwischen begriffen hatte, dass ein Leben ohne Ferdinand für sie undenkbar war, sagte sie: »Ich verzeihe dir.«

Er gab ihr ein Pillendöschen. »Einer von Hitlers Ärzten hat mir diese Pillen mitgegeben. Wenn du traurig bist, werden sie dich in eine bessere Stimmung versetzen.«

Ratlos sah ihn Elli an und sagte: »Ich brauche keine Pillen. Ich will endlich ein gesundes Baby im Arm halten, das wäre meine größte Freude und würde allen Kummer und allen Schmerz sofort vertreiben.«

»Dann sollten wir so bald wie möglich versuchen, deinen Wunsch Wirklichkeit werden zu lassen«, flüsterte er ihr zärtlich ins Ohr.

Elli gefiel das Leben in Marndorf. Ferdinand, der viel in Berlin zu tun hatte, stockte das Personal auf, um Elli ein angenehmes

Leben zu ermöglichen. Alfons erledigte die Gartenarbeiten rund ums Haus auf dem fußballfeldgroßen Grundstück. Zenz sorgte für die Hauswirtschaft und Rosa für das leibliche Wohl. Traudi war als Dienstmädchen angestellt.

Wenn Ferdinand für einige Tage nach Marndorf kam, ließ er nach dem Oberlehrer, Herrn Berwanger vom Draxl-Hof und Bürgermeister Wallner schicken. Die Herren spielten Schafkopf, ein Kartenspiel, an dem Ferdinand immer mehr Gefallen fand und das ihm eine willkommene Ablenkung bot.

Ferdinand wurde neuerdings wieder von furchtbaren Schmerzen geplagt, die eine alte Kriegsverletzung an der Hüfte verursachte. Immer öfter musste Elli mit ansehen, wie er Morphium nahm, um diese Qualen zu ertragen. Mitleid erfüllte sie, aber auch die Angst, dass durch das Medikament Ferdinands Zeugungsfähigkeit leiden könnte.

Elli beruhigte ihre angegriffenen Nerven immer häufiger mit Tabletten. Sie setzte die Pillen jedoch sofort ab, als sie im Januar 1935 die vage Vermutung hegte, dass sie erneut Nachwuchs erwartete.

»Wir werden gemeinsam dafür sorgen, dass dieses Kind gesund zur Welt kommt«, versprach Ferdinand.

»Es ist ja noch nicht hundertprozentig sicher«, meinte Elli. Doch bald bestätigte ihr eine Hebamme die erneute Schwangerschaft.

In den folgenden Wochen trug Ferdinand seine Frau auf Händen. Riet ihr zur Schonung und überhäufte sie mit Geschenken. Sein zuvorkommendes und zartfühlendes Verhalten erweckte in Elli ein warmes Glücksgefühl. Sie freute sich über alle Maßen auf das Kind.

Görgy fuhr mit der Hand über seine Augen und sagte zu Anton und Erna: »Natürlich erzählte sie mir von der dramatischen Geburt und vom Beistand, den ihr Grete Künke geleistet hat. Ich habe den Eindruck gewonnen, dass sie über den Tod ihres Kindes nie hinweggekommen ist ...«

Als die Skizzierung abgeschlossen war, stellte ich das Gemälde in meinem Atelier fertig. Ich hatte im oberen Dorf im Semmler-Hof einen Nebenraum angemietet, der gute Lichtverhältnisse für mich und meine Malschüler bot.

Eines Nachmittags machte ich mich auf den Weg zu den Probsts und betätigte wie üblich die Klingel an dem geschlossenen Tor. Überrascht vernahm ich die Stimme des Hausherrn.

»Hier ist Stephan Görgy«, sagte ich. »Das Gemälde Ihrer Frau Gemahlin ist vollendet.«

Das Tor schwang auf und Alfons eilte mir entgegen, um mir beim Tragen des Bildes zu helfen.

»Jetzt bin ich aber gespannt«, sagte Herr Probst. Dann rief er: »Elisabeth, komm nach unten, Herr Görgy ist da!«

Als Frau Probst ins Zimmer trat, gelang es mir nur mit Mühe, mein Erschrecken über ihre Verfassung zu verbergen. Ihr blutleeres Gesicht und die strähnigen Haare sprachen eine deutliche Sprache.

Ich entfernte die Decke, in die ich das Werk eingeschlagen hatte. Herr Probst stellte das Bild auf einen Stuhl und betrachtete es eingehend.

»Ich danke Ihnen sehr, Herr Görgy«, sagte er. »Wenn ich dem Führer dieses Geschenk überreiche, werde ich selbstverständlich Ihre Malkunst loben.«

»Zu freundlich«, sagte ich verlegen.

Frau Probst starrte schweigend auf das Bild, dann brach es aus ihr heraus: »Diese strahlende, glückliche junge Frau, die Sie hier auf der Leinwand eingefangen haben, war ich einmal vor langer, langer Zeit.«

»Es freut mich, dass es Ihre Zustimmung findet«, sagte ich und blickte gerührt in ihr trauriges Gesicht.

Frau Probst drückte lange meine Hand und bedankte sich überschwänglich. »Darauf müssen wir anstoßen«, beschloss sie schließlich.

»Ich weiß nicht, ob das eine gute Idee ist«, meinte Herr Probst. »Du hast heute bereits ...«

Sie bedachte ihn mit einem feindseligen Blick, schenkte drei große Gläser Weinbrand ein und leerte ihres in einem Zug, während ich nur daran nippte.

Herr Probst nahm seiner Frau das Glas aus der Hand und blaffte: »Elisabeth, du gehst jetzt nach oben, ich habe mit Herrn Görgy zu sprechen.«

Frau Probst musterte ihren Gatten mit verächtlicher Miene. Sie nahm die Weinbrandflasche vom Tisch und bemerkte, während sie das Zimmer verließ: »Schmeckt auch ohne Glas.«

Herr Probst drückte mir ein Bündel Geldscheine in die Hand. »Für Ihre Bemühungen.«

»Vielen Dank!«, sagte ich und stellte mit einem schnellen Blick fest, dass er mir wesentlich mehr Geld gegeben hatte als das vereinbarte Honorar.

»Sie haben sicher bemerkt, dass meine Frau krank ist«, erklärte er. »Sie nimmt viele Tabletten. Ich hoffe, Sie können das verstehen. Manchmal ist sie Fremden gegenüber etwas geschwätzig. Mir ist zu Ohren gekommen, dass sie Ihnen während der Malsitzungen einiges erzählt hat. Ich verlasse mich auf Ihre Diskretion.«

»Selbstverständlich, Herr Reichsleiter«, versicherte ich ihm.

»Das war der letzte persönliche Kontakt, den ich zu Herrn Probst hatte«, erklärte Görgy an Anton und Erna gewandt. »Mir ist es immer noch ein Rätsel, aus welchem Grund Frau Probst ein derartiges Vertrauen zu mir fasste, dass sie mir das Holzkästchen zu treuen Händen übergab.«

Anton fragte ungeduldig: »Sie haben uns jetzt viel über Frau Probst erzählt, aber was hat sie denn in diesem Schulheft aufgeschrieben?«

Görgy schob das Heft über den Tisch. »Ich wollte Ihnen zuerst meinen persönlichen Eindruck schildern, bevor ich Ihnen ihre Aufzeichnungen aushändige.«

Anton wollte das Heft aufschlagen, doch Görgy meinte:

»Nehmen Sie es mit und lesen Sie es in Ruhe. Mich traf diese Geschichte mitten in mein altes, wehmütiges ungarisches Herz.«

Erna und Anton verließen Görgy mit dem Versprechen, das Heft wiederzubringen.

Als sie an der Haustür standen, flüsterte ihnen Rosemarie zu: »Beginnen Sie keinesfalls am Abend mit der Lektüre. Stephan und ich haben die ganze Nacht kein Auge zugetan.«

Als Erna und Anton in den Gasthof zurückgingen, sagte Anton: »Heute haben wir viele neue Informationen bekommen, aber ich weiß immer noch nicht, wie es dir in Amerika ergangen ist.«

»Und ich weiß nichts darüber, wie du mit Mama den Krieg überlebt hast«, entgegnete Erna.

Anton grinste ein wenig schief. »Ich denke, der Gesprächsstoff geht uns so schnell nicht aus!«

»Ja«, versicherte Erna. »Aber darüber möchte ich heute Abend nicht sprechen. Ich muss jetzt alleine sein und über all das nachdenken, was wir erfahren haben. Ich bin sehr müde und erschöpft.«

»Ich wünsche dir eine gute Nacht«, sagte Anton verständnisvoll. »Morgen haben wir auch noch Zeit, unsere Erlebnisse auszutauschen.«

Kapitel 26

Marndorf, Herbst 1955

Am nächsten Tag stapften Anton und Erna über einen bunten Blätterteppich. Der nächtliche Regen hatte die farbenfrohe Pracht gefährlich glitschig werden lassen. Fröstelnd zog Erna ihren leichten Mantel mit beiden Armen über ihrer Brust zusammen.

Ihr war aufgefallen, dass sie die körperliche Nähe zu Anton suchte. Je länger sie mit ihm zusammen war, umso schlimmer erschien ihr der Gedanke, bald wieder Abschied von ihm nehmen zu müssen. Seine ruhige Art tat ihr unendlich gut. In seiner Nähe schien das Leben leicht und unkompliziert. Wann immer sie sich kurz berührten, tat Ernas Herz einen freudigen Sprung.

»Das Heft in freier Natur zu lesen, ist keine gute Idee«, wandte sie ein. »Es ist viel zu frisch draußen. Ich möchte nicht, dass ich auch noch eine Halsentzündung bekomme.«

»Wir gehen zum Gasthaus zurück«, entschied Anton. »Heute ist es leider wirklich ungemütlich. Lass uns auf mein Zimmer gehen.«

Bald saßen die Geschwister nebeneinander auf Antons Bett. Anton atmete tief durch und fragte: »Bereit?«

Erna nickte. »Hast du gestern nicht doch einen kurzen Blick hineingeworfen?«

»Nein«, erwiderte Anton. »Görgy hat es uns beiden anvertraut, und wir werden jetzt gemeinsam ergründen, was Frau Probst beschäftigt hat und ihr derart wichtig war, dass sie es aufgeschrieben hat.«

»Lies bitte vor«, bat Erna.

Anton warf ihr einen liebevollen Blick zu. »Ist es nicht besser geworden mit dem Lesen und Schreiben?«

Erna sagte: »Doch, es ist besser geworden, aber dennoch zählt Lesen nicht zu meinen Lieblingsbeschäftigungen.«

»Dafür kannst du wunderschön singen«, tröstete Anton.
»Ach, Anton«, seufzte Erna. »Du bist noch immer so lieb, wie du es als kleiner Junge warst.«
»Meine Erna«, flüsterte er. »Ich kann es kaum glauben, dass du hier neben mir sitzt.«
Sanft streichelte er ihr Gesicht, und Erna schloss die Augen und genoss seine Berührung. Sie schmiegte ihre Wange in seine Hand und spürte einen wohligen Schauer, als er ihr einen Kuss auf die Stirn drückte.
Langsam zog er nach einiger Zeit seine Hand zurück, räusperte sich und sagte mit rauer Stimme: »Lass uns anfangen.«
Anton schlug das Heft auf und fing an zu lesen.

Elli – Marndorf, Mai 1940

Als mein Baby starb, erlebte ich den schrecklichsten Tag meines Lebens, aber was ich heute erfahren habe, hat mich in einen Schockzustand versetzt. Ich muss festhalten, was passiert ist, um nicht verrückt zu werden. Ich habe keine Menschenseele, der ich diese Geschehnisse anvertrauen könnte.
Am frühen Morgen stand Grete unangemeldet vor der Tür.
»Was machst du denn in Marndorf?«, fragte ich sie verblüfft. »Und wie siehst du denn aus?«, rief ich entsetzt, als ich ihr hohlwangiges und bleiches Gesicht im hellen Licht der Bauernstube ansah.
»Ich bin seit gestern Abend hier und übernachte im Draxl-Hof«, presste Grete hervor. Sie nestelte nervös an den Henkeln ihrer Handtasche herum und flehte: »Bitte, Elli, du musst mir helfen! Ich habe sonst niemanden, den ich fragen könnte. Bitte! Du hast doch Beziehungen zu den allerhöchsten Regierungskreisen. Bitte, Elli!«
Sie war derart außer sich, dass ich ihr zur Beruhigung einen Obstler eingeschenkt habe.
Sie fing an zu weinen, lautlos liefen ihr die Tränen über das

Gesicht und dann keuchte sie: »Das Leben von zwei Kindern ist in Gefahr. Ich habe solche Angst, dass sie bereits tot sind. Solche Angst!«

»Um was geht es denn genau?«, fragte ich. »Was ist denn passiert?«

»Ich schäme mich«, flüsterte Grete.

»Mir kannst du alles anvertrauen«, ermunterte ich sie.

»Ich habe einen Sohn zur Welt gebracht«, flüsterte Grete.

»Davon hast du mir nichts geschrieben!«, sagte ich überrascht. »Wann wurde er denn geboren?«

»Vor einem Monat. Ich habe ihn Ulrich genannt, aber er wurde mir nach der Geburt weggenommen, weil ...«

Ihre restlichen Worte verstand ich nicht, weil sie mehr schluchzte als dass sie sprach. Ich konnte nicht mehr tun, als ihr tröstend über den Rücken zu streichen. »Schon gut«, sagte ich. »Wein dich erst einmal aus.«

Aus eigener, bitterer Erfahrung konnte ich gut nachvollziehen, wie schwer der Verlust eines Kindes wiegt. Nach zwei weiteren Fehlgeburten trauere ich nun um fünf Kinder, ohne Mutter geworden zu sein. Es scheint mir nicht vergönnt.

Aus welchem Grund war Grete derart verzweifelt? Es dauerte eine Weile, bis sie weitersprach: »Ulrich hat einen Klumpfuß. Es gibt ein Gesetz zur Verhütung erbkanken Nachwuchses. Die Hebammen und Ärzte sind verpflichtet, eine derartige Behinderung den Behörden zu melden. Man bringt diese Kinder in Heimen unter. Ich glaube, dass dort schreckliche Dinge geschehen, da man mir verboten hat, mein Kind zu besuchen. Sie wollten mir zuerst nicht einmal sagen, wo Ulrich ist. Und Erna wurde von der Anstalt in Herzberge nach Brandenburg an der Havel verlegt und dort haben sie auch Ulrich hingebracht.«

»Das ist natürlich schlimm, dass man dich von den Kindern getrennt hat, aber wieso meinst du denn, dass sie in der Anstalt nicht gut aufgehoben sind?«

»Elli«, schrie Grete auf, »durch meine Arbeit im Krankenhaus bekomme ich doch mit, was man heutzutage mit Idioten und Krüppeln macht. Sie sind unerwünscht, sie kosten Geld, sie bringen dem ›Volkskörper‹ keinen Nutzen. Ein Doktor sagte zynisch zu mir, dass Deutschland nur noch Menschen brauchen kann, die produktive Arbeit leisten.«

»Ich kann mir das nicht vorstellen«, meinte ich. »Derartiges würde Hitler niemals zulassen!«

Grete stand auf und sagte: »Ich merke schon, dass ich hier an der falschen Adresse bin. Es war eine dumme Idee von mir, dich um Hilfe zu bitten. Du bist ja mit einem von diesem Regime verheiratet.«

»Grete, setz dich wieder hin. Ich verstehe schon, dass dich die Worte des Doktors in Aufregung versetzt haben, aber kann es denn wirklich stimmen, was er sagte?«

Grete nickte. »Ich weiß von drei Todesfällen in einem derartigen Heim. Den Eltern nannte man als Todesursache ›Lungenentzündung‹, das kann einfach nicht sein, dass gleich drei Kinder an derselben Krankheit sterben.«

Ich konnte Gretes Bedenken immer noch nicht nachvollziehen und fragte nach, aus welchem Grund Erna in eine Anstalt gebracht worden war.

»Das hat mein lieber Ehemann Gustav veranlasst. Erst hat er ohne mein Wissen dafür gesorgt, dass Erna sterilisiert wurde und dann klüngelte er mit unserem Hausarzt, der bei Erna ›Schwachsinn‹ bescheinigte, damit sie in die Berliner Anstalt Herzberge eingewiesen werden konnte.«

»Ja, das weiß ich, das hast du mir geschrieben. Warst du denn in Brandenburg?«

»Ja, ich war dort. Aber man verweigerte mir den Zutritt. Angeblich damit sich die ›Zöglinge‹ nicht aufregen, wenn man sie wieder verlässt. Das verstehe ich vielleicht bei kleinen Kindern, aber Erna ist fünfzehn Jahre alt und ich bin mir sicher, dass sie auf meinen Besuch sehnsüchtig wartet.«

Grete hielt erschöpft inne und ihr verzweifelter Blick schnitt mir mitten ins Herz. »Was sagt denn dein Mann zu den neuesten Entwicklungen?«

»Gustav?«, stieß Grete mit verächtlichem Ton hervor. »Gustav? Der schreibt siegestrunkene Briefe aus Paris. Ich kann mir nicht vorstellen, dass ihn das im Augenblick überhaupt interessiert. – Ich habe in meiner Not bereits überlegt, an Hitler zu schreiben, da ich nicht weiß, welches Ministerium für die Anstalten zuständig ist. Selbst im Krankenhaus konnte mir niemand darüber Auskunft geben. Aber ich fürchte, bis ich Antwort bekomme, sind die Kinder ...«

»Schon gut, Grete. Ich weiß nicht, ob dir mein Mann helfen kann. Mein Mann ist vom Führer für Sonderaufgaben eingesetzt, aber ich weiß nicht, ob er dir helfen kann.«

»Danke, Elli«, hauchte Grete. »Das werde ich dir nie vergessen!«

»Am besten wird sein, du schilderst ihm dein Anliegen persönlich. Er hat bis spät in die Nacht gearbeitet und wird wohl bald aufstehen und herunterkommen. Soll dir Traudi einen Kaffee und etwas Gebäck bringen?«

Grete winkte müde ab und murmelte: »Danke, ich habe keinen Hunger.«

Bald darauf wurde die Zimmertür schwungvoll aufgerissen, und mein Mann stürmte herein und rief: »Elisabeth, sorge bitte für mein Frühstück ...« Dann blieb er abrupt stehen und starrte Grete an. »Was willst du hier?«, brachte er tonlos hervor.

»Ihr kennt euch?«, fragte ich verwundert.

»Flüchtig«, entgegnete Ferdinand mit eiskalter Miene.

»Das ist Grete, die mir bei der schweren Geburt Beistand geleistet hat.«

»Sie ist das?«, raunte Ferdinand.

Verwundert schaute ich auf Grete, die mit schreckgeweiteten Augen meinen Mann anstarrte und »Ferdinand« stammelte.

»Grete möchte dich um Hilfe für ihre beiden Kinder bitten«, erklärte ich.

»Bitte, Elisabeth, lass uns einen Moment allein und kümmere dich um mein Frühstück«, presste Ferdinand hervor.

Ich nickte Grete aufmunternd zu und verließ das Zimmer.

Mir kam die Situation sehr sonderbar vor. Woher kannte mein Mann Grete? Das interessierte mich natürlich und ich lauschte an der Tür.

»Bist du verrückt geworden? Wie kannst du es wagen, hierherzukommen?«, polterte Ferdinand.

»Aber ich hatte doch keine Ahnung, dass du Ellis Ehemann bist«, rief Grete verzweifelt.

»Jetzt weißt du es. Verlass unverzüglich mein Haus!«

»Bitte, Ferdinand, wieso hast du dich von mir abgewandt?«, fragte Grete. »Wenn ich bei dir angerufen habe, hast du dich von Tannheimer verleugnen lassen. Du solltest doch unbedingt wissen, dass du Vater geworden bist! Dein Sohn trägt den Namen Ulrich. Er hat einen Klumpfuß und ist mir nach der Geburt weggenommen worden.«

»Das kann unmöglich mein Sohn sein. Du glaubst doch nicht ernsthaft, dass ich einen Krüppel zeugen würde!«

»Es ist dein Kind, Ferdinand, seit unserer ersten Nacht hatte ich mit Gustav keinen Verkehr mehr. Außerdem ging er gleich in den ersten Kriegstagen freiwillig zur Wehrmacht.«

»Erspar mir bitte Details« sagte Ferdinand mit angewiderter Stimme.

»Auch wenn du dich nicht für dein Kind interessierst – hilf wenigstens, dass ich Ulrich nach Haus holen kann. Ich habe herausgefunden, dass man ihn nach Brandenburg gebracht hat, das ist ...«

»Eine Heilanstalt«, unterbrach Ferdinand. »Ich weiß, wo sie ist, ich habe diese Einrichtung mit einigen Kollegen besichtigt.«

»Ferdinand, Ulrich hat einen Klumpfuß, das ist doch kein Grund, ein Kind in eine Anstalt einzusperren! Und Erna hat man jetzt von Herzberge auch dorthin gebracht!«

»Alles nicht mein Problem«, sagte Ferdinand und die Härte

in seiner Stimme verursachte bei mir eine Gänsehaut. »Du wirst jetzt gehen und vor allem wirst du meiner Frau nichts von unserer kleinen Liaison erzählen.«

»Liaison? Ferdinand, ich habe dich aufrichtig geliebt, von Herzen geliebt«, flüsterte Grete, dass ich sie kaum noch verstehen konnte.

»Was für ein Unsinn!«, zischte Ferdinand. »Was interpretierst du denn in eine kleine Liebelei hinein?«

»Was? Du hast mir erzählt, du wärst unglücklich verheiratet und würdest dich gerne scheiden lassen.«

»Meine Güte, was man halt liebeshungrigen, unglücklich verheirateten Frauen aus dem Volk erzählt.«

»Was bist du nur für ein Mensch?«, sagte Grete erschüttert. »Mir tut Elli, die mir sehr viel bedeutet, von Herzen leid. Ich schäme mich zutiefst, was ich ihr – wenn auch unwissentlich – angetan habe.«

Ich stand immer noch hinter der Tür. Nachdem die beiden schwiegen, schlich ich mich den Gang entlang zur Küche und gab Traudi den Auftrag, Ferdinands Frühstück zu servieren.

Auf einmal begriff ich, was ich soeben Ungeheuerliches erfahren hatte. Mein Mann hatte ein Kind mit Grete ... die eine Affäre mit meinem Mann hatte, ohne zu wissen, wer er war! Er stand nie im Licht der Öffentlichkeit, daher kannte man sein Gesicht oder seinen Namen in weiten Bevölkerungskreisen nicht. Doch war es tatsächlich möglich, dass eine verheiratete Frau eine Affäre begann, ohne den Nachnamen des Geliebten zu erfragen? Ohne wissen zu wollen, welche berufliche Stellung er innehatte?

Wie von Furien gehetzt stürzte ich in das Zimmer und brüllte: »Verschwindet! Raus hier! Beide! Wie könnt ihr mir so etwas antun? Haut ab!«

Ferdinand, der noch nie einen derartigen Ausbruch erlebt hatte, fuhr mit erstauntem Blick herum und blaffte: »Mäßige deinen Ton, Elisabeth!«

Grete stand auf und ging zur Tür. »Elli, es tut mir leid, du musst mir glauben, dass ich nicht wusste, dass Ferdinand dein Mann ist.«

»Lügnerin, Lügnerin, Lügnerin«, kreischte ich.

Grete schluckte und sagte zu Ferdinand: »Bitte, ich flehe dich an, hilf mir!««

Ferdinand zuckte mit den Schultern und ich schrie: »Geh doch endlich! Geh, Grete, und komm nie wieder hierher!«

Mit trauriger Miene musterte Grete Ferdinand. »Ich werde ein Bittgesuch an Hitler richten.«

»Tu das«, erwiderte Ferdinand ungerührt. »Das geht aber zuerst über meinen Schreibtisch.«

Grete presste die Hand vor den Mund und verließ das Haus. Ich sah aus dem Fenster und beobachtete, wie sie mit eiligen Schritten dem Eingangstor zustrebte.

Ferdinand packte mich bei den Armgelenken. »Du beruhigst dich jetzt auf der Stelle! Nimm eine Pille oder sauf eine Flasche Schnaps, das ist mir egal. Aber hör auf, dich wie ein zänkisches Weib aufzuführen.«

»Ich hasse dich«, sagte ich. »Ich hasse dich!«

Er grinste hämisch. »Elisabeth, das ist mir so was von egal!«

Zu dieser Zeit war ich leider unfassbar labil und habe mich über die einsamen Tage in Marndorf und die Eheschwierigkeiten mit Tabletten und Alkohol hinweggetröstet. Auch an diesem furchtbaren Tag betäubte ich mich mit einer halben Flasche Obstler.

Als ich am anderen Tag wieder einen klaren Kopf hatte, musste ich an die armen Kinder denken. Mein Mitgefühl war stärker als meine Wut auf Ferdinand und Grete. Ich beschloss, noch einmal mit meinem Mann zu sprechen und ging in sein Arbeitszimmer.

Er sah kurz von den Akten auf und schleuderte mir entgegen: »Na, wieder nüchtern?«

»Wenn Ulrich dein Sohn ist, solltest du dazu stehen. Du weißt, wie sehr ich mir ein Kind wünsche. Hol ihn nach Marndorf«, sagte ich.

»Der Alkohol frisst wohl deine Gehirnmasse auf!«, schimpfte mein Mann. »Wir versuchen im Moment, die geistig und körperlich Toten aus der Gesellschaft zu entfernen und ich soll mir einen ins Haus holen? Unmöglich!«

»Was ist denn das für eine Ausdrucksweise?«, erwiderte ich entsetzt.

»Die Angelegenheit ist für mich erledigt. Wenn du Gretes Lüge als Wahrheit ansiehst, nur zu! Ich habe jedenfalls keinen Krüppel gezeugt. Wenn du Gretes Aussagen mehr Glauben schenkst als meinen, erübrigt sich sowieso jedes weitere Wort.« Er stand auf und verkündete: »Ich fahre jetzt nach Berlin.«

»Ach ja«, antwortete ich. »Zu deinem nächsten amourösen Abenteuer? Wer ist es denn diesmal?«

Er grinste und schleuderte mir entgegen: »Wenn die Ehefrau kalt wie ein Fisch ist, sucht und findet ein Mann andere wärmende Arme.«

Ich erinnerte ihn an die letzte Silvesterfeier, die wir auf Einladung Hitlers zusammen mit ihm und einigen handverlesenen Auserwählten verbracht hatten. Hitler hatte zu mir gesagt: »Elli, Sie sind die schönste Frau der Reichskanzlei und ich liebe Ihre jugendliche Leichtigkeit und Ihren Charme. Hoffentlich weiß Ihr Mann das zu schätzen, denn mir ist es wichtig, dass meine engsten Vertrauten in stabilen Ehen Kraft tanken können. Ihr Mann ist manchmal nachgiebig und schwach, aber Sie erlebe ich als kraftvolle, starke Frau. Daher vertraue ich darauf, dass er den Anforderungen seiner Stellung immer gewachsen sein wird.«

»Und?«, meinte Ferdinand.

»Wie würde es ihm gefallen, zu erfahren, was für einen Sohn du hast?«

»Willst du mir drohen?«

»Wenn du es so auffassen willst.«

Er schlug mir unerwartet und rasch mit der flachen Hand rechts und links auf die Wange. Mein Kopf dröhnte, als er mich im Nacken packte und herumschleuderte.

»›Die schönste Frau der Reichskanzlei‹«, raunte er, während er mich zum Schreibtisch zog und nach seinem spitzen Brieföffner hangelte. Er hielt ihn mir vors Gesicht und sagte: »Schönheit kann man auch zerstören.«

»Nein!«, schrie ich entsetzt und geriet in Panik. Ich schlug um mich und wehrte mich, bis er mich losließ.

Er packte seine Aktentasche und sagte: »Elisabeth, ich werde immer stärker sein als du. Stärker und mächtiger. Also, erspare mir künftig derartige Szenen.«

Als er das Haus verlassen hatte, ging ich in die Stube, goss mir einen Weinbrand ein und trank das Glas in einem Zug leer. Und noch eines und noch eines. Ich schluckte zwei Schlaftabletten und legte mich ins Bett.

Mitten in der Nacht wachte ich auf und musste an Grete denken. Ich hatte sie in ihrer Verzweiflung alleingelassen und weggeschickt. Litt sie nicht mehr als ich? Natürlich kränkte mich Ferdinands Untreue, aber Grete bangte um das Leben zweier Kinder.

Am Morgen stand ich früh auf und ging zum Draxl-Hof, um mit Grete zu sprechen. Als ich erfuhr, dass sie bereits am gestrigen Tag abgereist war, kehrte ich unschlüssig nach Hause zurück. Zunächst wollte ich ihr einen Brief schreiben, doch dann hatte ich einen besseren Einfall.

Ich ging in Ferdinands Arbeitszimmer und fand in einer Schublade das offizielle Briefpapier der Reichskanzlei. Mühsam tippte ich auf der Schreibmaschine einige Zeilen. Es dauerte lange, bis es mir gelang, Ferdinands Unterschrift zu kopieren. Doch als ich diese schließlich unter das Schreiben setzte, war ich zufrieden. Ich musste die Wahrheit herausfinden und das würde mir nur gelingen, indem ich nach Brandenburg fuhr. Ich teilte Zenz, Rosa und Alfons mit, dass ich zu meinen Eltern reisen wolle und packte hastig einige Sachen. Ich schickte Traudi zum Draxl-Hof und ein Knecht brachte mich mit der Kutsche zum Bahnhof.

Mit knapper Not erwischte ich den Frühzug nach München. Dort löste ich eine Erste-Klasse-Fahrkarte für die Fahrt nach Berlin. Als ich im Berliner Bahnhof auf den Anschlusszug nach Brandenburg wartete, überfielen mich plötzlich Zweifel. Wie konnte ich mich zu einer derart übereilten Aktion hinreißen lassen? Würde ein offiziell aussehendes Schreiben der Reichskanzlei ausreichen, um Ulrich und Erna sehen zu dürfen?

Zwei Stunden später stand ich vor dem Backsteingebäude der Anstalt, die außerhalb von Brandenburg, idyllisch umrahmt von Feldern, an einem kleinen See lag. Durch eine hübsch angelegte Allee ging ich auf das Haus zu, das mich ein wenig an ein pommersches Landgut erinnerte. Erstaunt nahm ich zur Kenntnis, dass es nicht eingezäunt und auch sonst nicht sonderlich bewacht war.

Die Haustür stand offen und ich trat ein. Eine helle Mädchenstimme sang: »Eine Seefahrt, die ist lustig. Eine Seefahrt, die ist schön. Denn da kann man fremde Länder und noch manches andre sehn ...«

Verzückt lauschte ich dieser zauberhaften Stimme und ging neugierig weiter, um zu sehen, zu wem sie gehörte.

»Hallo«, rief ich. »Hallo! Ist hier jemand?«

»Hier in der Küche sind wir«, bekam ich zur Antwort.

Ich ging den langen Gang weiter und trat schließlich in eine große Küche ein. Um einen Esstisch saßen einige Frauen in Schwesterntracht und ein zartes, viel zu dünnes Mädchen.

»Heil Hitler«, grüßte ich. »Wer hat denn gerade so schön gesungen?«

»Erna«, sagte eine der Schwestern und zeigte auf das Mädchen. »Wir haben viel Freude mit ihr.«

»Erna Künke?«, hakte ich nach.

»Wer will das wissen?«, schnauzte mich eine andere Schwester an. »Was wollen Sie?«

»Ich bin Elisabeth Probst, die Frau von Reichsleiter Probst. Mein Mann hat mir von dieser Einrichtung erzählt und ich wollte sie mir gerne ansehen.«

Ich bemerkte, dass die Schwestern unsichere Blicke austauschten und fügte hinzu: »Ich habe ein offizielles Schreiben dabei, wenn Sie ...«

»Ihre Kennkarte genügt«, sagte die Schwester. Sie studierte das Dokument ausführlich und stand auf. »Ich bin Schwester Gundi. Kommen Sie, ich zeige Ihnen das Haus. Aber wir hatten viele Abgänge, daher sind im Moment nur ein paar Betten belegt.«

»Abgänge?«, fragte ich. »Wohin werden die Kinder dann gebracht?«

»In andere Anstalten«, antwortete Schwester Gundi knapp und wechselte einen unsicheren Blick mit ihren Kolleginnen.

Ich musste meine Ungeduld zügeln, während mich die Schwester durch die Wirtschaftsräume im Erdgeschoss führte. Endlich stiegen wir in den ersten Stock hinauf.

»Hier ist die Unterkunft der älteren Kinder«, kommentierte Schwester Gundi und plauderte fröhlich weiter, während ich fassungslos auf die Kinder starrte, die da in den Betten lagen.

»Erna ist ein Schatz. Wenn die anderen Kleinen unruhig sind, dann lassen wir sie singen und sofort geht es allen besser und sie werden viel ruhiger.«

Große Augen starrten mich aus ausgemergelten Kindergesichtern an. Ich konnte mein Entsetzen kaum verbergen und sagte: »Ihre Zöglinge sehen ja furchtbar aus! Bekommen sie nichts zu essen?«

»Ach, die sind alle nicht richtig im Kopf und krank«, erwiderte die Schwester leichthin. »Manche verweigern die Nahrungsaufnahme, da lassen wir der Natur einfach ihren Lauf ... Kommen Sie, eine Tür weiter ist die Babyabteilung. Arme Missgeburten sind das. Erschrecken Sie nicht!«

Winzige Babys lagen, nur mit einer Windel bekleidet, nebeneinander aufgereiht in Gitterbettchen. Man hatte sie nicht zugedeckt und ich dachte an Gretes Aussage, dass Kinder an einer Lungenentzündung gestorben waren, was mich nun nicht mehr verwunderte.

Die schmächtigen und mageren Wickelkinder reckten ihre knochendürren Ärmchen in die Höhe. Ich konnte an ihnen nichts Außergewöhnliches erkennen. Erst bei genauerem Hinsehen bemerkte ich, dass bei manchen die Gesichtszüge anders aussahen als bei gesunden Babys. Einige hatten verkürzte Ärmchen oder Beinchen und ich kämpfte mit den Tränen, weil mir die Kleinen so leidtaten. Namensschilder gab es keine, wie sollte ich es jetzt anstellen, Ulrich zu finden?

Ich konnte mein Glück kaum fassen, als Schwester Gundi auf ein bildhübsches Baby mit dunklem Haarflaum zeigte. »Dieser Junge ist mit Erna, dem Singvöglein, verwandt. Tragisch, wenn in einer Familie gleich zwei Kinder Missgeburten sind.«

Ich enthielt mich eines Kommentars und betrachtete Ulrich. Ich erinnerte mich an die Babyfotografien, die mir meine Schwiegermutter gezeigt hatte und konnte im Gesicht des Jungen durchaus Ferdinands Züge entdecken.

»Was fehlt ihm denn?«, fragte ich.

»Klumpfuß«, sagte Schwester Gundi.

»Den hat Goebbels auch«, entfuhr es mir.

Die Schwester bedachte mich mit einem entgeisterten Blick. Ulrich, der still dagelegen hatte, ruderte plötzlich mit den Ärmchen und ich entdeckte ein Feuermal – genau an der Stelle, an der Ferdinand auch eines hatte.

Nur mühsam konnte ich die Fassung bewahren. Was tat man diesen Kindern an?

Ernas Gesang tönte zu uns herauf: »Der Mai ist gekommen, die Bäume schlagen aus …«

»Mehr Betten haben Sie nicht?«, fragte ich.

Die Schwester schüttelte den Kopf, zögerte und sagte: »Wir sind hier ja nur eine Art Durchgangsstation.«

»Was ist denn in der Scheune nebenan?«, wollte ich wissen und bemerkte ein kurzes Erschrecken in Schwester Gundis Gesicht.

»Desinfektionsräume«, brachte sie schließlich hervor.

Ich konnte immer nur auf Ulrich starren und wünschte mir so sehr, ihn in den Arm zu nehmen. Wie glücklich könnte er in Marndorf aufwachsen! Ferdinand hatte einen Sohn herbeigesehnt – und jetzt, da ihm das Schicksal diesen Wunsch erfüllt und ein Kind geschenkt hatte, lehnte er es ab.

Ein schneidiger, groß gewachsener Mann in den Dreißigern mit dunklen Haaren und einem blassen Gesicht trat in den Raum. Er trug einen weißen Arztkittel, kam auf mich zu und schnarrte: »Heil Hitler, gnädige Frau. Ich bin Dr. Aberl, der Anstaltsleiter. Ihr Mann war erst vor einigen Tagen bei uns. Mit Staunen hörte ich von Ihrem unangemeldeten Besuch.«

»Ich hatte gesundheitliche Probleme, daher konnte ich ihn nicht begleiten«, sagte ich. »Schwester Gundi hat mir bereits alles gezeigt, ich möchte mich dann auch gleich verabschieden, Sie haben sicher wichtigere Aufgaben, als Besucher zu betreuen.«

»Immer zu Diensten«, meinte der Doktor.

Fluchtartig verließ ich das Haus und sah an der Scheune einige Männer in Zivil stehen. Ich ging um das Gebäude herum und blieb, für die Gruppe nicht sichtbar, an der hinteren Ecke der Scheune stehen. Ich konnte ihrer Unterhaltung gut folgen.

Sie begrüßten den Anstaltsleiter, der zu ihnen trat, als »Herrn Kollegen«. Dieser erklärte: »Die Demonstration funktioniert auch mit Kaninchen. Als im Januar Reichsleiter Probst und einige andere Herren die ersten Testläufe verfolgten, passierte das selbstverständlich am menschlichen Objekt. Aber wir haben derzeit eine Verzögerung und neue Patienten kommen erst in zwei oder drei Tagen.«

»Brauchen wir Gasmasken?«, fragte einer der Herren.

»Immer vorsichtig, die Herren Doktoren«, scherzte der Anstaltsleiter. »Ich kann Sie beruhigen. Der Raum wird nach jedem Vorgang sofort gut durchgelüftet.«

Die Herren murmelten etwas Unverständliches und der Anstaltsleiter fuhr fort: »Wir stehen jetzt vor der Einlassschleuse, da haben wir den Scheunencharakter belassen, damit die Kinder nicht gleich Angst bekommen. Sie werden in den Umkleideraum gebracht und entledigen sich ihrer Kleidung. Einer unserer Ärzte begutachtet sie flüchtig, dann geht es in den Duschraum. Dort wird das Kohlenmonoxid eingeleitet, es ist ein schneller, erlösender Tod. Nachdem die Leichen verbrannt wurden, wird die Asche in Urnen gefüllt und auf Wunsch den Angehörigen zugesandt.«

Ich presste ein Taschentuch vor den Mund, um nicht aufzuschreien.

Wusste Ferdinand tatsächlich über diese Vorgänge Bescheid? Brachte er es wirklich fertig, Kinder in den Tod zu schicken?

Die Gruppe ging in die Scheune und ich sank zu Boden, weil mich meine Füße nicht mehr trugen. Kohlenmonoxid! Jetzt verstand ich die geringe Bettenzahl in der Anstalt.

Wann würde Ulrich sterben? Ließ man Erna am Leben, weil sie so schön sang? Musste sie auch im »Umkleideraum« der Scheune Lieder vortragen, damit die Mörder weniger Arbeit mit den verängstigten Kindern hatten? Was waren die Schwestern für Frauen, dass sie es schafften, eine derartige Arbeit auszuführen? Wer ordnete eine solche Grausamkeit an? Ich wollte einfach nicht glauben, dass Ferdinand zugeschaut hatte, wie Menschen getötet wurden. Das musste ein Irrtum sein!

Ich rappelte mich auf, lief wie in Trance die Allee entlang zum Bahnhof und nahm den nächsten Zug nach Berlin.

Ich konnte mich kaum mehr auf den Beinen halten, stieg in eine Taxe und ließ mich in die Reinickendorfer Straße bringen.

Obwohl mir Grete in ihren Briefen ihre Lebensumstände geschildert hatte, überraschte und erschreckte mich die Realität. Das düstere Hinterhaus mit den eigenartigen Gerüchen, die durch das Treppenhaus zogen, betrat ich zögerlich, während ich überlegte, wie schrecklich es sein musste, hier zu leben.

Ich klopfte an die Tür. Als Grete öffnete, sah sie mich überrascht an. »Du hier?«, brachte sie nur heraus und ließ mich eintreten.

Ich sah mich in der ärmlich möblierten Küche um, setzte mich auf einen Küchenstuhl und sagte: »Ferdinand hat uns beide betrogen.«

Grete presste die Lippen zusammen und senkte den Blick. »Ich hätte niemals etwas mit Ferdinand angefangen, wenn ich gewusst hätte, dass er dein Ehemann ist. Es tut mir so furchtbar leid.«

Sie erklärte mir, unter welchen Umständen sie ihn kennengelernt hatte und berichtete mir auch von den heimlichen Treffen im Hotel.

»Ich weiß nicht mehr, wer der Mann ist, den ich einmal geliebt und geheiratet habe«, sagte ich und kämpfte mit den Tränen. »Mein wohlgeordnetes Leben zerbricht in tausend Scherben. Ich war in Brandenburg und habe dort ein Gespräch belauscht. Ferdinand scheint über die Vorgänge in der Anstalt informiert zu sein.«

»Was passiert dort?«, fragte Grete besorgt.

»Ich fürchte, du hast recht. In dieser Anstalt geht es nicht mit rechten Dingen zu.« Grete schrie entsetzt auf und ich fuhr fort: »Erna und Ulrich sind dort untergebracht. Ferdinand hat das Heim vor einigen Tagen besucht und eine Schwester wunderte sich, dass er auch nach Ulrich gefragt hatte.«

»Dann hat er seinen Sohn gesehen? Warum hat er ihn denn nicht mitgenommen?«

»Ich weiß es nicht«, meinte ich. »Ferdinand hängt wieder an der Morphiumnadel. Das hat seinen Charakter sehr verändert, jedenfalls will ich glauben, dass es daran liegt. Wobei das keine Entschuldigung für sein Verhalten dir gegenüber sein soll.«

»Was können wir denn tun?«, fragte Grete.

»Morgen fahren wir nach Brandenburg und versuchen, die Kinder aus der Anstalt herauszuholen.«

»Wird das so einfach gehen?«, wollte Grete wissen.

»Keine Ahnung. Ehrlich gesagt, habe ich auch keinen richtigen Plan, aber wir müssen es wagen.«

»Elli, das werde ich dir nie vergessen!«, sagte Grete unter Tränen.

Ich mietete mich im Hotel *Adlon* ein, da dort wenig Parteimitglieder verkehrten, und bestellte für den nächsten Tag eine Limousine mit Fahrer.

Am Morgen holte ich Grete wie vereinbart in aller Früh ab und als sie unsicher zu mir in den Fond des Wagens stieg und fragte, wieso wir denn nicht mit dem Zug nach Brandenburg fahren würden, erklärte ich ihr, dass die Kinder gewiss zu schwach für die zweistündige Bahnfahrt nach Berlin wären. Außerdem würde unser Erscheinen in einem repräsentativen Wagen mit Chauffeur einen offiziellen Auftritt glaubhafter machen. Wie von mir gewünscht, trug Grete ihre Schwesterntracht. Um sie zuversichtlich zu stimmen und meine eigene Unsicherheit zu verbergen, gab ich mich nach außen hin wesentlich gelassener und selbstsicherer, als ich mich tatsächlich fühlte.

Das letzte Wegstück zockelte vor unserer Limousine ein grauer Reisebus her, den wir zum Leidwesen unseres Fahrers nicht überholen konnten. Der Bus bog auf den Hof der Anstalt ein und hielt neben der Scheune.

Ich wies den Fahrer an, direkt vor der Eingangstür zu halten und dort auf uns zu warten. Als wir aus dem Wagen stiegen, sahen wir apathisch wirkende Kinder aus dem Bus klettern und durch das geöffnete Scheunentor wanken. Einige hielten sich an den Händen, andere trotteten mit gesenktem Kopf voran. Kein Weinen oder Klagen drang zu uns herüber.

Aus dem Inneren der Scheune drang eine engelsgleiche Stimme heraus: »Guten Abend, gute Nacht, mit Rosen bedacht ...«

»Ist das Erna, die da singt?«, keuchte Grete, und ich hatte Angst, dass sie jeden Moment in Ohnmacht fallen könnte.

»Ja«, sagte ich.

»Was ist denn mit den Kindern?«, fragte Grete. »Wieso bringt man sie in die Scheune?«

»Komm«, sagte ich nur. Zum jetzigen Zeitpunkt konnte ich

ihr unmöglich schildern, welch monströs grauenhafte Tat in der Scheune passierte. Wenn sich bewahrheitete, was der Anstaltsleiter mit den Ärzten besprochen hatte, würden diese Kinder innerhalb der nächsten halben Stunde sterben. Ich ballte die Faust, um nicht loszuschreien. Das Gefühl der Machtlosigkeit verursachte mir einen Würgereiz, den ich kaum unterdrücken konnte. Ich wusste, was geschah und konnte nichts für diese Mädchen und Jungen tun.

Während wir durch den langen Flur im Haus gingen, gelang es mir, meine Selbstbeherrschung wiederzuerlangen. Ich musste jetzt stark sein und durfte mir keinen Fehler erlauben, sonst wären auch Erna und Ulrich verloren.

Ich hatte vorsorglich ein äußerst elegantes dunkelblaues Kostüm mitgenommen und trug einen passenden Hut mit breiter Krempe dazu. »Wenn du als Frau geachtet und respektiert werden willst, kleide dich so elegant wie nur möglich«, hörte ich die Stimme meiner Schwiegermutter. Hoffentlich würde sich dieser Rat jetzt als nützlich erweisen!

Als Schwester Gundi auf uns zukam, zog ich meine feinen Kalbslederhandschuhe von den Händen und verlangte den Anstaltsleiter zu sprechen.

Dieser eilte herbei, begrüßte mich mit einer tiefen Verbeugung und ich sah ein bewunderndes Aufblitzen in seinen Augen, als er mich kurz musterte. »Gnädige Frau, Sie haben uns doch erst gestern mit Ihrem Besuch beehrt.«

»Das stimmt«, sagte ich kurz angebunden und präsentierte mein gefälschtes Schreiben. Zu meinem Leidwesen studierte Dr. Aberl den Inhalt des Briefes ausführlicher als ich vermutet hatte.

Er faltete das Blatt zusammen und steckte es in die Tasche seines Arztkittels. »Das weist Sie als Bevollmächtige Ihres Mannes aus, aber was ist Ihr Anliegen?«

»Ich nehme die Kinder Erna und Ulrich Künke mit«, sagte ich entschlossen und deutete auf Grete. »Die Krankenschwester wird die Kinder während der Fahrt nach Berlin betreuen.«

Der Anstaltsleiter runzelte die Stirn und meinte: »So einfach geht das nicht. Dazu brauche ich einen Entlassungsschein, den kann nur ein Arzt ausstellen.«

»Sie sind doch Mediziner«, sagte ich forsch. »Hat mein Mann nicht mit Ihnen gesprochen?«

»Nein.«

»Wie auch immer, ich bin mit dem Wagen da und habe nicht viel Zeit, also machen Sie die Kinder bitte reisefertig«, befahl ich.

»Ohne eine Bescheinigung oder Entlassungsanweisung kann ich Ihnen die Kinder nicht übergeben. Ich bedauere zutiefst, aber ich selbst kann derartige Verfügungen nicht treffen.«

»Können Sie nicht oder wollen Sie nicht?«, blaffte ich.

Unbeeindruckt entgegnete Dr. Aberl: »Ich telefoniere jetzt Ihren Mann an. Wenn er mir die Ordnungsmäßigkeit Ihres Handelns bestätigt, werde ich Ihnen die Kinder selbstverständlich übergeben.«

Ein eisiger Schreck durchfuhr mich. Wie würde Ferdinand reagieren? Fieberhaft überlegte ich, wie ich dieses Gespräch verhindern könnte, doch mir fiel nichts ein.

»Begleiten Sie mich in mein Büro«, bat der Anstaltsleiter.

Ich sah in Gretes bleiches Gesicht und sagte kühl: »Schwester Grete, Sie warten hier!«

Dr. Aberl ließ mir den Vortritt, als er die massive Eichentür zu seinem Büro aufstieß. »Bitte treten Sie ein, gnädige Frau.«

Ein wuchtiger, aus dunklem Holz gefertigter Schreibtisch nahm die Hälfte des Raumes ein. Auf der anderen Seite stand eine Krankenliege und daneben ein mit Akten beladener Tisch, um den drei Stühle gruppiert waren.

»Setzen Sie sich doch«, bat Dr. Aberl.

Seine Vorzimmerdame, die hinter uns hergestöckelt war, fragte: »Möchten Sie etwas trinken, gnädige Frau?«

»Nein danke«, sagte ich, als ich mich in das weiche Polster des Stuhls sinken ließ.

Der Anstaltsleiter setzte sich auf den imposanten Sessel hinter seinem Schreibtisch und sagte zu der jungen Frau, die nun unschlüssig im Raum stand: »Fräulein Ute, ich muss dringend Herrn Reichsleiter Probst sprechen. Versuchen Sie ihn bitte sofort ans Telefon zu bekommen, es ist dringend!«

»Wird erledigt, Herr Doktor«, sagte sie und tippelte hinaus.

Schweigend warteten wir auf die Telefonverbindung, und ich zuckte erschrocken zusammen, als ein lautes Klingeln ertönte.

»Heil Hitler, Herr Reichsleiter«, sagte Dr. Aberl. »Ihre Frau ist bei mir und möchte, dass ich die Kinder Erna und Ulrich Künke in ihre Obhut übergebe. Sie hat zwar ein von Ihnen unterzeichnetes Schreiben dabei, aber ich wollte mich doch lieber vergewissern, ob eine Entlassung der Zöglinge in Ihrem Sinne ist.«

Ich hielt den Atem an, setzte mich aufrecht hin, reckte das Kinn nach vorne und tippte scheinbar ungeduldig mit den Spitzen meiner Fingernägel auf den Tisch. Obwohl meine Nerven zum Zerreißen gespannt waren, bemühte ich mich, überlegen und souverän zu wirken.

»Hm ... ja ... hm ... verstehe«, hörte ich den Anstaltsleiter murmeln. Plötzlich sprang er von seinem Stuhl auf, schlug die Hacken zusammen und schnarrte: »Jawohl, Herr Reichsleiter.« Dann hielt er mir den Telefonhörer hin und sagte: »Ihr Gatte möchte mit Ihnen sprechen, ich warte so lange vor der Tür.«

Zögernd nahm ich den Hörer in die Hand. Ich wartete, bis Dr. Aberl das Zimmer verlassen hatte und sagte: »Ferdinand?«

»Bist du von allen guten Geistern verlassen!«, brüllte er sofort los.

»Ich habe Ulrich gesehen, er trägt deine Gesichtszüge und hat das gleiche Feuermal am Arm wie du«, antwortete ich ruhig.

»Feuermale sind nicht vererblich und Babys sehen alle gleich aus. Von was für einem Schriftstück spricht Dr. Aberl überhaupt?«

»Das ist doch jetzt egal, Ferdinand. Bestätige einfach, dass alles seine Ordnung hat und ich ...«

»Was ist denn plötzlich in dich gefahren?«, unterbrach er mich unwirsch.

»Das könnte ich dich auch fragen«, sagte ich. »Die Kinder sehen erbarmungswürdig aus. Lässt man sie absichtlich verhungern? Was hast du damit zu tun? Weiß Hitler, was hier passiert?«

»Adolf weiß über alles Bescheid, was im Reich passiert«, schnaubte Ferdinand. »Ein Krüppel ist eine Last für die Volksgemeinschaft. Wir haben ausgerechnet, dass einer bis zu seinem sechzigsten Lebensjahr Kosten in Höhe von fünfzigtausend Reichsmark verursacht!«

»Kosten, Kosten, Kosten!«, kreischte ich ins Telefon. »Wie kannst du derart gefühllos daherreden? Ich weiß, dass du hier in Brandenburg warst. Du hast das Elend gesehen und es lässt dich unberührt. Du solltest dich schämen!« Ich regte mich derart auf, dass meine Hände vor Wut zitterten.

»Ich befehle dir, dass du die Anstalt unverzüglich verlässt und nach Hause fährst!«

»Wenn ich die Kinder mitnehmen kann, komme ich diesem Befehl gerne nach, Herr Reichsleiter«, sagte ich sarkastisch. »Ansonsten bleibt mir nichts anderes übrig, als Hitler darüber zu informieren, dass Herr Probst außerstande ist, gesunde Nachkommen zu zeugen.«

»Es ist nicht mein Kind!«

»Das Gegenteil ist nicht bewiesen. Wie wohl der Führer auf eine derartige Mitteilung reagieren wird?«

»Das wagst du nicht!«

»Probier es aus!«

Er schwieg eine Weile, dann sagte er: »Kannst du dich an Frau Vollmers erinnern?«

»Was hat das jetzt damit zu tun?«

»Ja oder nein?«

»Ja, die hübsche, zarte Ehefrau von Görings Adjutanten.«

»Genau von der spreche ich. Sie wurde vor zwei Wochen nach Herzberge verbracht. Eine unschöne Geschichte, aber ihre

Nerven sind vollkommen zerrüttet. Der arme Vollmers ist am Boden zerstört und lässt sich jetzt von einer blonden Walküre trösten.«

»Willst du mir drohen?«

»Ich habe damit nicht angefangen, liebe Elisabeth!«

Ich versuchte, meine aufsteigenden Tränen zu unterdrücken und schluckte.

»Hat es dir die Sprache verschlagen? Wie ich dir bereits sagte, bin ich stärker und mächtiger als du und werde es immer sein! – Weißt du was, lass uns doch einen Handel eingehen: Du hörst auf, mich damit zu nerven, dass du über meine nicht erwiesene Vaterschaft Gerüchte streuen willst. Im Gegenzug werde ich veranlassen, dass dir das Mädchen übergeben wird.«

»Wir könnten das Haus in Marndorf aufgeben und an einen Ort ziehen, an dem keiner von deiner Stellung weiß. Ich würde Ulrich eine liebevolle Mutter sein, und du hättest deinen Sohn bei dir. Ferdinand, ich flehe dich an!«

»Überspann den Bogen nicht, Elisabeth, sonst bleibt das Mädchen, wo es ist.«

»Sie heißt Erna!«

»Ich habe nicht endlos Zeit, mit dir zu telefonieren. Nimmst du meinen Vorschlag an?«

»Ferdinand, bitte, dein Sohn ist doch ...«

»Ja oder nein?«

Ich stieß einen verzweifelten Seufzer aus und sagte: »Irgendwann wirst du es bereuen, dass du Ulrich in den Tod geschickt hast.«

»Ich kann das Gespräch jetzt auch beenden.«

»Ferdinand!«

»Elisabeth?«

»Gut, dann nehme ich wenigstens Erna mit.«

»Hol den Anstaltsleiter ans Telefon.«

»Willst du nicht nochmal in Ruhe nachdenken wegen Ulrich?«

»Noch ein Wort und unsere Vereinbarung gilt nicht mehr!«

Ich schluckte, begriff, dass jedes weitere Wort vergebens sein würde, und sagte: »Ich hole Dr. Aberl. Leb wohl, Ferdinand.«

In diesem Augenblick zerbrach viel in mir. Dieses »Leb wohl« kam aus der Tiefe meines Herzens. Wie sollte ich mit Ferdinand weiterleben? Die glückliche Frau Reichsleiter spielen, während ich meinen Mann verachtete?

Dr. Aberl sprach noch ein paar Worte mit Ferdinand und legte gerade den Telefonhörer auf, als es an der Tür klopfte.

Fräulein Ute streckte den Kopf herein. »Bitte, Herr Doktor, Sie sollen für einen Moment in die Scheune kommen, es ist dringend.«

»Sie entschuldigen mich?«, sagte er und komplimentierte mich auf den Flur hinaus. Er rief nach Schwester Gundi und wies sie an, Erna zu mir zu bringen.

»Ich muss sehen, wo das Kind ist«, meinte Schwester Gundi.

Was für ein ekelhaftes Theater!, dachte ich. Als ob sie nicht wüsste, dass das arme Mädchen in der Scheune Lieder singen muss.

Da stand ich nun und bemerkte erst jetzt, wie sehr meine Knie zitterten. Die Anspannung raubte mir fast den Atem. Im Haus herrschte Stille, keine der Schwestern war zu sehen und ich schlich in den ersten Stock hinauf.

Ich hörte Gretes Stimme und durch die angelehnte Tür spähte ich in das Zimmer hinein. Sie saß auf einem Stuhl und hatte Ulrich im Arm. Das ausgezehrte, dem Tode geweihte Baby wimmerte leise, während Grete es sanft wiegte.

»Ich werde dich immer lieb haben, mein Kleiner«, schluchzte Grete. »Falls du hierbleiben musst, sollst du wissen, dass ich alles versucht habe, um dein Leben zu retten.« Sie strich ihm sanft über das Köpfchen und bedeckte sein winziges Gesicht mit zarten Küssen.

Am liebsten wäre ich zu ihr gerannt, hätte sie umarmt und getröstet, aber ich musste jetzt für uns beide stark sein. Dennoch fühlte ich mich elend. Ernas Leben im Tausch gegen Ulrichs Tod – was für ein schrecklicher Handel!

Ich schlich die Treppe hinunter, tupfte mit einem Taschentuch meine Tränen fort und rief mit gedämpfter Stimme: »Grete, wo bist du?«

»Hier oben, bei meinem Sohn.«

Als ich das Zimmer betrat, lag das Baby in seinem Gitterbettchen und ich flüsterte: »Ich habe erreicht, dass Erna entlassen wird.«

Sie fiel mir um den Hals und wisperte: »Und Ulrich?«

Ich schüttelte den Kopf.

»Bist du ganz sicher?«, fragte sie nach.

»Ich habe mit Ferdinand telefoniert«, erwiderte ich.

Ungläubig starrte sie mich an. »Dieser Unmensch lässt tatsächlich zu, dass sein eigen Fleisch und Blut in dieser Anstalt stirbt?«, brachte sie mit tränenerstickter Stimme hervor.

Wie hätte ich sie trösten können? Dieses Grauen machte mich fassungslos. Ich weinte mit ihr, als sie mit einem Finger zart über Ulrichs Gesichtchen strich.

»Leb wohl, mein Kleiner, leb wohl«, schluchzte sie. »Dein Papa lässt es zu, dass man dich tötet und deine Mama kann nichts dagegen tun, nur für immer um dich trauern.«

Der Anstaltsleiter rief meinen Namen. Eilig wischte Grete die Tränen fort, da stand Dr. Aberl bereits im Zimmer.

Grete hob den kleinen Jungen wieder aus dem Bettchen und flehte: »Bitte, Herr Doktor, haben Sie doch ein Herz und lassen Sie uns das Baby mitnehmen!«

Der Anstaltsleiter schüttelte den Kopf. »Das Kind bleibt hier. Ich muss mich nach den Anweisungen meiner Vorgesetzten richten.«

Wir hörten, wie die Kinderschwestern lachend und plaudernd die Treppe hochkamen. Dr. Aberl rief eine von ihnen ins Zimmer.

»Nehmen Sie das Baby«, befahl der Anstaltsleiter.

Grete schüttelte den Kopf und presste Ulrich an sich.

Ich bekam es mit der Angst zu tun. Wie würde Dr. Aberl reagieren, wenn er begriff, dass nicht irgendeine Krankenschwester, sondern Ulrichs und Ernas Mutter vor ihm stand? Ahnte er bereits etwas?

»Wo ist Erna?«, fragte ich ihn, während ich Grete einen warnenden Blick zuwarf. Endlich löste sie sich von dem Baby und legte es der Kinderschwester in den Arm.

»Draußen«, sagte der Anstaltsleiter.

Grete stand wie erstarrt da. Ich hakte mich bei ihr unter und zog sie die Treppe hinab.

»Ulrich«, wimmerte sie leise. »Ulrich!«

Ich atmete tief durch, als wir vor die Haustür traten. Der Chauffeur unseres Wagens führte mit einer Kinderschwester eine angeregte Unterhaltung. Hektisch blickte ich um mich, doch ich konnte Erna nicht entdecken.

Eine friedliche ländliche Stille umfing uns. Der Reisebus stand nicht mehr auf dem Hof. Kein Laut war zu vernehmen. Erna sang nicht mehr. Oberhalb der Scheune stieg aus einem Kamin, den ich vorher nicht bemerkt hatte, dunkler Rauch in den stahlblauen Himmel.

Wie hatte mein Vater einst Heinrich Heine zitiert: »... dort wo man Bücher verbrennt, verbrennt man auch am Ende Menschen.«

Kapitel 27

Marndorf, Herbst 1955

»Wasser«, krächzte Erna. Anton sprang auf, schenkte aus der Karaffe Wasser in ein Glas und reichte es ihr.

Sie trank in hastigen Schlucken und er entschuldigte sich: »Ich hätte nicht alles auf einmal lesen sollen. Erna, es tut mir so leid. Was du gerade gehört hast, muss furchtbar sein für dich!«

Erna nickte und Anton merkte, dass sie am ganzen Körper zitterte.

»Mein Gott, was hat das in dir ausgelöst?«, rief Anton bestürzt und zog Erna in seinen Arm. Er streichelte ihr Haar und wiegte sie wie ein Kind, das es zu beschützen galt. So saßen sie eine Zeit lang schweigend da.

»Sie haben mich am Leben gelassen, weil ich schön gesungen habe?«, raunte Erna. »Begreifst du das?«

»Das ist monströs«, antwortete Anton.

»Ich habe das lange verdrängt und fast vergessen«, sagte Erna. »Jetzt ist es mit aller Wucht zurück und ich sehe mich in diesem Umkleideraum stehen ... um mich herum verängstigte und weinende Kinder ... und ich singe, singe, singe. Aber dass man sie anschließend vergast und verbrannt hat ...« Ernas Stimme brach und ein wehklagender Laut entwich ihrem Mund.

»Du bist nicht schuld am Tod dieser Kinder, du hättest es nicht verhindern können«, versuchte Anton sie zu trösten.

Erna schlug die Hände vors Gesicht. Anton schwieg und hielt sie fest umfangen.

Nach einer Weile sagte er: »Erna, ich werde immer für dich da sein, wir werden uns nicht mehr trennen. Bitte, Erna, lass mich dein Beschützer sein, für immer und ewig!«

»Anton«, seufzte sie und es machte ihn glücklich, dass er eine winzige Spur von einem Lächeln in ihrem Gesicht erkannte.

»Ich muss auch noch verarbeiten, dass unser Halbbruder ermordet wurde.«

»Ein furchtbarer Gedanke«, bestätigte Anton. »Wie grausam muss das für Mama gewesen sein! Der Mann, den sie liebte, schickte seinen eigenen Sohn in den Tod. Für mich gibt es keinen Zweifel, dass das Kind von Ferdinand war.«

Erna nickte und Antons Herz zog sich schmerzlich zusammen, als er in ihr wehmütiges Antlitz schaute. Wie gerne hätte er dieses liebe Gesicht mit tröstlichen Küssen bedeckt! Doch er war ihr Bruder und musste seine Gefühle im Zaum halten. Solche Gedanken gingen weit über die geschwisterliche Liebe hinaus.

Erna seufzte tief und wieder zog er sie in seinen Arm und hielt sie umschlungen. Er wollte sie spüren lassen, dass sie nie mehr allein sein würde.

»Die Frau eines Nazischergen hat mein Leben gerettet«, brach es aus Erna heraus. »Ich kann es kaum glauben! Weißt du, Anton, ich entsinne mich nicht, dass Mama und Frau Probst mich in einem Wagen nach Berlin gebracht haben.«

»Es ging ja nicht nach Berlin«, sagte Anton und tippte auf die aufgeschlagene Seite des Heftes, das neben ihm auf dem Bett lag. »Frau Probst und Mama fuhren nach Marndorf. Aber ich fürchte, noch mehr Informationen wirst du heute nicht verkraften. Wollen wir nicht lieber morgen weiterlesen?«

»Nein«, stieß Erna heftig hervor. »Ich habe so viele Jahre über mein Schicksal nachgegrübelt und nun will ich endlich alles wissen.«

Als sie seinen zweifelnden Blick sah, versicherte sie ihm: »Ich kann es ertragen, Anton, du bist doch an meiner Seite!«

Er nickte, nahm das Heft in beide Hände und fuhr fort.

Ich sah mich suchend um und fragte Schwester Gundi: »Wo ist denn Erna?«

»Ach, dieses Kind!«, seufzte sie. »Gerade war sie doch noch da.«

Wir fanden Erna schließlich zusammengekauert im Fond des Wagens.

»Ich will nicht hierbleiben«, stotterte sie. »Bitte, Ma…« Schnell schlug ich die Autotür zu, denn Dr. Aberl sollte nicht mitbekommen, dass Grete die Mutter von Erna war.

Ich verabschiedete mich vom Anstaltsleiter, der daraufhin zu meiner Erleichterung ins Haus zurückging. Grete und ich stiegen in den Wagen, der sofort losfuhr.

»Erna, mein Mädchen«, sagte Grete zärtlich und wollte das Kind in den Arm nehmen.

Erna wehrte ihre Mutter panisch ab und schlug mit den Händen nach ihr. »Nicht anfassen! Nicht anfassen!«

»Aber, Ernachen«, sagte Grete beschwichtigend, »ich bin doch deine Mama, wir fahren jetzt nach Hause.«

»Nach Hause, nach Hause, nach Hause«, murmelte Erna vor sich hin.

Erschüttert tauschten wir einen Blick und ich fragte mich, was man diesem armen Wesen alles angetan hatte. Das spindeldürre Mädchen kauerte auf der Rückbank, sah nicht aus dem Fenster, sondern starrte ins Leere.

Wir befanden uns auf dem Weg nach Berlin, doch wie sollte es weitergehen?

»Lass uns in Berlin übernachten«, schlug ich vor. »Du kannst Erna nicht in deine Wohnung mitnehmen. Wenn jemand anzeigt, dass Erna wieder zu Hause ist, ist das Risiko zu groß, dass man sie wieder abholt. Wir mieten uns in einem Hotel ein. Und morgen nehmen wir den ersten Zug nach Marndorf.«

»Kann ich mitkommen?«, fragte Grete.

»Ja, denn ich denke, dass es für Erna jetzt wichtig ist, dass ihre Mutter bei ihr ist. Wenn du dich auf dem Draxl-Hof einmietest und dich von meinem Mann fernhältst, falls er in Marndorf auftaucht.«

»Du kannst mir nicht vergeben, oder?«

»Ich weiß es nicht, Grete. Es ist alles sehr verletzend und verwirrend.«

»Ich habe es nicht mit Absicht getan.«

»Das glaube ich dir auf jeden Fall. Dennoch bin ich auf dich und Ferdinand sehr wütend.«

»Ich verstehe«, sagte Grete matt. »Dass du mir trotzdem hilfst, werde ich dir nie vergessen!«

Als wir kurz vor Berlin waren, bat Grete: »Bitte lass uns kurz an meiner Wohnung vorbeifahren. Schau dir Ernas abgetragenes Kleidchen an. Ich will frische Sachen für sie holen. Und ich muss Luise bitten, noch einige Tage auf Anton aufzupassen.«

Als wir vor dem Haus in der Reinickendorfer Straße hielten, kam Leben in Erna. »Anton!«, rief sie und wollte aus dem Auto steigen.

»Du musst hier im Wagen warten«, sagte Grete.

»Warum denn?«, jammerte Erna. »Bitte, Mama, ich will doch nach Hause!« Sie umklammerte die Hand ihrer Mutter und beäugte mich misstrauisch.

»Elli tut dir nichts, Erna. Ich hole nur ein paar Kleidungsstücke, dann fahren wir weiter.«

»Wohin denn?«, wollte Erna wissen.

»Nach Marndorf. Das ist der Ort, an dem ich mit Anton war, als er den schlimmen Husten hatte.«

»Nicht weggehen!«, flehte das Kind.

»Lass mich los«, sagte Grete. »Ich verspreche dir, dass ich gleich wieder hier bin. Elli erzählt dir bestimmt so lange von ihrem kleinen Hund.«

Das Ablenkungsmanöver gelang. Erna fragte nach dem Namen meines Hündchens und Grete schlüpfte aus dem Auto.

Erna hörte mir zwar zu, ließ die Eingangstür des Wohnhauses aber nicht aus den Augen und atmete erleichtert auf, als ihre Mutter mit einem Koffer in der Hand auf das Auto zusteuerte.

»Mama«, seufzte Erna. Plötzlich liefen Tränen über ihre Wangen.

Der Kummer und der Schmerz dieses Kindes schnitten mir tief ins Herz. Noch immer verweigerte sie die Umarmung ihrer

Mutter und machte einen so verlorenen Eindruck, dass ich schlucken musste, um nicht mitzuweinen.

Nachdem wir eine Nacht in einem Hotel verbracht hatten, fuhren wir zum Bahnhof, lösten unsere Fahrscheine und fuhren mit dem Zug nach Marndorf.

Erna rollte sich auf der Sitzbank zusammen wie ein Igel und ließ es später immerhin zu, dass ihre Mutter sanft über ihren Rücken strich. Schließlich schlief sie ein und ab und zu drang aus ihrem Mund ein Seufzer oder ein Stöhnen.

Während der langen Fahrt dachte ich darüber nach, aus welchem Grund ich einen derartigen Groll gegen Grete hegte. Ich glaubte ihr ja, dass sie nicht gewusst hatte, dass Ferdinand mein Mann war. Aber der Schmerz überdeckte jeden vernünftigen Gedanken.

»Du hast ein großes Herz«, sagte Grete und riss mich aus meinen Überlegungen. »Ich danke dir!«

»Noch ist das Kind nicht in Sicherheit«, wiegelte ich ab.

Als wir in Marndorf ankamen und Grete das schlafende Mädchen ins Haus trug, kam uns Zenz entgegengelaufen.

Sie schlug die Hände über dem Kopf zusammen. »Ach du meine Güte, wie schaut denn das arme Hascherl aus! So ein dünnes Kinderl, das muss die Rosa in der nächsten Zeit gut herausfüttern.«

»Wir bringen das Kind ins Gästezimmer«, sagte ich.

»In dem Bett hat auch unser Führer geschlafen«, erzählte Zenz stolz. »Und die Kartoffelklöße von der Rosa hat er gelobt!«

Grete sagte erschüttert: »Hitler hat bei euch übernachtet? So ein enges Verhältnis hat er zu Ferdinand? Ich will nicht, dass mein Mädchen in diesem Bett schläft. Nicht nach allem, was ihr dieses Monster angetan hat!«

»Das verstehe ich, Grete. Aber in diesem Zustand kannst du sie unmöglich zum Draxl-Hof mitnehmen. Außerdem hast du mir erzählt, dass dort nur ein Bett im Zimmer steht und du hast doch gesehen, wie Erna auf Berührungen reagiert.«

Grete folgte meiner Argumentation und ließ das Kind bei mir.

Am nächsten Morgen kam sie jedoch sehr früh ins Haus und setzte sich zu Erna ans Bett. Sie wollte verhindern, dass sie alleine in einer fremden Umgebung aufwachte. Als Erna an der Hand ihrer Mutter schüchtern in die Bauernstube trat, sprang mein Hund Kingo, der meistens zu meinen Füßen saß, auf und lief schwanzwedelnd auf das Mädchen zu.

»Darf ich ihn anfassen?«, fragte Erna stotternd.

»Aber ja«, sagte ich, »das hat er gerne.«

Sie fuhr über sein hellbraunes Fell und bemerkte: »Seine Nase ist ganz eingedrückt.«

Ich lachte und meinte, das sei bei dieser Hunderasse normal. »Das ist ein Pekinese.«

»Ich mag ihn trotzdem«, versicherte mir Erna.

Sie stotterte extrem und eine Unterhaltung mit ihr gestaltete sich mühsam. Grete gelang es, sie zu überreden, zu ihrem Kakao eine halbe Honigsemmel zu essen. Anschließend setzte sie sich zu Kingo auf den Boden und strich über sein Fell. Sie sprach leise auf ihn ein, und Kingo blieb ruhig liegen und schien die Streicheleinheiten zu genießen.

Nach einer Weile sagte ich Erna, dass ich mit Kingo zum Spielen in den Garten gehen würde. Sie blieb an seiner Seite und beobachtete aufmerksam, wie ich ein Stöckchen warf, dem Kingo nachjagte und das er wieder zu mir zurückbrachte. Ein zartes Lächeln huschte über ihr Gesicht, aber sie selbst wollte das Spiel nicht weiterführen, als ich ihr das Stöckchen zum Werfen reichte.

»Ich gehe lieber wieder ins Haus«, sagte sie. Ich folgte ihr und sie setzte sich in eine Ecke und starrte ins Leere.

»Wenn ich nur wüsste, wie ich ihr helfen kann«, seufzte Grete.

»Wir müssen generell eine Lösung finden«, meinte ich. »In

einem kleinen Dorf bleibt ja nichts geheim. Ich glaube zwar nicht, dass es jemand wagen würde, einen Reichsleiter anzuzeigen, aber man weiß ja nie.«

Grete sah mich erschrocken an. »Ich habe noch fast das gesamte Geld, das du mir damals so großzügig geschenkt hast. Falls du es brauchst, um Erna zu retten, gebe ich es dir gerne.«

»Das werde ich wohl annehmen müssen, denn ich habe nicht mehr viel Bargeld im Haus und wenn ich welches brauche, muss ich Ferdinand darum bitten.«

»Das werde ich dir nie vergessen, Elli, ich bin tief in deiner Schuld!«

»Noch ist Erna nicht in Sicherheit. Aber heute Nacht ist mir etwas eingefallen und ich werde nachher zum Maler Görgy gehen. Er ist doch international bekannt, vielleicht hat er Beziehungen ins Ausland, die uns nützen können.«

»Erna soll aus Deutschland fort?«, sagte Grete mit bestürzter Miene.

»Ich fürchte, anders wird ihr Leben nicht zu retten sein.«

Am Spätnachmittag musste ich Grete berichten, dass Herr Görgy uns nicht helfen konnte.

Grete sprang auf und sagte entschlossen: »Ich gehe jetzt in die Kirche und bete zur Mutter Maria.«

»Wenn du meinst«, sagte ich skeptisch. Ich konnte mir zwar nicht vorstellen, wie diese Hilfe aussehen sollte, aber wenn sie sich dann besser fühlen würde, wäre ja auch schon viel gewonnen, dachte ich.

Grete erklärte Erna, dass sie etwas zu erledigen hatte und in Kürze wiederkommen würde. Erna nickte, während sie wieder Kingo streichelte.

Eine Stunde später stand Grete vor mir und sagte aufgeregt: »Stell dir vor, während ich in der Kirche Maria um Hilfe anflehte, sprach mich der Pfarrer an und fragte mich, aus welchem

Grund ich so verzweifelt sei. Ich klagte ihm mein Leid und er erzählte mir, dass er in zwei Tagen nach Hamburg reisen wird, um dort ein Schiff nach Amerika zu besteigen. Da die Berwangers im Moment um jeden Esser weniger am Tisch froh sind, soll das Annerl ihn begleiten und ihm den Haushalt führen.«

Zunächst begriff ich nicht, auf was Grete hinauswollte, doch dann verstand ich. »Du meinst, statt Annerl könnten wir Erna mitschicken?«

»Ja. Wir geben den Berwangers das Geld, das sie gerade notwendig brauchen. Annerl könnte in Marndorf bleiben und Erna wäre in guter Obhut und gerettet!«

»Dann reden wir am besten gleich mit den Berwangers«, sagte ich und ging gemeinsam mit Grete zum Draxl-Hof.

Die Berwangers stimmten freudig zu, denn es stellte sich heraus, dass sie Annerl nur ungern ziehen lassen würden, aber in ihrer Not keinen anderen Ausweg sahen. Der Bauer hatte derart viel Geld beim Kartenspielen verloren, dass durch die akute Geldnot die Existenz des Hofes auf dem Spiel stand.

»Ich kann Ihnen gar nicht sagen, wie froh ich wäre, wenn mein Annerl dableiben könnte«, sagte die Bäuerin. »Die Vorstellung, meine Tochter so weit weg zu wissen, hat mir den Schlaf geraubt.«

Frau Berwanger händigte Grete die Kennkarte von Annerl aus, da das Visum für Amerika und die Schiffspassage ebenfalls auf diesen Namen ausgestellt waren.

Grete zeigte mir die Kennkarte und ich versuchte, ihre Bedenken zu zerstreuen: »Die Mädchen haben die gleiche Haarfarbe und da Erna jetzt viel dünner ist als das wohlgenährte Annerl auf dem Bild, kann man sich im Notfall darauf rausreden, dass das schmälere Gesicht eben anders aussieht als auf dem Foto. Dass Pfarrer Kofler mit dieser Regelung einverstanden ist, finde ich sehr mutig von ihm.«

»Ja«, antwortete Grete. »Ich bin ihm so unendlich dankbar dafür und wollte ihm noch ein wenig Geld mitgeben, aber er sagte, dass ihm der Lohn Gottes genug ist.«

»Das ist sehr nobel von ihm«, erwiderte ich.

Grete nickte geistesabwesend. »Wegen der Bahnfahrt nach Hamburg mache ich mir Sorgen. Ich würde gerne mitfahren, aber der Pfarrer meinte, es wäre unauffälliger, wenn er allein mit Erna reisen würde. Was wird passieren, wenn jemand mein Mädchen so stottern hört?«

»Nichts«, versuchte ich sie zu beruhigen. »Falls der Pfarrer darauf angesprochen wird, soll er sagen, dass er sie in eine Anstalt bringt. Wer will das überprüfen? Wir müssen ihr nur einbläuen, dass sie während der Kontrolle bei der Einschiffung nicht spricht. Ich weiß zwar nicht, ob es da Probleme geben könnte, aber wir müssen sie auf alles vorbereiten.«

»Das arme Kind ist noch so durcheinander, ich hoffe nur, dass sie das alles begreift.«

Erna weinte verzweifelt, als sie hörte, dass sie mit dem Pfarrer auf ein Schiff gehen solle. Sie umklammerte Gretes Arm und versprach, immer brav zu sein. »Bitte, Mama«, bettelte sie. »Ich kann dir doch wie früher im Haushalt helfen und will immer alles tun, was du sagst.«

Das arme Wesen verstand nicht, in welcher Gefahr es schwebte.

Grete setzte der Jammer ihres Kindes furchtbar zu und um Erna zu beruhigen, griff sie zu einer Notlüge. »Erna, ich muss erst nach Berlin und Anton holen, bevor ich nach Hamburg fahren kann. Das verstehst du doch, oder?«

Mit großen Augen blickte Erna sie an und fragte: »Anton kommt mit auf das Schiff?«

»Ja«, log Grete. »Was denkst du denn? Anton, ich und du, wir fahren nach Amerika. Kannst du dich an das Lied vom Schiff erinnern, das du gesungen hast?«

Erna nickte und stimmte das Lied an: »Heute an Bord, morgen geht's fort. Schiff auf hoher See.« Ein Strahlen erschien auf ihrem Gesicht. »Wenn Anton mitkommt, wird alles gut!«

Als Grete und ich den Herrn Pfarrer über diese Notlüge informierten, sagte er zu Grete: »Ich verstehe die Sorge um Ihre Tochter, aber ich glaube, mit dieser Schwindelei haben Sie ihr keinen Gefallen getan. Der Herr, unser Gott, wusste schon, warum er in den Zehn Geboten vor der Lüge warnte.«

»Ich kann es nicht ungeschehen machen«, sagte Grete zerknirscht.

»Der Schock wird gewaltig sein für das Kind, wenn es merkt, dass Mutter und Bruder nicht auf dem Schiff sind.«

Ich drückte ihm eine Pillendose in die Hand. »Bitte nehmen Sie diese Schlaftabletten mit. Man weiß ja nie, ob sie benötigt werden.«

»Ich hoffe nicht«, erwiderte Pfarrer Kofler.

Grete verbrachte noch einen Tag mit Erna und am Abend sagte sie: »Erna durfte auf einem Pony reiten und ich habe ihr eingebläut, dass man in Amerika den Namen ›Erna‹ nicht aussprechen kann und dass sie ab sofort ›Anna‹ heißt. Es ist schlimm für mich, dass ich ihr nach den Aufenthalten in diesen schrecklichen Anstalten auch noch diesen Schock versetzen muss.«

Am nächsten Morgen begleiteten wir Erna zum Bahnhof. Sie klammerte sich an ihre Mutter und weigerte sich, alleine in den Zug zu steigen. »Ich will bei dir bleiben, Mama«, schluchzte sie. Grete nahm sie in den Arm, flüsterte ihr beruhigende Worte ins Ohr und schob sie schließlich mit den Worten »Wir sehen uns doch bald wieder« die Stufen des Zugwaggons hinauf.

»Bis bald, mein Mädchen«, sagte Grete und versuchte, Zuversicht zu verbreiten. »Du bist schön brav und gehorchst dem Herrn Pfarrer. Versprich es mir!«

»Ja!«, rief Erna.

Mir zog es das Herz zusammen, aber Grete erwies großartige Selbstbeherrschung.

Der Zug fuhr ab, Erna stand am offenen Zugfenster und schwenkte ein weißes Taschentuch. Wir winkten zurück und als der Zug nicht mehr zu sehen war, meinte Grete: »Elli, ich habe keine Tränen mehr. Meinst du, ich habe die richtige Entscheidung getroffen?«

»Ja, denn es gab keine andere Möglichkeit!«, bekräftigte ich.

Grete verließ Marndorf am Nachmittag und ich versank in eine bodenlose Traurigkeit. Meine Welt lag in Trümmern und würde nie mehr heil werden.

Wenn ich für einen Moment die Augen schloss, sah ich den halb verhungerten Ulrich vor mir. Der Blick aus seinen Augen schien mir eine einzige Anklage zu sein. Ich tröstete mich mit einer halben Flasche Weinbrand über meine Melancholie hinweg.

Als ich am Nachmittag des nächsten Tages endlich die Kraft hatte, mein Bett zu verlassen und ins Gästezimmer ging, zog Zenz gerade einen neuen Bettbezug über das Federbett.

»Ist gleich alles fertig«, rief sie. »Ach, die Kleine, das herzige Schatzerl, wird mir fehlen.«

»Mir auch«, entgegnete ich matt und dachte daran, dass nun wieder die bleierne Einsamkeit dieses Haus beherrschen würde.

Zenz reichte mir einen Briefumschlag. »Der lag auf dem Bett.«

Erschrocken nahm ich das Kuvert, auf dem »Anna« stand.

»Oh, nein!«, rief ich verzweifelt. Diesen Umschlag hätte ich Pfarrer Kofler aushändigen sollen! Darin befand sich ein von Grete verfasster Brief, der Erna über die erste Zeit in Amerika hinweghelfen sollte. Ich hatte den Briefumschlag beim Packen neben Ernas Köfferchen gelegt, um ihn bloß nicht zu vergessen. Die Bettwäsche hatte fast die gleiche Farbe wie das Kuvert und dadurch hatte ich es doch noch übersehen.

Marndorf, August 1940

Ferdinand brachte einen jungen SS-Mann mit nach Marndorf. »Der junge Mann heißt Georg und ist ab sofort deine Leibwache«, erklärte er mir.

»Wozu brauche ich eine Leibwache?«, fragte ich nach.

»Dein Auftritt in Brandenburg hat mir gereicht«, schimpfte er. »Wer weiß, als Nächstes fällt dir ein, einige Juden zu retten! Georg bleibt bis auf Weiteres hier im Haus.«

»Ich werde einige Wochen zu meinen Eltern nach München fahren«, kündigte ich an.

Ferdinand schüttelte den Kopf. »Nein! Ich verbringe die nächsten Wochen ausschließlich in Berlin. Nach dem, was du dir geleistet hast, möchte ich, dass du zu Hause bleibst.«

»Ich mir geleistet? Ich habe kein Kind verhungern lassen«, stieß ich bitter hervor.

»Was redest du denn da?«, brauste er auf.

»Die Wahrheit, Ferdinand. Grete hat ein amtliches Schreiben bekommen.«

Er schwieg.

Ich zog Gretes Brief aus der Küchenschublade und las ihm vor: »Zu unserem Bedauern müssen wir Ihnen mitteilen, dass Ihr Sohn Ulrich, der auf ministerielle Anordnung gemäß Weisung des Reichsverteidigungskommissars in die hiesige Anstalt verlegt wurde, unerwartet infolge einer Lungenentzündung verstorben ist. Bei seiner schweren Behinderung bedeutet der Tod eine Erlösung für ihn. Auf Anweisung der Ortspolizeibehörde musste aus seuchenpolitischen Gründen der Verstorbene sofort eingeäschert werden. Wir bitten um Mitteilung, an welchen Friedhof wir die Übersendung der Urne mit den sterblichen Überresten veranlassen sollen. Sollten wir nach Ablauf von 14 Tagen keine Mitteilung erhalten, werden wir die Urne anderweitig beisetzen lassen. Zwei Sterbeurkunden fügen wir bei. Heil Hitler!«

»Ich war einige Tage nach deinem Besuch noch mal dort, um nach dem Jungen zu sehen«, sagte Ferdinand.

»Das glaube ich dir nicht.«

Er runzelte die Stirn und stieß hervor: »Ulrich war bereits tot.«

»Im Stich gelassen – von seinem eigenen Vater!«, stöhnte ich matt.

»Meine Vaterschaft ist nicht bewiesen«, erwiderte Ferdinand trotzig.

»Als ob das eine Rolle spielen würde«, brüllte ich los. »Es ging um das Leben eines Kindes ... nein, um das vieler Kinder! Wurde Ulrich mit den anderen bedauernswerten Geschöpfen in der Scheune verbrannt?«

»Begreifst du denn nicht, dass ich nur dem Willen des Führers gehorche?«, rief er.

»Es ist Hitlers Wille, Kinder ermorden zu lassen?«, fragte ich fassungslos.

»Nach menschlichem Ermessen unheilbar Kranken soll der Gnadentod gewährt werden«, erklärte er.

»Dann sind das alles Ermessensentscheidungen?«, rief ich.

»Hitler ist, wie ich im Übrigen auch, der Auffassung, dass auf die Urteilsfähigkeit der Ärzte Verlass ist«, behauptete Ferdinand.

»Und sie werden nicht gegen Hitlers Willen handeln«, sagte ich. »Du hast den Jungen sterben lassen und schiebst die Verantwortung auf die Ärzte.«

»Es ist ein Führerbefehl, dass ich mich um diese Angelegenheit kümmere. Ich habe ihm den Treueeid geleistet.«

»Menschen sind keine ›Angelegenheit‹«, betonte ich.

»Befehl ist Befehl«, schnarrte mein Mann.

»Du bist kein Soldat, Ferdinand. Ein Zivilist kann seinem Gewissen folgen. Aber das hast du offenbar verloren.«

»Genug der Diskussion!«, rief er. »Das Kind ist tot. Es ist nicht mehr zu ändern. Das Leben muss weitergehen.«

»Hab wenigstens soviel Anstand und gib Grete Geld, damit sie das Kind in Berlin beerdigen lassen kann.«

»Bereits geschehen«, raunzte er. »Ich habe einen Boten geschickt, der ihr die nötige Summe gebracht hat. Ich bin schließlich kein Unmensch!«

Doch, das bist du, dachte ich. Und ich fühlte, dass meine Bewunderung, meine Achtung und meine Liebe für diesen Mann für immer gestorben waren.

Die nächsten Tage verbrachte ich in einer Art Trancezustand. Alkohol, Beruhigungstabletten, Schlafmittel ... nichts half, meine quälenden Schuldgefühle zu verdrängen. Ich wollte nicht ins Dorf gehen, denn ich ertrug den Anblick von gesunden, wohlgenährten Babys nicht mehr. In meinen Träumen hielt ich Ulrich oft in den Armen, so lange, bis er vor meinen Augen zu Staub zerfiel. Oder ich sah Erna auf einem großen Schiff stehen und winken. Und ich hörte sie singen: »Heute an Bord, morgen geht's fort.«

Anton hörte auf, zu lesen. Ein Stöhnen entwich seinem Mund. »Jetzt brauche ich eine Pause. Das ist so ungeheuerlich, dass ich es nicht fassen kann.«

Erna starrte auf die gegenüberliegende Wand und stimmte das Lied an: »Heute an Bord, morgen geht's fort. Schiff auf hoher See.«

Nach einer Weile begann sie mit tränenerstickter Stimme zu erzählen: »Mag sein, dass damals ein Brief von Mama meinen Schmerz gelindert hätte ...«

Ich ging voller Vorfreude auf das Schiff, da ich davon ausging, dass ich bald meinen Anton wiedersehen würde, den ich so sehr vermisst hatte. Ein Ozeandampfer gewaltigen Ausmaßes lag da im Hamburger Hafen. Pfarrer Kofler zeigte mir meine Kabine, die weit unten im Bauch des Schiffes lag. Ich sah nur zwei Betten und fragte: »Wo sollen denn Anton und Mama schlafen?«

»Man kann über den unteren Liegen noch zwei weitere im oberen Bereich ausklappen«, erklärte er.

Er gab mir eine Flasche Limonade und sagte, ich solle sie austrinken. Was ich auch tat, obwohl sie bitter schmeckte. Bald wurde ich müde und legte mich auf das Bett.

Als ich wieder aufwachte, war das Schiff auf hoher See und auf der anderen Liege neben mir sah ich ein fremdes Mädchen. »Wo sind Anton und Mama?«, fragte ich.

»Keine Ahnung«, antwortete sie. »Ich bin Köchin und fahre mit meinem Dienstherrn nach Amerika.«

Ich bekam Panik und fragte: »Wo ist denn Pfarrer Kofler?«

Sie zog einen Zettel hervor. »Hier hat er mir die Kabinennummer aufgeschrieben. Das ist fünf Decks weiter oben.«

Ich rannte auf den Flur, hetzte die Treppen hinauf, verirrte mich und fing an zu schreien: »Anton, Mama, wo seid ihr?«

Ein Steward stürmte herbei. »Hör auf, die Mitreisenden mit deinem Geschrei zu stören! Was ist denn los?«

Ich brachte stotternd die Kabinennummer hervor. Er packte mich an der Hand und brachte mich zu Pfarrer Kofler, der mir gestehen musste, dass ich allein mit ihm nach Amerika unterwegs war.

»Aber warum denn?«, fragte ich entsetzt. »Was habe ich getan?«

Es gelang ihm nicht, mir verständlich zu machen, aus welchem Grund in Deutschland mein Leben in Gefahr gewesen sei.

Mama hatte mich angelogen. Sie und Papa hatten mich nicht mehr lieb. Erst wurde ich in eine Anstalt gebracht und nun ganz fort aus Deutschland. So dachte ich – und diese Überzeugung bekam ich nie mehr aus dem Kopf.

»Anton wird genauso traurig sein wie ich«, sagte ich zu Pfarrer Kofler und blieb lange Zeit untröstlich.

Bei der Ankunft in New York fühlte ich mich elend, da mir überdies auch noch der starke Seegang zugesetzt hatte. Pfarrer Kofler kümmerte sich die ganze Zeit rührend um mich.

Wir fuhren mit einem Taxi zur Kirche *St. Joseph's Church* im Stadtteil Greenwich Village. Staunend betrachtete ich die zahlreichen Autos, die hohen Häuser, die bis zum Himmel reichten, und die vielen Menschen, die auf den Bürgersteigen entlanghasteten.

Als wir das Pfarrhaus betraten, zeigte mir Pfarrer Kofler die Wohnräume: Küche, Wohnzimmer, Arbeitszimmer und Schlafzimmer.

Er führte mich in einen kleinen Raum und meinte: »Das ist dein Reich. Ich hoffe, du gewöhnst dich gut ein. Wenn du noch etwas brauchst, um dein Zimmer wohnlicher zu machen, sag es mir.«

»Es ist schön wie es ist«, stammelte ich überwältigt. Zum ersten Mal in meinem Leben sollte ich ein Zimmer für mich allein haben! Mit einem richtigen Bett. Außerdem stand darin noch ein Kleiderschrank, aus dem gleichen hellen Holz gefertigt wie das Bettgestell. Ein kornblumenblauer Stoffsessel mit einem Fußbänkchen und ein kleines rundes Tischchen komplettierten die Einrichtung.

»Ruh dich erst einmal von der langen Reise aus«, sagte der Pfarrer fürsorglich. »Morgen zeige ich dir, wo du einkaufen kannst und die Köchin eines Kollegen wird vorbeikommen und dir den elektrischen Herd erklären. In Amerika ist alles fortschrittlicher als in Deutschland.«

Ich nickte beeindruckt und erkundigte mich schüchtern: »Gibt es hier keine Waschschüssel?«

»Ach, das habe ich vergessen, dir zu zeigen«, sagte der Pfarrer.

Gleich neben meinem Zimmer gab es einen Raum mit einer Badewanne, einem Waschbecken und einer Toilette.

»Die Amerikaner nennen das ›Bathroom‹, also Badezimmer«, erklärte er.

»Und das benutzt niemand außer uns beiden?«

»Ja, Erna, das gehört nur zu unserer Wohnung.«

In der ersten Nacht konnte ich nicht schlafen. Ich weinte, dachte an meinen Anton. Wut und Hilflosigkeit wegen Mamas Lüge stiegen in mir hoch. Ich fühlte mich im Stich gelassen und lauschte auf die Geräusche, die in mein Zimmer drangen. In dieser Stadt schienen die Menschen immer wach und immer unterwegs zu sein. Die Automobile knatterten die ganze Nacht vor dem Haus vorbei. Ich stand ein paarmal auf und schaute durch einen Tränenschleier aus dem Fenster. Eine derart breite Straße hatte ich noch nie gesehen. Drei Autos konnten nebeneinander in eine Richtung fahren.

Die Glocke der *St. Joseph's Church* schlug zu jeder vollen Stunde und als der Pfarrer an meine Tür klopfte, um mich zur Morgenmesse zu wecken, hatte ich kein Auge zugetan.

Es gab kein Frühstück vor der Messe und mit flauem Magen stand ich etwas hilflos in der halbdunklen Kirche. Der rechteckige Kirchenraum mit den dunkelbraunen Holzbänken und den Säulen, auf denen die umlaufende Balustrade aufgesetzt war, wirkte freundlich und einladend auf mich. Mit einem Mal drangen die Strahlen der aufgehenden Sonne durch eines der Kirchenfenster. Die Figur der Mutter Maria erstrahlte in hellem Schein und schien den ganzen Raum und uns alle mit segnendem Licht zu erfüllen.

Die Menschen um mich herum beteten im Stehen oder knieten sich hin. Da ich nicht wusste, wie ich mich verhalten sollte, tat ich es den anderen nach. Aber die Lieder und Gebete kannte ich nicht.

Als ich mit dem Herrn Pfarrer beim Frühstück saß, bemerkte er: »Ich glaube, du hast noch nie einem katholischen Gottesdienst beigewohnt.«

Ich schüttelte den Kopf und senkte den Blick, weil ich mich schämte.

»Bist du evangelisch?«, fragte er.

»Ich weiß es nicht«, musste ich zugeben. »Mama und Papa sind nie mit mir in die Kirche gegangen.«

»Auch noch ein Heidenkind!« Der Pfarrer seufzte tief. »Die Wege des Herrn sind unergründlich. Du musst schnell die Lieder und Gebete lernen, damit nicht auffällt, dass du ein anderes Annerl bist.«

»Wann kann ich denn wieder nach Deutschland?«, wollte ich wissen.

Der Pfarrer schüttelte den Kopf und sagte: »Ach, Kind, das kann lange dauern. Versuch lieber, dich hier einzuleben. Du solltest so schnell wie möglich Englisch lernen.«

Einige Tage später, als ich verstanden hatte, wie der elektrische Herd funktionierte, begann ich für den Pfarrer zu kochen. Einige einfache Gerichte hatte ich ja zu Hause in Berlin bereits gekocht, so wie Mama es mir gezeigt hatte.

Ich konnte vor lauter Heimweh kaum etwas essen und fühlte mich furchtbar elend. Ich glaube, der gute Pfarrer merkte das und arrangierte, dass die Köchin seines Priesterkollegen öfter zu mir kam.

Emma, eine stämmige Frau, die von Preußen nach Amerika ausgewandert war, brachte mir nicht nur bei, anspruchsvollere Gerichte zu kochen, sondern tröstete mich mütterlich, wenn mich die Traurigkeit zu überwältigen drohte.

Als ich einmal beim Kochen zu singen begann, horchte sie auf und sagte: »Mit dieser glockenhellen Stimme musst du in den Kirchenchor. Ich singe auch mit, das macht viel Freude.«

»Aber ich kann die Lieder nicht«, entgegnete ich unsicher.

»Die wirst du lernen«, versicherte sie mir. »Es ist nicht gut für dich, alleine in deinem Zimmer zu sitzen und Trübsal zu blasen!«

Im Kirchenchor lernte ich andere Mädchen kennen, einige kamen auch aus Deutschland. Ich konnte keine Noten lesen, aber ich lernte die Melodien und Texte schneller als alle anderen und konnte alles fehlerfrei vortragen.

»Das Kind ist ein Phänomen«, hörte ich den Pfarrer zum Chorleiter sagen. »Bringt sonst vor lauter Stottern kein klares Wort heraus, kann kaum lesen und schreiben – und singt wie ein Engel.«

»Sie hat das absolute Gehör«, erklärte ihm der Chorleiter. »Das ist eine ganz besondere Gabe.«

Das Allerschönste in Amerika war, dass mich in der Kirchengemeinde niemand hänselte. Alle behandelten mich mit Respekt und versuchten, mir ein Gefühl von Heimat zu geben. Im Chor durfte ich immer öfter Solopartien singen.

Nach einiger Zeit holte mich der Pfarrer in sein Arbeitszimmer und stellte mich Mr. Miller vor. »Das ist das Mädchen mit der Engelsstimme.«

Mr. Miller hatte deutsche Vorfahren, sprach aber mit einem starken englischen Akzent. Ich konnte kaum fassen, was er mir verkündete: »Ich werde dir eine Gesangsausbildung ermöglichen.«

»Aber ich habe kein Geld«, sagte ich unsicher.

»Was?«, entrüstete sich Mr. Miller. »Zahlt dir der Pfarrer keinen Lohn?«

»Doch«, erwiderte ich. »Aber er bewahrt ihn für mich auf, damit ich das Geld nicht verschwende.«

Mr. Miller lachte gutmütig. »Ich habe nur einen Scherz gemacht. Ich übernehme alle Kosten. Ich leite eine große Künstleragentur in Amerika. Mit der entsprechenden Ausbildung werde ich dich berühmt machen. Und für jeden Auftritt, den ich dir dann zukünftig vermittle, bekomme ich einen Anteil, also musst du dir um die Unterrichtskosten keine Gedanken machen.«

»Komme ich dann wieder nach Berlin?«, fragte ich.

Mr. Miller sah mich nachdenklich an. »Ach, Kind, Deutschland führt Krieg. Es wird in absehbarer Zeit unmöglich sein, dorthin zu reisen. Hast du so starkes Heimweh?«

Ich nickte und flüsterte: »Mama hat mir bisher noch keinen Brief geschickt und der Herr Pfarrer hat gesagt, ich darf ihr erst schreiben, wenn sie sich gemeldet hat. Ich vermisse auch meinen Bruder Anton ganz arg.«

»Es geht ihnen bestimmt gut«, versuchte Mr. Miller mich zu trösten.

»Aber mir nicht«, sagte ich trotzig. Mein Zorn auf Mama, die kein Lebenszeichen von sich gab, wuchs von Monat zu Monat.

Was mich allerdings sehr verwunderte: Je mehr ich sang, umso weniger stotterte ich beim Sprechen.

Eines Tages brachte mich Mr. Miller zu einem »Seelendoktor«, wie er ihn nannte. »Das ist ganz neu«, erklärte er mir. »Es gibt Ärzte für die Krankheiten des Körpers und nun auch Doktoren, die versuchen, die Seele heil zu machen.«

Dieser Doktor sprach lange mit mir und legte mir dar, dass ich wohl ein schreckliches Erlebnis in meiner Kindheit nicht verarbeitet hatte. Es könne durchaus sein, dass das Stottern daher käme. Aber bevor wir der Ursache auf den Grund kamen, trat Amerika in den Krieg ein und er weigerte sich, die Behandlung fortzusetzen. Viele amerikanische Patrioten sahen alle Deutschen, die in ihrem Land lebten, als Feinde an.

Zu meinem Glück konnte ich weiterhin den Gesangsunterricht besuchen.

Der gute Pfarrer hatte außerdem versucht, mir das Lesen und Schreiben auf Englisch beizubringen.

»Aber ich kann doch selbst im Deutschen kaum lesen und schreiben«, jammerte ich.

Er diktierte mir einige Zeilen und sah, wie ich mich quälte. Als Mr. Miller davon erfuhr, ging er mit mir zu einem Augenarzt, der mir eine Brille verschrieb. Plötzlich konnte ich die Buchstaben deutlich sehen, das war wie ein kleines Wunder. Und so lernte ich lesen und schreiben, aber natürlich auf Englisch. Daher fällt mir das Lesen von einem deutschen Text immer noch schwer.

Am Ende meiner Gesangsausbildung stotterte ich gar nicht mehr! Es erschien mir wie ein Wunder! Und als ich die ersten Auftritte bei privaten Soireen und in kleineren Theatern hatte, konnte ich das alles kaum fassen – die kleine Erna aus Berlin steht als Anna Miller auf der Bühne und das Publikum ist verrückt nach ihr.

»Du hast aus Dankbarkeit gegenüber deinem Förderer den Künstlernamen ›Miller‹ angenommen?«

»Ja.«

Antons liebevoller Blick beschleunigte Ernas Pulsschlag.

»Anna Miller hat mich ein wenig von meiner Traurigkeit und Sehnsucht befreit. Aber der Zorn auf Mama ist all die Jahre geblieben.«

»Mein Igelchen«, flüsterte Anton zärtlich und zog sie in seine Arme.

»Schau doch bitte nach, ob der Brief, den Frau Probst dem Pfarrer versehentlich nicht mitgegeben hatte, in dem Heft ist.«

»Ich habe ihn nicht entdeckt.«

»Vielleicht hat ihn Görgy?«

»Wir werden ihn fragen.«

»Als ich in Amerika von der ›Schlacht um Berlin‹ hörte, habe ich vor Kummer tagelang geweint. Jetzt liegt Anton vielleicht tot unter den Trümmern, dachte ich, und ich werde ihn nie wiedersehen.«

Anton umarmte Erna erneut, drückte sie fest an sich. Erna spürte seine kratzigen Barthaare an ihrer Wange. Eng an ihn geschmiegt, wünschte sie sich, dass dieser Moment nie mehr vergehen möge, so sehr genoss sie es, ihn zu spüren.

Nach einer Weile löste Anton die Umarmung und Erna fragte: »Wie ist es euch während des Krieges ergangen?«

Sie bemerkte ein unruhiges Flackern in Antons Augen. Er wich ihrem Blick aus und sah zu Boden.

»Mir fiel es auch nicht leicht, über die Jahre in Amerika zu sprechen«, wisperte sie. »Bitte, lass mich doch auch an deiner Vergangenheit teilhaben.«

Er machte eine verlegene Geste. »Ich habe Angst, dass dir manche meiner Taten und Entscheidungen nicht gefallen werden.«

»Bitte, Anton, erzähl mir alles. Es wäre mir wichtig.«

»Das verstehe ich«, murmelte er. »Aber wird dir das nicht zu viel, auch noch meine Geschichte anzuhören?«

»Nein«, sagte Erna schlicht.

Anton atmete tief ein und begann zu erzählen ...

1940, kurz nach meinem zehnten Geburtstag, kam ich zur Hitlerjugend. Stolz trug ich die Uniform, ging begeistert zu den Treffen und fuhr mit ins Zeltlager. Erst im Nachhinein begriff ich, dass da bereits unsere militärische Ausbildung begann. Sie kam zwar spielerisch daher, diente aber nur dem Zweck, befehlsgewohnte Soldaten aus uns zu machen, die »für Führer, Volk und Vaterland« kämpften.

»Führer befiehl, wir folgen dir!«, grölte ich begeistert mit.

Die ersten Kriegsjahre herrschte Jubel und Euphorie. »Deutschland, Deutschland über alles«, sang ich unsere Hymne voller Inbrunst.

Mama versuchte immer, meine Kriegsbegeisterung zu dämpfen. Kopfschüttelnd sah sie mir zu, wenn ich in meine Weltkarte den Kriegszug und die »besiegten« Länder einzeichnete.

Papa kam Weihnachten 1941 auf Heimaturlaub. Ich zog meine HJ-Uniform an,und mit stolzgeschwellter Brust ging ich an seiner Seite durch die Straßen Berlins.

»Jetzt tragen wir beide die Uniform für den Führer«, sagte Papa. »Ich bin stolz auf dich mein Sohn!«

Mit Staunen hörte ich, wie tapfer er gekämpft hatte und wie schnell die Feinde vor der Übermacht der deutschen Wehrmacht die Waffen gestreckt hatten. »Bald gehört uns die ganze Welt«, versicherte mir Papa.

Er hatte sich freiwillig an die Ostfront gemeldet. Während er in Berlin war, musste Mama Socken, Schal und Mütze für ihn stricken und ihm versprechen, dass sie ihm eine Strickjacke an die Front schicken würde. In der Zeitung erschien ein Aufruf, warme Kleidung für die Soldaten an der Ostfront zu spenden.

»Wieso kauft denn der Führer keine warmen Uniformen?«, fragte ich naiv.

Papa antwortete: »Natürlich gibt es genügend warme Kleidung, es ist lediglich ein vorübergehender Engpass. Bald werden wir die besten und wärmsten Jacken, Hosen und Mäntel bekommen!«

Inzwischen wissen wir ja, dass es nicht so war. Aber damals glaubte ich fest daran. Selbst dann, als uns in der Schule dieser Appell vorgelesen wurde: »Das deutsche Volk hat sich in jeder Phase des Krieges hart, entschlossen und opferfreudig gezeigt. So zeigen wir dem Feind, dass ein Erlahmen der deutschen Wirtschaftskraft nicht stattfinden wird.«

Wir sollten Schuhe spenden und Mama konnte mich nur mit Mühe davon abhalten, Papas »ziviles« Schuhwerk wegzugeben.

»Anton, du wächst derart schnell, dass du bald selbst neue Schuhe brauchst. Wir wissen nicht, wie lange der Krieg dauert und ob wir dann Schuhe für dich bekommen.«

Hin und wieder bekamen wir Feldpost von Papa, die aber nie sein aktuelles Befinden widerspiegelte. Die Briefe waren oft vier Wochen alt und in dieser Zeit konnte bereits einiges passiert sein.

Bis auf wenige Ausnahmen kämpften die Väter aller meiner Schulkameraden für Deutschland. Um diese vaterlose Zeit zu füllen, überboten wir uns mit Geschichten, was unsere Väter in Friedenszeiten alles mit uns unternommen hatten. Ich fantasierte mir Erlebnisse mit Papa zusammen, die ich irgendwann selber glaubte. Ich dachte mir wohl all die Dinge aus, die ich tatsächlich gerne mit ihm erlebt hätte.

Nachdem wir über drei Monate nichts von Papa gehört hatten, bekamen wir einen amtlich aussehenden Brief. Er war an Mama adressiert und ich wartete ungeduldig, bis sie endlich nach Hause kam. Ich lauschte auf ihre Schritte und als ich sie die Treppe heraufkommen hörte, öffnete ich die Wohnungstür. Kaum hatte sie sich hingesetzt, hielt ich ihr den Brief hin.

Sie betrachtete nachdenklich das Kuvert und schlitzte es mit einem Messer auf. Sie faltete das Schreiben auseinander und begann zu lesen:

Verehrte Frau Künke!

Ich habe die traurige Pflicht, Ihnen mitzuteilen, dass am 11. April 1944 das Regiment in einem schweren Abwehrkampf gegen eingebrochene feindliche Panzerkräfte bei Kertsch/Krim lag. Mit einem Teil der Kompanie wurde auch Ihr Mann, der Jäger Gustav Künke, von der Einheit abgesprengt. Da seitdem keine Nachricht über sein Schicksal zu erhalten war, müssen wir ihn nun für vermisst erklären.

Es besteht jedoch die Möglichkeit einer Gefangennahme, da uns russische Truppen gegenüberlagen. In diesem Fall erhalten Sie in absehbarer Zeit eine Mitteilung über das Rote Kreuz.
Andererseits ist nicht ausgeschlossen, dass Ihr Mann im Falle einer Verwundung durch Angehörige einer anderen Einheit versorgt, zu einem fremden Truppenverbandsplatz gebracht und von dort in die Heimat überführt wurde, ohne dass die Kompanie benachrichtigt werden konnte. Sollten Sie eine derartige Nachricht oder überhaupt eine Nachricht von Ihrem Mann erhalten haben, so bitten wir um baldmögliche Mitteilung.
Sollten Sie irgendwelche Fragen haben, so stehe ich Ihnen selbstverständlich zur Verfügung. Allerdings kam ich neu in diese Einheit und bin selbst allein auf die Aussagen meiner Männer angewiesen.
Ich weiß, dass die Ungewissheit des Vermisstwerdens schwer zu ertragen ist – oft schwerer als eine zwar traurige, aber klare Nachricht. Trotzdem möchte ich Sie bitten, an das große Ganze zu denken, für das wir hier draußen alle stehen. Wir sind Soldaten und müssen jederzeit mit einem gleichen oder ähnlichen Schicksal rechnen. Große Worte kennen wir nicht. Aber seien Sie versichert, dass unser Mitgefühl deshalb nicht geringer, sondern gerade umso aufrichtiger und ehrlicher ist und wir Ihnen helfen wollen, soweit das in unseren Kräften steht.
Entschuldigen Sie die vielleicht unpersönlich wirkende Schreibmaschinenschrift angesichts der Tatsache, dass wir in vorderster Linie im Einsatz stehen, ich selbst einarmig amputiert und somit im Schreiben unter den augenblicklichen Umständen ziemlich behindert bin.
Mit dem Ausdruck tiefsten Bedauerns bin ich – zugleich im Namen meiner Kompanie – mit

Heil Hitler
Ihr

»Die Unterschrift ist unlesbar«, flüsterte Mama und ließ den Brief auf ihren Schoß sinken.

»Papa bei den Russen«, klagte ich weinend. »Vermisst ist nicht tot, oder? Nicht tot?«

»Nein«, sagte Mama und wischte mir die Tränen weg.

»Vermisst ist nicht tot!«, versuchte ich mir selbst Mut zuzusprechen. »Ist eine Gefangenschaft schlimm?«

»Ich weiß es nicht, mein Junge.«

Mama weinte nicht, aber sie sagte: »Das hat Papa jetzt von seinem Scheiß-Hitler!«

»Nein«, schrie ich, »so etwas darfst du nicht sagen! Wenn die Wunderwaffe, die uns der Führer versprochen hat, zum Einsatz kommt, dann werden wir wieder siegen!«

»Ich bin müde, Anton, müde und erschöpft. Ich möchte einfach einmal eine Nacht in Ruhe durchschlafen und mich richtig sattessen. Wer auch immer diesen Krieg gewinnen mag – ich wünsche mir Frieden!«

»Du hast gesagt, dass wir tapfer sein müssen.«

»Stimmt, mein Junge«, sagte sie. »Aber an manchen Tagen, da ist es schwer.«

In diesem Moment ertönte die Sirene und wir zuckten erschrocken zusammen.

Mama sagte mit einem Blick auf die Uhr: »Wieso kommt der Angriff heute so früh? Schnell, ab in den Keller!«

Die Versorgungslage wurde immer schlechter. Die Essensrationen im Krankenhaus wurden immer weiter heruntergefahren, sodass Mama, die dort ihr Mittagessen bekam, nur noch wenig für mich abzweigen konnte.

»Mensch, Anton, wir müssen etwas unternehmen, mir ist ganz schummrig vor Hunger«, sagte Rudi eines Tages.

»Weißt du noch eine Wiese, wo es Löwenzahn geben könnte?«, fragte ich.

Rudi schüttelte den Kopf und flüsterte: »Ich habe eine andere

Quelle entdeckt: die Schrebergartenanlage bei der Swakopmunder Straße.«

Ich zögerte. »Ich weiß nicht, die haben da bestimmt Wachen aufgestellt.«

»Klaro«, bestätigte Rudi. »Darum müssen wir zu zweit hin. Ich lenk die Wache ab, du holst Gemüse und dann teilen wir die Beute.«

Während und nach dem Krieg nannte man das »Essen organisieren«, obwohl es eigentlich einen ganz gemeinen Diebstahl darstellte. Selbst in dieser Hinsicht blendeten wir die Realität aus.

Rudi gelang es, den schmächtigen, einbeinigen Schrebergartenwächter mit einem seiner unverschämten Sprüche abzulenken. Ich kletterte auf der anderen Seite über den Zaun. Alles, was ich erwischen konnte, stopfte ich in den Rucksack: Zwiebeln, Mohrrüben, Kartoffeln und einen Krautkopf.

Am Abend präsentierte ich Mama stolz meine Beute. Sie fragte nicht, woher ich diese Schätze hatte, sondern verarbeitete sie rasch.

Als wir vor den dampfenden Tellern saßen, sagte sie: »Da sieht man mal, was ein Krieg aus anständigen Menschen macht.«

Ich senkte meinen Blick, weil ich ihr nicht in die Augen schauen konnte.

An Weihnachten 1944 hatten wir weder Holz noch Kohlen. Bibbernd saßen wir in der Wohnung, ein mickriger Tannenzweig mit zwei dünnen Kerzen musste den Weihnachtsbaum ersetzen. Mama und ich teilten uns ein Stück Brot. Wir saßen schweigend, starrten ins Kerzenlicht und versuchten, unsere rot gefrorenen Hände über der kleinen Flamme zu wärmen.

Plötzlich hämmerte jemand an die Wohnungstür und ich schrie: »Papa!«, und riss die Tür auf.

»Ne. Da muss ick dir enttäuschen«, schnodderte Rudi. »Der Weihnachtsmann ist da!«

Rudi öffnete seinen Rucksack und Kohlen kullerten auf den Flurboden. »Wird für ein kleines Feuerchen reichen«, sagte er. Dann drückte er Mama ein Stück Fleisch in die Hand. »Ist ganz frisch, Frau Künke, sind mindestens drei Pfund.«

»Wo hast du das denn organisiert?«, fragte Mama verwundert.

»Potsdamer Platz, das Pferd kippte gerade um, als ich vorbeikam. Hat wohl der Kälte nicht mehr standhalten können. Heutzutage muss man zugreifen, wo es geht.«

»Danke, Rudi«, sagte Mama.

Mich knuffte er in die Seite und kündigte an: »Im Januar machen wir mit dem Zug eine Überlandfahrt. Als aufrechte deutsche Männer haben wir für unsere Mütter zu sorgen!«

1944 fühlte ich mich mit meinen vierzehn Jahren schon sehr erwachsen. Ich wünschte mir nichts sehnlicher, als endlich in den Krieg ziehen zu können, aber selbst für den sogenannten »Volkssturm« musste man sechzehn Jahre alt sein.

Ich beneidete Rudi glühend, der als Fünfzehnjähriger bereits als Flakhelfer angelernt wurde. Er erzählte mit Begeisterung, wie er mit seinen Kameraden den Luftraum über der Stadt verteidigte und die feindlichen Flugzeuge der Briten, die von Rudi verächtlich »Tommys« genannt wurden, vom Himmel holte.

Als ich Mama sagte, dass ich als Vierzehnjähriger schon bei den Flakhelfern mitmachen könnte, erwiderte Mama aufgebracht: »Schlag dir das aus dem Kopf, das kommt nicht infrage!«

Alles Betteln und Flehen half nichts, Mama blieb bei ihrer Entscheidung und Rudi meinte: »Schade, denn es fühlt sich gut an, das Vaterland und die Stadt zu verteidigen. Ich hoffe nur, dass der Krieg noch so lange dauern wird, dass ich es an die Front schaffe.«

Ich habe Mama selten derart wütend erlebt. Sie schimpfte mit Rudi: »Krieg ist kein Spiel und kein Abenteuer, er bringt Tod und Verwüstung. Da brauchst du dich nur in Berlin umzusehen!«

»Pah, Frauen verstehen nichts davon«, brummte er und zog es dann doch vor, schnell zu verschwinden, als Mama drohend die Hand erhob.

Mama arbeitete jetzt im Kriegslazarett und schuftete oft vierundzwanzig Stunden bis zur Erschöpfung.

Mein Kriegseifer bekam einen Dämpfer, als ab Januar 1945 immer öfter der Alarm ertönte. Als wieder einmal die Sirene losging, hastete ich mit Oma Luise in den Keller. Noch bevor wir die Treppe hinunterstiegen, sahen wir die »Christbäume« in roten, gelben und grünen Farben vom Himmel schweben. Sie dienten als Zielmarkierungen für das kommende Bombengeschwader. Wir hörten bereits das Dröhnen von Motoren, als der Luftschutzwart die Tür zum Keller verschloss.

Die alte Frau Reuchlin flüsterte mit Oma Luise und ich spitzte die Ohren.

»Du darfst nicht ernst nehmen, was sie immer so von sich gibt«, hatte Oma Luise mich zu beschwichtigen versucht, als ich mich einmal furchtbar über einen unverschämten Witz aufregte, den Frau Reuchlin über Hitler gemacht hatte.

Ich rückte näher und Oma Luise warf mir einen warnenden Blick zu. Frau Reuchlin kicherte und flüsterte: »Hitler, Himmler, Göring und Goebbels sitzen im Luftschutzbunker. Das Haus bekommt einen Volltreffer ab. Jetzt ratet mal, wer gerettet wird!«

Oma Luise schaute sie fragend an.

»Der deutsche Volkskörper«, sagte Frau Reuchlin kichernd und ich schnappte empört nach Luft, unterdrückte aber eine Erwiderung, als mir Oma Luise verschwörerisch zuzwinkerte.

Bald erbebte das Haus unter den in nächster Nähe erfolgten Einschlägen.

»Treffer«, kommentierte der Luftschutzwart trocken.

Ich versuchte, tapfer wie ein Mann zu sein und dachte an die

Worte, die man uns eingetrichtert hatte: »Zäh wie Leder, hart wie Kruppstahl, flink wie Windhunde, so sollt ihr sein!«

Doch die Erde schien sich unter der Wucht der Bombeneinschläge aufzubäumen. Wir konnten nicht mehr stehen und kauerten uns auf den vibrierenden Boden. Das Licht flackerte und ging aus. Einige Frauen schrien auf. Ein helles Pfeifen und eine ohrenbetäubende Explosion folgten.

»Jetzt hat es unser Haus erwischt«, kreischte eine weibliche Stimme.

»Ist nicht gesagt«, versuchte der Luftschutzwart zu beruhigen und entzündete eine Kerze.

Eine neuerliche Angriffswelle rollte über uns hinweg. Ich verlor jegliche Tapferkeit und hielt mir die Ohren zu. Ich hatte panische Angst und fragte mich, ob ich wohl Mama noch einmal lebend zu Gesicht bekommen würde. Während all dem Sirren, Dröhnen und den Detonationen dachte ich auch an mein Igelchen. Obwohl ich nicht wusste, ob du noch am Leben oder tot warst, fühlte ich Erleichterung, dass dir diese Stunde erspart geblieben ist.

Wie auf jeden Angriff folgte eine fast unheimlich Stille, die lediglich vom Schluchzen einiger Kinder unterbrochen wurde.

»Es ist vorbei«, stellte der Luftschutzwart fest. »Ich mach die Tür auf.«

Wir kletterten nach oben und spähten vorsichtig ins Freie.

»Auweia, das Vorderhaus hat was abgekriegt!«, sagte der Luftschutzwart. »Zwei bis drei Stockwerke futsch, schätze ich mal.«

Oma Luise und ich gingen nach oben in unsere Wohnungen. Scherben von geborstenen Fensterscheiben und zerbrochenem Geschirr knirschten unter unseren Füßen.

»Bei mir sind auch alle Fensterscheiben kaputt und die Möbel sind durch die Druckwelle umgestürzt«, sagte Oma Luise.

In der Ferne bemerkte ich einen Feuerball und schrie aufgeregt: »Oma Luise, in dem Viertel arbeitet Mama, ich muss sie suchen.«

»Nein, Anton!«, rief Oma Luise entsetzt. Doch ich hörte nicht auf sie und rannte los.

Den Hinterhof konnte man nur schwerlich passieren, er war mit Mauerstücken und Scherben zersplitterter Fensterscheiben übersät. Ich kletterte eilig über die Trümmer. Als ich auf der Straße stand, sah ich aus dem Obergeschoss des gegenüberliegenden Hauses Flammen schlagen. Einige Bewohner schöpften das Wasser einer geborstenen Leitung ab und versuchten, das Feuer einzudämmen.

Ich fing an zu rennen, kam an einem brennenden Häuserblock vorbei, dessen Hitze mir fast den Atem raubte. Der Feuersturm mit seinen tausend Funken bot ein schauriges Bild.

»Dieses verfluchte Phosphor!«, keuchte ein Mann, der mit geschwärztem Gesicht und Haar an mir vorbeieilte.

Ich hastete voran, als mich jäh schwarze Rauchwolken einhüllten. Ich zog mein Halstuch über Mund und Nase und lief hustend und mit tränenden Augen weiter. Obwohl ganze Straßenzüge in Schutt und Asche lagen, behielt ich die Orientierung und stand bald vor dem Humboldt-Krankenhaus in der Teichstraße.

Erleichtert stellte ich fest, dass die Gebäude den Angriff unversehrt überstanden hatten. Der quadratische, aus Eisenbeton gebaute oberirdische Hochbunker, in dem unter anderem ein Operationsraum untergebracht war, wirkte neben den anderen, alten Gebäuden wie ein Fremdkörper. Aber er hatte seinen Zweck erfüllt und ich stürmte erleichtert in das Hauptgebäude. Unbeschreibliches Chaos empfing mich im Innern. Rechts und links entlang des Flures saßen oder standen zahlreiche Verletzte. Auf abgestellten Tragen lagen blutende, schwer verwundete Soldaten.

Ich hörte Mamas entschlossene Stimme: »Ich muss sofort nach Hause.«

»Unmöglich«, antwortete ein Mann. »Schwester Grete, Sie sehen doch, was hier los ist. Für die Versorgung der Verletzten brauche ich jede Hand.«

»Es dauert nicht lange, Herr Professor. Mein armer Junge muss sich zu Tode ängstigen. Er ist alles, was ich noch habe. Sie werden mich nicht aufhalten. Ich gehe jetzt!«

»Sie haben die Pflicht ...«, ereiferte sich der Professor.

Mama brüllte: »Seit zwei Tagen arbeite ich Tag und Nacht.«

»Was hat dieser Krieg aus unseren deutschen Frauen gemacht?«, stöhnte der Professor.

»Arbeitstiere«, sagte Mama.

Da rannte ich eilig zu ihr und sank in ihre Arme.

»Anton, ich hatte solche Angst um dich«, seufzte sie.

»Und ich um dich«, gab ich zurück.

»Ein deutscher Junge hat keine Angst! Vor nichts und niemandem! Er ist furchtlos und heldenhaft. Mit deinen vierzehn Jahren bist du kein kleines Kind mehr. Also, mehr Beherrschung bitte! Die Wunderwaffe wird bald eingesetzt werden, denn der Feind wird uns nicht in die Knie zwingen«, dozierte der Professor.

Mama bedachte ihn mit einem abschätzigen Blick und wandte sich dann an mich. »Geht es Oma Luise gut? Steht unser Haus noch?«

»Oma Luise hatte wacklige Knie, aber sonst ist alles in Ordnung mit ihr. Das Vorderhaus hat etwas abbekommen. Unser Haus ist unversehrt, aber alle Fensterscheiben sind kaputt«, erklärte ich.

Der Professor gab einen missbilligenden Laut von sich. »Genug geschwatzt, Schwester Grete. Ihrem Sohn geht es gut, gehen Sie zurück an Ihre Arbeit!«

»Ich komme sofort«, versicherte ihm Mama. Zu mir sagte sie noch: »Anton, du siehst, was hier los ist. Die vielen Verletzten kann ich unmöglich im Stich lassen. Aber ich verspreche, dass ich heute Abend bei dir bin.«

»Ehrenwort?«, fragte ich skeptisch.

»Ehrenwort. Schau, ob der Bäckerladen noch steht, die Bäckersfrau hat mir einen Laib Brot versprochen. Nimm eine Lebensmittelmarke und hol es ab.«

Den Bäckerladen gab es noch, aber die Regale waren leer. Plünderer hatten das Durcheinander nach dem Angriff ausgenutzt und den Laden bis auf den letzten Krümel ausgeräumt. Ratlos lief ich nach Hause.

Auf der Stiege begegnete mir Frau März, einen prall gefüllten Rucksack auf dem Rücken. »Guten Tag, Anton«, grüßte sie. »Ich fahre zu meiner Schwester aufs Land. Die Bombenangriffe werden immer heftiger, höchste Zeit, abzuhauen. Habt ihr denn niemand, wo ihr hinkönnt?«

»Nein«, antwortete ich. »Außerdem sagt Mama, dass im Kriegslazarett jede Hand gebraucht wird.«

»Verstehe«, entgegnete die Nachbarin gedehnt. »Alles Gute für euch und Grüße an die Mama!«, verabschiedete sich Frau März.

Dann drehte sie sich nochmal um und fragte: »Habt ihr denn ein Lebenszeichen von deinem Vater bekommen?«

Ich verneinte. »Er gilt immer noch als vermisst.«

Die Nachbarin schüttelte den Kopf. »Zeiten sind das!«, stöhnte sie.

Während ich auf Mama wartete, »reparierte« ich die Fenster notdürftig mit Pappe und Zeitungspapier. Mit knurrendem Magen lag ich auf dem Küchensofa und lauschte auf ihre Schritte.

Sie kam am Abend nicht wie versprochen nach Hause. Erst im Morgengrauen hörte ich sie in die Wohnung schleichen.

»Es tut mir leid, Anton«, sagte Mama am nächsten Tag zu mir. »Es kamen derart viele erschöpfte Flüchtlinge mit Erfrierungen. Sie verlassen zu Fuß die Ostgebiete und versuchen, ihr Leben vor den anrückenden Russen zu retten. Die stehen bereits in Schlesien.«

»Nein!«, schrie ich verzweifelt. »Wir dürfen doch unser Deutschland nicht aufgeben!«

Rudi und ich drängten uns Ende Januar nahe ans Radio, als Hitlers Stimme durch den Äther schnarrte: »Wie schwer die Krise im Augenblick sein mag, sie wird gemeistert werden! Durchdrungen von der heiligen Überzeugung, dass am Ende der Allmächtige den nicht verlassen wird, der in seinem ganzen Leben nichts anderes wollte, als sein Volk ...«

Und dann schwieg der Führer plötzlich und wir riefen enttäuscht: »Was ist denn los?«

»Der Strom ist weg«, schimpfte Rudi.

»Vielleicht wollte der liebe Gott nicht, dass Herr Hitler seinen Namen in den Mund nimmt«, warf Mama ein.

»Frau Künke«, seufzte Rudi, »ich fürchte, Sie haben das große Ganze immer noch nicht begriffen!«

»Ich fürchte, du hast recht«, sagte Mama, während nur ich ihren spöttischen Gesichtsausdruck deuten konnte.

Anfang April 1945 beschloss Mama, mit mir und Oma Luise in den Keller zu ziehen. »Ein Alarm folgt dem nächsten«, sagte sie. »Wir sind nur noch am Rauf- und Runterrennen.«

Zusammen mit Mama und Oma Luise zerlegte ich die hölzernen Abtrennungen der Kellerabteile. Mama hatte eine tiefe Einbuchtung in der Wand des inzwischen leeren Kohlenkellers entdeckt, die ausreichend Platz für drei Personen bot. Die Holzreste wurden miteinander verbunden und dienten als Abdeckung für unser Versteck.

»Meinst du wirklich, dass der Feind bis Berlin kommt?«, fragte ich zweifelnd. »Der Führer wird das verhindern, oder?«

Mama versuchte, mich zu beruhigen: »Eine reine Vorsichtsmaßnahme, Anton, ich habe keinen Schimmer wie die Lage ist.«

Eines Morgens, nach einer durchwachten Bombennacht, beschloss Mama: »Wir müssen jetzt zusammenbleiben! Ich gehe nicht mehr ins Krankenhaus, ich lasse dich und Luise nicht mehr allein.«

Berlin lag inzwischen unter Dauerbeschuss und wir hatten nichts mehr zu essen und keinerlei Informationen, was draußen vor sich ging.

»Es ist plötzlich so still«, sagte Mama eines Nachmittags.

»Stimmt«, sagte ich. »Das Schießen hat aufgehört. Ist das gut oder schlecht?«

»Keine Ahnung«, meinte Mama.

»Soll ich in die Wohnung hinaufgehen? Vielleicht gelingt es mir, den Volksempfänger anzuschalten«, schlug ich vor.

»Das Kellerlicht funktioniert nicht, also gehe ich davon aus, dass wir keinen Strom mehr haben«, sagte Mama. »Aber ich komme mit dir.«

Es war gespenstisch. Außer Mama, Oma Luise und mir hatten alle Hausbewohner das Weite gesucht. Vorsichtig lauschend stiegen wir die Kellertreppe Stufe für Stufe hinauf. Bevor Mama die Kellertür, die in den Hausflur führte, öffnete, presste sie ihr Ohr an das raue Holz. Sie vernahm kein Geräusch, drückte die Türklinke nach unten, tat einen tiefen Atemzug und stieß die Tür auf. Ins helle Licht blinzelnd, sah sie sich rasch um und seufzte erleichtert, als sie niemanden entdeckte.

Bald standen wir in der Küche und schalteten das Radio an. Während wir warteten, ließ Mama den Blick durch das Zimmer wandern.

Das Radio blieb stumm.

»Dachte ich mir schon«, sagte Mama. »Kein Wunder, wenn man sich die Kraterlandschaft da draußen anschaut.«

Sie klemmte den Volksempfänger unter den Arm und meinte sarkastisch: »Ab damit nach unten.«

Artilleriefeuer ließ uns erschrocken zusammenzucken. »Jetzt geht das wieder los!«, sagte sie, und wir stolperten eilig die Treppenstufen hinunter.

Am nächsten Morgen konnte Oma Luise nicht mehr aufstehen. Mama überlegte besorgt, was sie für ihre Freundin tun könnte, doch diese winkte ab. »Muss mich nur ein wenig ausruhen, das wird schon wieder werden.«

Doch dem war nicht so. »Du hast Fieber«, stellte Mama am Nachmittag fest und legte Oma Luise kalte Wadenwickel an.

»Unkraut vergeht nicht«, krächzte diese.

Mama bestand darauf, dass ihre Freundin die letzten Schmerztabletten aus unserem Vorrat nahm. Sie wehrte sich nicht dagegen. Wenn sie Luft holte, gab es ein hässliches rasselndes Geräusch, das mir Angst machte. Hilflos mussten wir mit ansehen, wie es Oma Luise von Stunde zu Stunde schlechter ging.

»Ich fürchte, sie hat eine Lungenentzündung«, flüsterte mir Mama mit feuchten Augen zu. »Es macht mich verrückt, dass ich nichts für sie tun kann! Aber ich fürchte, bei der derzeitigen Knappheit an Medikamenten wäre auch ein Doktor machtlos.«

In der Nacht tat sie ihren letzten Atemzug und wir verharrten in einer Art Schockstarre neben ihr. Die Kampfgeräusche, die zu uns in den Keller drangen, kamen näher und näher und Mama sah sich nun mit der Frage konfrontiert, was wir mit Luises Leichnam machen sollten.

»Wir können sie nicht einmal anständig beerdigen«, sagte Mama sichtlich erschüttert. »Aber wir müssen sie aus dem Keller fortschaffen.«

Diese Situation hat sich in mein Gedächtnis eingebrannt, vor allem weil Mama offensichtlich nicht mal mehr die Kraft hatte, um ihre engste Vertraute zu trauern. Alle menschlichen Regungen schienen außer Kraft gesetzt und ich hoffe noch bis heute, dass daran der furchtbare Hunger schuld war, der nicht nur unseren Körper, sondern auch unseren Geist außer Kraft setzte.

Im Schutz der Dunkelheit zogen wir Oma Luises leblosen Körper während einer Gefechtspause die Kellertreppe hinauf und legten ihn im Hinterhof ab. Notdürftig bedeckten wir den Leichnam mit einigen Trümmerteilen und mussten dann schnell wieder in den Keller, weil es schon wieder losging mit den Kämpfen.

Am anderen Tag schnitt Mama ihre Haare ab.

Als die schönen blonden Locken zu Boden fielen, fragte ich verwundert: »Warum tust du das?«

»Je weniger ich den feindlichen Soldaten gefalle, umso besser.« Sie reichte mir die Schere und bat: »Schneid mir die Haare so kurz wie es geht.«

Ungeschickt tat ich, was sie von mir verlangte. »Was würde denn passieren, wenn du einem Soldaten gefällst?«

»Das verstehst du nicht, Anton«, antwortete sie.

Ich erschrak, als sie Kohlenstaub in ihr Gesicht rieb. Sie schlüpfte in Papas Arbeitshose und den blauen selbst gestrickten Pullover. Dann setzte sie eine Schirmmütze auf den Kopf.

»Wenn Papa das alles wüsste«, sagte ich.

»Er fehlt dir, oder?«, fragte Mama.

Ich nickte, aber wenn sie mich gefragt hätte, aus welchem Grund ich ihn vermisste, hätte ich es ihr nicht sagen können.

Wir lauschten auf jedes Geräusch. Doch eine bleierne Stille schien über der Stadt zu liegen. Das Knarzen der Kellertür ließ uns zusammenzucken. Wir krochen in unser Versteck, da hörten wir Rudi rufen: »Der Feind ist mitten in Berlin!«

Nach Atem ringend stand er in Hitlerjugenduniform mit Schulterriemen und Kurzdolch vor uns. Mit verzweifeltem Blick, weit aufgerissenen Augen und wachsbleichem Gesicht verkündete er: »Der Führer ist tot! Deutschland ist verloren! Wir sind verloren!«

»Was? Woher weißt du das?«, fragte Mama nach. »Ist der Krieg zu Ende?«

»Hört ihr denn kein Radio mehr?«, sagte Rudi. »Vor einer Stunde hat ein Sprecher verkündet, dass Adolf Hitler in seinem Befehlsstand in der Reichskanzlei, bis zum letzten Atemzuge gegen den Bolschewismus kämpfend, für Deutschland gefallen ist.«

»Das ist eine Fehlmeldung!«, stieß ich hervor. »Feindpropaganda.«

»Meinst du?«, fragte Rudi hoffnungsvoll. »Dann wäre ja doch nicht alles verloren! Ich muss los. Volkssturm! Wir werden uns nicht kampflos ergeben!«

»Niemals!«, sagte ich. »Ich komme mit.«

»Nein!«, schrie Mama. »Anton, das verbiete ich dir, du bleibst hier. Wir haben gesagt, dass wir zusammenbleiben. Ich brauche dich doch, du musst mich beschützen.«

»Deutschland braucht mich auch«, erwiderte ich trotzig und kam mir unglaublich heldenhaft vor. Ich wandte mich um und hastete mit Rudi davon. Auf der Treppenstiege hörte ich noch Mamas »Anton«-Rufe, doch ich ließ mich nicht aufhalten.

Vor dem Haus begegneten wir einigen Kameraden von der Hitlerjugend, darunter ein Flakhelfer, der seine Stellung verlassen hatte.

»Wieso trägst du keine Uniform?«, pflaumte er mich an.

Ich konnte schlecht zugeben, dass mich meine Mutter gezwungen hatte, sie auszuziehen. Aber da skandierte Rudi schon: »Wir werden unser Berlin verteidigen, uns dem Feind entgegenwerfen und seinen Vorstoß abwehren!«

Wir hielten inne und horchten.

»Eine ›Stalinorgel‹«, sagte Rudi entsetzt, »ganz in der Nähe!«

Wir rannten los. Unterwegs kamen wir an toten Wehrmachtssoldaten vorbei. Wir griffen uns ihre Gewehre und hasteten weiter. An der nächsten Straßenecke verschanzten wir uns hinter einer aus Holz und Möbeln errichteten Straßensperre.

Rudi sagte uns, dass wir jetzt Soldaten der Wehrmacht seien, die dem Führer bedingungslose Treue bis in den Tod geschworen hatten. Er erklärte, dass er erst vor einigen Wochen seine Ausbildung zum Fronthelfer abgeschlossen hatte. Dort habe man ihm versichert, dass Fünfzehnjährige durchaus in der Lage seien, das Vaterland zu verteidigen.

»Für Führer, Volk und Vaterland! Gegen den Bolschewismus!«, brüllte Rudi und schwenkte das Gewehr über seinem Kopf.

Ich bewunderte Rudi für seinen Mut, denn ich duckte mich instinktiv hinter die Absperrung, als ich das Stakkato eines Maschinengewehrs hörte.

»Na warte, Iwan, du bekommst die Antwort von uns!«, schrie Rudi.

Ich spürte das Zögern der anderen Jungen und duckte mich unsicher noch ein wenig tiefer.

»Feiglinge! Feiglinge!«, hörte ich Rudis Stimme, die sich vor Empörung überschlug.

Als ich vorsichtig den Kopf hob und nach vorne spähte, sah ich einen Trupp Wehrmachtssoldaten heranstürmen.

»Vaterlandsverräter!«, kreischte Rudi fassungslos. »Siehst du das? Sie werfen die Waffen weg, sie flüchten vor dem Feind! Das könnt ihr nicht machen«, ereiferte er sich. »Das Gewehr ist die Braut des Soldaten!«

»Halt die Klappe«, herrschte einer von ihnen Rudi an, der mit schreckgeweiteten Augen sah, wie sich die Männer auch ihrer Mäntel, Mützen und Abzeichen entledigten.

Ein anderer rief aufgebracht: »Die Russen sind nur einen Straßenzug entfernt. Was wollt ihr noch hier? Wenn ihr leben wollt, haut sofort ab! Die sind im Siegesrausch und machen heute bestimmt keine Gefangenen.«

»Niemals!«, brüllte Rudi. »Ich habe einen Eid geschworen: ›Ich schwöre bei Gott diesen heiligen Eid, dass ich dem Führer des Deutschen Reiches und Volkes, Adolf Hitler, dem Oberbefehlshaber der Wehrmacht, unbedingten Gehorsam leisten und als tapferer Soldat bereit sein will, jederzeit für diesen Eid mein Leben einzusetzen.‹«

»Aber du bist doch kein richtiger Soldat«, erwiderte ich, während die Männer davonrannten.

Mir wurde jetzt richtig mulmig, vor allem als ein russischer Panzer um die Ecke bog und langsam auf uns zurollte.

»Sofort alle antreten zum Appell!«, hörten wir eine befehlsgewohnte Stimme.

Irritiert schauten wir zu den Trümmern eines zerstörten Wohnhauses.

»Hört ihr, Jungs, sofort antreten!«

In der Hitlerjugend hatten wir gelernt, Befehle zu befolgen, ohne deren Sinn zu hinterfragen.

»Jawohl«, schrie daher Rudi und gab seiner Truppe ein Zeichen, ihm zu folgen.

Geduckt rannten wir in Richtung der Stimme.

»Heil Hitler, Herr Leutnant«, grüßte Rudi und stand stramm.

»Was macht ihr hier?«, wollte der Uniformierte wissen.

»Volkssturm, Herr Leutnant«, meldete Rudi.

Der Mann schüttelte den Kopf und blaffte: »Einsatz ist beendet, Waffen ablegen. Abtreten nach Hause!«

»Aber ...«, stammelte Rudi.

»Das ist ein Befehl, Soldat«, brüllte der Mann.

Während ich und die anderen Jungen die Waffen langsam auf die Erde legten, verzog Rudi das Gesicht. »Feiglinge!«, knurrte er. »Vaterlandsverräter!«

»Rudi«, kreischte ich entsetzt, als mein Freund und großes Vorbild seit Kindertagen mit dem Gewehr in der Hand aus der Deckung der Trümmer auf die Straße rannte.

»Deutschland, Deutschland über alles!«, brüllte er.

»Rudi«, schrie ich und machte Anstalten, ihm hinterherzulaufen, um ihn aufzuhalten.

Doch der Offizier packte mich am Oberarm und hielt mich fest, während er den anderen Jungen zurief: »Geht nach Hause! Verschwindet, haut ab! Sofort!«

Endlich setzten sich die Jungen in Bewegung und stoben in alle Richtungen auseinander.

Rudi war noch sehr nahe, als ich eine Maschinengewehrsalve vernahm.

»Nein«, brachte ich entsetzt hervor, während der Offizier seinen Mantel, die Uniformjacke und das Gewehr auf den Boden warf.

Ich spähte vorsichtig auf die Straße. Mit seltsam verrenkten Gliedern lag Rudi hingestreckt neben der Straßensperre, das Gewehr fest umklammert, die offenen Augen zum Himmel gerichtet. Die Blutlache unter seinem Kopf vergrößerte sich rasend schnell.

Der Soldat schaute auf den Panzer und zischte: »Mensch, Junge, jetzt hat es deinen Freund erwischt. Schau bloß, dass du wegkommst. Lauf, so schnell du kannst! Der Iwan ist nicht mehr aufzuhalten.«

Ich konnte mich nicht bewegen, starrte nur auf Rudi. Da packte mich der Soldat am Arm und zog mich mit sich. Wir kletterten über Trümmer, bis wir den gegenüberliegenden Straßenzug erreichten. Hinter uns hörten wir eine Detonation und das Geräusch berstender Wände.

»Stoij, stoij!«, dröhnte eine Stimme.

»Weiter, weiter«, drängte der Leutnant. Plötzlich schrie er auf und presste die Hand gegen seinen Oberschenkel, aus dem Blut hervorquoll. »Renn!«, brüllte er mich an. »Ich komme zurecht. Das ist ein Befehl!«

Ich zögerte kurz, doch dann siegte mein Überlebenswille und ich hastete davon.

Ich suchte Deckung in Hauseingängen und hinter provisorisch errichteten Straßensperren und merkte irgendwann zu meinem Entsetzen, dass ich die Orientierung verloren hatte. Während ich überlegte, wohin ich mich wenden sollte, kam ein Soldat auf mich zu. Ich erstarrte vor Schreck und hob die Hände.

Der Landser hielt das Maschinengewehr lässig im Anschlag und sagte zu mir: »Chiitler!«

Ich starrte auf die Mütze mit dem roten Stern. Der Feind hatte mich erwischt. Mein Herz pochte derart laut, dass ich sicher war, dass der Iwan es hören konnte. Jetzt werde ich sterben, dachte ich. Er wird mich erschießen.

Der Soldat packte mich am Genick, gab mir einen Stoß, dass ich vorwärtstaumelte, und wiederholte: »Chiitler.«

Er packte mich am Arm und ich ließ mich wie eine Marionette führen. Rauchende Trümmer und Schutt säumten den Weg. Aus manchen Ruinen wehten weiße Tücher wie Flaggen im Wind. Der Geruch von Verwesung und Rauch, der mir in die Nase stieg, gepaart mit meiner Angst, verursachte mir ein würgendes Gefühl. Ich versuchte, mich zusammenzureißen, während ich mit dem feindlichen Soldaten an vielen Leichen vorbeiging. Frauen.

Kinder, von ihren Müttern noch im Tod umarmt. Alte Männer. Jungen, kaum älter als ich. Ein eisiges Grauen durchfuhr mich, als ich an Mama dachte. Ich hatte sie allein zurückgelassen!

Einige deutsche Panzer standen verlassen quer auf den Straßen. Vor der Reichskanzlei, deren Fassade von unzähligen Einschüssen durchlöchert war, machte der Soldat halt.

Das Führerhauptquartier, schoss es mir durch den Kopf.

Der Mann schob mich zu einer Grube hin.

Jetzt tötet er mich, dachte ich, und meine Gliedmaßen begannen zu zittern. Es fühlt sich schlimm an, wenn man keine Macht mehr über den eigenen Körper hat. Todesangst, eine Gefühlsregung, die ich nicht zu beschreiben vermag.

Der Soldat zeigte auf zwei verkohlte Körper. »Chiitler umer!«, sagte er. »Umer!«

Ich konnte vor lauter Angst keinen klaren Gedanken fassen und begriff nicht, was der Russe mir sagen wollte. Was bedeutete »Chiitler«?

Der Mann bemerkte meine Verwirrung und hob den rechten Arm zum Deutschen Gruß. Er rief: »Cheil Chiitler«, und deutete wieder in die Grube.

Ein anderer Uniformierter trat hinzu, spuckte die Leichen an und rief: »Fiehrer und Frau tot.«

Der Soldat nickte, begann laut zu lachen und griff dann in die Innentasche seiner Uniformjacke.

Er erledigt mich mit einem Revolver, dachte ich und schloss die Augen. Hart wie Kruppstahl, hart wie Kruppstahl, hämmerte es in meinem Kopf. Aber ich fühlte mich alles andere als stark und tapfer.

Der Mann stupste mich an und ich blinzelte durch die Augenlider. Er hielt mir eine Fotografie hin und sagte: »Juri.«

Auf dem Bild sah ich einen Jungen, der wohl in meinem Alter war. Der Soldat küsste das Bild, steckte es wieder ein und holte aus der äußeren Seitentasche eine Scheibe angeschimmeltes Brot. Die drückte er mir in die Hand und scheuchte mich mit einer Handbewegung weg.

Ich konnte mein Glück nicht fassen und sah ihn ungläubig an. Als er die Handbewegung wiederholte, verlor ich keine Zeit, drehte mich um und rannte, so schnell ich konnte.

Als ich in die Reinickendorfer Straße einbog, traf ich auf den Blockwart vom Haus gegenüber. Der alte, grauhaarige Herr Molle trug Zivilkleidung. Ein weißes Bettlaken hing über seinen Schultern und flatterte wie ein Umhang im Wind.

»Um Himmels willen, Anton, was rennst du alleine hier herum? Versteck dich besser«, riet er mir.

»Der Führer, der Führer«, stammelte ich. »Ich habe ihn gesehen, er ist tot!«

Herr Molle musterte mich skeptisch und sagte: »Is jut, Jungchen. Jetzt schau, dass du dich in Sicherheit bringst.«

Ich kroch zu Mutter in den Verschlag. Sie bebte am ganzen Körper und ich dachte zuerst, dass sie wütend auf mich war. Als ich ihr fassungslos von Rudis Tod berichtete, wiegte sie bedauernd den Kopf.

Ich brachte stammelnd hervor, dass ich den toten Führer gesehen hatte und sie zischte: »Soll er in der Hölle verrotten!«

»Das hat mir ein russischer Soldat geschenkt«, sagte ich und hielt ihr das schimmlige Brot hin.

Sie schüttelte den Kopf und stieß verächtlich hervor: »Ach ja, dann gibt es wohl doch auch anständige Menschen unter den Siegern.«

Immer noch konnte ich ihre Reaktion nicht verstehen, als sie zu meiner Verwunderung eine Zigarette zwischen ihre Lippen steckte. Irritiert blickte ich auf ihre Hand, die beim Entzünden des Streichholzes stark zitterte, und fragte: »Seit wann rauchst du denn?«

»Man muss nehmen, was man kriegen kann in diesem Krieg«, entgegnete sie.

Ich sah ein zerknülltes Zigarettenpäckchen auf dem Kellerboden liegen und hob es auf. Verwundert bemerkte ich die fremden Schriftzeichen, warf es von mir und flüsterte wie betäubt: »Russische Zigaretten!«

Kapitel 28

Marndorf, Herbst 1955

Die Dämmerung hatte eingesetzt und die Bergspitzen schimmerten rötlich in den letzten Strahlen der untergehenden Sonne.

Anton übermannte die Erinnerung an diesen schrecklichen Augenblick in Berlin. »Ich hatte Mama im Stich gelassen. Das werfe ich mir immer noch vor. Wenn ich bei ihr geblieben wäre, dann ...«

»Was dann, Anton?«, sagte Erna sanft. »Was hättest du denn ausrichten können?«

»Mama hat sich von diesem Tag im Keller nie richtig erholt. Sie war immer mutig und stark gewesen, aber diese Erfahrung schwächte sie und ihr Wesen veränderte sich. Wir haben nie über die Vorkommnisse im Keller gesprochen, aber ich verstand bald und ahnte, was dort passiert sein musste. Nach der Kapitulation und dem Ende der Kampfhandlungen in Berlin haben ihre Nerven verrückt gespielt. Der tägliche Kampf ums Überleben, das mühsame Beschaffen von Lebensmitteln und Heizmaterial, belastete sie zusätzlich. Ich konnte zusehen, wie ihre geringe Lebenskraft immer mehr abnahm.

Die Sieger arbeiteten effizient. Ich wurde eingeteilt, die Trümmer der Häuser und den Schutt rechts und links der Straßenschluchten aufzuhäufen. Ich dachte mir, dass die zerstörten Gebäude die Erinnerung an den entsetzlichen Krieg, der Millionen Menschen das Leben gekostet hatte, noch lange aufrechterhalten würden. Unser Land war zerstört – und wir waren es auch. Zu dieser Zeit konnte ich mir nicht vorstellen, dass wir jemals die Kraft finden würden, das alles wieder aufzubauen.

Die Pappkartons, die die Fensterscheiben in unserer Wohnung ersetzten, waren vom Regen aufgeweicht und ich musste sie erneuern. Mit Galgenhumor nannte ich unsere Behausung ›eine

Wohnung ohne Aussicht‹. Dabei mussten wir froh sein, dass wir überhaupt noch ein Dach über dem Kopf hatten.

Als wir von den Gräueln in den Konzentrationslagern erfuhren, gab es immer noch Stimmen, die das für ›feindliche Propaganda‹ hielten. Die in den Zeitungen veröffentlichten Bilder überstiegen alles, was man sich als Mensch an Grauen vorzustellen vermag. Meine bitterliche Enttäuschung über ›den Führer‹ schlug bald in Wut um. Ich hatte diesem Mann geglaubt und sogar mein Leben riskiert, um seinen Ideen zu folgen.

Mama arbeitete weiterhin als Krankenschwester, aber sie konnte keine Nachtschichten mehr übernehmen, weil sie an Angstzuständen litt. Sie durchlebte schlimme Nächte.«

»Das klingt schrecklich!«, sagte Erna.

Anton nickte. »Das war es. 1946 wurde uns offiziell mitgeteilt, dass Papa in russischer Kriegsgefangenschaft gestorben war. Wie wir den Winter 1946 überlebt haben, ist mir noch heute ein Rätsel. Wir hungerten und froren und ich war nur damit beschäftigt, irgendwie Essen aufzutreiben.

Irgendwann gab es wieder Schulunterricht und nach dem Ende der Volksschulzeit habe ich mich mit Gelegenheitsarbeiten über Wasser gehalten. Mama und ich kamen gerade so durch. Aber jetzt werde ich bald eine Anstellung als Handelsreisender antreten.

Mamas Leistungsfähigkeit ließ immer mehr nach. Ihre Nerven waren vollkommen zerrüttet, ihr Herz angegriffen. Wenigstens haben wir bei der Währungsreform 1948 nichts verloren, weil wir eh nur von der Hand in den Mund gelebt haben.« Anton lächelte unsicher. »Aber 1953 verschlechterte sich Mamas Gesundheitszustand derart, dass ihr eine Invalidenrente gezahlt wurde. Mit ihrer kleinen Rente und meinem Verdienst haben wir uns dann recht und schlecht durchgeschlagen.«

»Lass dich in den Arm nehmen«, flüsterte Erna ergriffen.

Er beugte sich zu ihr und umklammerte sie wie ein Ertrinkender.

»Einmal im Monat«, murmelte Anton, während Erna sanft über seinen Rücken strich, »bin ich zur Suchstelle des Roten Kreuzes gegangen. Jedes Mal fragte ich: ›Erna Künke? Haben Sie eine Nachricht für mich, haben Sie Erna Künke gefunden?‹ – Doch du bliebst verschwunden. Mama wusste, dass Pfarrer Kofler in der Gemeinde von *St. Joseph* in New York tätig war, und schrieb ihm nach Kriegsende einen Brief. Der kam mit dem Vermerk ›Empfänger unbekannt‹ zurück. Wir fragten uns, was mit dir geschehen sein könnte.«

»Pfarrer Kofler wurde 1945 nach Afrika versetzt«, erklärte Erna, »und ich lebte allein in einem Apartment in New York.«

»Was?« Anton löste abrupt die Umarmung. »Er hat dich alleingelassen? Das ist ja allerhand!«

Erna lächelte. »Mit zwanzig war ich kein kleines Kind mehr.«

»Du hättest dich melden müssen«, flüsterte Anton traurig.

»Jetzt weiß ich das auch«, erwiderte Erna. »Aber ich hatte mich nun mal in die Idee verrannt, dass mir meine Eltern nur Böses zufügen wollten.«

Anton fuhr mit den Fingerspitzen über Ernas Wangen, was bei ihr einen wohligen Schauer auslöste. »Ich fühle mich dir so nah, als ob du nie weg gewesen wärst«, meinte er. »Glaubst du daran, dass es für jeden Menschen auf der Welt einen anderen gibt, der ihm alles ist, in einer Art und Weise derart wertvoll für ihn ist, dass kein anderes Geschöpf diesen Platz ausfüllen kann?«

Erna nickte.

»Du bist dieses Wesen für mich, Erna, für immer und ewig. Ich weiß, das dürfte ich alles nicht sagen, weil wir Geschwister sind, aber ...«

»Mir geht es wie dir«, erwiderte Erna. »Aber wir müssen vernünftig sein. Es darf nie mehr geben zwischen uns als das geschwisterliche Band.«

»Es ist schwer«, krächzte Anton.

Erna nickte stumm und Anton flüsterte: »Die Dämonen der Erinnerung werden heute Nacht meinen Schlaf stören. Ich habe

Angst davor, alleine zu sein. Bleib bei mir heute Nacht. Ich überlasse dir mein Bett und schiebe mir zwei Stühle als Nachtlager zusammen.«

Erna überlegte kurz, stand dann auf und holte den Stuhl und die Bettdecke aus ihrem Zimmer. Sie legte sich angezogen ins Bett und Anton fragte: »Hast du Angst, dass ich dir zu nahe trete?«

»Nein, Anton«, antwortete Erna. »Aber ich möchte dir keinen Anlass geben, deine Zurückhaltung zu verlieren.«

Am nächsten Morgen trommelte der Regen an die Fensterscheiben und weißer Dunst hüllte die Berge ein.

Ellis Tagebuch lag auf dem Boden.

Anton schlug die Augen auf, gähnte und sagte verwundert: »Habe ich tatsächlich auf diesem unbequemen Lager Schlaf gefunden?«

»Es scheint so«, meinte Erna.

»Keine Dämonen«, stellte Anton fest. »Ich habe nicht geträumt. Danke, dass du bei mir geblieben bist.«

Nach dem Frühstück, das im gemütlichen Bauernstüberl serviert wurde, fragte Anton: »Ich würde heute gerne zum Draxl-Hof gehen, bevor wir in dem Tagebuch weiterlesen. Mir ist das fast ein bisschen zu viel. Was meinst du?«

»Mein fürsorglicher Bruder«, sagte Erna gerührt. »Ich weiß, dass du Angst hat, dass ich das alles nicht verkrafte. Ich bin ein großes Mädchen und je mehr sich die Nebel der Vergangenheit lichten, umso besser ist es. Außerdem verdanken wir es den Eintragungen in diesem Buch, dass wir uns über unsere Erlebnisse austauschen konnten.«

»Das ist wahr«, pflichtete Anton ihr bei.

»Aber ich finde auch, dass wir zuerst den Berwangers vom Draxl-Hof einen Besuch abstatten sollten.«

Vorsichtig gingen sie kurz darauf an dem wütend bellenden Hofhund vorbei, der zwar angekettet war, aber gefährlich die Zähne fletschte.

Die Haustür stand offen und Anton spähte in den Hausflur hinein. »Ist jemand zu Hause?«, rief er.

Eine ältere, grauhaarige Frau stapfte ihnen entgegen und fragte misstrauisch: »Wer will das wissen?«

Anton stellte sich und Erna vor.

Die Frau schlug die Hände über dem Kopf zusammen. »Ach, du liebe Zeit! Nach so vielen Jahren finden Sie den Weg zu uns heraus? Ich bin die Berwanger-Urs. Bitte kommen Sie doch herein!«

Die Geschwister fanden die Stube genauso vor, wie ihre Mutter sie geschildert hatte.

»Das freut mich, dass Sie bei uns vorbeischauen! Ein fesches Mannsbild sind Sie geworden«, sagte die Bäuerin, während sie Anton musterte. »Und Sie sind Erna, die mit Annerls Papieren nach Amerika gereist ist?«

»Ja«, bestätigte Erna. »Erst jetzt habe ich erfahren, dass mir das wohl das Leben gerettet hat.«

»Das waren damals schlimme Zeiten«, meinte Frau Berwanger. »Man musste halt mitmachen, gell? Obwohl mein Mann und ich nicht viel vom Hitler gehalten haben!«

Anton und Erna tauschten einen raschen Blick und dachten an die gegenteilige Schilderung ihrer Mutter.

Erna fragte: »Lebt denn Ihre Tochter Annerl noch auf dem Hof?«

Frau Berwanger schüttelte den Kopf. »Annerl lebt mit ihrer Familie nur zwei Höfe weiter. Ich schicke gleich eine Magd hin, die sie herholen soll. Mein Gott, Annerl wird Augen machen und sich bestimmt freuen, Sie kennenzulernen!«

Bald darauf kam Annerl in die Küche gestürmt und rief: »Ja, was höre ich da? Ich kann es gar nicht glauben – Erna Künke!«

Annerl setzte sich zu ihnen an den Tisch und folgte interessiert Ernas Erzählungen von ihrer Zeit in Amerika.

»Eine Opernsängerin sind Sie geworden? Und auch noch eine recht berühmte«, meinte Annerl beeindruckt.

Erna winkte ab und meinte bescheiden: »Das war reine Glückssache.«

Ein breitschultriger junger Mann schlurfte herein, und seine Mutter sagte: »Sepp, das sind Anton und Erna Künke.«

Er streckte ihnen seine schwielige, schmutzige rechte Hand entgegen. »Komm grad aus dem Stall«, erklärte er. »Sind Sie die Erna, die mit Annerls Kennkarte ...«

»Genau die«, unterbrach ihn seine Schwester lebhaft.

Sepp schmunzelte. »Ich weiß nicht, wie oft ich die Geschichte gehört habe, dass ich es den Ratschlägen Ihrer Mutter verdanke, dass ich das Licht der Welt erblickt habe.«

»Geht's der Mutter gut?«, fragte Frau Berwanger.

»Sie ist kürzlich gestorben«, sagte Anton.

»Das tut mir leid«, meinte Frau Berwanger.

»Gibt es das Zimmer noch, in dem meine Mutter mit Anton damals übernachtet hat?«, wollte Erna wissen.

»Freilich«, erwiderte Frau Berwanger und stand auf. »Kommen Sie, ich zeige es Ihnen.«

»Ich kann mich gar nicht mehr daran erinnern«, sagte Anton, als sie in der kleinen kargen Kammer standen.

Erna schwieg, sichtlich schockiert darüber, dass diese Unterkunft wesentlich ärmlicher war, als sie nach den Schilderungen ihrer Mutter angenommen hatte.

Frau Berwanger richtete dann eine Brotzeit her. Sepp schickte einen Knecht in die Wirtschaft, um Bier zu holen. Sie saßen am Esstisch, Geräuchertes, Käse und Bauernbrot vor sich und im Stillen dachte Anton an seine Mutter und was sie in diesem Dorf alles erlebt hatte.

Erst am Nachmittag gingen Erna und Anton in den Gasthof zurück. »Die Berwangers sind nett«, sagte Erna. »Wie kann man sich das bloß erklären, dass sie Hitler begeistert zugejubelt haben?«

Anton nickte und flüsterte: »Ich bin doch auch einer von denen gewesen, die seinen Worten geglaubt haben. Bis zum bitteren Ende geglaubt haben.«

»Du warst ein Kind, das von dieser Ideologie geprägt wurde«, wandte Erna ein.

»Dennoch habe ich Angst, dass unserem Volk Derartiges wieder passieren könnte«, meinte er.

»Du kannst in Zukunft nur wachsam sein und solltest immer die Aussagen eines Politikers hinterfragen.«

»Das ist in Amerika alles besser, oder?«

Erna schüttelte den Kopf. »Auch dort gibt es gesellschaftliche Gegebenheiten, die mir nicht gefallen. Die strikte Rassentrennung zwischen schwarzen und weißen Amerikanern kann ich nicht nachvollziehen, das nimmt manchmal wahnhafte Züge an. Aber nun lies weiter, Anton.«

»Bist du sicher?«, fragte er.

»Ganz sicher!«, antwortete Erna und reichte ihm das Heft. Anton suchte die entsprechende Stelle, räusperte sich und fuhr fort.

Obersalzberg, Silvester 1940/1941

Mit stolzgeschwellter Brust, im Siegestaumel und strotzend vor Selbstbewusstsein redete sich Hitler in Rage. Seine Stimme schallte aus dem »Herrenzimmer« zu den Reichsfrauen, die in Abendkleidern und hübsch frisiert im Wohnzimmer saßen, herüber: »Mussolini kann es nicht lassen, mir immer wieder vorzuwerfen, dass ich seinen ›Römischen Gruß‹ übernommen habe und in den ›Deutschen Gruß‹ umgewandelt habe. Mit solchen Eitelkeiten habe ich mich mitten im Krieg zu befassen!«

»Adolf und die Politik«, seufzte Eva Braun, während Göring feixte: »Da habe ich neulich einen guten Witz gehört. Also, Mussolini macht eine Besichtigungstour durchs Irrenhaus. Die Pfleger und die Irren strecken den Arm zum Römischen Gruß, da entdeckt Mussolini einen Mann, der regungslos dasteht. Der Duce brüllt ihn an: ›Du verweigerst dem wiedergeborenen Cäsar den Römischen Gruß?‹ Der Mann klopft Mussolini auf die Schulter und sagt: ›Bleiben Sie ganz ruhig. Ich dachte gestern auch, dass ich Napoleon wäre, und heute fühle ich mich wieder besser.‹«

Eva rollte mit den Augen, während die Männer in brüllendes Gelächter ausbrachen.

Es dauerte eine Weile, bis sie sich beruhigt hatten, dann sagte Hitler: »Eigentlich ist es nicht richtig, über den von mir verehrten Napoleon Witze zu machen, aber ich muss zugeben, dass es in diesem Zusammenhang passt.«

Hitler versteckt seine Freundin konsequent vor der Öffentlichkeit, weil er den Nimbus des Mannes, der nur für Deutschland lebt, aufrechterhalten will. Nur wenn der engste Kreis zusammenkommt, darf sie mit dabei sein. Sie ist in meinem Alter und der einzige Lichtblick unter all den »reifen Damen«, die mir manchmal wie meine Mutti oder die gestrenge Schwiegermama vorkommen. Frau Göring hat mich ein wenig unter ihre Fittiche genommen und ich finde sie sehr nett. Ihre zweieinhalbjährige Tochter Edda ist ein allerliebstes Kind und natürlich schmerzt es mich, dass es ihr gelungen ist, mit fünfundvierzig Jahren Mutter zu werden, während ich mit meinen neunundzwanzig Jahren nur Fehlgeburten vorweisen kann.

Frau Goebbels kokettierte in einem fort mit ihrer sechsköpfigen Kinderschar und deutete an, dass die Familienplanung noch nicht abgeschlossen sei.

Glücklicherweise gab es, wie immer, reichlich Alkohol, sonst hätte ich der Versuchung, sie ins Gesicht zu schlagen, kaum widerstehen können.

»Sie sind so schweigsam heute«, sprach mich einer von Hitlers Ärzten an. Der Führer hält sich ja nirgends auf, ohne einen Doktor in der Nähe zu haben. Mir scheint, dass er ein wenig hypochondrisch veranlagt ist.

»Das liegt daran, dass ich immer daran denken muss, was in der Anstalt in Brandenburg vor sich geht«, antwortete ich.

Mit gleichgültigem Gesichtsausdruck erwiderte er: »Sehen Sie, daher lasse ich meine Frau nie an meiner Arbeit teilhaben.«

Ich schwieg, seine Worte wirkten in mir nach und bestärkten mich in der Überzeugung, dass Ferdinand ganz tief in diese Angelegenheit verstrickt war.

Ich hörte Ferdinand lachen. Mich fluteten Trauer und Hoffnungslosigkeit. Wollte ich wirklich wissen, welche Befugnisse mein Mann hatte?

Später machte mir Ferdinand Vorwürfe, weil ich dem Arzt gegenüber Brandenburg erwähnt hatte. »Ob es dir passt oder nicht – du wirst die glückliche Frau Probst spielen. Deine liebe Schwester Clara will im Sommer heiraten. Ihr Verlobter ist durch meinen Einfluss als ›unabkömmlich‹ eingestuft worden, da ich seine Druckerei mit diesen lukrativen Aufträgen versorgt habe. Das kann ich jederzeit ändern. Außerdem verdankt dein Vater seinen Karrieresprung und den damit einhergehenden hohen Verdienst meiner Protektion.«

Aber als wir auf das neue Jahr anstießen und uns gegenseitig Glück wünschten, wusste ich, dass ich keine guten Tage und Nächte mehr haben würde.

Elli – Marndorf, April 1943

Wie wenig ich bisher geschrieben habe.

Die Tage vergingen gleichförmig. Mein Hündchen Kingo war und ist mir eine große Freude. Ferdinand hält sich fast immer in Berlin auf. Die unüberbrückbare Kluft zwischen uns vergrößert sich zusehends. Aber nun gibt es ein schönes Ereignis: Hannerl, die siebzehnjährige Tochter der Berwangers, hat ein Mädel zur Welt gebracht. Ich habe die kleine Friedel sofort ins Herz geschlossen. Hannerl hat einen Bauern aus dem Dorf geheiratet und ich schaue oft bei ihr vorbei und kümmere mich ein wenig um Friedel. Der Moisl-Hof ist wesentlich kleiner als der Draxl-Hof. Hannerls Mann Stofferl ist ruhig und zurückhaltend, aber recht fleißig. Ich glaube, dass sie es gut bei ihm haben wird.

Gerne habe ich die Taufpatenschaft für das Kind übernommen. Das Getuschel über Hannerls Baby, das bereits sechs Monate nach der Hochzeit zur Welt kam, wurde dadurch zwar nicht weniger, aber laut traut sich keiner mehr zu lästern, dass das Hannerl beim »Reinschmecken« gleich schwanger geworden war. Manchmal wundere ich mich schon ein wenig über das Verhalten der Dorfbewohner.

Gleich nach Friedels Geburt wurde Stofferl eingezogen und sie muss nun mit einigen Mägden die ganze Arbeit alleine stemmen. Ich kümmere mich tagsüber um Friedel und das macht mich unglaublich glücklich. Nachdem ich eine Zeit lang gar keine Lust mehr zum Aufstehen hatte, sitze ich jetzt um acht Uhr am Frühstückstisch und gehe anschließend zum Moisl-Hof. Wenn die Kleine Hunger bekommt, bringe ich sie zu Hannerl, damit sie das Baby stillen kann. Wenn Hannerl auf dem Feld arbeitet, muss ich oft weit laufen. Aber es tut mir gut. Ich nehme jetzt viel weniger Tabletten und trinke nicht mehr soviel Wein. Ich wusste immer, dass ein Kind mein Leben bereichern würde, aber ich hätte niemals gedacht, dass es sich so vollkommen anfühlen könnte.

Mir tut Hannerl leid, weil sie schwer schuften muss. Und da ich Ferdinand um nichts mehr bitten will, habe ich beim Bürgermeister Wallner vorgesprochen und darauf bestanden, dass er Hannerl einen Fremdarbeiter zuweist.

»Stofferl steht der Partei ablehnend gegenüber«, erklärte mir Herr Wallner. »Ich fürchte, da kann ich dann wenig für ihn tun.«

»Sie wissen, dass ich die Taufpatin von Friedel bin«, sagte ich. »Und wie ich der Partei gegenüberstehe, ist wohl eindeutig.«

»Aber ja, selbstverständlich«, gab er verlegen zurück.

»Dann werden Sie meiner Bitte nachkommen. Oder ist es Ihnen lieber, wenn ich meinen Mann um Intervention bitte?«

»Nein, natürlich nicht«, stammelte der Bürgermeister. »Ich werde eine Zuweisung veranlassen.«

Juni 1943

Seit zwei Tagen arbeitet der Pole Jurek auf dem Moisl-Hof. Er spricht gebrochen Deutsch. Bemerke nur ich die Verachtung in seinem Blick, wenn er uns mit seinen schwarzen Augen mustert?

Als ich heute Friedel abholte, stand Jurek im Hof und striegelte ein Pferd. Leise sang er dabei ein Lied, das sehr wehmütig, aber dennoch schön klang.

Als ich ihm einen Gruß zurief, sah er auf, riss seinen rechten Arm nach vorne und brüllte zackig wie ein Soldat: »Heil Hitler!« Er tat dies in einer derart höhnischen, herablassenden und verächtlichen Art und Weise, dass ich erschrocken zusammenzuckte.

Dennoch strahlt dieser Mann eine gewisse Faszination aus. Seine kurz geschorenen Haare lassen seine Augen noch dunkler erscheinen. Sein Gesichtsausdruck hat etwas Verkniffenes, Schwermütiges. Wie viele Mädchen haben seine vollen, schön geformten Lippen schon geküsst?

Ich schäme mich ein wenig, weil Jurek Gedanken in mir weckt, die für eine verheiratete Frau unschicklich sind. Wie es wohl wäre, wenn mich seine muskulösen Arme umfassen würden?

Manchmal habe ich das Gefühl, verrückt zu werden. Jureks Volk gehört zu unseren besiegten Feinden, und ich versteige mich in derartige Gedanken.

Feind hin oder her, ich mag Jurek. Nein, ich habe mich in ihn verliebt. In aller Heimlichkeit natürlich. Wobei ich glaube, dass er weiß, wie es um mich steht.

Ich bleibe jetzt immer so lange wie möglich mit Friedel auf dem Moisl-Hof und habe mir angewöhnt, mit Hannerl und dem Gesinde das Abendessen einzunehmen. Wobei die Rosa öfter die von ihr zubereiteten Speisen zum Moisl-Hof bringen lassen muss, damit Hannerl und die Mägde ein wenig entlastet werden. Gerade während der Erntezeit wird das von Hannerl gerne angenommen. Es macht mir viel Freude, ihr zu helfen. Überhaupt habe ich entdeckt, dass es mir guttut, wenn ich anderen Menschen helfe. Dann fühle ich mich wenigstens ein bisschen nützlich auf dieser Welt.

Hannerl vertraut Jurek und lässt ihn ohne Aufsicht auf dem Feld arbeiten. Die alte Frau Berwanger sieht das nicht gern und sagte einmal, dass Jurek jederzeit abhauen könnte.

Hannerl erwiderte: »Mutter, ich weiß, du meinst es gut, aber auch wenn ich oder eine der Mägde mit ihm zusammenarbeiten würden, was sollten wir tun, wenn er tatsächlich weglaufen möchte? Ich werde es bestimmt nicht schaffen, mit dem Gewehr auf einen Menschen zu schießen. Und anders könnte ich ihn nicht aufhalten.«

Heute ging ich mit Friedel auf dem Arm und Kingo über den schmalen Feldweg beim Wald. Die hungrige Friedel schrie wie am Spieß und ich fand Hannerl nicht. Da sah ich Jurek, winkte ihn heran und fragte, ob er mir sagen könne, wo die Bäuerin sei.

Schwer atmend stand er mit nacktem Oberkörper vor mir, und ich spürte, wie sich ein nervöses Gefühl in meiner Magengegend ausbreitete. Wie immer hatte er einen melancholischen Gesichtsausdruck. Dennoch strahlte er etwas Animalisches aus, das die leidenschaftliche Sehnsucht in mir weckte, seinen muskulösen, gebräunten Oberkörper zu berühren.

Er wies mir die Richtung, wo ich Hannerl finden würde, zeigte dann mit dem Finger auf mich und sagte: »Sie Nazifrau mit Herz für Kind.«

»Ich habe leider keine eigenen Kinder«, antwortete ich.

»Mein Kind, Marta, drei Jahre«, sagte er mit trauriger Miene. »Noch nie gesehen!«, fügte er leise hinzu, und ich konnte seinen Schmerz gut nachvollziehen.

Wir standen uns einige Momente gegenüber. Er hob seine rechte Hand und führte sie zu meinem Gesicht. Kurz bevor er mich berührte, riss er seinen Arm zur Seite, zeigte zum Wald hin und meinte: »Bäuerin dort!«

Dann stapfte er auf das Feld zurück, ohne mich eines weiteren Blickes zu würdigen, und fuhr mit seiner Arbeit fort.

Ich hatte Friedels Schreien wohl für einige Augenblicke ausgeblendet, aber jetzt drang es wieder in mein Bewusstsein und ich eilte davon, um Hannerl zu finden.

Im Dorf wurde übel getratscht über Jurek und Hannerl. Zenz machte mich darauf aufmerksam. »Frau Reichsleiter«, sagte sie verlegen. »Ich muss es Ihnen leider berichten, weil Sie doch im Moisl-Hof verkehren. Die Leute munkeln, dass Hannerl und Jurek ein Techtelmechtel haben. Hannerl ist eine junge Frau und Jurek ein attraktiver Mann und bestimmt nicht älter als fünfundzwanzig.«

»Wie kann man nur solche schändlichen Gedanken hegen!«, schimpfte ich. »Wer den beiden eine Liebelei andichtet, hat ja wohl selbst ein Problem, oder?«

Zenz nickte bedrückt und ich sagte: »Wenn wieder die Sprache darauf kommt, dann darfst du ruhig sagen, dass ich für Hannerl meine Hand ins Feuer lege und ganz sicher weiß, dass sie keine Liebesaffäre mit Jurek hat.«

»Das mache ich«, erwiderte Zenz. »Denn ich kann mir das auch nicht vorstellen. Aber da die anderen Bauern ihre Fremdarbeiter im Stall schlafen lassen und Jurek im Haus übernachtet, befeuert das die Fantasie der Dorfbewohner.«

»Wie kann man derart Schändliches behaupten!«, rief ich empört, obwohl mir der Gedanke, dass Hannerl und Jurek etwas miteinander haben könnten, einen Stich ins Herz versetzte.

Zenz lachte: »Ja mei, die Dörfler halt! Das war schon immer so und wird nie anders sein.«

November 1943

Jurek, Jurek, Jurek! Meine Gedanken kreisen nur um ihn und obwohl ich mir jeden Tag vornehme, Abstand zu halten und nicht mehr zum Moisl-Hof zu gehen, laufe ich gleich nach dem Frühstück los und schaue, wo ich Jurek finden kann. Obwohl es unmöglich ist, sehne ich mich danach, dass er mich einmal in seine Arme nimmt. Die Vorstellung, wie es wäre, seine Lippen auf meinen zu spüren, lässt mich erschauern und in Tagträume abgleiten.

Heute traf ich Jurek im Kuhstall. Er hatte blau gefrorene Hände, schlotterte am ganzen Körper und ich fragte Hannerl, ob sie denn keine warme Kleidung für Jurek hätte.

»Ich könnte ihm etwas von Stofferls Sachen geben«, meinte sie. »Aber dann würde die Gerüchteküche im Dorf wieder brodeln. Und andere Männerkleidung habe ich nicht.«

»Das verstehe ich«, sagte ich. »Aber wenn Jurek weiter frieren muss, wird er krank, das nutzt dann gar keinem.«

Ich ging nach Hause, öffnete Ferdinands Kleiderschrank und entdeckte einen dunkelgrauen Wollanzug, den er lange nicht mehr getragen hatte. Dann suchte ich noch zwei Paar Wollsocken heraus und brachte die Sachen zum Moisl-Hof.

Die Hosenbeine sind zu kurz, da Jurek größer ist als Ferdinand, ansonsten sitzt der Anzug tadellos. Ich spürte, dass Jurek das Geschenk nicht gerne annahm, obwohl er sich höflich bedankte.

Hannerl sagte: »Jetzt habe ich den elegantesten Fremdarbeiter im ganzen Dorf. Das finde ich sehr großzügig von Ihrem Mann, dass er Jurek einen Anzug schenkt.«

»Das war meine Entscheidung«, sagte ich. »Meinen Mann konnte ich nicht fragen, er ist in Berlin. Der Winter kommt und man kann Jurek nicht erfrieren lassen.«

»Hoffentlich sieht das der Herr Reichsleiter auch so«, meinte Hannerl zweifelnd.

Auf die Idee, dass Ferdinand etwas dagegen haben könnte, war ich zuerst gar nicht gekommen. Heute kam er nach Marndorf und ich erwähnte sicherheitshalber nicht, dass ich seinen Anzug verschenkt hatte.

Das steckte ihm dann der Bürgermeister, als er mit einigen anderen Männern zur Schafkopfrunde in unserem Haus erschien.

»Weißt du, Kindchen, manchmal glaube ich, dass du nicht alle Tassen im Schrank hast. Du kannst doch einem Fremdarbeiter nicht einen meiner Anzüge schenken!«, schimpfte Ferdinand.

»Du hast so viele Kleidungsstücke im Schrank hängen und Jurek musste frieren« entgegnete ich.

Ferdinand seufzte und meinte kopfschüttelnd: »Elisabeth, deine Naivität grenzt manchmal an Dummheit! Begreifst du denn nicht, dass im Dorf jetzt darüber getratscht wird, dass du eine Liebelei mit Jurek begonnen hast?«

»Aber das ist doch absurd«, stammelte ich, während ich zu meinem Entsetzen eine brennende Hitze in meinem Gesicht spürte.

Ferdinand musterte mich aufmerksam und sagte: »Pack deine Koffer, übermorgen fährst du mit mir nach Berlin.«

»Das geht nicht«, wehrte ich ab. »Hannerl braucht mich, sie hat sonst niemanden, der auf Friedel aufpasst. Du weißt doch, dass das Kind mein ganzes Glück ist.«

»Ende der Debatte«, sagte Ferdinand schroff. »In zwei Tagen fahre ich wieder nach Berlin und meine Gattin wird mich begleiten.«

Der Abschied von Friedel tat furchtbar weh. Wie soll ich drei Wochen ohne mein süßes kleines Herzerl überstehen? Als ich mich von Hannerl verabschiedete, erfuhr ich, dass Ferdinand sie aufgesucht hatte, um sie darauf aufmerksam zu machen, dass es unstatthaft sei, dass Jurek im Haus übernachtet. Er regte sich außerdem darüber auf, dass »der Pole« zusammen mit Hannerl und dem Gesinde beim Essen an einem Tisch sitzt.

»Er arbeitet fleißig mit uns, daher nimmt er auch seine Mahlzeiten mit uns ein«, hatte Hannerl ihre Entscheidung tapfer verteidigt.

Dennoch hatten ihr Ferdinands Worte zugesetzt, denn sie befürchtete, dass man Jurek vom Moisl-Hof abziehen würde.

»Ich verstehe gar nicht, was die Mannsbilder alle haben!«, rief sie. »Wieso schwingen sie sich zu Moralaposteln auf? Es tut mir leid, dass Sie nun auch noch Ärger bekommen haben mit Ihrem Mann.«

Ich winkte ab und sagte: »Ich muss mit ihm nach Berlin fahren, aber in drei Wochen bin ich wieder da. Es tut mir leid, dass ich mich so lange nicht um Friedel kümmern kann. Sie fehlt mir jetzt schon.«

Mein erster Tag in Berlin: Heute traf ich Hitler im sogenannten »Führerbunker« der Reichskanzlei. Er wirkte fahrig und geistesabwesend. Das Zittern seiner linken Hand und des Armes konnte er nur mühsam unter Kontrolle bringen.

Im Führerbunker gibt es Wohn- und Büroräume und es herrschte eine rege Betriebsamkeit. Ferdinand erklärte mir, dass dieses Schutzareal uneinnehmbar für den Feind sei. Ich fand die Atmosphäre bedrückend und war froh, als ich wieder frische Luft atmen konnte.

Zum Abendessen ging es in den *Kaiserhof* und ich musste an Grete denken und was sie über ihre Treffen mit Ferdinand erzählt hatte.

Den Abend fand ich schrecklich langweilig. Die Männer debattierten über den Kriegsverlauf und die Frauen tauschten den neuesten Tratsch aus. Dabei fiel immer öfter der Name Bormann und ich konnte ihren Gesprächen entnehmen, dass dieser ehrgeizige Mann nun Hitlers »persönlicher Sachbearbeiter« war, während man Ferdinand anscheinend auf einen unwichtigen Posten abgeschoben hatte.

Der vierte Tag in Berlin: Endlich kam ich dazu, Grete zu treffen. Ich lud sie zu Kaffee und Kuchen in das Café *Kranzler* Unter den Linden ein. Grete sah müde und abgearbeitet aus. Sie vermisst Erna und hadert mit ihrem Entschluss, sie so weit fortgeschickt zu haben.

»Meinst du, dass der Krieg bald aus ist?«, fragte sie. »Dann könnte ich Erna endlich ein Lebenszeichen zukommen lassen.«

»Ich weiß es nicht«, musste ich wahrheitsgemäß antworten. »Aber glaub mir, es ist besser, dass du keinen Kontakt hältst. Der Bürgermeister ließ hin und wieder einmal eine Bemerkung fallen und brachte seine Verwunderung darüber zum Ausdruck, dass Annerl doch nicht mit dem Pfarrer nach Amerika gegangen ist.«

»Meinst du, er ahnt etwas?«, fragte Grete besorgt.

»Nein, das glaube ich nicht«, antwortete ich. »Sonst hätte er bereits irgendetwas unternommen.«

Ich zeigte Grete ein Foto von der kleinen Friedel und sie äußerte sich bewundernd über das hübsche Kind.

»Ich würde die Kleine gerne adoptieren«, gestand ich ihr. »Hannerl ist noch so jung und kann noch viele Kinder bekommen.«

Die vernünftige Grete riet mir, mich lieber nicht in solche Gedanken zu versteigen, da eine Mutter ihr Kind niemals freiwillig hergeben würde.

»Sie hätte es gut bei mir«, sagte ich.

»Da bin ich mir sicher«, erwiderte Grete. »Und ich rede auch nur dagegen, weil ich dich vor einer Enttäuschung bewahren will.«

Wir nahmen Abschied in herzlicher Verbundenheit, und ich ließ ihr für Anton noch ein großes Stück Sahnetorte einpacken.

Zurück in Marndorf! Georg, mein »Leibwächter«, weicht nun auch auf Spaziergängen nicht mehr von meiner Seite. Ferdinand hatte Georg bittere Vorwürfe gemacht, weil ihm die Sache mit dem Anzug entgangen war und hatte ihm angedroht, ihn sofort an die vorderste Kriegsfront zu schicken, falls er nochmal in irgendeiner Art und Weise versagen sollte.

Als ob das kein Getuschel im Dorf gibt, wenn die Frau Reichsleiter mit einem schneidigen SS-Mann durch die Felder und den Wald spaziert.

Als Erstes gingen wir zu Hannerl und das Wiedersehen mit Friedel wärmte mein Herz.

»Stofferl kommt Weihnachten auf Heimaturlaub«, erzählte mir Hannerl strahlend.

»Das freut mich für dich«, sagte ich. »Weißt du, Hannerl, ich wollte dich das schon länger fragen, aber jetzt kannst du es in Ruhe mit Stofferl besprechen. Was hältst du davon, wenn mein Mann und ich Friedel adoptieren? Du weißt doch, wie sehr ich sie liebe und ich kann keine eigenen Kinder mehr ...«

»Das kommt nicht infrage!«, unterbrach sie mich schroff. »Für alles Geld der Welt gebe ich mein Kind nicht her!«

Sie entriss mir Friedel, die erschrocken zu weinen anfing.

Hannerl presste das Kind an sich und meinte: »Nachdem es Ihr Mann geschafft hat, dass Jurek eines Morgens plötzlich von Uniformierten abgeholt wurde, will er mir wohl auch noch das Kind wegnehmen?« Tränen liefen über ihr Gesicht, während ich mich kraftlos auf die Holzbank sinken ließ.

Jurek ist weg, hallte es in meinem Kopf. »Wo wurde Jurek hingebracht?«, fragte ich leise.

»Das weiß ich nicht und der Bürgermeister will es mir auch nicht sagen. Am besten, Sie fragen Ihren Mann«, giftete Hannerl.

Ich senkte den Blick, dachte an Jureks schöne Augen und mein Herz zog sich schmerzhaft zusammen.

»Du kannst dich darauf verlassen, dass ich mit meinem Mann darüber sprechen werde«, versicherte ich ihr. »Die Idee, Friedel zu adoptieren, kommt nicht von ihm, das war mein Einfall«, gestand ich. »Verzeih mir bitte, Hannerl. Es war töricht von mir, dir dieses Angebot zu unterbreiten.«

»Ich glaube, es ist besser, wenn Sie jetzt gehen«, sagte Hannerl.

Ich erhob mich mühsam und hatte das Gefühl, dass meine Beine mich nicht mehr tragen wollten. Friedel streckte ihre Ärmchen nach mir aus, doch ich durfte nicht länger bei ihr bleiben.

»Ich habe Weihnachtsgeschenke für Friedel gekauft«, sagte ich im Hinausgehen.

Ich erhielt keine Antwor, und nun fürchte ich, dass ich auch Friedel verloren habe.

Ich werde jetzt eine Flasche Rotwein öffnen und einige Pillen nehmen. Nur so werde ich die kommende Nacht überstehen. Neben Friedels Verlust quält mich die Angst um Jurek. Wo hat man ihn hingebracht?

Weihnachten 1943

Als ich Ferdinand fragte, ob er etwas über Jureks Verbleib wüsste, zuckte er mit den Schultern und meinte, da er seine Abholung nicht veranlasst habe, könnte er mir auch nicht sagen, was mit ihm geschehen sei.

»Du spielst doch immer mit dem Bürgermeister Schafkopf«, sagte ich. »Dann frage ihn doch bitte.«

Ferdinand verzog unwillig das Gesicht und meinte sarkastisch: »Ich mache mich doch nicht zum Affen. Wo soll Jurek schon sein? Entweder im Konzentrationslager oder irgendwo im Kriegseinsatz. Was nutzt es dir, wenn du das weißt?«

Die Traurigkeit lag wie eine schwere, dunkle Decke über mir, als ich die Weihnachtsgeschenke für Friedel in eine Tasche packte und, begleitet von Georg, durch die tief verschneite Landschaft zum Moisl-Hof stapfte.

Die Haustür war wie üblich nicht verschlossen und ich ging zur Küche. Als ich eintrat, sah ich Stofferl mit Friedel auf dem Schoß am Küchentisch sitzen.

Er begrüßte mich freundlich und ich sagte, dass ich mich freue, ihn wohlbehalten in der Heimat zu sehen.

»Ich habe Geschenke für Friedel«, meinte ich und legte einige Päckchen auf den Küchentisch.

Da kam Hannerl zur Tür herein, warf mir einen bösen Blick zu und sagte: »Wir haben alles, was wir brauchen. Ich möchte nicht, dass Sie Friedel etwas schenken. Nehmen Sie die Sachen wieder mit.«

»Aber, Hannerl, was ...«, rief Stofferl vorwurfsvoll.

»Wenn Frau Probst gegangen ist«, unterbrach sie ihn, »werde ich dir erklären, warum ich von ihr nichts mehr geschenkt haben will.«

Ich steckte die Päckchen wieder in meine Tasche und verließ wie betäubt und grußlos den Moisl-Hof.

Hannerl ist also unversöhnlich. Ich habe Jurek und Friedel verloren.

Mai 1944

Ferdinand kam überraschend mit der Idee daher, dass der Kunstmaler Görgy ein Porträt von mir anfertigen soll.

»Ich werde es Hitler schenken«, sagte Ferdinand. »Damit er die Probsts nicht ganz vergisst und sich an die schönen alten Zeiten erinnert. Adolf und ich haben uns immer gut verstanden, aber nun scheint er auf die falschen Berater zu hören.«

»Und du meinst, dass so ein Bild etwas ändern wird? Deutschland ist doch sowieso verloren. Ich habe wenig Lust, stundenlang still zu sitzen«, warf ich ein.

»Deutschland ist nicht verloren«, brüllte Ferdinand. »Was redest du denn da? Wenn das das Personal hört! – Außerdem hast du doch sonst nichts zu tun. Ob du im Haus herumhockst oder einem Maler Modell sitzt, kann dir doch egal sein.«

Wie schon so oft werde ich mich fügen und hoffe, dass Görgy möglichst schnell arbeitet.

Görgy ist ein freundlicher älterer Herr und ich habe sofort Vertrauen zu ihm gefasst. Ich habe ihm Einiges aus meinem Leben erzählt und das hat mir gutgetan.

Das Gemälde, das er angefertigt hat, könnte ich stundenlang betrachten. Ich kann es gar nicht fassen, dass er die Frau in mir gesehen hat, die ich längst nicht mehr bin. Auf dem Bild sehe ich strahlend und ein wenig verschmitzt aus. Eine schöne junge Frau, die mit klaren Augen und in gespannter Erwartung in die Welt blickt. Ja, so ein Gefühl hatte ich einmal, aber es ist für immer verloren.

Oktober 1944

Mein Porträt stand lange an die Wand gelehnt in der Bauernstube. Ich habe Alfons gebeten, Görgys Gemälde aufzuhängen.

Als ich Ferdinand fragte, wieso er das Bild immer noch nicht nach Berlin mitgenommen hat, raunzte er: »Der Führer hat im Moment andere Sorgen als die schönen Künste.«

Was da wohl wieder vorgefallen sein mag?

»Nächste Woche kommen die fünf- und siebenjährigen Kinder eines Berliner Parteikollegen zu uns«, kündigte Ferdinand an. »Berlin ist starkem Bombardement ausgesetzt, da kann ich verstehen, dass man seine Kinder in Sicherheit bringen will.«

Ach ja, selbst du kannst das nachvollziehen?, hätte ich am

liebsten gesagt. Doch ich wollte Ferdinand nicht reizen und schlug stattdessen vor, auch Anton bei uns aufzunehmen.

»Hast du immer noch Kontakt zu Grete, obwohl du weißt, dass ich das nicht möchte?«, fragte er verwundert.

»Ich lasse mir nicht alles von dir vorschreiben«, erwiderte ich.

»Ich kann ihren Mann an die Ostfront schicken«, drohte er.

»Da hat er bereits gekämpft«, gab ich zurück. »Er wird seit einem halben Jahr vermisst.«

Mit grimmigem Gesichtsausdruck sagte Ferdinand: »Anton bleibt, wo er ist.«

»Er ist vierzehn.«

»In seinem Alter kann er bereits zur Verteidigung des Vaterlandes beitragen«, meinte Ferdinand.

»Das glaube ich nicht, er ist doch noch ein Kind«, entgegnete ich.

»Das ist Ansichtssache«, meinte Ferdinand.

Der fünfjährige Hermann und die siebenjährige Sieglinde sind gut erzogene, artige Kinder, die wieder Leben ins Haus bringen. Es ist schön, sie hier zu haben, obwohl sie natürlich viel Trost brauchen, weil sie Heimweh nach den Eltern haben.

Gretes Sohn Ulrich wäre jetzt fast so alt wie Hermann und mein Sohn etwas älter als Sieglinde. In den Momenten, in denen mir dieser Verlust wieder bewusst wird, kann mir nichts über den Schmerz hinweghelfen. Ich weine, weine, weine.

Dezember 1944

Hitler hat das »Führerhauptquartier« nach Berlin verlegt. Der Führerbunker in der Reichskanzlei bietet wohl mehr Schutz als die »Wolfsschanze«.

Mit bangem Herzen denke ich an Grete. Ob wir uns noch einmal wiedersehen? Ich habe ihr geschrieben, dass viele Frauen und Kinder aus dem Ruhrgebiet nach Marndorf geschickt wurden, um den Bombardements zu entkommen. Auf allen Bauernhöfen mussten Zimmer zur Verfügung gestellt werden. Mir würde es aber sicherlich gelingen, noch eine Unterkunft für sie zu finden, wenn sie mit Anton nach Marndorf kommen wolle. Was ich ihr ganz dringend ans Herz legte. Doch Grete lehnte pflichtbewusst ab, weil im Krankenhaus jede helfende Hand gebraucht wird. Wie tapfer sie ist!

Ich bin es nicht. Mir ist angst und bange. Was soll aus mir und Deutschland werden, wenn der Krieg nicht gewonnen wird?

Ich habe mitbekommen, wie Ferdinand am Telefon mit jemandem die Nachfolge Hitlers diskutierte. Soweit ist es bereits?, dachte ich entsetzt.

»Wird Deutschland den Krieg verlieren?«, fragte ich Ferdinand.

»Ich muss gestehen, dass das in den Bereich des Möglichen rückt«, sagte er ungewöhnlich zugänglich.

»Was wird dann aus uns?«, fragte ich erschrocken.

Er zuckte mit den Schultern und ließ mich mit meiner Angst allein.

Clara kam letztes Jahr noch öfter mit dem Zug aus München, um Lebensmittel für sich und die Eltern zu holen. Doch seit der zivile Zugverkehr eingeschränkt ist, kann ich ihr nur Pakete schicken. Mutti und Vati weigerten sich, nach Marndorf zu kommen, obwohl auch München feindlichen Fliegerangriffen ausgesetzt ist.

Nachdem Weihnachten auch das Fest der Versöhnung ist, bin ich noch mal zu Hannerl gegangen, um mit ihr zu sprechen. Ich traf sie an, doch sie saß mit starrem Blick und versteinertem Gesicht da, während ihre Mutter, Frau Berwanger, Friedel im Arm hielt.

»Stofferl ist gefallen«, flüsterte sie mir zu. »Besser, Sie kommen ein andermal wieder.«

Das diesjährige Weihnachtsfest hat keinen Glanz, die Sorge um meine Familie in München und Grete in Berlin verdrängt alle feierlichen Gedanken. Ich vermisse Mutti und Vati! Wann werden wir uns wiedersehen?

Januar 1945

Es wird kein Wiedersehen geben. Ich möchte schreien vor Kummer und Schmerz. Mutti und Vati sind tot. Auch während ich das niederschreibe, ist es immer noch unfassbar für mich. Ihr Wohnhaus bekam bei einem Angriff der englischen Royal Air Force einen Volltreffer ab und sie sind im Keller erstickt.

Clara schrieb mir die Schreckensnachricht. »Jetzt haben wir nur noch uns«, endete ihr Brief. Ihr Mann ist in englischer Kriegsgefangenschaft.

Ich war derart durcheinander, dass ich einfach durch den Ort gelaufen bin. Görgy hat mich in seine Hütte mitgenommen und – vergeblich – versucht, mich zu trösten. Frau Görgy begleitete mich schließlich nach Hause, und Zenz bestand darauf, dass ich mich hinlege.

Ich kann nicht so viele Tabletten nehmen wie ich möchte. Der Vorrat schwindet und ich weiß nicht, wann ich wieder Nachschub bekomme. Ich habe versucht, Ferdinand zu erreichen, doch Tannheimer sagte mir, dass er im Führerbunker sei und ich mich gedulden müsse, bis er sich bei mir meldet.

Zwei Tage später endlich ein Kontakt zu Ferdinand. Er bedauerte den Tod meiner Eltern, sagte aber, dass der Feind unseren Kampfeswillen und unsere Widerstandskraft nicht brechen würde. Da wusste ich, dass er bei diesem Telefonat Zuhörer hatte, denn ich hatte ihn auch schon anders reden hören.

April 1945

Im Radio wird berichtet, dass der Führer gefallen ist.

Hermann und Sieglinde fragen mich ungläubig, ob es wirklich stimmen kann, denn sie glaubten, dass »ihr Führer« unverwundbar sei. Ich weiß nicht, was ich den Kindern sagen könnte.

Von ihren Eltern gibt es auch keine Nachricht und ich weiß nicht, was ich jetzt tun soll.

»Das ist das Ende«, sage ich zu Georg.

Georg nickt. »Ihr Gatte konnte mich kurz kontaktieren. Er hat Berlin verlassen, bevor die Stadt in Feindeshand geriet. Zusammen mit den Görings ist er auf dem Weg nach Berchtesgaden. Sie versuchen, sich zum Haus der Görings am Obersalzberg durchzuschlagen. Packen Sie ein paar Kleidungsstücke, wir müssen sofort losfahren, damit Sie nicht den anrückenden Amerikanern in die Hände fallen!«

Georg drückt mir eine schmale Glaskapsel in die Hand. »Ihr Mann hat Zyankali besorgt. Falls wir in Feindeshand geraten, sollen wir damit unser Leben beenden.«

Kapitel 29

Marndorf, Herbst 1955

Das war's«, sagte Anton und klappte das Heft zu.

»Was wohl aus Elli Probst geworden ist? Und ob Görgy noch den Brief hat, den Mama dem Pfarrer mitgeben wollte? Meinst du, Frau Probst hatte tatsächlich eine Affäre mit Jurek?«

»Das werden wir gleich erfahren«, sagte Anton. »Es hat aufgehört zu regnen. Lass uns zu Görgy gehen.«

»Kommen Sie ins traute Heim«, sagte Görgy wenig später und machte eine einladende Handbewegung. »Ich sehe Ihnen an, dass Sie viele Fragen haben.«

»Sind Sie im Besitz des Briefes, der für mich bestimmt war?«, fragte Erna.

»Ja«, antwortete Görgy.

»Was wissen Sie über Frau Probst und Jurek?«

»Im Dorf wurde übel getratscht über Jurek, Hannerl und Frau Probst. Zenz machte mich darauf aufmerksam. Aber ich kann mir kein zuverlässiges Urteil erlauben, weil ich es einfach nicht weiß.«

»Ihre Tagebucheintragungen klingen wie eine Jungmädchenschwärmerei.«

Görgy meinte: »Die letzte romantische Regung ihres Lebens. Sie hat sich halt sehr einsam gefühlt. Aber ich glaube nicht, dass sie mit Jurek ein Verhältnis hatte. Und ob er tatsächlich in ein Lager kam, kann ich Ihnen auch nicht sagen.

Später habe ich aus der Zeitung erfahren, dass es Frau Probst bis zum Obersalzberg geschafft hat und dort mit ihrem Mann und den Górings zusammentraf. Gemeinsam versuchten sie, nach Österreich zu flüchten, wurden aber unterwegs von den Amerikanern aufgegriffen und verhaftet.

Göring wurde ins Gefängnis gebracht und Ferdinand Probst wollten die Amerikaner ins Konzentrationslager nach Dachau bringen. Auf dem Weg dorthin hat er sich mit Zyankali vergiftet.«

»War er für die Euthanasie-Morde verantwortlich?«, fragte Erna mit belegter Stimme.

»Ja«, bestätigte Görgy. »Er galt als einer der Hauptverantwortlichen. Genau wie die Ärzte in seiner Dienststelle, die nur anhand von Aktenvermerken und Attesten über Leben und Tod entschieden, war er ein Schreibtischtäter. Wenn er sich dem Kriegsverbrecherprozess gestellt hätte, wäre er mit Sicherheit zum Tod durch den Strang verurteilt worden.«

Erna schüttelte ungläubig den Kopf und flüsterte: »Anton, das hat Mama doch bestimmt auch mitbekommen, oder?«

»Das befürchte ich«, antwortete er. »Sie hat das ja alles mit sich selbst ausmachen müssen. Die Erkenntnis, dass sie einen Mörder geliebt hat, muss furchtbar für sie gewesen sein.«

Görgy nickte und sagte: »Probsts Leichnam wurde verbrannt und die Asche verstreut. Frau Probst wurde zusammen mit Frau Göring in einem österreichischen Schloss interniert. Einen Monat nachdem sie die Nachricht vom Tod ihres Mannes erhalten hatte, stürzte Frau Probst aus einem der obersten Turmfenster in die Tiefe und war sofort tot.

Bevor die Amerikaner in Marndorf einmarschierten, plünderten ... ein unschönes Wort, ich sage wohl besser: entnahmen einige Dorfbewohner Hausrat, Möbel und Vorhänge aus der Probst-Villa. Zenz brachte mir das Porträt, das ich von Frau Probst angefertigt hatte. Ich wunderte mich sehr, dass mein Werk immer noch in der Villa gehangen hatte. Entsprach es nicht den Vorstellungen von Herrn Probst? Ich zögerte, es anzunehmen, doch Zenz meinte lapidar: ›Es wäre doch schade, wenn es jemand zerstören würde. Vielleicht kommt Frau Probst auch zurück und würde sich freuen, wenn sie das Gemälde unversehrt vorfindet.‹

Da mir auch Rosemarie zuredete, das Bild in meine Obhut zu

nehmen, tat ich es. Als ich von Frau Probsts Tod erfuhr, habe ich das Bild Ihrer Mutter in Berlin zukommen lassen.

Zenz nahm Hermann und Sieglinde mit zum Bauernhof ihrer Eltern, wo die Geschwister ein neues Zuhause fanden.«

»Die armen Kinder«, warf Rosemarie ein. »Es war ein Drama! Ihre Eltern waren tot und sie wurden später von entfernten Verwandten abgeholt.«

»Ja, eine traurige Sache«, meinte Görgy. »Die Amerikaner nahmen die Probst-Villa in Beschlag und haben später eine amerikanische Schule daraus gemacht. Was jetzt mit der Villa geschehen soll, ist unklar, da zwischenzeitlich auch Clara, die rechtmäßige Erbin der Villa, verstorben ist.«

Görgy stand schwerfällig auf und nahm von der Kommode einen vergilbten Briefumschlag. »Hier ist der Brief Ihrer Mutter.«

Erna registrierte, dass der Brief ungeöffnet war und fragte erstaunt: »Sie haben ihn nicht gelesen?«

»Nein, ich dachte daran, dass Sie vielleicht eines Tages nach Marndorf kommen würden. Es wäre mir peinlich gewesen, Ihnen ein bereits geöffnetes Kuvert zu überreichen.«

Erna sah Antons besorgten Blick. Wie nah und wie verbunden sie sich ihm fühlte! Trotz seiner erst fünfundzwanzig Jahre wirkte er in manchen Augenblicken viel älter und reifer.

»Wieso siehst du mich so an?«, fragte Erna.

»Ich mache mir Sorgen, ob du das alles verkraftest. Was du alles erfahren hast in den letzten Tagen! Und nun noch dieser Brief!«

Sie versuchte zu lächeln, doch es gelang ihr nicht.

»Mit dir an meiner Seite werde ich das schaffen«, sagte sie dann. »Was immer in diesem Brief stehen mag, es wird das Ende eines schwierigen Lebensabschnitts für mich bedeuten. Ich hoffe, dass ich endlich frei von Grübeleien sein kann! Frei von Schuldzuweisungen! Ich will endlich glücklich sein!«

Entschlossen riss sie das Kuvert auf, reichte Anton den Brief und sagte: »Bitte lies vor!«

Mein liebes Kind!

Wenn Dir Pfarrer Kofler diesen Brief vorliest, bist Du bereits in Amerika. Ich kann mir vorstellen, wie enttäuscht Du bist, dass Du diese Reise allein antreten musstest. Aber ich sah keine andere Möglichkeit.
Da ich nicht weiß, wie sich die Dinge entwickeln und wann wir uns wiedersehen, muss ich Dir noch etwas mitteilen. Ich habe es immer wieder hinausgeschoben, mit Dir darüber zu sprechen, was ich nun zutiefst bereue. Ich kann Dich jetzt nicht in den Arm nehmen, um Dir zu versichern, dass Du immer mein Mädchen bleiben wirst.
Wieso konnte ich mein Versprechen nicht einhalten, Dich aus der Anstalt bald wieder nach Hause zu holen? Papa hatte die alleinige elterliche Gewalt, was mich zur Untätigkeit verdammte. Mein Handlungsspielraum war begrenzt.
Papas älterer Bruder Emil heiratete Deine Mutter Auguste, deren lediges Kind Du bist. Wer Dein leiblicher Vater ist, weiß ich nicht. Emil und Auguste verloren ihr Leben bei einem Wohnungsbrand. Emil gelang es in letzter Minute, Dich zu retten: Er ließ Dich aus dem Fenster gleiten und ein Feuerwehrmann fing Dich auf. Du warst drei Jahre alt, als Deine Eltern starben.
Deine Mutter hatte keine Verwandten und für Gustav und mich war es eine Selbstverständlichkeit, Dich bei uns aufzunehmen. Ich tat es aus Liebe zu dem verstörten kleinen Mädchen. Gustav aus Schuldgefühl, denn er hatte das Ofenrohr in Eurer Wohnung unsachgemäß angebracht, das den verheerenden Brand auslöste. Du hast ein halbes Jahr lang gar nicht mehr gesprochen und dann zu stottern begonnen. Die Fürsorgestelle übertrug Gustav das alleinige Sorgerecht.
Als Anton geboren wurde, versuchte ich, meine Liebe gerecht zu verteilen. Ich fürchte, es ist mir nicht immer

gelungen. Das hast Du wohl auch gespürt. Es tut mir unendlich leid, mein Mädchen, ich wollte Dich nie absichtlich kränken!
Gustav konnte sich nie verzeihen, seinen einzigen Bruder durch seine eigene Schuld verloren zu haben. Durch Deine Anwesenheit wurde er jeden Tag daran erinnert. Sein Wesen hat sich sehr verändert. Vielleicht dachte er, dass es für ihn eine Art Erlösung bedeuten würde, wenn er Dich in eine Anstalt einweisen lässt.
Für mich warst Du immer ein freundliches, hilfsbereites Mädchen, das mit unendlicher Liebe an ihrem kleinen Bruder hing. Ich weiß auch, wie gerne Anton Dich hat und wie schwer er es begreifen wird, dass Du weg bist.
In der Not wird man gläubig, mein Kind. Ich bete zu Gott und zur Mutter Maria, dass sie in der Ferne auf Dich achtgeben, weil ich es nicht mehr tun kann.
Vielleicht kann Dich dieser Brief ein wenig trösten, wenn Du die Beweggründe verstehst. Ich werde Dich immer lieben und jeden Tag an Dich denken. Ich freue mich, wenn ich Dich eines Tages wieder in meine Arme schließen darf.

Deine Mama

»Das ist unglaublich!«, stieß Anton hervor.

Erna sagte zunächst gar nichts, dann schüttelte sie den Kopf und hauchte: »Ach, Mama!«

Rosemarie sagte: »Mein Gott, Fräulein Künke, das sind ja wirklich umwälzende Neuigkeiten für Sie!«

»Ja«, sagte Erna traurig. »Es stimmt, dass ich als Kind immer die Ablehnung meines Ziehvaters gespürt habe. Ich kann seine Grausamkeit mir gegenüber nicht nachvollziehen und verzeihen schon gar nicht.«

»Sie brauchen Zeit und Ruhe, um das alles zu verarbeiten«, sagte Görgy verständnisvoll.

Erna nickte.

Rosemarie sagte: »Sie sind keine Geschwister, nicht einmal Blutsverwandte.«

Anton begriff zuerst, was Rosemarie damit andeuten wollte und umarmte Erna stürmisch, die ihn überrascht ansah. »Weißt du, was das bedeutet? Wir sind nicht verwandt – wir dürfen uns lieb ...«

Verlegen brach er ab, doch Erna vollendete den Satz: »... lieb haben, wolltest du hoffentlich sagen?«

Anton nickte und rief: »Ja, Erna, das wollte ich sagen.«

»Anton«, rief Erna ergriffen. »Ich will dich nie wieder loslassen!«

Sie hielten sich lange umschlungen, bis Erna sagte: »Wie viel leichter wäre es für mich in Amerika gewesen, wenn ich diesen Brief erhalten hätte!«

Görgy schaute den beiden schweigend zu, bis er plötzlich aufsprang und sagte: »Bitte kommen Sie mit mir, ich muss Ihnen etwas zeigen.«

Sie traten ins Freie. Erna sog die klare Luft tief in ihre Lungen.

Traurig sagte sie: »Ich bedauere unendlich, dass Mama gestorben ist. Wenn ich das alles ein wenig früher erfahren hätte, dann wäre mein Verzeihen aus ganzem Herzen gekommen.«

»Aber sie hat diese Erde mit dem Bewusstsein verlassen, dass du ihr vergeben hast«, sagte Anton.

Sie passierten die Ortsmitte und Görgy zeigte auf den Kirchturm. »Dort müssen wir hin.«

Görgy drückte die Holztür auf, die in die mannshohe Steinmauer eingelassen war. Sie durchquerten den Friedhof mit den vielen Gräbern, die sich rund um die Kirche reihten und traten in das Gotteshaus ein.

Stille umfing sie und ein leichter Weihrauchgeruch lag in der Luft.

Görgy beugte sein Knie und schlug das Kreuzzeichen vor dem Altar, während Anton und Erna etwas unsicher im Gang zwischen den Bänken stehen blieben.

Görgy deutete auf ein goldgerahmtes Bild an der Seitenwand der Kirche, das die Größe einer Zeitungsseite hatte. Er flüsterte: »Das habe ich gemalt.«

Auf dem Gemälde war ein Engel dargestellt, unter dessen strahlend weißen Flügeln ein kleines Kind stand, das seine Hände Hilfe suchend in die Höhe streckte und hoffnungsvoll zu ihm aufblickte.

Görgy deutete auf eine Inschrift am linken unteren Rand der Leinwand. Klein und auf den ersten Blick nicht sichtbar stand dort: »Ulrich 1940«.

»Ulrich Künke?«, fragten Erna und Anton gleichzeitig.

Görgy nickte.

»Aber er wurde doch nicht hier beerdigt«, stellte Erna fest.

Görgy schüttelte den Kopf. »Nein, dieses Bild sollte ein Andenken sein.«

Erna sagte: »Das finde ich aber schön, dass Frau Probst ...«

Görgy unterbrach sie. »Nein, das ist ein Irrtum. Als Herr Probst mich mit der Anfertigung dieses Bildes beauftragte, erklärte er mir, dass im engsten Familienkreis große Trauer um einen verstorbenen Jungen herrschte und dass er gerne als Andenken an Ulrich ein Bild in der Kirche aufhängen möchte.«

»Dann hat Probst doch um seinen Sohn getrauert«, meinte Anton.

Görgy wiegte den Kopf. »Ach, der Mensch ist doch ein ewiges Rätsel! Als Maler bin ich tief in manches menschliche Geheimnis vorgedrungen. Die ›Krone der Schöpfung‹ wird dennoch immer eine verborgene Seite in sich tragen.«

»Sie sind ein weiser Mann«, sagte Anton.

Görgy winkte bescheiden ab. »Ach was, ich bin ein alter Mann. Wenn man sich nicht ganz dumm anstellt, wird man mit den Jahren einfach ein wenig klüger.«

Anton tastete nach Ernas Hand. Erschüttert betrachteten sie das Antlitz des Engels. Es strahlte eine sanfte, liebevolle Ruhe aus, während das Gesicht des Kindes nur schemenhaft gemalt war.

»Das Schattenbild des kleinen Ulrich«, wisperte Erna nach einer Weile.

Görgy nickte. »Sind wir nicht alle nur ein Schatten auf dieser Welt? Wir kommen, wir gehen und die Zeit dazwischen füllen wir mit dem aus, was wir ›Leben‹ nennen. Ich bin alt, aber Sie sollten Ihre Tage ausnützen. Schenken Sie sich Jahre voller Freude und Liebe und treten Sie Hass und Zerstörungswut mutig entgegen.«

Anton legte seinen Arm um Ernas Schulter. »Das werden wir tun, Erna, oder was meinst du?«

»Ja«, stimmte Erna mit belegter Stimme zu.

Gemeinsam traten sie durch das Kirchenportal ins Freie. Die Sonne brach durch die Wolken hindurch und die Berge in der Ferne verhießen einen Hauch von Ewigkeit.

Nachwort

Ich möchte mich herzlich bei Susanne Dinkelmann bedanken, die mir den Impuls zu diesem Roman gegeben hat und bei den Zeitzeugen, die mir ihre Erlebnisse anvertraut haben. Vieles von diesen Schilderungen ist in anonymisierter Form in den Roman eingeflossen. Ein ganz besonderer Dank geht an Frau Wagner, die mir einen Einblick in das privilegierte Leben eines NS-Funktionärs gegeben hat. Und ich danke auch meiner Mutti, die sich noch an einige Redewendungen (»Hitlerwetter«) und Witze aus der NS-Zeit erinnern konnte.

Ein großes Dankeschön geht auch an meine Autorenkolleginnen Charlie Lyne und Ursi Breidenbach, die mich mit ihrem immerwährendem Zuspruch ermutigt haben, die Romanidee weiterzuverfolgen und zu Ende zu bringen.

Charlie Lyne – besser bekannt als Charlotte Roth – unterstützte mich dabei, den Roman zu strukturieren und half mir mit ihren Anregungen, meinen Protagonisten ein unverwechselbares Profil zu geben.

Mein Dank gilt auch meiner Lektorin Renate Novak, die mit ihren professionellen Anmerkungen neue Perspektiven eröffnet hat und so meinem Roman den letzten Schliff gab.

Alle Personen dieses Romans sind fiktiv, aber es gab tatsächlich einen Kunstmaler, der 1944 die Frau eines NS-Funktionärs porträtierte. Zu welchem Zweck das geschah, ließ sich nicht mehr nachvollziehen und ich habe mir die künstlerische Freiheit genommen, das auf meine Weise zu interpretieren. Ebenso gab es einen Reichsleiter, der am Morgen bei einer »Versuchsanordnung« zusah, wie Menschen qualvoll erstickten und am Abend mit den Honoratioren des Dorfes Karten spielte. Er verschleierte sein Tun und sein Name ist bis heute der breiten

Öffentlichkeit nicht sehr bekannt. Seine Frau war im Ort beliebt und litt unter ihrer Kinderlosigkeit. Sie lud die Dorfkinder oft zu Kakao und Kuchen ein

Ich habe ausführlich über die NS-Zeit recherchiert. Und obwohl die Handlung des Romans frei erfunden ist, stehen Ernas und Ulrichs Leidensweg stellvertretend für eine erschütternde Tatsache. Tausende Kinder, Jugendliche und Erwachsene wurden zwangssterilisiert und ermordet, weil sie in den Augen der Machthaber nicht der »Norm« entsprachen und nur als Kostenverursacher angesehen wurden. Zynischerweise bezeichnete das NS-Regime diese Morde als »Aktion Gnadentod«. Die Mitarbeiter einer zentralen Behörde in Berlin entschieden rein nach Aktenlage über Leben und Tod der »Patienten«. Die Behördenmitarbeiter residierten in einer Villa in der Tiergartenstraße 4. Am ehemaligen Standort dieses Hauses, das auf dem Vorplatz der heutigen Berliner Philharmonie stand, wurde eine Gedenkstätte für die Opfer der Euthanasiemorde angelegt.

Ein Satz, den ich auf einer Gedenktafel gelesen habe, hat mich besonders erschüttert: »Die Zahl der Opfer ist groß, gering jedoch die Zahl der verurteilten Täter«.

Bele Freudenberg

Im Feuer der Freiheit

384 Seiten
Klappenbroschur mit Lesezeichen
Bookspot Verlag
ISBN 978-3-95669-090-7
14,95 €
Auch als E-Book erhältlich!

Hamburg 1813: Für die winterliche Alsterstadt schlägt unter französischer Besatzung die kälteste Stunde: Inmitten der politischen Wirrungen der napoleonischen Kriege kämpft die junge Fanny nach dem Tod ihres Onkels um ihre eigene Unabhängigkeit. Fluch und Segen zugleich ist ihr dabei der attraktive und ehrenhafte, doch unnahbare Georg von Alvesloh, der ihr – ganz zu ihrem Ärgernis – als Vormund zur Seite gestellt wurde.

Fanny wird schon bald von alten Gefühlen verwirrt, als ihr Temperament und seine kühle Besonnenheit aufeinanderschlagen. Sie ist sich völlig sicher: Von Alvesloh hat ein dunkles Geheimnis, das ihn gefangen hält – und irgendetwas muss der schneidige Oberst Tettenborn damit zu tun haben.

Fest entschlossen, dem Rätsel auf den Grund zu gehen, begibt Fanny sich in den Bann staatlicher Verwicklungen – und in große Gefahr, ganz anders als erwartet nicht außerhalb der Stadtmauern …